いとうせいこうレトロスペクティブ

ワールズ・エンド・ガーデン
いとうせいこう

Seiko Ito Retrospective

✳

World's End Garden

Seiko Ito

目次

ワールズ・エンド・ガーデン

装画
KYOTARO

装丁
川名 潤
(Pri Graphics inc.)

第一章

不用意な侵入

私は時を待っている

夜のムスリム・トーキョーにコーランが鳴り響いた。冷たく燃える声が臭気を帯びた夏の空気に引火し、炎を揺らしながら遠く夜の闇に浸(し)みていく。恭一はゆっくりと目を閉じ、汗ばんだ頬を微笑(ほほえ)みの形に溶かした。静かに暴力を誘うようなエコーたっぷりの響きが、この干涸(ひから)びたマンションの屋上から瓦礫(がれき)だらけの町に降り注ぐ。それがしっとりと心地良かったのだ。恭一は黒いビニール張りの椅子に座ったまま、リモートコントローラーでラジカセのボリュームを上げる。

小さな町の中心に位置するそのマンションの周囲には、一年半前から建物群と同じように半ば壊れかけたような人間が集まっていた。もう夜中の三時だというのに、彼らの喚声が絶えない。その悲鳴のような切れぎれの声と、アッラーを讃える嘆きがより合わさって、クスリ漬けの恭一の脳を痺(しび)れさせた。夜風が耳をなでて通り過ぎる。じきに動けなくなるだろう。

ガシャリという独特の衝突音が這(は)い昇ってきた。すぐに鈍い音が追いつく。肉とアスファルトがぶつかる音だ。ゆらりと立ち上がって歩き、鉄柵ごしに見降(みお)ろすと、リョーサクが倒れていた。五階からでも誰のものかわかるヒョロリとした体が、横向きになっている。死角になっていたバーＯＰＩＵＭの脇から、イチオが飛び出してきた。頭に白い布をたっぷりと巻きつけ、イスラム風のくるぶしまである長い衣服、ジュラバで体を覆っている。スケートボードから飛び降りた拍子に、頭の布が脱げ落ちた。それは頭蓋骨(ずがいこつ)のようにアスファルトの上を転がる。

無駄のない動きで足を止めたイチオは、こちらからリョーサクの体を隠す位置に立ち、起き上がろうとするリョーサクを見降して何か言い始めた。大方、無理な技に挑んだリョーサクをいさめているのだろう。イチオはリョーサクよりも二つ年下の十九なのだが、生真面目な兄の役割を演じることが多かった。そうやってすでに四人ばかりのティーンエイジャーをまとめている。

　チャールズ・マンソン教を真似て丸坊主にした頭を縦にせわしなく振りながら、太い眉をしかめ、唇を片方上げ下げして、イチオはリョーサクに意見しているに違いない。焦点の定まらない目に笑みを浮べ、恭一は再びコーランに耳を傾けた。

　気がつくと、すでにリョーサクは立ち上がっていた。自分のボードに白くて細い足をかけている。何か掛け声のようなものを発して、イチオとリョーサクは走り去る。その後ろ姿が、ストロボをたいたナイトクラブの中で動いているように見えた。二人は速い。そして、速さはムスリム・トーキョーの絶対美だ。

　ＯＰＩＵＭの前には十数人の若者がたむろしている。客の入りは順調らしい。町は栄えている。恭一は小さくうなずき、椅子の方に戻ろうとした。その時、突然、夜空の色が変わった。驚いてあたりを見回すと、通りの端にぼんやりと光る色が見えた。目をこらす。何かが立っている。町の最西端に紫色の靄（もや）とも、年齢不詳の男とも女ともつかないものがある。恭一は柵から思い切り身を乗り出して、見た。色と思うと人となり、人と思うと色に変わる。それが砂漠（デゼール）にさまよい入って来ていることだけが確かだ。誰だ、お前。そう口に出して言うと、あっけないほどの早さでそれは消えた。幻覚だ。幻覚が始まっていると恭一は思った。今夜はかなり効きそうだ。悦楽の予感が微（かす）かな震えとなって、恭一の肌の上を走り過ぎた。

　屋上の中央に置いた椅子の傍（そば）まで戻り、恭一は町全体を見回そうとした。このマンションの前を通る道が、町を北と南に分断して東西に延びている。恭一が立っている一点が、町のほぼ中央だ。それが少し誇らしい。自分が町を治めているような気がする。

外縁に沿って歩けば三十分ほどの小さな町は、グランドピアノに似た形をしていた。東端を区切る道路だけが、北東の一画をえぐる形でカーブを描いているからだ。後は北も西も南も、町はまっすぐな道で囲まれている。恭一はまず体を真南に向ける。鍵盤に当たる南端に幾つかの倉庫が並んでいる。どれも一様に月明りを浴び、冷たく息づいているように感じられる。南西に固まる幾つかの平べったいアパートを見降してから、恭一はゆっくりと体を左回りに動かしていく。南東の、つまり鍵盤の右上にあたる一帯には古い民家が多いが、今は闇の中に沈んでわからない。恭一の視線は真東から北へ向う。カーブした道路でせばめられた部分、すなわち北東の区画には二、三階建てのビルが目立つ。そして真北。一旦工場の取り壊しが始まっていた地帯はほぼ半円の形で、ぽっかりと空き地になっており、その一番向う、半分壊されかかったまま残ったコンクリートの建物から、先端が崩れた大きな柱が空に向って突き立っているのがわかる。その左、北西にはサキミビルと呼ばれる灰色のマンション。恭一の住むこの建物より高いのは、そのサキミビルだけだ。恭一は一定の速度でさらに西へと回転する。サキミビルの南は壁に囲まれた小さな工場群。

真西に体を向けた途端、ついさっき見た紫色の幻覚を思い出した。恭一は浮べていた笑顔をさらに深くとろけさせた。朝までに幾つの幻を見ることだろう。クスリの効果(エフェクト)への期待で体を満しながら、恭一は椅子の上にどっしりと腰を下ろした。

失っていた聴覚が蘇る。アッラー、ムハンマドと祈りは繰り返している。この東京の空に向ってアッラー、ムハンマドと呼びながら、声のテンポは上昇していく。一時間前に飲んだクスリは、夏のかすんだ風を毛穴の中にねじ入れ始める。アッラー、ムハンマド。恭一はつぶやいた。それが何を指す言葉でもかまわない。こみ上げてくる悦楽の力を声に変えたかった。アッラー、ムハンマドと恭一はうなり声を上げる。

加賀不動産が、地上げした町一帯をあわててビルだらけにしてしまったら、こんな刺激的な夜は生まれなかっただろう。章平の説得がどのようなものであったかは、数年の付き合いで想像がついた。加賀不動産の若手重役あたりを味方につけ、モッズ風の細身のスーツに三十二歳の体を押し込んで、会議の席にもぐり込む。テーブルに両肘をついて軽く背を丸めたまま、二、三の開発計画を鼻で笑うように聞き流し、頃合（ころあい）を見はからって低くこもった声でしゃべり出す。聞き取りにくさで相手は身を乗り出してくる。気にせず章平はしゃべり続ける。催眠術だ。恭一は章平の魔術を思い浮べ、椅子に沈み込む。

叩き上げの不動産屋は十分以上論理的な話を聞かされるだけで気が狂いそうになる。お前らはシャブ中と同じだ。いら立て。思い切りいら立て。章平は力強く尖（とが）った鼻と細く長い目尻が作り出すクールな表情の奥で、実はそうつぶやいて笑っている。来いよ、シャブ中。どうせかかる罠だ。シャブ中相手に章平はしゃべり続ける。不動産屋は結論を聞きたくてウズウズしてくる。それでも章平は時代の分析をやめない。どうでもいいことをもっともらしく語る。発狂寸前のシャブ中。アッラー、ムハンマド。章平を讃える言葉だ。アッラー、ムハンマド。

いら立つ不動産屋が机を叩き割る寸前で、章平は一気に切り出す。今この若桓町にビルを作るより、私に貸して下さい。西麻布や代官山にいる連中が、みんな巡礼にくるような町にして返しますよ。強力な付加価値を付けて、二年後に返還です。都心からちょっと外れたこの町が一気に活性化するんですよ。土地の値段もバカみたいに上がる。金も手間も大してかかりません。居住者を威嚇するために潰した雑居ビルを、そのまま放置して下さい。整地を始めた北のあたりもそのまま放っておいて下さい。それだけでいい。

そこで章平は初めて笑顔を見せ、体を引いて椅子に背をもたせかける。意味をつかみかねた不動産屋は、逆に思わず身を乗り出す。その瞬間、章平の仕掛けた罠にがっちりと首をはさみ込まれる。アッラー、ムハンマド。しかし章平はなおも冷静に続ける。かかった獲物がこと切れるまで、章平は油断などしない。ただ、二年間の期限付きで私に新しい居住者を選ばせて下さい。もちろん家賃は格安で。そうでもしなければ彼らは来ませんからね。

彼ら、と獲物たちは問い返す。カレラ、と開いた口からこぼれ出る血が獲物には見えない。章平は答える。アーチストやミュージシャンやDJやモデルや編集者やオシャレな不良どもですよ。つまり東京の流行を作ってる奴らだ。彼ら東京の遊牧民に二年間だけのオアシスを作ってやるんです。それだけで、倉庫や工場だらけのさびれたこの町が、日本一有名な町になりますよ。

そうだ、と章平はわざとらしく手を打つ。砂漠のイメージで行きましょう。デゼール。そう、フランス語ですよ。若桓町三丁目なんていってて誰が来ますか。デゼール。砂漠。そうだ、加賀さん。あなたは砂漠のオーナーですよ。砂漠の王だ。

砂漠の王と呼ばれた加賀は、まんざらでもなさそうに首の回りの肉を震わせたに違いない。そこに食い込んだ罠にも気づかずに。恭一は笑おうと思って喉を動かした。その途端、無機的なリズムがコーランにからみついているのに気づく。細かく刻まれたコンピュータ制御の律動が、上下する声帯と同調している。偶然とは思えない。アッラー、ムハンマドと恭一は喉を広げる。

ムスリム・トーキョー。章平の企画に、恭一がそうコピーをつけた。さらに恭一は町中の看板を取り払うよう勧めた。店の軒からビルの入口、果ては電柱まで、あらゆる場所からそれは撤去された。消え去った日本語群のかわりに、デタラメなアラビア文字の落書きが氾濫し始めると、町のそこかしこにイスラム教のイメージが覆いかぶさり、確かな都市計画の体裁が整い始めた。もちろん、すべては偶然の産物だ。しかし、東京はその偶然を高速度で転がしていく。整地を中途で放り出した北の一画は円形闘技場と名を変えた。すすけた床屋は乱暴なペンキ塗りを施され、北アフリカの都市チュニスにでもありそうな店に生まれ変わった。そこにフリーのカットデザイナーを招き、イスラム世界で霊力を意味する〝バラカ〟という名前をつけたのはサキミだった。

十代の頃からファンク・バンドを転々とし、名が通ってからはモデルやスタイリストを兼業しながら、その迫力ある声で多くのミュージシャンのバックコーラスを務め、一時は夜遊びの女王とさえいわれた女。そのサキミと恭一が知り合ったのはちょうど二年前の夏、野外のレゲエコンサートで彼女が数万人を魅了し、痙攣させた夜だった。ジャネット・ケイのヒット曲〝シリー・ゲームス〟を歌った彼女の声は、砂糖でじっくり煮込んだ鞭のように恭一の背骨を甘く打った。

シリー・ゲーム、愚かなゲームよ、愚かな遊び――

十年も前から彼女と付き合っているという章平に連れられて楽屋に行き、頭を下げた恭一の前で、サキミはアイスクリームにまみれた舌を突き出しておどけた。その舌こそが、砂糖をたっぷり溶かし込んだ赤い鞭だと恭一は思った。

しかしその夜、その赤く甘い鞭が味覚を失っていることを知らされたのだった。打ち上げのタイ料理屋で、彼女はとびきり辛い緑色の唐辛子を口の中に放り込み、グチャグチャとガムのように噛んではこちらに見せた。熱いけど辛くはないの。そう言ってサキミは、何度もグチャグチャという音を耳許で聞かせ、その度唾液を含んだ唐辛子のペーストを挑むように見せつける。クスリのやり過ぎだと思うんだ。サキミはそう言った。

声の竜巻きが体を包んでいた。コーランを読誦(どくしょう)する男の、その言葉尻が風の中の炎のようになまめかしく舞い上がる。速いリズムがそれを刻み、追いつこうとする。歌舞音曲を禁じたコーランに、踊らずにはいられないビートを注入する忌(いま)わしい行為。男の言葉は揺れて、何度もそれを振り切ろうとするが逃げ切れない。天罰という言葉がふいに恭一を襲う。頭を振ると、肩まで伸ばして切りそろえた髪がバラバラと音を立てる。リズムにシンクロする。迫ってくるクスリの激しい効果(エフェクト)から、恭一も逃げ切れない。景色の残像が急激に長く見え始めている。あわてて焦点を合わせ直す。

恭一の左手、町の北西に補修の白い筋をまとわりつかせたビルが見える。乾いたメロンのような壁で仕切られた灰色のマンション。サキミビル。サキミが住む部屋にはまだ電気がついている。最上階、ちょうどこちらを向いた角部屋、赤い舌の動きを強烈に思い出す。

考えてはいけない、と恭一は禁じる。自分は穢(けが)れている。思い出してはいけない。章平を裏切ることになる。恭一は白桃色に光る窓から、灰色の壁に目を移す。

だが、壁に張りついた白い筋がサキミの足の甲を思い出させる。カフェ・ジハードで遅い昼食をとるサキミ。無造作に靴を脱ぎ捨てた素足。ねえ、こんな風に動く？　そういって足の五本の指を開き、自由自在に動かしてみせる。きれいに浮び上がった血管。ツタのような青い筋。

いけない。思い出してしまう。いけない。頭を振る。油をすり込んだ髪が宙に浮き、忌わしいリズムを刻む。それが再び、禁じられたリズムに同調してしまう。天罰、とまた思う。汗が噴き上がる。深呼吸をしようとする。肺が受けつけない。危ない。そう思うと目がかすんだ。危ない、と恭一は自分に警告を発する。バッドトリップだ。危ない。シナモンシュガーのような粉を固めた、仁丹(じんたん)よりも小さな粒。ベルギー・アシッドと呼ばれるあの小さなクスリが、その数千倍、数万倍の大きさの僕の体をどこか危なっかしい場所に持っていく。とんでもない力だ。
熱く痺(しび)れるような衝動が体を貫いた。口が開く。吐き気だった。まず深呼吸だ、と思う。さっきそう思ったばかりだと気づく。だが確かではないと思い直し、呼吸が先だと自分に言い聞かせる。さっきもそうした気がする。脂汗(あぶらあせ)が脳に浸みる。心臓が脅(おび)えて震える。ＯＰＩＵＭの前で女たちがかん高く笑うのがわかる。その声がガクガクと骨を揺さぶる。

　刻まれ続けるリズムの上から男は去り、歓喜にむせぶ女の叫びだけがのたうち回っているのがわかった。聖なるコーランは僕を見捨てた。ＤＪのミズオが特別に作ってくれたテープ。それがベルギー・アシッドとともに僕を地の底に落とす。はめられた。息が出来ない。死ぬのか。まさか。だが、音楽は死ねと言っている。

　欠けた月が見えている。とすれば僕は倒れている。だが、いつの間に。冷たい。屋上のコンクリートが背中にしがみついて体の熱を奪う。死ねと歌う声がする。息が出来ない。バラカバラカバラカバラカ。そう叫んで何になる。今欲しいのは酸素だ、胸が潰れる、舌が音が言葉が風が月が喉にからみついて、体中の空気を吸い上げる、ハウス・ミュージック、ハウス・ラヴァーズ、そう歌う女の声が喉にしがみつく、音楽を消してくれ、音楽がしめつける、音楽の外に出たい、出してくれ、誰かカセットを引き抜いてくれ、潰れる、危ない危ない危ない誰か人工呼吸を呼吸を深呼吸を泣きそうだ――

　恭一はのっぺりと冷たい月明りの中で、右手を不自然な形にねじ曲げたまま、仰向けに倒れていた。大きなＣＤラジカセと、粗大ゴミの中から拾ってきた黒い椅子に両脇を固められ、恭一は喘息(ぜんそく)患者のように精一杯息を吸っては失敗する。腹が不規則に波打ち続けた。直径十センチほどのラジカセのスピーカーが、左の耳にほとんど触れている。大音量は鼓膜どころか顔半分を痺れさせた。空気の板がこわばった頬をひっぱたく。その殴打が骨を伝って胃を突き上げる。音は空気の振動なんだなあ。しゃくり上げるような呼吸を続けながら、恭一は心からそう思った。音は空気の振動なんだなあ。そんな当たり前過ぎて間の抜けた感慨が、突然恭一を冷静にした。

　あたりを包んでいた音楽が呪力を失った。逃れたくても逃れられなかった音のドームが、あっさりと耳許の物理的な空気の壁に収縮してしまう。途端に気管が開いた。風が喉から入り込む。体の隅々にまで酸素が補給されるように思った。助かった。乗り越えた。恭一は静かなため息をつき、脳の混乱を切断してくれた呪文をつぶやいてみた。音は空気の振動なんだなあ。そのあまりに馬鹿々々しい詠嘆に吹き出しながらも、恭一はどこかで重大な真理を発見したようにも感じていた。音は空気の振動、と恭一は繰り返した。もちろんそれ自体に何の意味もないことはわかっていた。意識のレベルをずらしてくれただけだ。だが、このバッドトリップの切断を少しでも長く維持するためには、発見した真理の偉大さを誉め称えている態度が必要であることを、恭一は経験上よく知っていた。

　鼓膜の奥にかすかな足音が聴こえてきた。鳴り続けるスピーカーの向うから、それは近づいて来る。屋上に向って誰かが階段を駆け上がっているのだ。月の白い光を反射させている雲の流れを仰ぎ見ながら、恭一は靴音の主を待った。目で認識している世界と、耳でとらえている世界のスピードが多少ずれているが、さっきまでの混乱はもうない。むしろ、その複数の時間を恭一は楽しみ始めていた。視界に神経を集中する。輝いてゆっくりと動く雲は永遠の一歩手前にいる。靴音は消える。音楽は凍りつく。逆に耳を澄ますと永遠は解凍され、夏の夜の空は忙しく汗をかき始める。ラジオのチューニングよりも簡単な意識操作だ。

　カチャリという音がした。形の異なる二つの金属が一つに溶け合う瞬間を、恭一は思い浮べた。

テープが終わったのだ。

「恭一さん、何してんですか」

いつの間にか、目の前に月の数倍はある男の顔が飛び出していた。ギクリとして答えられないでいると、イチオはしゃがみ込んで音も立てずに笑った。斜視気味の目は、こちらの額あたりに焦点を合わせているように見える。恭一はゆっくりと口を開いてみた。声が出た。

「痺れてる」

すると、イチオが笑顔のまま答えた。

「ええ、そうらしいですね」

「ああ、痺れてるんだ」

舌は回っている。大丈夫だ。そして、イチオは状況を把握しているらしい。恭一は落ち着きを取り戻し、意識を会話のレベルにセットした。

「リョーサクは大丈夫？　さっき……派手にすっころんでたみたいだけど」

「あ、見てたんですか。浮浪者狩りですよ。どうしても捕まらないのが一人いてね。一週間前から、いやもう二週間になるかなあ。さっき見かけたって情報が入ったんで追ってたんですよ。また逃げられましたけどね。それより、恭一さんこそＯＫですか」

イチオは視線を固定したまま言った。もし〝ＯＫじゃない〟と答えれば、素早く適切な対応をしてくれるはずだった。十九とは思えないこの落ち着きと行動力、そして凶暴だがその分あらゆる修羅場を経験している人間の気の届かせ方で、イチオはリョーサクらの中心におり、章平の信頼をも勝ち得ていたのだ。

イチオは章平の指示通り動いた。今まとっている長衣(ジュラバ)もそうだった。白い地に黒く太い縦縞(たてじま)が入ったワンピース状の綿布。大きなフードとたっぷりした袖口。さらに、頭の回りに巻きつけた真白な布。イチオたちのそのスタイルは、外からこの町を見物に来る若い不良たちに影響を与え、すぐに真似られた。長衣（ジュラバ）を基本にした衣服は、町の東の路地にあるメディナというインポート・ショップで売らせておいたから、一時は町中がマラケシュのように見えたものだ。

そのスタイルを〝フェイク・ムスリム〟と名づけたのも、イチオたちをモデルに使うよう章平を説得したのも恭一だった。だが、その恭一でさえ舌を巻くほど、イチオは見事にツートーンの長衣（ジュラバ）を着こなしていた。動きやすくするためだろう、自分でスリットを深くし、足元は大き目の黒いミドルカット・スニーカーで包んでいる。こんなオシャレな奴がケンカにも強いとはとても考えられない。恭一は改めて感心し、イチオを見つめた。イチオは表情を変えずにもう一度問いを発する。

「OKですか」

恭一は我に返り、あわてて答えた。

「あ、ああ、もうOKだよ。大変だったけど乗り切ったみたい」

「オーバードース？」

「いや、何かの具合だったんだと思うけど。複合汚染的な、さ」

イチオに手を貸してもらって椅子の上に腰をおろしながら、恭一は続けた。

「クスリの食い合わせってあるだろ。そんなとこ。ちょっと恥かしい姿を見せちゃったな。屋上にぶっ倒れてるなんて。でも、イチオが来てくれてよかったよ。今は気分よく痺れてる。ベルギーの本領発揮ってとこかな」

そう言って頭をかいてみせると、イチオは斜め前にゆっくりと移動し、柵から向うに身を乗り出してもう一度こう聞いた。もうOKですか？

何かあったんだな、と恭一は思った。イチオはその何かを伝える間合いを計っているに違いなかった。なるべくこちらに動揺を与えないようにと、イチオはそう考えているのだ。恭一はイチオの心遣いに励まされ、声に力をこめて答えた。

「OKだよ。で、何があったんだ」

少し間を置いて、背を向けたままのイチオが言った。

「寛樹(ひろき)がまた布教してるんですよ、OPIUMで」

「寛樹って……若菜寛樹」

「ええ。まだあそこを抜けてなかったらしくて。前と同じ状態ですよ。恭一さんが言ってた神様のいない宗教。さっき店に来ましてね、客つかまえちゃ鼻っつら突きつけて説教してるんです」

寛樹が帰って来ている。それも以前と同じ状態で。そう思うと口の奥から苦いものがにじみ出て来た。


若菜寛樹は、章平が雇っていたグラフィック・デザイナーだった。年は恭一より二つ下だから、今は二十四。企業のCIキャンペーン用ポスターや、宣伝用パンフレットを制作する仕事が重なって進行していた当時の冴島(さえじま)章平事務所で、最もよく働き、才能を発揮していた男だった。どんなに忙しくても自分の指定した色に妥協を許さず、印刷所の担当と何度も言い争う寛樹を見て、恭一はすっかり彼を気に入った。

ところが去年の冬、寛樹は何の前触れもなく突然姿をくらました。登校拒否児童といって笑っていた章平も、一カ月経つとあわてて心当たりのある場所に連絡を取り始めたが、すべては無駄だった。寛樹は完全に蒸発していたのだ。そして、三カ月経った今年の一月。寛樹はおかしな言動を携えて帰って来たのだった。

積極性が人生の基本。僕にはドン底の中で支え合った百人の親友がいる。僕は無敵だ。今こそ社会に貢献出来る。感謝します。

三カ月の間どこにいたのかと問う者すべてを無視して、寛樹は生まれ変わった自分を見ろと熱っぽく説き、すべて皆のおかげだと押しつけがましく感謝してみせた。そして最後には必ず、君もライフ・ラボに入って人生を見つめ直すべきだと勧める。章平が九州にいる彼の両親に電話をしてわかったことだが、寛樹はそのライフ・ラボという会に八十万の金を払い、二カ月間の合宿をしていた。説教臭い言葉への嫌悪から、イチオは寛樹が新興宗教に入信したものと信じて疑わなかったが、ライフ・ラボは宗教団体ではなかった。それはいわば自己啓発のための性格改造システムだったのだ。章平が、困った時にわざと出す間延びした声でこう言ったのを覚えている。

〝カリフォルニア産の宗教オレンジみたいなもんかね。何にでも感謝するTHANKISTを促成栽培。ま、太陽の下でスクスク育ったフレッシュな洗脳システムって感じ？〟。その〝感じ〟は恭一に耐えられないほどの気持ちの悪さを与えた。そんな四方八方からの光にさらされた影のないシステムでは、抵抗や反発、いやそれよりも寛樹への説得の根拠がつかめない気がした。その厄介な気分をイチオに説明するために、恭一は神様のいない宗教という言葉を使ったのだった。

戻って来た寛樹を章平は雇おうとしなかった。それでも寛樹は毎日事務所に現れ、以前とはうって変わった横柄な口調で仕事をさせろと迫った。そして、章平や事務所のスタッフが寛樹のやる気に気圧され始め、ライフ・ラボの効果を評価するムードさえ形成されてきた矢先のことだった。実力行使だと言ってレイアウト用紙をひっつかみ、勝手に線を引こうとする寛樹が、五分もするとl机を離れてしまい、いかに自分が優秀なデザイナーかを説いて回るばかりなのに気づいたのだ。まるで躁病患者だった。やる気はあるらしいのだが落ち着かない。いや、落ち着くことが出来ないのだ。章平ははっきりとライフ・ラボの欠陥を知った。

カフェ・ジハードに恭一を呼び出した章平は、そのことを伝えると恭一を連れて事務所に戻り、寛樹に仕事を与えてみせた。簡単な活字の割り付け作業だった。その十分もかからずに終わるはずの仕事が寛樹には耐えられなかった。こんな素人仕事を僕にやらせるのは侮辱だ、などといって寛樹は席を立ってしまう。そして細く長い首を子馬のように前後に揺らしながら、虚空を見つめ独り言をつぶやく。

「全く誰もわかっちゃいない。俺は何でも出来るんだ。どんなことでも俺には可能なんだ」

章平は恭一の方を振り向いて、腹立たしげに舌打ちをしたが、恭一はただただきまりが悪くなるばかりだった。狂人を部屋に押し込んでテストをしているような気分に襲われたからだ。一人の破壊された人間を、完全な人間としての立場で見降している尊大さが、自分ながら許せなかった。同時に、人前で狂気をさらけ出している寛樹の恥をも引き受けなければならないような気がしてくる。その理不尽な感情を屈折させることで、初めて恭一はライフ・ラボに怒りを向けることが出来た。

その夜、カフェ・ジハードでのことだ。事情を知ったサキミがこう言ったのだった。

「カイタイヤを呼ぼう」

恭一は意味をつかみかねて、つっかかるように聞き返した。

「え?　何だって?」

サキミはカプチーノを飲み干して、もう一度はっきりと言った。

「寛樹を解体して組み立て直す。そのために解体屋を呼ぶ」

「あいつを、か？」

章平は薄い眉を歪め、息を飲んだ。サキミは向うのテーブルに着いた顔見知りに手を振り、その後で恭一に向って説明した。

「日本ではまだ認められてないけど、洗脳外しみたいなことを職業にしてる精神分析医がいるのね。向うじゃデプログラマーっていわれてるらしいけど、つまりプログラム外し。章平の友達でそのデプログラムを研究してる奴がいるの。大学の心理学研究室にいる人で、実際アメリカにも飛んでプロのデプログラマーにも会ったりしてる変人。私たちは解体屋って呼んでからかってるんだけどさ」

翌日。解体屋、立原勇三は電話一本で章平が借りている古い一軒屋に駆けつけて来た。教授との懇親会をけってきたと髭面を歪めて笑う解体屋は、冗談のつもりだろう、油で汚れた青いつなぎを着ていた。同じく様々な種類の油で斑模様になった工具入れの中から、解体屋はライフ・ラボラトリー・レポートと殴り書きされたノートを取り出した。

「お前の実験用マウスじゃないんだからな。壊すなよ」

真剣な顔でそう言う章平をよそに、解体屋は口笛を吹きながらノートを読み続け、しばらくすると浅黒く艶やかな顔を上げて言った。

「彼をしばらく監禁させてもらうよ」

ためらう恭一の脇で、章平がかすかにうなずいた。サキミは黙っていた。

大事な仕事を任せたいというクライアントがいると嘘をついて、章平は自室に寛樹を呼び出し、〝クライアントとの直接面談〟を決行した。その時の粘つくような重苦しい雰囲気を、恭一はよく覚えている。五芒星の形に金属をはめ込んだ古い樫のテーブルを挟んで、クライアントと名乗るデプログラマーとデザイナーを名乗る若者は向き合った。古めかしいシャンデリアのスイッチは切られ、部屋の隅にある小さな照明だけが灯っている。くねるアルミニウムの細い蛇腹の先に咲く、百合の花のようなランプシェード。それ以外に光はない。降霊会場のようなその部屋の中で、解体は始まった。

何に感謝してるの。本当の生き方を教えてくれたことだよ。本当の生き方って何なの。前向きに生きること。前向きってどういう意味かな。明るく生きることだよ。明るいっていうのは。積極的に他人とコミュニケートすることだよ。積極的って。バカヤロウ。それが積極的という意味？　違うよ、つまり誰に対してでも心を開いて友達になるんだ。心を開くってどうやって。だから見栄やコンプレックスで閉じてた自分を開くんだよ。だからどうやって。お前に教えたって出来ないよ、バカ。それは僕に対して心を閉じてることになるんじゃないの。悪いかよ。だって誰に対してでも心を開くんだろ。うるせえな、バカヤロウ。矛盾してるから聞いてるんだぜ。

寛樹が答えに窮するまで解体屋は問いを発し、言葉を失ったとみると今度は寛樹の答え一つ一つを裏返していく。人間は後ろ向きに生きていくべきだ。明るく生きるべきじゃない。心は閉じていた方がいい。当然寛樹はやっきになって、その反対命題を否定する。途端に解体屋が先と同じような問いを発する。最初は子供同士のたわいない遊びのようにしか見えなかった。しかし、それは数時間、十数時間と休む間もなく続けられた。

その日もその翌日も、解体屋は寛樹を眠らせず、同じ問答を繰り返し続けた。寛樹が激昂しようと、泣き出そうと、解体屋は反復をやめなかった。丸四日間、彼ら二人は眠らなかった。まるで悪魔祓いのようだった、と恭一は思う。

最後の夜。寛樹の反抗的な目つきがゆるみきって濁(にご)り、部屋の沈黙が五時間を超えた時、解体屋はドアを開けて、部屋の外にいた恭一と章平を見つめた。

「最後の解体工事に突入する。いいと言うまで中に入るな」

そう言うと解体屋は放心状態の寛樹を顎(あご)で示した。

「ほら、あいつを見ろよ。もう一押しだ。もう一押しで、粉々になる」

ドアは閉まった。それからの三時間、解体屋が何事かを怒鳴り続ける様子を、恭一は身をすくめてやり過ごすしかなかった。寛樹からの反応は皆無に思われた。章平はコードレスフォンを片手にうろうろと歩き回りながら、仕事の進行を事務所のスタッフに指示し続けた。恭一はその章平から隠れるようにして、パーカのフードを頭にかぶり、床にうずくまっていた。ネジやゴムの切れ端やバネや金屑(かなくず)の切片。寛樹の精神はそれらのガラクタとなってばらけてしまったのだろうか。洗脳と洗脳。信念と信念。一体どちらが正しいといえるのだろう。壁を伝わってくる解体屋の唸(うな)り声が、自分を解体する震動のように感じられ、恭一は耳を塞(ふさ)いだ。だが到底耐えられない。

章平が止めるのも聞かずに、恭一は家を飛び出した。そのまま町の北西、サキミが住むマンションの南にあるシンナー・タワーに向った。無人工場の屋根を突き破るように聳(そび)え立つ安っぽいモスクが目印だ。高さ五メートルほどの、計算の狂ったブリキの円柱に、金メッキの桃が載っているようなニセのモスク。てっぺんには銀色の三日月が避雷針のように刺し込まれている。工場内に転がっていた金属を溶接して、それを一週間で作り上げた自称環境アーチストの本城康介(こうすけ)は、シンナー・タワーを砂漠(デゼール)のビジュアル・シンボルと呼んでいた。金メッキのスプレーでラリったからこそ出来た深層無意識の結晶、というのが康介の決まり文句で、彼は当初それをディープ・サイキック・シンボルなどと名づけていたのだが、誰かがからかい半分にシンナー・タワーと言い始めてからは、そちらが正式名称のようになっている。その下のすえた油の匂いの立ちこめる工場跡は、アマチュア・プッシャーの溜まり場だった。うまいタイミングでそこに行けば、クスリの売人と会えるのだ。

杉浦自動車部品と書かれたコンクリートの壁を目指して、恭一は一心に歩いた。スペシャルKを手に入れるためだった。半日は体が動かなくなるクスリ。トランキライザーのようではあるが、それは眠りを誘わない。ただ意識が低下し、さっき見た寛樹のように目が濁りに覆われる。恭一はその楕円形の赤いカプセルで、しばらくの間自分を廃人にしておきたかった。

顔を見知った少年のような若いプッシャーから、一万五千円で四錠買った。部屋に戻ってリビング・ルームのソファに腰をかけると、恭一はグレープフルーツジュースと一緒に四錠すべてを胃の中に流し込んだ。二十分後。体につないだ重い錨が、恭一を一気に水底に沈めた。

翌日の夕方、解体屋からの電話の呼び出し音に気づくまで、恭一は海の底に座り続けていた。〝解体は終わった。部品も組み立て直した〟とだけ伝えると、解体屋は電話を切った。勝ち誇ったような解体屋の語調には、途中で姿を消したことへの当てつけが感じられたが、恭一はいささかも傷つかなかった。海底に腹をつけて横たわる潜水艇への業務連絡。ただそれだけのことだった。また逃げたんだ、と恭一は声に出して言ってみた。だが、それも圧倒的な量の海水の中をただよう、くぐもった音の小さな塊に過ぎなかった。

後で章平から聞いた。恭一が部屋を出てから二時間後、寛樹は陶磁器のように青白く透けた顔で姿を現わし、ただ一言〝帰ります〟とだけつぶやいて去ったという。それ以上詳しいことを章平は語らなかった。恭一に遠慮をしたのかも知れない。しかし、噂は町中に広がった。寛樹が粛清され、砂漠（デゼール）を追放された、とそんなニュアンスの噂だった。確かに寛樹は砂漠（デゼール）を去った。両親からは、元の息子になって帰って来ましたと感謝の電話があったという。家業の金物商を手伝って地道に働いている、という話も聞いた。

　章平たちはあれでよかったんだと言った。だが、恭一はその四日間をすっきりと忘れることが出来なかった。イチオは粛清に参加出来なかったことを悔んで、恭一を度々遠回しに責めたが、恭一は参加したことをこそ悔んだ。それから一カ月の間、章平は変わりなく仕事をこなした。サキミはタイに旅行し、真黒に日焼けして帰って来た。恭一はスペシャルKを飲み続けた。


　寛樹がこの町に舞い戻って来たことを、イチオが慎重に切り出したのは、その時の恭一をよく知っていたからだろう。現に今、恭一はすべてを思い返し、激しく動揺している。

「会いますか、恭一さん」

　そう言ってイチオは振り返った。呼吸が荒くなり、どう答えていいかわからない。手のひらで顔を覆い、深々と息を吸ってみた。自分の手の匂いがする。大丈夫だ。僕は思いのほか落ち着いている。

「行こう」

　短くそう答えることで自分を奮い立たせ、恭一はイチオに従ってＯＰＩＵＭに向った。

　張り出した大きな白いテントをくぐると、都市戦闘用の黒白灰三色が混合した迷彩服を着たドアボーイが、錆(さ)びたドアを開けてくれる。細かい幾何学模様のタイルに囲まれたダンスフロアに、数十人の男女が群れているのが見えた。ＯＰＩＵＭがバーと名乗っているのは風営法対策で、実質は小さなディスコなのだ。どむ、どむという低音が厚い空気の壁になって肌を打つ。音は空気の振動、と呪文のように繰り返していたことが、まるで子供のへ理屈だったように感じられておかしくなる。ＤＪブースの右奥のソファに、康介が土足で上がり、ビールをラッパ飲みしているのがわかった。恭一は軽く右手を上げて合図するが、康介は気づかない。暗赤色の照明が人影を濃く染めている。ＤＪのミズオと目が合う。気のない挨拶を交わしてから、恭一は寛樹の姿を探し始めた。

イチオは機敏に動き回っていた。スイスイと魚のように客の間をぬい、誰かれとなく肩を抱いて耳許で声を張り上げる。寛樹は？　誰それ。寛樹はどこ行った？　リョーサク君が話してたわよ。リョーサクは？　さっき出ていきました。ヤッホー！　イチオ元気？　うるせえなバカ。何だよ。俺は人探してんだよ、邪魔すんな。なんでー？　うるせえっていうんだよバカ。

入口のあたりで立ち止まったままの恭一に向って、イチオは大きく首を振った。やはり寛樹はもういないらしい。

全身を包む音がベルギー・アシッドの効果（エフェクト）を蘇らせ、目の前に広がる光景から急速に恭一を引き剝（は）がし始めていた。よろめきながら店を出た。つばの大きなキャップで顔をあおぎながら、ドアボーイが何か話しかけてきたのだが、どんな意味を持つのかわからなかった。三十分ほど前リョーサクが倒れていたあたり、向いの路肩に腰をおろし、夏の風を吸い込んで恭一は大きく咳込んだ。肺が震え、体の骨をきしませるのがよくわかる。内臓それぞれの動きが、目の前にある物のように感じとれるのだ。自分が風よりも軽い意識だけの存在になっている気がする。肉体は重い冬のコートだ。

そう思った時、視界のはじに紫色の靄が映った。見ると道路の西端に何かが立っている。屋上から見たあの奇妙な人間だった。あれは幻覚じゃなかったんだ。そう納得してすぐに背筋が寒くなった。こちらに向ってふらふらと歩いて来るのに、いっこうに近づく気配がないのだ。

幽霊――

「逃げられましたね」

いつの間にか、イチオがＯＰＩＵＭのテントの下にいた。幽霊を見せようと立ち上がり、再び西を向くと、もう紫色の靄はなかった。西の端の、砂漠（デゼール）と一般市街を区切る大きな道路に、次々とタクシーの光が現れては消える。やはり幻覚だった。恭一はこわばった背中から力を抜いて、そう思った。だが一体どんな潜在意識が、あんなものを見せるのだろう。

いぶかしむ恭一の前に、新太郎と松本がいた。イチオと同じように、くるぶしまですっぽりと布をかぶって周囲を見回している。あくまで寛樹を見つけ出すつもりなのだ。今日のところはこれまでにしよう、クスリが気持ちよく効いてるから。そう言おうとした時だった。水道の蛇口を思い切りひねって、白く泡立つ水を激しくほとばしらせるような音が、きれいなグラデーションを描いて近づいて来た。音に吸い込まれ、恭一は重心を失った。ガシャンという板の音で我に返ると、イチオの前に坊主頭が一人増えていた。主（あるじ）を失くしたスケートボードが、回転しながらＯＰＩＵＭの外壁にぶつかる。

ミツという少年だった。イチオの稚児と呼ばれている、色白で小さな顔をしたミツは、早口で何事かを報告し始めている様子だ。薄い唇が、釣り上げられた魚のように動いている。ＯＰＩＵＭから漏れて来る低音の上に、サ行の音だけがスタッカートでリズムを刻んだ。ミツは頭の回転と同じスピードでしゃべる。そしてイチオがいつも自慢するように、無駄なことは口にしない。

そのミツの素早い報告を聞き終わると、イチオは恭一の方に近づいて来た。

「章平さんが呼んでるらしいんで、今日は失礼します」

言いながらイチオは、恭一のシャツの胸ポケットに小さな白い錠剤を落とした。

「超強力な安定剤。ベルギーが切れた頃にやると、グシャグシャになって最高ですよ。ま、ゆっくり眠って下さい」

礼を言う間もなく、イチオはミツの方に走っていき、その勢いのままスケートボードに乗ってOPIUMの脇道に入って行ってしまった。ミツたちもすぐに後を追う。

ドクロのマークがついた胸ポケットから錠剤をつまみ出して、恭一は大きなあくびをした。これで一日が終わる。何という速さだろう。この人工の町から去るまで、あと半年。僕は毎朝安定剤を使用するに違いない。クスリでしか、この町のスピードを止めることは出来ないのだ。

シャワーを浴びているうちに、抵抗しがたい重力が襲って来た。白い錠剤は思ったより早く、ベルギー・アシッドの力をねじ伏せた。夕方近くまで眠ってしまうに違いない。もったいなかったな、もっとベルギーの効果（エフェクト）を楽しんでから飲めばよかった。シャワーが終わったら、すぐ章平の事務所の留守番電話に遅くなると吹き込んでおこう。そう考えながら、恭一はバスタブのへりに腰を下ろし、ひんやりとしたタイルの壁に体をもたせかけた。どうせ大した仕事はない。この町のプロデュースを手伝うという名目で、章平から遊んで暮らせるだけの金をもらっている身だ。大学時代の友人はみんなうらやましがっている。ただのインテリ・チンピラだよ、先がないんだぜ、と言って笑う。たまに雑誌に出てもっともらしいことを答える。それで親は何となく安心している。悪いことはしていない。悪いことは――

浴室の回転灯が黄色い光をまき散らしているのに気づいた。電話だ。意識を失いかけていた恭一は、あわててシャワーを止め、蒸気に煙る浴室を脱出した。

「恭一」

そう名乗るのがやっとだった。

「あたし」

相手も短くそう答えた。誰かわからなかった。

「ごめんね、朝早く。よかったら今すぐあたしのとこに来てくれる？」

サキミだった。体中から水がしたたり、皮膚が溶け始めた半魚人になった気がしてくる。時計を見る。午前五時十分。サキミは一方的に呼びかける。

「やっぱり今すぐ来て。恭一に話したいことがある。多分重大なこと……だと思う。うまく言えない。来てくれればわかる」

「二十分後に行く……行くよ」

そう答えると電話は切れた。

サキミが僕を呼んでいる。話したいことがあると言っている。血管という血管が、心臓の奥の一点にたぐり寄せられるような感覚がした。

砂漠（デゼール）の一日は、まだ終わったわけではなかった。

第二章

砂漠の記憶喪失者

今、あなたの前に現れよう

サキミの部屋の中には、見たこともない男がいた。こいつは一体誰なのか。安定剤の効果で低空飛行をしているような気分のまま、恭一は目の前の男を見つめ続けた。

年齢は四十前後だろうか。意外なほど高い位置に大きな耳がついているのだが、左耳の上半分が縮れている。生まれつきか、後天的な事故のせいかはわからない。内側に巻き込んだその皮膚はクルミの実を思わせた。頰はこけ、眼窩（がんか）はくぼみ、肌は枯れ切った幹の表面のように荒れてこわばっている。そのくせ厚い唇だけは血色がよく、柔かそうにぬらぬらと濡れていた。

耳の欠けた男が、恭一と同じように風呂から出たばかりであることは、雨に打たれた瀕死の鼠（ねずみ）のような薄い濡れ髪からも明らかだった。鼠は腰くだけの姿勢で壁にもたれ、そこばかりは洗えなかったのだろう、濁って黄ばんだ目を左右に動かして脅えていた。

この人とここで同棲（どうせい）するのよ。そう言ったきり、サキミはキッチンにこもっている。サキミはよほどのことがない限り、他人を部屋に招き入れなかった。そのことを恭一はよく知っている。というより、理解していると言った方がいい。彼女は他人との間に一定の距離をおかないではいられなかった。

サキミは誰かれなしに気を遣った。ぶっきらぼうな態度を取ることが、相手に気を遣わせない最もよい方法だと考えてさえいた。だが、そうやって一方的に気を遣うのは、実は相手を遠ざけておく手段なのだ。人づき合いの良さとは裏腹に、サキミは自分の中に立ち入る者を恐れていた。その恐れは、気の強そうな性格の裏側に隠れ、殆ど(ほとん)の人間には見えなかった。しかし恭一には、その屈折が自分のことのようにわかった。

そのサキミが、今なぜこの耳の欠けた中年男を部屋に入れ、一緒に住むと言い出したのか。疑問が嫉妬に変わっていくのを感じ、恭一はその感情を打ち消した。自分にはサキミに嫉妬する権利などない。弟分のようにして可愛がられ、部屋に出入りするうち、たった一度の関係があっただけだ。それは決して興味本位の肉体関係ではなかった。だが、恋愛という言葉からもほど遠かった、と恭一は思う。ならば、あの夜満されたと感じた不思議な思いは自分にとって何だったのだろう。そしてサキミにとって――。いや、思い出してはならない。僕は章平を裏切った。サキミと章平の間に割って入った。章平を裏切ったんだ。恭一は頭を振る。それよりこの男だ。この耳の欠けた男は誰なのだ。

脅えを隠そうとしない男の態度は、かえってこちらの攻撃性を誘発するかのようだった。ひょろ長く浅黒い腕が、サキミの着古したシルクのシャツから飛び出している。その蜘蛛のような腕で、男は自分の体を抱きしめ、許しを乞うように上目遣いでこちらを窺(うかが)っている。岩壁に穿(うが)たれた二つの穴に見える、落ちくぼんで暗い眼窩。つぶれた鼻。張り出した頑強な顎(あご)。そして、何よりも左耳のまくれ込んで黒ずんだ肉塊。どれもが恭一をいら立たせずにはおかない。

こんな中年男をサキミが部屋に入れるはずがない。まして同棲するなどと言い出すわけがない。まだ僕はラリったままなのではないか。恭一は何度もそう思い、まだ乾いていない髪を触ってはその考えを消し去った。これは現実だ。現実なのだと。

サキミが金色のトレイを持ってキッチンから現れた。裾のたっぷりしたダンガリーのワンピースを着て、髪をひっつめた姿は爽やかな少女のようだった。彼女は、男と恭一に挟まれた低いアンティークのテーブルに手際よく三人分のマグカップを並べ、真中に座る。サキミと恭一はコーヒー。男のカップには熱いミルクが注がれている。しばらくは誰も口をつけなかった。それぞれの湯気をそれぞれが見つめるばかりだ。大きな旧式の古いクーラーが、かえって沈黙を際立たせるような低い音を立てている。

突然オウオウ、というオットセイのような声が男の方から聴こえた。びくりとして恭一が顔を上げるのを制するように、サキミはあわててしゃべり出した。

「恭一。この人ね、浮浪者だったの」

屋上でイチオが言っていたことを思い出した。一週間前から、いやもう二週間になるかなあ。隠れ続けていた浮浪者はこの男かも知れない。

「しかもね、恭一。この人、過去がない。記憶がないらしいの」

それは、あまりに突然始まった非現実的な物語だった。考える暇を与えないやり方で、サキミはさらにこう言った。

「でね、この人には霊力(バラカ)がある。だって光ったのよ、この人。この部屋に入って来た時もそう。ぼうっとね、光ったと思ったら空まで光ったの。そんなことってあると思う?」

昨夜見た紫色の靄(もや)とも人間ともつかないもの。それが脳裏に蘇り、恭一は息をつめて唾を飲み込んだ。最初にそれを見た時も、夜空が光った。恭一は思わず男から目をそらした。サキミはかきくどくように続ける。

「これは絶対何かあるなと思った。運命みたいなのを感じた。時々あたしに変なこと言うんだけど、それがまた不思議なんだ。この人、きっと何か目的があって砂漠(デゼール)に来たんだって気がする。

で、あたしを選んだのよ。何だかそう思う」

恭一には信じられなかった。オカルトを全く信じないサキミが、宗教じみたことを言い出しているのだ。

芝居を打っている。恭一はそう思った。サキミはすぐに自分から吹き出すだろう。恭一は、湯気を見つめ過ぎて焦点の合わなくなった目で、いつものサキミの乾いた笑い声を待った。サキミが笑ったら、自分もすかさず追いかけて笑おう。きっと、この目の前にいる耳の欠けた男も、真に迫った演技をやめ、本来の快活さを取り戻して笑いの輪に加わる。そして、それまでとはうって変わった様子で自分の素姓を明かすのだ。その時を恭一は待った。

だが、いつまでたっても、サキミの言葉は黒々とした雨雲のように宙に浮いたままだった。それは、コーヒーから湧き上がる湯気と混じり合って、重苦しい湿度を増加させ続ける。

オウオウ、と男が呻き出した。サキミは黙っていた。呻きの中から意味が立ち現れるのを待っているのか、巫女のように正座した膝の上に二つの拳を固く握りしめている。

オウオウ、オウオウオウオウ――

男の吐く息が恭一にまで届いた。腐った魚の内臓の臭いがする。それが男の赤茶けた舌から噴き出していると思った。だが、細いながらしっかりと前に突き出たサキミの鼻は動かない。また、僕はありもしない匂いを感じ取り始めたのだろうか。

恭一には匂いに対する強迫観念があった。大学時代、友人に分けてもらったクスリで軽いバッドトリップに陥ってから、度々それに襲われる。一度匂いを感じると逃れられず、逃れたと思うと他の匂いが鼻孔の奥で香をたく。

だが、男から漂う厚ぼったい刺激臭は、恭一の病んだ嗅覚がとらわれたことのない種類のものだった。それが実際に匂っているのか、錯覚なのかがわからなくなってくる。恭一は、男の胃からとろけ出す臭気に脅かされている気がした。

オウオウ……ニドハジマッテ……オウオウオウ……。

太い胴鳴りのような音が分節化され始めていた。丸く突き出され、柔かい肉のトンネルのようになった男の口を恭一は見つめた。

ニドハジマッテ……ニドオワッタ。

そこで男の発作のようなものは終わった。サキミは恭しく正座したままの姿勢で、上気した顔を振り上げた。そして小さく、バラカ……とつぶやく。自分を失ったようなその様子が、恭一を混乱させた。自意識に過敏であるはずのサキミが、不用意にも他人の前で感情を露わにしている。そのはしたなさへの嫌悪。あるいはあまりの無防備さがこちらに伝染して来ることへの原始的な脅え。それら処理し切れない思いの塊を、恭一は発作的に吹き飛ばそうとした。

「何なんだ、それ？」

調子は明らかに外れていた。動揺を悟られたかも知れないと思うと、体の奥から熱が湧き上がり、皮膚全体をほてらせた。しかし、恭一はうわ言のように続けざるを得ない。

「何が二度始まったんだ……二度終わるってどういう意味なんだよ」

男が体を硬直させるのが伝わって来た。その臆病さがかえって癇にさわった。恭一は責め立て、叱りつけるように言った。

「お前は誰だ」

男はビクンと魚のように痙攣した。それはあまりに強く素早い動きだった。一瞬にして空間を移動したような動き。いや、時間を切り抜いて貼り合わせた、まるでニュース映像の中の人物のように、男は体を震わせた。何故だろう、男が作り出した時空の裂け目に吸い込まれるような気がした。

　耳の欠けた男は苦しそうな表情でゆっくりと面を上げていく。濁った目はあらぬ方向を凝視している。深い沈黙が続く。時空の裂け目、暗い闇のようなものが恭一を呑み込もうとする。緊張を強いられ、恭一は息を詰めたままその沈黙に耐えた。男はなおもゆっくりと顔を上げ、ついに首が折れるほどの不自然な姿勢で天井を仰ぎ見た。恐しいほど奇妙な格好だった。鳥肌が立った。それは何度となく恭一の皮膚に浸み渡り、止まらない。

　男はぱっくりと口を開けていた。そこから声がこぼれ出た。火口から流れ出る溶岩のような印象があった。

「オマエ……ガ……ドコカラ……キタ」

　男はそう言い終えると、ようやく硬直を解き、あっけないほど日常的な動作で頭を下げた。続く言葉を待ったが、男は斜め下を向き、再び理解不能の脅えの中に閉じこもってしまっていた。からみ合った癖毛が横に張り出し、おかしな形の黒帽子に見える。からかわれていた気がして、腹が立った。しゃっくりのように言葉が飛び出した。

「日本語か、それ。文法が、お前、おい」

　感情と言葉と発音が、それぞれ別々にスキップをして思わぬ方向へ進んでいってしまう。わかっていながら、それを止めることが出来ない。

「それが何なんだよ、それ？」

　その場違いな大声を、恭一はむしろ笑って欲しかった。それでバラバラになりつつある自分を立て直し、心の中で高まり続ける気圧を下げる。しかし、サキミは黙ったままだった。

時間は停滞した。耳の欠けた男があぶくのように吹き出した言葉は、サキミの黒雲のような言葉とは反対に深く沈み込むように感じられた。お前がどこから来た。どこから来た。それは男にこそ向けられるべき問いだ。

「帰る」

恭一は立ち上がった。安定剤の効果を忘れていた。一歩踏み出そうとした途端に、部屋の壁に貼られたゴダールの映画ポスターがグングン傾斜していくのがわかった。〝右側に気をつけろ〟というタイトルの下で、ゴダールが本を読んでいる。〝THE IDIOT〟という題字が読めた。吐き気を誘うような嫌な音がして、自分が平衡を失って倒れ、体のどこかをテーブルの端に打ちつけたことを知った。右肘が猛烈に熱かった。暗い視界の中で肘が赤々と燃える幻を見た。

ゴキブリがいると思った。耳許でカサコソ音を立てている。何度となく追い払い、幾匹かは手のひらで潰した。それでもゴキブリは湧いて出る。半ば潰れかけたゴキブリが耳の中に這い入る。ちぎれた内臓にびっしりと白い卵が詰まっている。一粒々々の卵が鼓膜から血管に侵入し、栄養を吸い上げて次々孵化（ふか）する。自分の体そのものがゴキブリの巣となり、カサコソ音を立てる虫を皮膚から飛び出させる。散乱した雑誌や新聞紙の下を伝って、落ち着く先を探し回るゴキブリ。黒光りする足に生えた剛毛と、乾いた紙が擦れ合ってカサコソいう。カサコソカサコソカサコソ

——

それが次第に密（ひそ）やかな人の声に変わっていくのに、恭一はとまどった。耳許から部屋全体へ、それは広がっていく。サキミだった。サキミがしゃべり続けている。

「それでね、母さんが言うのよ。そのヒマワリは触っちゃいけないって。花の中に虫が詰まって

るって。あたしぞっとした。茶色い種が全部虫に思えたのよ。そうしたら、どのヒマワリ見ても虫の巣みたいな気がして。虫に乗っとられて本当のヒマワリじゃない気がしてね。自然って気持ち悪いと思った。それが最初。こういうの、トラウマって言うのかな」

何ということもない思い出話。それをサキミは、息つく暇さえ惜しんで吐き出している。

「あとはハムスターね。弟が飼ってたハムスター。臭くて嫌だった。ミリ、そう、ミリって名前だ。すごく小さかったからミリ。一ミリ、二ミリのミリ」

「ミリ」

男が反応した。

「ねえ、わかったの？　あたしの話」

サキミが男に近づくのがわかった。

「そう、ミリって言うんだよ。弟が飼ってた少し斑（まだら）のハムスター」

「知ってた。ミリだった」

「知ってたって……どういうこと？」

男は答える気配がない。仕方なくサキミは質問を変える。

「ねえ、そろそろ何か思い出した？　名前とか、昔のこととか。ねえ、あなた誰なの？」

恭一はすっかり眠りから覚め、耳をとぎ澄まして男の答えを待った。男は口を開いた。ぺちゃりという音がした。

「ミリ」

男はそう言った。どこか哀しい響きがあった。少し考えあぐねる間があって、サキミが強く言い返した。

「ミリはハムスターの名前。あたしが聞きたいのはあなたの名前。わかる？」

しかし、男はサキミをいなすかのように、ゆっくりと低く言った。

「ミリだった」

力の抜けた体の分まで活発に動く気のする頭で、恭一は考えた。男が、ただサキミの話の中に出て来たハムスターの名前に興味を覚えただけならば、そんな答え方はしないはずだ。男はハムスターになったつもりなのか。それともサキミの過去を幻視してみせているのか。どちらにしても奇妙過ぎる、夢の続きのような話だった。活発に動くどころか、頭はかえって弛緩しているのかも知れない。そう思うと、くすぐられているような笑い声が出た。

「あっ、起きてたの？」

少し責めるような口調でサキミが言った。

「ついさっき起きた」

恭一は答えた。

「じゃ聞いてたわよね。ミリだったって、何だと思う？」

「その人に聞くしかないよ。ね、聞こうよ」

男を〝その人〟と呼んでしまったことが不思議だった。

「もう答えないよ、きっと」

サキミはきっぱりとそう言った。

「こういう調子なの、この人は。無駄な質問はしても仕方がない」

サキミらしい考え方だと思った。彼女はどうやら自分を取り戻している。安心した途端、右の肘にビリビリと痛みが走った。おかげで恭一も、現実感のある世界に自分を組み込み直せる気がした。思い切り陽気さをあらわして、イテテテと叫んでみせ、上体を起した。体から毛布が滑り落ちた。サキミが掛けておいてくれたのだろう。少し顔がほてった。

薄いベージュ色の壁に背中を押しつけて、痛む部分を点検する。肘の外側が赤く腫れており、中央に青黒いあざが浮き出ていた。顔を近づけてよく見ると、あざは薄い赤と濃い青のドット模様になっている。

「眠ってる間に誰かが印刷したみたいだね」

恭一は顎を引いたまま身をよじり、その部分をサキミの方へ突き出した。サキミは四つん這いで素早く近づく。

「あらら、けっこうひどいね。ごめんなさい。早期治療を忘れてました」

恭一を下から覗き込んで、サキミは笑った。いたずらな瞳が、それ自体サキミとは別の生き物であるかのように活発に動く。ふざけて鼻を動かしながら舌を出すサキミを見て、恭一はようやく自分がいることに気づいてもらえたと思った。そして、今朝から今までの間、どれだけサキミに無視されていたのかを、改めて痛感した。

すでに午後二時を回っていた。氷を巻いたタオルで恭一の腕を冷やし、サキミは自分の興奮をも鎮めるように見えた。夏の陽差しがブラインドの隙間を通って、二人の体を切り刻んでいる。東と南を向いた大きな窓の間、部屋の角に出来た唯一の日陰の中に男は座り込み、存在をかき消そうとしているかのようだった。

サキミが鼻歌を歌った。行進曲だ。すかさず恭一が答える。

「アイ・ワナ・ルール・ザ・ワールド。10CC。アルバムはハウ・デア・ユー？　76年」

「当たり。恭一、負け知らずね」

そして、しばらく沈黙。サキミは何かを話そうとしている。だが、自分から切り出そうとはしない。こちらが聞いたことに適切な返事をしながら、相手に悟らせようとするのだ。それが自分にとって重要なことであるほど、彼女はそういうやり方をした。弱味を見せたくないという子供じみた意地もあるのだろうが、それよりも自分のことには自分でケリをつける以外ない、と確信しているようなところがあった。

しかし、と恭一は思う。サキミは僕を呼んだ。そして、この男と住むと言った。なぜ章平ではなく自分に、と恭一はいぶかしんだ。章平とはもう何でもない、とあの夜言ったことが真実であるにしろ、なぜ僕を呼び出して男を見せたのだろう。

サキミが何か言っていた。

「え？」

と聞くと、

「これよ」

と答えて目を閉じ、また鼻歌を歌った。恭一が物思いに沈んでいる間に、もう一つクイズを出していたらしい。今度は小刻みで複雑なメロディだった。テンポは遅い。聞いたことのない曲だ。サキミの目を見つめたまま考え続けた。

「わからない？」

サキミはおどけて甘えたようなしなを作ってみせた。本当は勝ち誇っているのだ。

「うん」

恭一は素直にうなずく。

「アイ・ワナ・ルール・ザ・ワールドでした」

そんなはずがない、と恭一は思う。似ても似つかないメロディだった。サキミの嘘に抗議をしようと口を開いた途端だった。サキミは喉で鳥のように笑い出し、こう言った。

「虫の食ったアイ・ワナ・ルール・ザ・ワールドだけど」

意味がわからなかった。

「つまりね、音と音の間に全部ドを入れて歌ってみたわけ」

「すごいね。虫の食ったマーチだ」

恭一は感嘆し、ため息をついた。そしてすぐ、これからまた始まるかも知れない沈黙に脅え、あわてて言葉を継ぎ足した。

「だって、ドを入れてもリズムだけは狂わない……なんてさ。その、つまり……。ねえ、結局どうしてこの人と住むことにしたの？」

その言葉を吐いてしまってから、恭一は自分が何を言ったのかを知った。それはあまりに性急な質問だった。しかしサキミは動じる様子を見せなかった。えーと、と前置きしてから少し考え込みはしたが、それは質問に正しく答えようとする冷静な態度だった。サキミは両手を広げ、つまりと言った。

「ミステリアスだからよ。謎の男。その謎をあたしが解く……。いや、嘘だよ。あたしはそんなことで男と住むようなタイプじゃないもんね。恭一には知られてるからなあ。いい加減な説明でごまかすわけにはいきませんね。うーん」

サキミは腕を組み、右の人指し指で形の良い唇を押えて、解答を導き出そうとした。サキミは男を盗み見る。膝を抱えて天井を見上げたままだ。だらしなく開いた口の端に唾をため、男は絶縁体になりおおせている。そんな男の横顔にサキミが笑いかけた時だった。男がカッと目を見開いて頭を振りおろしたのだ。

「ぶつかった」

男がその大声を上げた直後、短くタイヤのきしむ音がした。乾いた衝突音が響いた。立ち上がって南の窓に走り寄り、ブラインドの細いプレートを押し下げて下を見ると、狭い道路を隔てた向う側の駐車場入口に、ワーゲンのカブリオレが止まっていた。横腹に門がめり込んでいる。開け放したルーフから二人の少年が顔を出し、運転席の少女をなじっていた。どうやら怪我はなさそうだ。

安心して振り返ろうとしながら、恭一は思わず小さく声を漏らした。男は今ぶつかったと言った。突然目をむいて、男は確かにぶつかったと叫んだ。それは衝突の前、ブレーキの音がする直前だ。

呆然と立ちつくしたまま、ゆっくりとサキミを見た。同じく窓の前に立つサキミも恭一の目を見ていた。サキミがかすれた声を出す。

「元浮浪者で記憶喪失で……」

唾を飲み込む音がした。

「やっぱり霊力(バラカ)がある。だから……一緒にいようと思う」

呼吸が乱れていた。恭一はサキミの遠くを見るような瞳の奥を見つめ続け、体が少し震え始めるのを感じていた。その恭一がまだ説明を欲しがっていると思ったのだろう。サキミは眉間(みけん)に、苦しげとも悲しげともつかない皺(しわ)を寄せ、しかもさっぱりとした調子をあらわしてこう言った。

「それだけ。あたしは事実を述べた」

出直そうと思った。サキミがもう何もしゃべらない以上、そうするしかない。恭一が帰ることを理解したのか、耳の欠けた男は落ち着きを失ったような仕草を始めた。首をすくめたり、伸ばして窓の外を窺ったりを続ける。男はこの部屋になじまない、と恭一は思った。まだ慣れていないというのではなく、存在自体が決して部屋になじまないのだ。いや、部屋にではない。男を見ていると、喉の奥に金属の太い棒を突き込まれているような肉感的な違和を感じる。男はどこにいてもなじまない。そう言うしかなかった。

「じゃ、また」

とだけ言って恭一は玄関に向い、部屋の外へ出た。いきなり夏の空気に包まれた。熱い霧の中にいるような気がした。内臓が押し上がってくるような吐き気が、その暑さによるものか、クスリによるものか、精神状態によるものかはわからなかった。

第三章

名づけのゲーム

計画は停滞なく進む

恭一は秘密だと思っていた。サキミは男の存在をしばらく隠し通すはずだ、と思っていた。そして、自分も秘密を守ることで、サキミとの特別なつながりを保っているつもりだった。ところが三日後には、砂漠（デゼール）のそこここで、耳の欠けたあの男の噂話が囁（ささや）かれていた。

しかも、サキミは夜毎（よごと）何人もの人間を部屋に招き入れ、男を紹介しているという。恭一にとって、それは最もショッキングな話だった。

カフェ・ジハードでビールをあおりながら、リョーサクが言った。恭一さん、浮浪者狩りがやりにくいですよ。サキミさんがあんな奴匿（かくま）っちゃうから。慈善事業のつもりですかね。

町の東、メディナの向いにある小さなエスニック・レストラン、スークの前で康介が話しかけてきた。おい恭一、知ってるか。記憶喪失の中年だよ。サキミの部屋にいるんだよ。ほら、いただろ。道鏡ってさ。女帝にとりいった精力絶倫の坊主。あいつは砂漠（デゼール）の道鏡だよ。セックスがいいんだろうってのが、俺の推測。

ＯＰＩＵＭのカウンターで、古着屋の堀河（ほりかわ）と彼女の真理が話していた。私見たよ、この目で。例の浮浪者？　そう、気味悪いの。

しかし、何よりもひどく恭一を痛めつけたのは、それらの話の中に出て来るサキミの部屋の描写だった。

サキミが自分で調合し、自分で浴室の壁に塗ったペンキの萌黄色。あるいはわざわざブータンから取り寄せたランプシェード。あまりに気に入って傷がつかないか心配になり、わざわざムンバイから一カ月間の船旅を選んで運んだ年代物の戸棚。ナイトクラブで朝まで踊り続けるサキミからは想像もつかない、大量の古いジャズ・レコードのコレクション。そして、訪問者の前に配られる錆びたチュニジア製のコースター。

　サキミは誰かれなしに平気でそれを見せているのだ。あれほど他人を部屋に入れず、生活に覆いをかぶせていたサキミが。恭一は、話が男を離れ、サキミの部屋の様子に中心を移す度、耳の穴を収縮させるようにして歯を食いしばった。そして、サキミが部屋のドアを開ける時の様子を思い出す。すらりと伸びた体をこちらにかぶせるようにして、部屋の中への視線をさえぎるやり方。サキミは出入りを許した後の恭一にさえ、いつまでたってもそうしてきた。玄関でつれなく追い返された者は、男女の別なくサキミの威丈高な様子を、少し怒ったように語った。だが恭一には、そんな風に他人からの侵入に敏感なサキミが、まだ思春期の中でとまどっている少女のように思えたものだった。

　そのサキミが今、噂話の表現を借りれば、見境いなしに人を連れ込んでいる。恭一は、特別な存在ではなくなったという思いの上に、毎夜呼ばれる者への妬みを重ね合わせて、胸苦しい気分を味わわされた。

　男と出会ってから四日目の朝だった。寝入りばなを電話で起され、不機嫌に名を名乗ると聴き覚えのある声が返って来た。

「もしもし、恭一さん？」

低く威すような口調なので、誰なのかが思い出せない。ぼんやりとした嫌な気分だけが心臓をしぼり上げる。男はもう一度言った。

「藤沢恭一さんですか？」

寛樹だった。黒々としたものが体内で広がり、目の周りが熱くなるのを感じた。厄介事をこれ以上増やしたくない。恭一は顔をしかめた。しかし、寛樹はなおもぶしつけな言い方で、恭一のやり切れなさを助長する。

「ねえ、恭一さんのお宅でしょ？」

「ああ……久しぶり」

仕方なく恭一は答えた。ベッドから身を起すと、開け放した窓から風が滑り込み、カーテンを翻した。ちらりとサキミビルが見えた。どこもかしこも侵入者だらけだ。

「昨日、ＯＰＩＵＭのトイレでイチオに殴られましたよ。あいつ、一体何様のつもりですかね」

「こんな朝早く僕を起す君も何様かね」

自分らしくない物の言い方だと思いながら、恭一は続けた。そうやってしゃべっていなければ、罪悪感と嫌悪感に引き裂かれ、わけもなく叫び出してしまいそうだった。

「寛樹、お前また説教して回ってるんだってな。あの洗脳システムに入り直したのか。それとも今度こそ、どっかの宗教かよ」

すると、寛樹の声は突然裏返る。

「ひどい言い方じゃないですか。どっちが洗脳したんだよ、わけのわからない男に四日間監禁させて。あれはリンチだろ、リンチ」

恭一には言い返す言葉もない。寛樹は荒い呼吸を必死に押え、こう言った。

「あなたと章平さんとサキミさんを訴えますよ。そのために帰って来たわけだ。告訴する前に、まずは話し合いだと思ったからだよ。問題はあなたたちの考え方だからな。それが変わらなきゃ意味がない。で、最初はあなただ」

「どうするつもりだよ」

精一杯の虚勢を張って言い返し、混乱する頭の隅で当面の対策をシミュレートする。章平に連絡。解体屋に相談。サキミにもしっかりしてもらわなければ困る。弁護士を使うことになるかも知れない。暴力事件として立件されるのか。寛樹がライフ・ラボからの指令で動いているとすると面倒なことになる。

「どうするつもりかはまだ言えないね。とりあえずサシで会いましょうよ」

寛樹はすっかり落ち着きを取り戻していた。この自信の根拠は何だろう。やはりバックにライフ・ラボの組織がついているのだろうか。それとも以前と同じ無根拠な自信？　恭一は脅えた。

意味もなく立ち上がって窓際へ行き、カーテンを開けた。寄りそって電線に止まっていた何羽かの雀が、申し合わせたように飛び立った。出遅れた一羽が羽根をバタつかせたまま残り、素人の綱渡りのように危ういバランスをどうにか保とうとしている。恭一は感情の震えを気取られないようにと、受話器から口を離し、一度大きく息を吸ってから答えた。

「章平と話し合ってからじゃないと、サシでは会えない」

サシという言葉を使った自分にまで脅え、声がうまく出なかった。

「何でもかんでも章平、章平。マザコンじゃあるまいし。章平はあんたのお母さん？　それで章平に抱かれてるんだろ。甘えて泣いてるんだろ。一人じゃ何も出来ない二十六歳の男がさ。デゼール委員会が聞いて呆れるよ。リンチ三人組がさ、バイの章平でつながってるだけじゃないか。

三人で不動産屋とつるんで金儲けしながら、僕みたいに真剣に社会に貢献しようとする人間を潰すんだ。ま、せいぜい大好きな章平さんとベッドで相談でもしといて下さいよ。黙って待ってますよ。逃げないように見張ってる。第一の標的は恭一さん、あんただからな」

骨壺を落としたような音が、耳の奥に響いた。それで電話は切れた。途端に恭一は、どこから<ruby>か自分を覗<rt>のぞ</rt></ruby>き見る寛樹を感じ、背筋を伝う冷たい汗に身震いした。カーテンを閉めた。章平に連絡を、と思ってやめた。ベッドから滑り落ちるようにして床にペタリと尻をつき、天井を仰ぎ見ながら煙草を吸った。寛樹の言葉が耳に残り続ける。

寛樹が、恭一と章平の関係を知っていても不思議ではない。恭一はそれを自分から言い立てはしなかったが、隠してもいなかった。しかし今、嫌味を込めてそのことを言われ、章平に頼りっている弱さをまで揶揄（やゆ）されるのはやりきれなかった。煙草の先から立ち昇る煙が、蒸し暑い部屋の空気を濁らせる。恭一は昔を思った。

大学を出て大手の証券会社に入った。いつの間にか上司と関係を持った。相手は男だった。たまたまそうだっただけだ、と恭一は思う。大学時代もそうだった。三歳上の背の高い男と付き合っていた。だが、自分がゲイだと名乗る気はさらさらなかった。

麻布にある上司の部屋から自宅に戻る途中、男に誘われたことを思い出す。腹が立って殴った。相手が男なら誰でもいいわけじゃない、と泣きながら夜を歩いた。恭一の涙は悔しさに熱くたぎった。それは会社の中で噂が立っていると、上司に聞かされた夜だった。別れようと言われた帰り道だ。恭一は、別れるという言葉が嫌だった。そんな言葉を使う関係ではないと答えた。だが、じゃあどんな関係のつもりなんだと聞かれても、恭一にはうまく説明が出来なかった。

翌日から職場の雰囲気が変わって見えた。皆、恭一を嘲笑（ちょうしょう）しているような気がしたし、実際遠回しでからかう者が多かった。くだらないと恭一は思い、無視して働いた。上司に守られていると思えばこそ耐えられた。何を噂されようと平気だった。僕は悪いことはしていない。だが一カ月後に退社を決めた。上司が〝僕の立場をわかって欲しい。助けてくれ〟と言ったからだった。恭一はその男を憎んだ。

章平は違った。男女の区別なく性的関係を持ちながら、おかまは嫌いだと章平は言う。三年前恭一と関係した時も、兄弟がじゃれ合うようだった。恭一は章平に守られていると思った。それが恭一を深く安心させた。だが恭一は次第に、自分が何を求めていたかを知りつつあった。いや、知っていて気づかないふりをしていることが出来なくなってきていた。

〝甘えて〟〝つながって〟〝一人じゃ何も出来ない〟。やはりそれが自分なのかも知れない。長く燃え残っていた煙草の灰がほろりと膝に落ちた。あわててはたき落とし、立ち上がってクーラーのスイッチを入れると、恭一は残りをフィルターの根元まで吸い込んだ。ともかく章平と連絡を取ろうと思った。そして、自分に出来ることをしよう。

午前十時の電話は章平の機嫌を損ねた。ぐっすり眠っていたらしい。事態の説明を終えても、章平はなかなか反応を示さなかった。ふむ、と言ったきり黙っている。恭一はしばらく、遠くから聴こえる混線した会話に耳を傾けていなければならなかった。オシハライハデスネ、イヤダア、キノシタサン、ノウキハトウカスギニナッテシマイマス、キョウシュクデス、キノシタサン、ヤマネサン……。

「オーケー」

それは章平からの返事だった。

「え？」

と恭一は聞き直した。

「OKだよ、恭一。寛樹はこっちで見つけて何とかする」

章平は事務的な口調で言った。ほっとしてしまう自分が腹立たしい。

「僕も責任あるから」

唐突に声を張り上げてしまってから、恭一は脱力感に包まれ、口をつぐむ。責任があると主張したところで、何をどうしていいかわからないのだ。煙草をくわえ、火をつけようとした。マッチを擦る指に力が入らない。何度もやり直し、ようやく火がつく。その様子を察したのか、少しの間黙っていた章平は、

「もちろん恭一と一緒に何とかするよ」

と言った。

「まあ、それは大丈夫。寛樹のことはね。大丈夫だよ、恭一」

その後、しばらく無言の状態が続いた。章平は何か言おうとしていた。恭一は促そうとせずに待った。まるで二人で混線会話を盗聴しているようだった。章平の気配の向うから、イスラム音楽が聴こえて来た。恭一は、片手でリモートコントローラーを取り上げ、器用にスイッチを押す章平の繊細な指先を想像した。少しして、音楽に励まされたように、章平がため息混じりの言葉を吐いた。

「恭一、サキミのとこ行っただろ?」

ギクリとした。章平はいつのことを言っているのか。

「うん」

とだけ曖昧に答える。

「じゃ、会っただろ」

「サキミに？」

馬鹿げた答え方だ。サキミに決まっている。そう思うか思わないかの瞬間に、章平が何を言っているかがわかった。軽く咳込むふりをして、恭一は言葉を継いだ。

「浮浪者……だよね。会った。いや、会ったって感じじゃないけど。なにしろコミュニケーション不能だから」

「どういうこと、それ」

本当に意外だという調子で、章平は恭一に説明を求めた。何も知らないのだろうか。まさか章平が情報を収集していないはずがない。恭一はいぶかしみ、何かかまをかけられている気がした。男の話をきっかけにして、サキミとのことを聞き出そうとしているのではなかろうか。

「だから」

灰皿に煙草をグシャリと押しつけて、恭一はなるべく機械的に説明しようと心掛けた。

「男は記憶喪失で」

「知ってる」

事もなげに章平は言う。

「で、オウオウとか、まあそんな風に呻きながらようやく一言、二言しゃべるだけ」

「やっぱりな」

そのおかしな納得に、どう反応していいかわからなかった。

「サキミはだまされてるんだよ」

声のレベルを急に上げて、章平は早口になった。

「俺が聞いた話では、男はちゃんとしゃべってるんだよ。文法がおかしかったり、言うことが突飛だったりはするらしいけどさ。そこがまたおかしいって、まあちょっとした人気者だ。奴は芝居してたんだよ。ああとか、おうおうとか、サキミの同情を買おうとしてな。いいか、恭一。最初は哀れな浮浪者。次は謎めいた記憶喪失者。しまいにゃ霊能者と来るわけだ。あいつ、事故を当てたって？　サキミが大威張りらしいけど」

「うん、あれはびっくりした。ぶつかったって言った途端、キキーッ、ガシャーンだから。でも何がぶつかるかは言わなかったから、と思って。何か偶然、他にぶつかった物を見たのかなって」

「違うな。たぶんお前たちより先にブレーキの音を聴いたんだよ。それか、車に乗ってた奴の声が聴こえたんだ。で、すかさずぶつかったって言った」

恭一はあれから何度も反芻(はんすう)したシーンを、再び思い返す。章平の言う通りかも知れなかった。車はカブリオレだった。少年たちはルーフから身を乗り出していた。騒ぎ声は響きやすい。しかし――

「そいつ、口がうまいだけなんだよ。きっと……詐欺師だ。なあ、恭一、他にそいつどんなこと言ってた？」

「ええと。ミリだったなんて言ってた」

恭一は冗談のつもりだった。だが、章平は真面目に言い返す。

「そうだよ。ミリなんだから」

「は？」

「あいつの名前はミリなんだとさ」

あわてて恭一が訂正する。

「いや、それはハムスターだから」

今度は章平が間の抜けた声を出す。

「はあ？」

「だから、サキミさんの弟のハムスターの」

「サキミの弟が何でハムスターなんだよ」

急速にもつれ出した話が、腹の筋肉をくすぐる。章平と恭一は同時に吹き出し、お互いの言葉をかき消すように〝何だ、この会話は〟などと言い合った。緊張は解けた。その後続いた二十分ほどの会話は、他愛もない冗談で埋め尽された。


砂漠におかしな遊びが蔓延しているのを知ったのは、その夜のことだった。

恭一は章平と共に、都心のホテルまで行き、エスニック・レストラン、スークのオーナーと打ち合わせをした。砂漠立ち退きまであと半年。しばらく、この手の仕事が続くはずだ。もう一発盛り上げといてスークの名前を浸透させてね、その上で別の場所に移したいわけよ、とオーナーの女は言った。章平は体よくうなずき、作戦はありますよ、と微笑んだ。打ち合わせはそれで終わった。自分に考えさせるつもりだろう、と恭一は思った。それで連れて来たのだ。章平は、上等な白い綿のブラウスを着た、胸の大きな中年の女と上の階に消え、恭一は砂漠に戻った。

その足でシンナー・タワーに向った。震える三日月が、夏の夜の空に弱々しく貼りついていた。蝶つがいの外れかけたトタン張りの扉を、少し持ち上げるようにして開き、恭一はシンナー・タワーの中に潜り込んだ。午後十一時を回っていた。

高い天井に並んだ何十本かの蛍光灯のうち、光を発しているのは数本しかない。一列目、向って右から八本目。二列目が三本目。一列飛んで八本目。五列目がまた三本目。それはプッシャーが来ているサインだった。ブツをたっぷり持って。そうでない時は、そこここに散らばったアルミニウムの業務用ライトが光っているのだ。

康介が工場の廃品を溶接して作った重たいガラクタの間を手探りでくぐり抜け、慎重に奥へと進む。下手に転ぶと複雑骨折をしそうだ。積み上げられた何台もの廃車の陰に回り込む。左隅の床に真四角の薄黄色い光の筋が見えた。地下から漏れた細い光は上に向ってぼんやりと広がり、霞のように漂っている。霞の下でくぐもった話し声がした。やはり誰かいる。恭一はすり足で近づいた。ローファーの踵で二回ほどノックしてから、恭一はささやいた。

「恭一だよ。そっちは？」

足の下から声が返って来る。

「シジュウカラ」

そして数人の笑い声。裏返って尾を引く高い笑い声で、中に康介が混じっているのがわかった。咎めるように恭一は言った。

「ラリってんのか、康介」

すると康介の声が言う。

「俺は今日からサカナだぞ」

再び弾けるような笑い声。こんな時は話を合わせるしかない。

「はいはい。じゃあサカナさん、本日活きのいいのは入ってますか。グッと上がるヤツが欲しいんだけど。ただしベルギーはお断わり。こっちはキャッシュ。三万円ほど」

ところが地下室にこもる声はピタリとやみ、人がいる気配さえしなくなる。

「おい、サカナ、聴こえてんのか?」

少し間があって、マモルらしき男が答えた。最近よく康介と遊んでいる若いイラストレーターだ。

「どちら様ですか?」

その声はふざけているのか、こちらを詰問しているのか判定不能の調子を持っていた。仕方なく吐き捨てるように名乗る。

「藤沢恭一だよ、恭一」

それに重ねるようにして、康介の声が響いた。

「新しい名前を持ってない人はお断わりだよ」

「新しい名前?」

と恭一は問い返した。途端に四角い光の額縁が持ち上がり、康介が顔を出した。

「そう、新しい名前。僕はサカナだよ。君は?」

歌うように節をつけて、康介はそう言った。まるでTVゲームか、アニメ番組の登場人物だ。一体何にかぶれてそんなおかしなことをするのだろう。埃が白く舞う淡い光のドームの中に、ぷっくりと膨らんだ顔をさらし、康介は可愛らしく首を傾げている。

「康介。いい加減にしろよ。何飲んだのか知らないけどさ」

「俺は何もやってないぜ。ホントに俺の名前はサカナなんだよ。で、こいつが」

と康介は足元の方を見て続ける。

「シジュウカラにイバラにミリ」

「ミリ？　おい、あいつがここにいるのか」

すると康介が声の調子をこわばらせた。

「知ってるのか、あいつって」

「ああ。サキミの部屋で会った」

そう答えて恭一は一歩前に出ると、康介の頭越しに地下室を覗く。けば立ったアラビック模様の絨毯（じゅうたん）の上に紙コップが散らばり、その向うにマモルの後頭部が見えた。

「あの人がここにいるわけないだろ」

思い切り顔を上げて康介が言う。さっきとは印象が変わっている。波打ち脂（あぶら）ぎった癖毛（くせげ）と無精（ぶしょう）髭（ひげ）、そしてもったりと垂れた頬。それが淡く黄色がかった逆光のせいで、少しだけ浮んでみえる。まるで床に転がった生首がしゃべっているようで気味が悪い。生首はなおもしゃべる。

「ミリはね、あのさまよえる天使様から名前をちょうだいしたんだ。なあ、ミリ」

地下室から誰かが答える声がする。ああ、そうだよ。ちょうだいいたしました。

「恭一も名前をもらえよ。面白いぜ。あれの前に座ってさ、神妙な顔してりゃいいんだよ。そうすると答えてくれる。サカナとかシジュウカラとかって具合にさ」

白い煙が立ち昇って、康介の背負う淡い光の輪に混じる。樹脂の焼ける、密度の濃い匂い。地下でガンジャが燃えている。それをいつくしむように康介は目をつぶり、頭を振った。そしてゆっくりとこう言う。

「サカナだった」

続いて床の下から次々と声が届く。

「シジュウカラだった」

「イバラだった」

「ミリだった」

その後には誰か若い女のコのクスクス笑い。

馬鹿々々しい、と恭一は思った。ラリ公どもがあの男をネタに遊んでいるのだ。男の頭がまともでないことを利用して、ひどいゲームをやっている。いい加減な奴らだ。そう思ううちに、康介たちが、男をからかうことで暗にサキミを笑ってもいると気づいた。

「やめろよ」

恭一は低くそう言った。

「からかうのはやめろ」

「お前をからかってなんかいないさ」

そうじゃない、と恭一は言いたかったが黙っていた。何故僕があの男を守らなければならないんだ。

「なあ、恭一。今からサキミの部屋に行かないか」

クシャリと笑って康介が言った。

「なあ、行こうぜ。お前にも新しい名前が必要だ」

言いながら短いはしごを素早く登り、丸々とした体をあらわして恭一の前に立つ。すぐにも歩き出しそうな康介に恭一は言った。

「康介」

「何だ?」

短く問い返す康介の笑顔には邪気がない。

「あの男、一体何者だと思う？」

するとは康介は突然両手を広げ、よく通る太い声を張り上げた。

「浮浪の民だ、あの年寄りは！　この土地の生まれではない。さもなくば、このあらがいがたい女神様の、人の足が踏み入ったことのない森の中に、よも入りはすまい！」

叫び終わると康介は得意そうに胸を張り、しかし少し照れもするようにポケットに両手を突込んで、こうつけ加えた。

「どうだ、ギリシャ悲劇だぜ。これでも昔、舞台に立ったことがあるんだ。さ、行こう。浮浪の民オイディプスと女神様が待ってるぜ」


サキミの部屋にはすでに三、四人の男女がいた。TVゲームをしたり、勝手にソファに寝そべって雑誌を眺めたりしている。

恭一は康介に背中を押されて、部屋の奥、サキミのすぐ前に座らされた。

「そこらあたりにいろよ」

康介は我が物顔でそう言い、自分は大股でキッチンに入っていく。もうこの部屋は自分を特別扱いしてくれはしない。訪れる者をすべて受け入れる公共の広場だ。恭一は、模様替えの後の部屋に放された子猫のように混乱し、落ち着きなく周囲を見渡した。サキミと目が合った。サキミは柔かく微笑んだ。だが、その微笑みもまたすべての人間に対して平等なもののように思え、恭一は表情を硬くしたままようやく小さくうなずいて目をそらした。サキミの笑顔はひどく虚ろだ。まるでここにいるのが自分だと気づいてくれていないような笑顔だ。

突然、体から視覚だけが浮き上がっていく気がした。背を丸めて床に座ったまま、部屋全体を少し上から眺めているようだった。自分の体をさえ見降している非現実感。それが押えようもない素早さで訪れたのだ。幽体離脱？　まさか――

耳の欠けた男がこちらをチラチラ見ているのに気づいた。白い長衣（ジュラバ）に身を包んであぐらをかいている。まるで最初から砂漠（デゼール）の住人だった、とでも言うようだ。フェイク・ムスリムを装ったその男が、口の中で何かを一心に唱えているのがわかった。霊力（バラカ）……。男は霊力（バラカ）で自分に幻覚を見せているのだろうか。いや、そんなことがあるはずはない。恭一は、雨に濡れた犬が水滴をふるい落とすようにして激しく頭を振り、自分の常軌を逸した思いつきを追い払った。シンナー・タワーの地下室から立ち昇ったガンジャの煙のせいだ。あれが効いているのだ、と自分に言い聞かせる。しかし非現実感はやまない。

ワイングラスを二つ手にして、康介が近づいて来た。どす黒い血のような液体がなみなみと注がれている。康介の言葉が切れぎれになって、恭一の耳の奥へ届く。黒ブドウ、ジュース、真理、差し入れ。それぞれの単語を結びつけて、恭一は現実にすがりついた。

「ああ」

と答える自分の声が遠い。どうしたんだ。男に目がいく。こちらを気にしながら、なおも何か唱えている。呪文？　さっき振り払った考えが再び恭一を襲う。あの男は不思議な力を持っている。僕の心を操ろうとしている。霊力（バラカ）――

恭一の背後で、空のドラム缶が転がり落ちる音がした。康介が持っていたグラスから黒い血がこぼれ、恭一の首筋を冷たく打った。

何人もの人間が、サキミの部屋の扉を叩いていた。ある者は体ごとぶつかり、ある者は蹴りつけているらしかった。それはただ即物的で意味のない行為に思われてくるほど長く続き、かえって暴力性を増した。

　ドラム缶の無秩序な演奏がやみ、静まり返った部屋の中で誰かの安心したような長いため息が終わると、ようやく扉の外で声がした。

「開けて下さい」

　イチオだった。

「開けろ」

　透き通るような声でミツだとわかる。威圧的な丁寧さで再びイチオが言った。

「開けて下さい。章平さんの命令で来ました」

　警官にでも踏み込まれたような緊張感で、誰も反応出来ない。

「開けてくれないなら、こじ開けますよ」

　イチオが言うと、すかさずサキミが立ち上がり、こう言った。

「開いてるわよ。カッコつけてないで入りなさいよ」

　ためらうような沈黙の後、銀色のノブが回り、ゆっくりと扉が開いた。

　イチオ、リョーサク、ミツ、新太郎、松本。五人の少年が重なり合うようにして立ち、こちらを見すえていた。全員、鮮やかな真紅の長衣（ジュラバ）をまとっている。

「何の用？」

　サキミは冷たく言い放った。

「章平が何をしろって言ったの？」

　そのサキミと目を合わせず、イチオは部屋の隅に発見した男をにらみつけた。

「住民権のない者をこの砂漠（デゼール）に住まわせるわけにはいかない。ともかく事情を聴いて来い、とさっき章平さんに言われました」

　イチオはそう言ったが、恭一には疑わしかった。章平は今頃まだ、スークの女オーナーとホテルにいるはずだ。そこからわざわざ指令を出すとは考えられない。そもそもイチオたちを突然差し向けるなどという荒っぽいやり方は、章平のものではなかった。しかし、イチオは自信たっぷりに続けた。

「住民権についてはサキミさんが一番よく知っているはずでしょう？　もともとサキミさんが決めたことだし、その住民権を管理するのは砂漠（デゼール）移民局の、つまりサキミさんの仕事ですよ。そのサキミさんが勝手に変な中年男を引っ張り込んで」

「おかしな言い方しないでよ」

　そのサキミの一声は、イチオの全身を鞭（むち）で打つかのように発せられた。イチオは続く言葉を飲みこまざるを得なかった。

「引っ張り込むなんて人聞きが悪いわね」

　今度は低く静かな調子でサキミは言う。彼女のペースだった。

「この人はもうみんなに認められてるんだからね。見てごらんなさいよ。康介も、真理も、恭一だっているんだよ」

　イチオは恭一の姿を確認し、信じられないといった表情で舌打ちをした。砂漠（デゼール）を運営する三人の人間のうち、二人が男を認めているとなると旗色が悪い。

「わかりました。章平さんに伝えます。サキミさんと恭一さんはそいつを住人と認めた。そう伝えますよ」

　イチオは恭一に言っていた。恭一が何か言うだろうと考えたに違いなかった。だが、恭一は黙ってイチオを見つめていることしか出来なかった。もちろん男を住人と認めたわけではない。むしろ絶対に認めたくなどないが、現に自分は今、男の傍らにいる。いや、いてしまったという思いが、後から後からじわじわとリアリティを増すばかりなのだ。恭一は顔を伏せた。

仕方なくイチオは言う。

「ただ二人が認めても、章平さんの最終的な許可がなければ、そいつは、その男は」

するとサキミが言った。

「ちゃんと名前があるんだよ、この人には。そいつだなんて言葉は失礼だからね、そんな言葉は。この人はね、この人の名前は」

サキミは振り返り、男を探した。男はすでにサキミの目をとらえている。ゆっくりと口を開いて、男は言った。

「コトバだった」

サキミは微笑み、うなずいた。特別な笑顔だと恭一は思った。口の端に出来た小さな皺(しわ)までも、男の存在とぴったり嚙(か)み合うような笑顔。恭一は嫉妬に胸を焼かれる。

「コトバなんて名前があるかよ。バカにすんな。こっちは章平さんの命令で来てんだぞ」

イチオの言葉遣いが荒々しく乱れた。サキミにばかりでなく、男にさえ呑まれているのだ。リョーサクたちはそれを敏感に察知し、瞬間的に暴力のオーラを発した。何か言わなければ危ない、と恭一が思ったその時には、すでに男がしゃべり出していた。

「ショーヘイだった。苦しまなければいいが」

それは誰に向けるともなく発せられ、逆にそれゆえ部屋そのものに満ちていく密度の濃いガスのようだった。何だってと口々に問い返すイチオたちを無視して、男はもう一度どこか遠くへ向けて繰り返した。

「ショーヘイだった。苦しまなければいいが」

サキミの顔がこわばっているのを恭一は見た。男はサキミとの交感さえ断ち切って、独り言のように何度も繰り返す。

「ショーヘイだった。苦しまなければいいが」

第四章

刻まれた存在

私の降臨はもはや否定出来ない

古い木造の床屋の荒廃した雰囲気をさらに際立たせるため、バラカには徹底してローテックな意匠が施されていた。天井からは幾つもの裸電球。光の褪せ方が少しずつ違うので、店内全体にうっすらと斑の陰影が出来ている。故意に叩き割った窓ガラスは無造作を装って幅広のガムテープで修繕され、洗面台の内側にはようやくモザイク模様とわかる乱暴さで、小さなタイルが貼りつけられている。壁板だけは元の素材を生かすため丁寧に磨かれ、艶よく飴色に光っているが、その上には惜し気もなくアラビア文字や象徴的な図形らしきものがペンキで書き殴られ、ある文字は壁から鏡の上にまで侵入していた。

その鏡の中に映る自分をぼんやりと見つめたまま、恭一は黒い革張りの椅子に深く腰を沈めて、イチオと話をしていた。イチオたちがサキミの部屋を訪れてから、ちょうど二日後の深夜だ。

イチオは粗野な印象を与える太い眉を寄せ、ムースの缶を片手でクルクルと器用に回しながら、ゆっくりと粘り強く同じような質問をし続けた。何故、あの時恭一がサキミの部屋にいたのか。男を認めていないくせに、何故それを言い立てなかったのか。だが、恭一は要領よく答えることが出来なかった。何となく成り行きで、といった曖昧な言葉ばかりを繰り返し、その度ため息をつく。決して何かをごまかしているわけではなかった。いつの間にか巻き込まれている。そんな風だったのだ。納得のいく答えが必要なのは、むしろ自分の方だとさえ思った。恭一は胸の上で両手を組んだまま、何度目かの長い沈黙をやり過ごそうとする。

　鏡に封じ込められた二人の背後に、大きな鳩時計が映っていた。アフリカ人の肌のように深い焦茶（こげちゃ）のぬめりを持った、その古い時計の腹に〝加藤理髪店様〟という金文字が印されている。針は午後二時十五分を指しているが、それは一週間前から変わっていない。鳩が飛び出すはずの小さな扉も開いたままで、中には何ひとつなかった。黒々とした虚しい空洞だ。

　恭一は緩慢な動作でイチオの腕を取り、時計を覗き込んだ。赤紫色のウィンドウの横にあるボタンを押す。デジタル文字が赤く灯（とも）った。ＡＭ３：02。

「もう三時か。イチオ、その話はまた今度にしない？　お前も寝不足だと仕事しくじるぜ」

　イチオはバラカの店員だった。一応、名目はバラカのカットデザイナーだったが、イチオが客の髪に触れることはなかった。専門学校で技術を学んだとはいえ、腕前は知れていたし、何よりも客が脅（おび）えた。もっともな話だった。イチオは、章平の命令を律義に守って毎日長衣（ジュラバ）を着ていた。その上、ケンカで顔に生傷が絶えない。持ったハサミがアーミーナイフに見えるという理由で、イチオはチーフからフロアに立つことを禁じられた。恭一がアイデアを出し、今は店の奥にしつらえたＤＪブースでレコードを回している。当然、ＢＧＭ程度の音量しか出せなかったが、本人はすっかりＤＪ気取りでカリスマ・カット・Ｉなどと名乗ってもいた。

　そのイチオが答える。

「そりゃヤバイけどさ、恭一さん。もうバラカも実質休業ですからね。どうせあと半年で立ち退きだからって、チーフが客を西麻布の店に引っ張ってっちゃうんですよ。せっかくの俺のＤＪプレイも盛り上がんない。それよりね、恭一さん」

　そう言ってイチオは斜視気味の目で恭一を覗き込む。

「また今度なんて悠長に構えてていいのかなあ。あの浮浪者、絶対良くないですよ。何かとんでもないこと狙ってる。俺、わかるんですよ」

金属の噛み合う小さな音が響いた。一瞬、鳩時計が直ったのか、と恭一は思った。だが、それはドアのノブを回す音だった。

店の奥にある木製のドアが開き、ミツがするりと入り込んで来た。ミツはこちらを見ずに、すぐ脇のソファに腰をおろし、手で顔を覆ったまま動かなくなる。

「ミツ」

イチオが鏡の中のミツを睨(にら)みつけて言う。

「何があったんだ、ミツ」

ミツは白い指の中で荒い息を押えている。短く刈り込んだ細い髪が汗で濡れているのか、グリースで光っているのかわからない。イチオと揃いの、粗布で出来た深緑の長衣(ジュラバ)が、滑らかな肌にまとわりついて呼吸する。

イチオは長衣(ジュラバ)の裾を翻(ひるがえ)して、ミツの傍らに移動し、素早く身をかがめた。そのままミツの足首を手のひらで包むようにつかむ。投げ出されたきゃしゃな素足は、大き目の赤いハイカット・スニーカーにすっぽりおさまっていた。イチオは繰り返す。

「ミツ」

するとミツは、まるで泣き止んだ子供のように、顔を覆っている指を広げ、か細く甘い声を出した。

「ＯＰＩＵＭが手入れ受けた。みんな〝持ってかれた〟って」

「クスリで、か？」

イチオはミツの両足を揺さぶって、事態を正確に把握しようとした。

「クスリでパクられたのか、ミツ」

イチオの早口はどこかろれつが回っていなかった。

「わかんない。とりあえず風営法関係だって、みんな言ってるけど、康介さんが引っ張られたって噂もある」

康介はＯＰＩＵＭ経営には関係していなかった。もし、その噂が本当だとすると恭一も危ない。椅子の黒革と、薄い麻の短パンからさらけ出した腿の間に、ぬるりと汗が伝った。

「ミツと恭一さんはここにいて下さい。俺、様子見てきますから」

そう言ってイチオはブレーカーを切り、店内を暗くした。

「用心に越したことないですからね。じゃ、すぐ戻ります……と思うけど」

言葉を濁し、イチオは表に出ようとした。

「イチオ」

ミツの短い囁き声が、ピンと張った綱のようにイチオを引きとめた。

「リョーサクが円形闘技場に呼び出されてる」

間髪を入れず、イチオは問い返した。

「警察にか？」

「雄輔たちに。タレ込んだ奴をリンチにかけるって、雄輔たちが息まいてて、リョーサクが疑われてるんだって。止めたんだけど、そんな馬鹿なことあるかって言って、今リョーサクが」

「畜生」

イチオは大声で叫んだ。余りに矢継ぎ早やな状況の変化に混乱したのだろう。その混乱している自分に向って、イチオはもう一度〝畜生〟と、今度はつぶやき、外に出て行った。すぐにミツが後を追う。スケートボードがアスファルトをこする音が、北へ遠ざかった。円形闘技場に向ったのだ。

恭一は月明りのみの薄暗いバラカに残され、ゆっくりと頭を抱えた。康介は今頃パトカーの中で尋問を受けているかも知れない。自分の名前もすでに上がっているかも知れないのだ。

クーラーも切れていた。店内に残っていた冷気は、早くも椅子の肘かけの端にあるアルミニウムあたりにしかとどまっていなかった。自分が蒸し器の中に転がる小さなシューマイであるような、奇妙なイメージにとらわれた。熱い蒸気が浸み込み、中から肉汁が噴き上がって皮がめくれていく。肉汁はクスリで酸味を帯びている。

あ、と小さな声を上げ、恭一は反り返った。早く部屋に帰ってクスリを始末しなければならない。ベッドサイドの戸棚にしまい込んだベルギー・アシッド。赤い精神安定剤。アルミホイルに包み込んだセントラル・ドグマの粉末。バロウズの本に挟んであるＬＳＤのペーパー。アッサム・ティーの缶に詰めたマリファナ。風邪薬の空き瓶に入った、自分で調合したクスリの様々なカプセル。すぐに大掃除を始めなければ、床板の間にはコカインの粉がこびりついているに違いない。すぐだ。今すぐだ。

恭一はイチオたちが出て行ったドアに向った。焦りが体を浮ばせる。まるで足元から磁力が放たれているようだった。フワフワと上昇していく感覚が判断力を奪い、マリオネットのように全身を吊り上げる。

何度となく頭を振って、恭一は澄んだ紺色に染まる砂漠（デゼール）に転がり出た。無人の町であるかのように静まり返っている。誰も彼もが捕まった。困った。困った。恭一はその言葉を繰り返した。困った。

そうつぶやいていることでかろうじて平静を保ち、体を地面に押えつけていられる気がした。

　玄関の外の音に脅えながら、恭一は部屋の中にある麻薬を集め続け、それを次から次へとトイレに流していった。すでに正午に近かった。どろどろと湧き出る汗が冷たい。捕まるのだと思う度に、恐怖が恭一の呼吸を速めさせた。

　いくら掃除をしても、警察がその気になればどこからでも証拠を見つけ出すだろう。いや、拘留して小便でも毛髪でも分析するだけでいい。その後で、部屋からコカインが出たと言われれば反論のしようがないのだ。たとえ、それが麻薬取締官の私物であっても。だから無駄だ、今自分がしていることは全部無駄なのだ。恭一は繰り返しそう思った。そしてその度巨大な脱力感に襲われ、膝を折ってしゃがみ込みそうになりながらも、自分にこう言いきかせる。だからといって、ただ踏み込まれるのを待っているわけにもいかない。ともかく出来るだけのことはするのだ。

　アンセルム・キーファーが描いたナチス建築のポスターを額から外し、恭一は裏側に貼りつけてあったはずのドイツ産のＬＳＤを探した。見当たらなかった。掃除を始めてからもう三度目だった。何度もそこにないと判断するのに、そのうちまた不安になるのだ。恭一は力なく床に座り込み、大きく息をついた。少し休もう、と思った。

　見当たらないＬＳＤペーパーの色を思い浮べながら、煙草に火をつけた。それを手に入れたベルリンの冬を思い出す。もう三年ほど前のことだ。何トンもあるかに見える鉛色（なまりいろ）の雲の下で、恭一と章平は体を縮ませながらライヴハウスに向って歩いていた。声を掛けて来た売人は、どこから見ても良識ある中年男で、章平が最大級の警戒をしながら取り引きしたのを覚えている。片言のドイツ語を操りながら、章平は……。

章平……。恭一は愕然とした。クスリを処分しながら、何度もその姿を思い出していたのに、何故その身を案じなかったのだろう。ＯＰＩＵＭが手入れを受けたとすれば、責任者である章平に警察の手が伸びていないわけがないのだ。あわてて章平の事務所に電話をかけたが、受話器から聞こえるのは聞き慣れたテープの声だけだった。事務所には誰もいない。メッセージも吹き込まず、恭一は電話を切り、再び床板の上にへたり込んだ。そして冷たいコンクリートの部屋でうなだれている章平を想像し、爪を嚙んだままで低い声をしぼり出した。大変なことになった。

突然、あの耳の欠けた男の濡れた唇の動きを思い出した。

「ショーヘイだった。苦しまなければいいが」

戦慄が走った。男の言葉通りのことがまさしく今起っている。ぶつかったと叫んだあの時と同じく、男はまた未来を当てたのだろうか。霊力。呪文。砂漠に現れた記憶喪失の予言者。恭一は拳を振り上げ、思い切り床を打った。一体何がどうなっているんだ。

イチオが恭一を訪れたのは、それから一時間後のことだった。警察かと思い、警戒してドアホールを覗くと、右目の下を切ったイチオの顔が深海魚のそれのようなバランスで見えた。ドアチェーンを外し、ドアを開けた。昨夜と同じ深緑色の長衣でイチオが立っていた。

雄輔どもと聖戦を戦った、とイチオは言った。リョーサクをリンチにかけるなんてふざけた奴らですよ。そう続けながらイチオは、口の中も切れているのだろう、時折カーテンを開け、外に向って唾を飛ばした。

イチオの情報によると、ＯＰＩＵＭの手入れはクスリがらみではなかった。レストラン営業にもかかわらず、客を踊らせていたという、ディスコ摘発のお決まりのパターン。それに付随して、壁に埋め込んだTVゲームを早朝まで動かしていたこと等の風営法違反といった細かな罪状が幾つか重ねられたらしいが、康介が持っていかれたのはガセネタだったという。ただ、現場で皿を回していたDJミズオと、バーをまかされていた男が連行されたのは事実だった。

「章平は？」

恭一がきくと、イチオは唇の上ににじみ出る血をなめながら答えた。

「いつ出ていくかってとこみたいですよ」

「出ていくかって？」

体のあちこちが痛むのか、イチオは顔をしかめて低い呻き声を上げ、小刻みに坊主頭を振って答えた。

「とりあえず身を隠して様子を見る。で、しかるべき時に責任者として出頭するってところでしょう。あんまり長引かせても他のボロが出るし、かといって考えもなしに出てけばオーナーの加賀さんとこに迷惑かかりますから」

そこまで話すと、イチオはともかく部屋に戻ると言って立ち上がった。背を丸めて玄関まで行くと、イチオは灰色のスニーカーに足を突込みながら振り返る。

「恭一さん、しっかりして下さいね。章平さんが出頭したら一応は警戒しないといけないから。三、四日帰らないかも知れないし、実はクスリが目的で警察が動いてたっておかしくない。そしたら事ですよ。雄輔たちも変に盛り上がってて、この機会に俺たちを潰すとかワケわかんないこと言ってるんです。サキミさんとこも狙われてるし」

「警察に？　それとも雄輔に？」

「雄輔があの男を狙ってるんですよ」

「あの予言者を？」

その言葉をきくと、イチオは一度ぴたりと息を止め、恭一をにらみつけた。

「恭一さんはあいつが予言者だと思ってるんですか？」

右目の下まぶたに出来た赤黒い切り傷までが、半ば開き血にぬめったまま、こちらを責めている気がした。

「いや……」

と恭一は下を向いた。

「ただ、あいつがなんであんなことを言ったかが……わからないから」

「確かにわからない。予言だ、予言だって康介さんたちは言いふらして回ってますよ。だけど、そんな映画みたいなことがありますか。おかしいですよ。俺はあいつがＯＰＩＵＭをチクったんだと思う。雄輔たちの結論もそうらしいですよ。リョーサクだの何だの吊し上げまくったあげくにね。ユダとか言い始めてましたよ。誰だっけ、あのキリストをチクった奴の名前」

イチオの斜視気味の目が少し白い部分を増した。凶暴性そのものを染み込ませたヴェールが、彼の顔を青白く覆っていく。

「まず、サキミさんの部屋を警備しないと危ない」

「警備って誰が？」

「俺たちがですよ。あの浮浪者を予言者だなんてかつぎ上げられてもまずいし、雄輔たちに殴り込まれてもまずい。俺たちの顔が潰れますよ。住民でもない奴らに勝手されちゃ困りますからね」

いら立ちを隠そうとしないイチオの表情に目を引きつけられながらも、恭一はサキミの部屋にいる男の姿を想像していた。男の傍らにはサキミや康介たちがおり、廊下にはイチオたちがいる。そして、隣町の在日韓国人グループで、砂漠（デゼール）を自分たちのテリトリーにしようとする雄輔らが、サキミビルの下にいた。予言者にしろ、ただの浮浪者にしろ、男はサキミの部屋の奥に居座っているだけで、砂漠（デゼール）の中心になろうとしている。男は一夜にして、その存在を砂漠（デゼール）の地図に刻み込み、強い磁力でそれを歪めてしまったのだ。

「俺ね、恭一さん」

イチオはもうドアを開け、外の厚ぼったい熱気に包まれながらしゃべっていた。

「え？」

聞き直すと、イチオは廊下のコンクリートに赤味がかった唾を吐いた。

「自警団作りますよ。そうでもしなきゃ章平さんの留守は守れませんからね。砂漠（デゼール）は混乱してますよ。だけど、もっと厄介なことが起きる。必ず起きますよ。あの浮浪者の周りでね。だけど、俺が潰してみせる。俺はこういう時のために、この町に呼ばれたんだ」

そう言うと、イチオはこちらの反応も見ずにくるりと背を向け、肩を大きく左右に揺らす黒人風の歩き方で去って行った。コンクリートに残る唾はいつまでも赤く泡立っていた。

第五章

声なき笑い

荒れ狂う嵐の中、ここだけが静かである

イチオが去った後、恭一は物が散乱した部屋をゆっくりと片づけた。ソファのマットを元に戻し、鏡を額に入れ、本棚に本と小物を並べ直し、外したコンピュータのカバーを取りつける。そうした作業によって流した汗とともに、体に蓄積されたクスリの成分がすべて消えていくような気がした。

日はかげり、吹き込む風が少しずつ冷たさを増した。シャワーを浴びて煙草を吸った。濡れた長髪に少しだけ油をすりこんで、恭一は短く息を吐き、さてと言ってみた。僕は落ち着いている。ひんやりとした油の匂いもよくわかる。大丈夫だ。章平がいつ出頭するのかわからないが、OPIUMのゴタゴタがおさまるまでは自分が何とかしなければならない。

リモートコントローラーで留守番電話のスイッチを入れ、恭一は西日の炎のおさまった砂漠(デゼール)に出ていくことにした。

OPIUMは閉まっていた。しばらくの間、営業は停止させていただきますと貼り紙がされている。光沢のある焦茶色の紙の四方に、デタラメのアラビア文字。章平が指示したに違いなかった。ポスターの裏に書いてどうするんだ。かっこ悪いだろ。落ち着けよ。そこの焦茶の紙を使え。イスラム風のデザインでオシャレに書くんだよ。そんな章平の声が頭に浮んだ。安心感が恭一の口の端をゆるませる。大丈夫だ。

アスファルトが一日分の熱を放とうとやっきになっていた。たっぷりした青いスウェット・パーカの前ポケットに両手を入れたまま立ち止まっていると、その熱が半ズボンからむき出しになったふくらはぎや腿にまとわりついてくる。風通しのいい方に歩いていこうと思い、すっかり楽観的になっている自分に驚きながら、口笛を吹いて北へ向った。

恭一が安らいでいられたのは、ほんのつかの間、口笛で二、三曲完奏するかしないかのうちだった。人の住んでいないアパート群の向うから、神経を指で直接弾くような叫び声が聞こえて来たのだ。

「冴島章平、日向咲実、藤沢恭一の三人が私を精神的、いや精神と肉体の双方において拷問にかけたんだ」

寛樹の声だった。TVで見た子牛の解剖、その時ぴくりと動いた心臓が脳裏をよぎった。あの心臓の動きが、そのまま自分の胸の奥で起ったに違いない。

円形闘技場。一度、ブルドーザーまで入ってビルを取り壊した数百平方メートルのゾーン。ちょうど半円に見えるその瓦礫と雑草が支配する場所で、寛樹は何をしているのだろうか。壁に直接三山荘と書かれたモルタルアパートの軒に身を隠して、恭一は耳を澄ませた。

「ＯＰＩＵＭが昨夜摘発されたにもかかわらず、責任者である冴島は逃亡したままだ。日向咲実は部屋に中年男を引きずり込み、夜毎乱交パーティに興じている。藤沢恭一はこちらの面会申し入れを断わり、冴島と日向の操り人形のまま、この町での権力を維持しようとしている」

三山荘と隣の元パン屋の間から、思い切って円形闘技場を覗いた。有刺鉄線で囲まれた闘技場の中で、寛樹はプラスチックの黄色いビール箱の上に立ち、集まった何十人かの野次馬に向って唾を飛ばしていた。浅黒い腕を油で汚れたＴシャツからむき出し、それを言葉の抑揚とは関係なく振り回して、寛樹は叫ぶ。

「この町は狂っている。不動産屋の謀略に支配され、気にくわない人間を洗脳し、ただ遊び呆けている居住者たち。しかし、しかしざまあみろだ。世の中がそんなことを許しているはずがない。OPIUM摘発はこの町を裁く動きの始まりだ。ようやくこの町に正義がもたらされる時が来た。砂漠に終末が来た」

観客は有刺鉄線のこちら側で、笑いながら拍手をした。自分たちが無関係であることをことさら強調するような笑い声。全員が砂漠の住人ではない。おそらくメディナあたりを冷やかしに来た者たちだろう。確かに彼らは寛樹の演説内容には何の関係もなかった。しかし、彼らは少し脅えていた。目の前にいるやせ細った演説者の異様さが、いやそれだけでなく、その男が伝えるこの町の不穏な空気そのものが、今にも伝染しそうだとでもいうように、彼らは誰に向うともなく騒ぎ立てた。ある者は腕を突き上げて奇声を発し、ある者は喉からしぼり出すようなバランスの悪い笑い声をまき散らす。

だが、寛樹はその観客の見当違いの反応に気づくことが出来なかった。

「私は見過ごさない。私は社会の矛盾を正す勇気を持っている。私は身をもって誤りを正すんだ」

そう叫ぶと寛樹は陶酔に表情を歪め、足元に置いてあったマクドナルドのジュース容器を取り上げて、最前列の男をにらみつけた。何を言うのかと観客が緊張するのをよそに、寛樹はそのまま首を前に突き出してストローをくわえ、頬を思い切りへこませた。明らかに高校生らしき背の小さな女が手を打って笑った。何だろ、見過ごさないって。つられて連れの男が笑う。寛樹が握りしめた発泡スチロールの容器の中で、ガラガラと音がした。寛樹は感きわまったように顔を紅潮させ、容器を力一杯放り上げた。観客は黙り込んだ。寛樹は天を仰ぎ、艶やかな喉仏をひくつかせて叫ぶ。

「私は積極的に生きていきます！」

爆笑が虚しく瓦礫に反射した。

それを合図にするようにして、寛樹の右後方から雄輔が現れた。まるで芝居のようなタイミングだった。仲間を二、三人連れた雄輔は、まだ笑っている背の小さな女をにらみつける。

「てめえがユダか」

雄輔は寛樹の背中に目を移してそう言った。中肉中背ながら、古着の半袖トレーナーの下の筋肉は硬そうだ。首を鳴らしながら雄輔は繰り返した。

「てめえがタレ込んだのか、寛樹」

寛樹はたき火に放り込まれた枯れ枝のように痙攣(けいれん)して振り返った。

「お前か、寛樹」

髪を細く分け、よじるようにパーマをかける、いわゆるドレッドヘアー。短か目にして無方向に突き立てたその髪を二、三度振るようにして、雄輔はにじり寄る。雄輔たちは耳の欠けた男こそユダだ、と決めたはずではなかったのか。恭一はそう思い、眉をしかめた。おそらくユダ狩りという遊びそのものが目的になってしまったに違いない。

「寛樹」

ゆっくりと相手の名を呼ぶ雄輔の声は、死んだ蝶を台座に固定する虫ピンのように、寛樹を確実に押えつけた。

「え、え……？」

寛樹は声ともつかないものを口からこぼれ出させ、中腰のまま茫然としている。何を問われているかがわからないのだ。

雄輔の後ろにいた少年の一人が、肩にかけていたサテンのジャンパーを振り降し、我慢の限界だとでもいうように叫んだ。

「お前だろ、ＯＰＩＵＭを売ったのは？」

違う、違うと言いながら、寛樹は後ずさろうとし、バランスを崩してビール箱から赤茶けた土の上に尻もちをついた。その不様な姿に勢いづいた少年たちは、寛樹を囲い込もうと一斉に駆け寄った。サテンの少年が叫ぶ。

「ユダ狩りだ」

逃げようと立ち上がる寛樹のＴシャツをつかんだのは、雄輔グループの中で最も力の強い修蔵だった。太い腕で軽く引っ張っただけで寛樹は転がるように倒れ、ビール箱に背中を打ちつけて短い呻きを上げた。息を吸い込むような雄輔の笑い声が響く。寛樹は四つん這いになりながら、走り出そうと必死に土を蹴った。バックスキンの靴に雑草がからまり、体はつんのめる。サテンの少年が落ち着いた動作で、その寛樹の頭をはたいた。お前がユダなんだろ、この裏切り者。

草から弾き飛ばされた亀虫のように手足を縮こまらせて地面に横たわったまま、寛樹は言い返した。

「章平の命令か？　また俺を監禁して頭の中をいじくり回すんだな。つなぎを着て、スパナを持って、質問するふりをして、後頭部に注射を打つんだ」

泣き出す直前のように声が震えている。

「俺には友達が百人いるんだ。絶対に助けてくれる。苦難に負けちゃいけない。暴力で僕を洗脳しようとしても無駄だ。監禁して、スパナで殴る。だけど苦難に勝ってこそ、人生の勝利だ。積極性が社会の原則だ。勝利だ」

雄輔たちは手を出すことをためらっていた。亀虫の演説はそのまま低く続いた。観客は笑うこともせず、ただ立ちすくんでいる。

恭一はモルタルの汚れた壁に背をつけてへたり込みながら、もう言葉でさえない寛樹のうなり声を聴いていた。寛樹は狂っている。壊れている。寛樹を壊してしまったのは自分だろうか。

両足の間にアスファルトの割れ目があった。白い花をつけた小さな草が並んでいた。丈は五センチほどしかない。紡錘形(ぼうすいけい)の葉が細い茎から互い違いに飛び出していた。プラスチックの模型のようだ。葉のへりはあまりの薄さで半ば空気に溶けている。

突然、弾けるように葉が揺れた。世界それ自体が揺れたように思った。目の焦点がゆるみ、我に返った。雨だった。ふり仰ぐと、黒々とした雨雲が渦(うず)を巻いて空全体を塞(ふさ)ごうとしていた。みるみる砂漠(デゼール)を覆っていく。生暖い町に冷たい風が吹き、夕立ちの始まりを告げた。大粒の水滴が、アスファルトのそこここに染みを作り出し始めた。円形闘技場の方を振り返ると、雄輔らも観客も、そしていつの間に消えたのか寛樹の姿もなかった。ただぽかんと半円の空き地が広がり、その向うの壊れかけた建物群の中央に、先の折れ崩れた大きなコンクリートの柱が一本つっ立っているだけだった。

銃弾のような雨に打たれながら、恭一はカフェ・ジハードまで歩いた。雨はアスファルトの上で白く炸裂し、靄(もや)となって煙った。

ジハードに空席はなかった。客は皆一様に髪を濡らし、黙りこくって外を見ている。しばらくの間、恭一はぼんやりと立っていた。幼い頃の夏を思い出した。雨やどりをしようとかき氷屋に飛び込み、濡れて重く感じられるランドセルをしょったまま、やはり立ちすくんで暗い店の奥を見ていた。その時も恭一だけが闇の奥を見つめ、客たちは恭一の体越しに降りしきる雨を見やっていた。

　おい、何をぼーっとしているんだ。どこからかそんな声がした。恭一、お前だよ、お前。名前を呼ばれて、恭一はゆっくりと首を振り、相手の姿を探した。扇風機のように機械的に、恭一の首は何度も往復した。

　店の右隅からひょいと手が上がった。ぽっちゃりと白い康介の腕だった。

「何してんだ、ここ空いてるぜ」

　康介はやはりパクられていなかったのか。

「ああ」

　曖昧に答えて、恭一は自分が身の置きどころのない時間のはざまにいるような感じにとらわれた。小学生の自分がいて、同時に二十六歳の自分がいる。ここはかき氷屋ではなく、カフェ・ジハードなのだが、床は確かにあの時と同じコンクリート打ちっ放しのひんやりした感触だ。自分は一体どこにいるのか。

「おい、早く来いって」

　そう急(せ)かされて、ようやく恭一は時間のプログラムを正常に作動させ始めた。歩くと体が重い。自分は大人だ。ランドセルなどしょってはいない。

　康介の隣に腰をおろすと、大きなクシャミが続いた。胸の奥から次々と熱が生まれたが、おさまると途端に寒気が全身を包む。

「とりあえず飲めよ」

そう言って、康介は自分のカフェオレをすすめた。言われるままに陶器のカップを手に取り、すするように飲んだ。胃が焼けるくらい熱い。そういえば朝から何も食べていない、と恭一は思った。

「おーい」

康介は再び白い腕を上げて、パキスタンから来た不法就労者ムジャヒッドを呼び止め、カフェオレをオーダーした。

「恭一、ちょっとこれ見ろよ」

まだ落ち着いていない恭一にかまわず、康介は丸い肩を押しつけるように寄せ、黒いテーブルの上にポラロイド写真を数枚広げた。

「今朝、マモルが撮ったんだ」

ミルク色の濃淡の上に墨(すみ)がこぼれたような写真だった。恭一には何が写っているかがまるでわからない。そもそも、康介がどんな意図でそれを見せているのかが不明だった。康介のその一方的なコミュニケーションの仕方が、恭一には押しつけがましい。

「どうだ、恭一」

康介はそう言って眉を寄せた。左目の下が少し引きつっている。興奮している時の癖だった。一人勝手に感情を昂(たか)ぶらせる康介を見ると、なおさら意地悪く応対したくなる。

「康介。どうだって何だよ。エロ写真なら見る気ないよ。砂漠(デゼール)の調子が狂い始めてるんだ。こんな時にお前のお楽しみになんか付き合ってられないよ」

すると康介は小さな目を丸く見はって、無精髭に囲まれた唇を開いた。

「こんな時だから見せてるんだって。砂漠（デゼール）がヤバイことになってるから、マモルに今朝から町をうろつかせてたんだよ。ポラ持たせて」

「どういうことだ、それ」

「見ればわかるって。おかしなことになってんだ」

恭一は雨の滴（しずく）が落ちないように左手で髪を押え、目の前のポラロイド写真を見つめた。乳白色と墨の抽象的な図形から、少しずつ意味が立ち昇ってくる。

「スークの横の道だ」

「そう。木島倉庫のシャッターの前」

「ポロシャツの男がいる」

「そうだよ、見えるだろ。じゃ次だ」

康介は二枚目の写真の上に指を置いた。

「シンナー・タワーの近く。ポロシャツの男がいる」

「あたり」

「康介、クイズじゃないんだろ」

そうたしなめて恭一は反り返り、両手で髪の水をしぼり落とした。体がぐんぐん冷えていくのがわかる。

「いいか、恭一さんよ。男の右耳見えるか」

康介の声が低くなった。恭一はポラロイド写真に顔を近づける。ポロシャツの男の姿は小さく、右耳のあたりは殆（ほとん）どかすんでいた。

「じゃ、これだ」

三枚目は左半分がくっきり黒く染まっていた。残りの右半分にポロシャツの男の上半身が写っている。右耳に何かはめているのがわかった。無線だと恭一は思った。

「刑事か」

「だと思うか」

「だとしたら何を調べてるんだろう。章平を探してる……」

「わけはないだろうな。その程度のことで張り込まないよ。ＯＰＩＵＭはもう摘発済みなんだし」

用心のため、恭一は何気ない風を装って店内を見回し、康介の耳元で小さくつぶやいた。

康介は靴をはき直す仕草をしながら、下を向いて答えた。

「クスリか」

「たぶん」

恭一はテーブルの下で足を伸ばし、長いため息をついた。ショートカットの女の子がカフェオレを運んで来る。テーブルの上に伝票を置いたショートカットが、茶色い革のミニスカートを押えつけるように触ると、康介はすかさずひやかした。

「そんなとこ見てないよ、まりの」

その後、夕立ちがすっかり引くまで、恭一は康介が語る町の噂に耳を傾けた。加賀不動産が章平を見捨てて町の開発を早めるのではないかという話。〝仁義〟をわきまえないルートでクスリを売買していることで暴力団が業を煮やしており、一気にアマチュア・プッシャーを潰す気でいるという噂。刑事はヤクザの圧力で砂漠（デゼール）を調べ上げているのではないか、という康介の憶測。

しかし、それら町に乱れ飛ぶ噂より何より、あの耳の欠けた男が砂漠（デゼール）の混乱を言い当てていたという話が恭一の興味をひいた。男は康介にだけこう言ったというのだ。

荒れ狂う嵐の中、ここだけが静かである。

康介は、その言葉がさっきの夕立ちをも予言していると言って神妙な顔をしたが、恭一にはむしろ夕立ちのことだけを言おうとしたと思えた。そのことを言うと、康介は今にも怒り出しそうな表情を見せ、そのまま口を尖らせて黙り込んだ。

雨はすっかり上がっていた。暗くなった町にジハードの照明がこぼれ出て、アスファルトの上を覆う夕立ちの跡を鈍く光らせている。恭一はもう三杯目になったカフェオレにたっぷりと砂糖を流し込み、赤銅色のスプーンでそれをゆっくりと溶かした。康介はいつの間にか、シンハ・ビールを二本あけている。

「なあ」

粘りつく声で康介は言った。

「今夜、シンナー・タワーでファイナル・パーティをやるんだ。お前も来いよ」

「何だ、ファイナル・パーティって」

「麻取にブン取られるくらいなら、残ってるヤツを全部食っちまおうってわけ」

どこまでもタフな男だ。刑事までうろついていると言いながら、こんな時にドラッグ・パーティを開こうというのだ。

充血した目で康介は言った。

「ただし、パーティは五分で終了。集まって、持ってるクスリを出し合う。お互い好きなのを選んで口にポイだ。それで解散だよ。あんなとこでヘロヘロしてちゃ一網打尽だからな。いわば、しばらくお別れという儀式ですね」

さびしそうに太い中指で鼻の頭をこすって、康介は立ち上がった。

「午前0時。シンナー・タワー。見張りは三人ついてる。よかったら是非」

「ああ」

恭一は素気なく答えた。集まろうにもクスリは全部捨ててしまったのだ。康介は伝票をつまんで金額を見ると、そのままテーブルに戻し、

「おごれよ」

と言った。恭一は再び感情なくうなずいた。

「さてと、俺は第三の予言を聞きにいくぜ」

「え？」

見ると康介はいつになく真面目な顔で、こちらを見降している。

「サキミに呼ばれてるんだよ。きっかり九時にって。十四、五人は集まるんじゃないかなあ。きっかり九時。後二時間だ。今夜はルーズじゃいられないからな、急いで着替えなくちゃ。おい、知ってるか。イチオたちもきっかり九時に集会ぶつけてるんだぜ」

「え？　何がなんだかわからない。どういうこと？」

「イチオがさ、バラカにチンピラ集めて自警団の結成式だとよ。セキュリティ・ガードとかいうらしいぜ。あいつら、予言を信じてないんだ。それどころか、あの人が章平を売ったって言ってるらしい。かたや、俺たち信仰篤(あつ)き者たちはサキミの部屋に集合だよ。恭一、お前どっちにつく？」

「どっちにつくも何も」

そのまま口ごもる恭一に軽く手を振り、康介は外に出て行ってしまう。その後ろ姿を見ながら、

恭一はもう一度どっちにつくも何もないとつぶやいた。収拾のつかない速度で町は混乱し始めている。イチオが言ったことは本当だった。そして、その混乱の原因はあの男だ。カップを両手で包んだまま、恭一は目を閉じた。すると、男が口の脇に皺をためて声もなく笑う姿が見えた。いや、笑っているのではない。ゴムのような皮膚を歪め、ただ裂けるほど大きく口を開く感情のない静かな顔だ。首が折れるほど反り返って口を開けた男の不気味さが、脳裏に蘇って来る。あの時男が現出させた時空の裂け目が、砂漠を吸い込んでいるのかも知れないと思った。

弱い電気のようなものが背中を走った。その途端、カフェ・ジハードのスピーカーからコーランが大音量で鳴り響き始めた。午後七時を告げる合図、アッザーンだった。ジハードに走り込んで来た冷たい風は、腐った魚の臭いがした。

第六章

免疫不全

来る者はみな招かれている

恭一以外誰も住む者のない古いマンションに帰り、シャワーを浴びようと思った。エレベーターが付いていないのが恨めしかった。最上階、五階にある自分の部屋までのろのろと階段を上がり、ドアを開けた。警察に踏み込まれた様子はなかった。水を含んで重くなったスニーカーを放るように脱いで、留守番電話のデジタル表示を見た。４という数字が赤く点滅していた。章平からの連絡が入っているかも知れない。部屋の灯りをつけるより早く、すぐに用件再生ボタンを押し、あわててボリュームを上げた。

一本目のメッセージは仕事先からのものだった。

「カルチャー・クレーンの東です。いつもお世話になってます。ＦＭスパイスで十月からの枠が取れました。木曜の比較的深い時間、三十分。構成に参加して欲しいので連絡下さい。それといいＤＪがいたら紹介」

そして二本目。

「ＫＫＫの黒木です。ミズオがパクられたそうでご愁傷様。それより、なんか変な予言者がいるらしいっていうんで、ＫＫＫの番組で取材したいんだけど、章平ちゃんも姿くらましてるそうなんで、恭一君に電話した次第。またかけます」

砂漠の南に倉庫を改造したスタジオを持つＣＡＴＶ制作会社の黒木。恭一がどうも好きになれない男だった。ＫＫＫなどという会社名を選ぶこと自体に嫌悪感があった。

　ＯＰＩＵＭに出入りしている黒人ＤＪギルが、一度本気で恭一につかみかかったことがある。お前、ＫＫＫなんていう会社を何故この町に入れた。レイシストども。脳みそが腐ってる。何なら俺がこの手を口から突込んで取り出してやろうか。洗ってやるぜ。目のふちを怒りでなお一層赤くぬめらせ、ギルは熱い息を吹きかけた。恭一は配水管の突き出た壁に押しつけられたまま、大声でたどたどしい英語を吐き出した。

　僕だってよくないと思うさ。きっと、彼らにとってはちょっとした遊びのつもりなんだ、たちの悪い冗談。いや、冗談じゃなく、その、つまり、東京的な実に東京的な言葉遊びなんだよ。

　クー・クラックス・クランを名乗ることが遊びか、とギルは歯をむき出す。鼻を噛（か）みちぎられそうだった。お前に言っても仕方ないな、東京小僧。そう言い終わると、ギルは泡だらけの唾（つば）を吐きながら恭一に背を向け、持っていたビールの小瓶を床に叩きつけて、トーキョー・スタイルに糞を食わせろと叫んだ。

　三本目の電話は無言のうちに終わろうとしていた。ツーという電気的な雑音が続く。

　恭一は再びトーキョー・スタイルについて考え始めた。今やセキュリティ・ガードを名乗ろうとしているイチオたちが、ただ過激さだけを装ってチャールズ・マンソン教を真似たヘアスタイルを自慢したことでも口論があったのを思い出す。イギリス人の女性モデル数人が章平に詰め寄り、あんな狂人を信奉する若者をうろつかせるなと口々に言った。そもそも、砂漠（デゼール）の別称ムスリム・トーキョー自体、実際のムスリムたちには理解しかねるものだった。カフェ・ジハードで働くムジャヒッドは、いつまでたっても恭一たちを回教徒なのだと理解したがってやめない。他民族文化への無知と無関心。表面的な風俗と言葉の響きへの異常な好奇心。それによって東京的な遊びが成り立っている。自分たちは愚かなゲームに興じる根無し草だ。

　デジタル表示のウィンドウに映る数字が3から4に変わった。最後のメッセージだ。

「恭一に緊急連絡」

　章平だった。

「現在夕方七時。これから出頭します。加賀のオヤジとは一応話ついてます。すぐに出られると思うけど色々うるさい奴らもいるんで、五日くらい留守にする。イチオにはやり過ぎないように言っといたけど、恭一からも注意しといて下さい。それから、あのエセ予言者からは絶対目を離さないように。サキミんとこに潜り込んで様子を見ておいて欲しい。それじゃ。戻ったら全部立て直そう。行って来ます」

　意外なほど明るい声のまま、章平のメッセージは終わった。ピーという高くフラットな音が続く。恭一はあわててボタンを操作し、章平の声を保存した。電話機の上についた小さな楕円（だえん）形のキーを押して、再び章平を呼び出す。恭一に緊急連絡。何かおどけているようにさえ聞こえる。それが章平の無頓着さからなのか、それとも録音された言葉を繰り返して聴く時に、どこか茶番めいたものを感じてしまうせいなのかがわからなかった。

　恭一からも注意しといて下さい。行って来ます。現在夕方七時。エセ予言者からは絶対目を離さないように。何度も章平を呼び出し、彼からの伝言を聞くうちに、章平の明るい落ち着きが恭一に向けて装われたものではないか、という疑いは消えた。章平はただ伝えておくべきことを明確に伝えようとした。それだけだ。

　戻ったら全部立て直そう。恭一は章平の言葉を自分の声で繰り返してみた。立て直そう。全部立て直そう。まじないのように思えてくるまで、恭一はそれを繰り返した。

よし。エンドレスのまじないにその二文字の切れ目を入れて、戸棚を開け、最上段から大きなバスタオルを取り出した。まず体を洗おう。そして、あのエセ予言者に会うのだ。

シャワーを浴びながら服を脱いでいく。それは章平に教えてもらった子供じみた行為だった。ノズルから吹き出す激しい温水がパーカや半ズボンに吸い込まれ、体全体がどろりと溶け出すように重くなる。上を向いて口を開き、降り注ぐ細かい水の矢を飲み込む。体を覆っていた雨の臭みは排水溝に流れ、かわりにカルキの匂いが強まるのを確認すると、恭一はパーカを脱ぎ、それで鼻をかんだ。それも章平にすすめられたことだった。

そういう何でもないことがやれないんだ。服着たまま小便するとか、風呂入るとかさ。システムのベーシックなところに禁止の命令がプログラムされてるんだよ。いかにもやっちゃいけないってことをいきがってやってみせるより、そのベーシックを破ってみる方が効果が大きい。お前みたいに根が妙に真面目で常識的で神経が細い奴には、そういうことが必要なんだ。

LSDの切れかけた脳をマリファナで柔かく刺激しながら、章平はそう言った。砂漠(デゼール)に移り住んですぐ、去年の二月だった。章平が自分用に選んだ町の東の一軒屋でのことだ。恭一、今すぐバスルームでシャワーを浴びろ。おい、ダウンを脱ぐな。そのまま熱いシャワーを浴びろ。

あの時はラリっていてこんな子供っぽい解放感はなかった、と恭一は思い出し笑いをした。それにあの狂ったシャワーだ。水量も水温も目まぐるしく変わった。おかげでハワイからアンカレッジまで、様々な国のスコールとみぞれの間を駆け抜ける幻覚に襲われた。章平はバスルームのドアからこちらを覗き込んで、水しぶきのかかる眉の下に陶然とした微笑みを浮べていた。章平は章平で、何か全く別の世界を幻視していたに違いなかった。もう一度思い出し笑いをして、恭一は肌に石鹸(せっけん)を塗り込んだ。

立て直そう。全部立て直そう。まじないを反復し始めるうち、それは軽やかなメロディを帯び、低い鼻歌に変わった。

生地いっぱいに世界地図をあしらったバスローブをはおってソファに腰かけたまま、恭一は浅い眠りの中を漂った。

突然、眠りの底からグイグイと引き上げられるのを感じた。海底で動くことをあきらめた灰褐色の岩のような魚が、強い力で釣り上げられていくのが見えた。いつの間にか魚は自分になっていた。水の重力を体一杯に感じる。気圧の変化が苦しい。危険を知らせる断続的な信号が鳴る。視界は白く濁っている。

海面に出たと思った途端、危険を知らせる信号が目覚し時計の音だと気づいた。

九時だ。よろけながらソファを脱け出て窓際に行き、自分で意味を確かめることなく反射的にカーテンを開ける。サキミの部屋のブラインドは巻き上げられていた。中に男がいるのがわかった。町を見降すようにして男は立ち、顔一杯に広がった空洞の奥から、あるつながりを持った音を響かせていた。耳を澄まして音を聴き取ろうと思った途端に、恭一は理解した。それはサキミの口ずさんだあの虫の食ったメロディだった。

そこで目が覚めた。そこまでが夢だった。目覚し時計を見た。九時を少し回っていた。無意識にアラームを止めていたのだろう。あわてて戸棚の方に走っていきながら、バスローブを床に脱ぎ落とした。鮮やかなオレンジ色の長衣(ジュラバ)が目についた。針金そのものの安っぽいハンガーから、それをむしり取るようにする。針金の先が手の甲に引っかかった。長い傷から血がにじんだ。かまわず長衣(ジュラバ)をかぶり、紫色のハイカット・スニーカーを、両足で操るようにしてはくと、鍵もかけずに恭一は廊下へ飛び出した。

頭も体もまだ眠っていた。時折、階段を踏み外しそうになる。スニーカーのパタパタいう音が一定のリズムを打ち始め、生ぬるい風が長衣（ジュラバ）をふくらませるのを感じて、ようやく本当に目が覚めたと思った。

蛍光灯の切れたマンションの玄関から走り出て、そのままOPIUMの前を横切り、恭一はアスファルトの道を駆け抜けた。街灯に照らされた道路は、巨大な爬虫類（はちゅうるい）の背骨のように真中が少し盛り上がり、雨の残りの水を弾いて汗ばんでいるように見えた。今、九時を何分過ぎただろう。左腕を持ち上げかけたが時計を忘れていた。

鉄格子のようなシャッターが降りている元家具屋の倉庫を右に折れた。そこにまた真直に伸びる爬虫類の背中があった。巨大な冷血動物は、左に荒れ果てた工場群を囲む壁、右に闇の浸み込んだ木造の無人家屋を乗せて、ひっそりと眠っていた。

ふいにゆらりと足元が揺れた。いぶかしんで走るのをやめ、激しく動く胸に手を当てて立ちすくんだ。うまく平衡（へいこう）が取れない。頭を振った。その時、再び大きく足元が揺れた。遠くで女の悲鳴がした。地から生えたモヤシのような街灯を見る。ゆさゆさと揺れている。地震だ。かなり大きい。右手の木造アパートがバッタの鳴き声のようなきしみを立て始めていた。震える窓ガラスが、淡く緑を含んだ街灯の寒々とした光を反射する。恭一は立て膝をして、揺れがおさまるのを待った。

長い地震だった。大きな揺れが過ぎ去っても、また小刻みに地面が震える。まるで、自分を背中に乗せている巨大なメストカゲがオルガスムスを迎えているように、長くゆるやかに地が揺れた。恭一にはそれが何か重大なことの前兆のように思えた。しかし、それが何の兆しであるのかはわからない。ただ、前兆であることだけが確からしく感じられるばかりだった。

メストカゲの絶頂は終わった。道路は嘘のように静まり返る。何もなかったかのように無表情な背中をぬめらせ、メストカゲが恥を忍んでいる姿を想像して、恭一は小さく吹き出した。立ち上がったが、もう走る気は失せていた。サキミビルに向って歩き出しながら、恭一は再び今の地震が何の前兆であるかを考えようとした。だが、すぐにその考え自体が馬鹿らしいと気づく。何故そんな非科学的なことを考えてしまったのだろう。いつの間にか、あの耳の欠けた男を予言者と呼ぶ者たちの影響を受けてしまったようで気分が重くなる。ぬるい牛乳を覆う膜のような憂鬱(ゆううつ)が恭一を包んだ。

左手に長く続く壁には様々な落書きが描かれている。〝SUCK ME!! FUCK YOU!!〟〝おまんこを守れ〟〝SAVE THE PUSSY〟〝おまんこ貯金〟。黒や青、あるいは赤のスプレーで文字の枠を描き、中をピンクやエメラルドグリーン、蛍光イエローなどで染める。書かれてある内容はくだらないが、デザインはどれも一昔前のニューヨーク・スタイルそのままだ。いわゆるグラフィティ・アート。中にはアルファベットを鼠(ねずみ)の尻尾のようにくねらせ、アラビア文字風にデザインしたものまであった。それらをぼんやりと眺めながら、恭一は歩いていく。壁の向うから覗くブリキのモスク、シンナー・タワーの横を通り過ぎる。

壁が終わる角あたりに、見覚えのない新しいメッセージが描かれているのに気づいた。墨一色で英語を縦書きにし、掛け軸に書かれた漢字のように見せている。〝ALL YOU NEED IS FUCK〟。横に〝暖簾〟という署名。ジョン・レノンにかけた洒落(しゃれ)のつもりなのだろう。メッセージの下には見事に墨の濃淡を使い分けた山水画があった。しかも、山や川、森や雲に見えるのは、裸の女が性器に手をやってのけぞる姿そのものでもあった。見事なだまし絵だ。誰の仕業だろう。言葉のセンスは別にしても、デザインは使える。恭一はほくそ笑んだ。思わず〝ALL YOU NEED IS LOVE〟のフレーズを、〝ALL YOU NEED IS FUCK〟に替えて歌い、角を左に曲がった。サキミビルはすぐ目の前だ。ALL YOU NEED IS FUCK――。サキミが隣にいたならALLと歌い始めただけで、ビートルズ、愛こそすべてと答えるだろう。そして、すぐさまビートルズの曲を数珠つなぎにして次々と歌ってみせる。少くとも、虫の食った10CCなど歌うことはなかった。ほんの一週間ほど前のサキミなら。

そういえば、と恭一は思った。いつからあの耳の欠けた男はサキミの部屋にいるのだろう。他人からの侵入に敏感なサキミの中に、あいつはやすやすと入り込んだように見える。まるでコンピュータ・ネットワークの中に潜り込み、システムさえ破壊するハッカーのように、男はサキミにハック・インしたのだ。いつ狙い、いつ行動し、どれほどの時間をかけたというのだろうか。ALL YOU NEED IS HACK――。ついそう口ずさんでしまったのに気づき、恭一はまた憂鬱の膜にからめ取られた。

サキミビルの前まで来た時、右手後方から人の声が聴こえた。男と女。少し引き返して、サキミビルと隣にある倉庫との隙間を覗き込むと、堀河の後ろ姿が見えた。一年中陽の当たらない苔むしたビルの狭間で、堀河は右手に何か持ち、それを上方に差し出していた。ほら、やるってば。女の声が後を追う。飲んでちょうだいよ。堀河の向う側に見え隠れしているのは真理だった。真理はワインの瓶の尻をつかんで、それを持ち上げている。堀河の右手の先にあるのはポリエチレンの小皿だ。上に何かが山盛になっている。この肉、上等だぜ。なあ受け取ってくれって。

背の高い堀河の頭上すれすれから、錆(さ)びついた外階段が上方に向ってジグザグに延びている。その階段の踊り場に誰か座っているのに、恭一は気づいた。いや、座るというより踊り場の奥にうずくまっている感じだった。たぶん人間だ。しかしまだ確かではない。月明りが届かないこともあるが、そこにいる何者かがまるで保護色で錆の中に身を隠すような姿をしているのだ。しかも微動だにしない。

「堀河」

と呼びかけると、二人は低い悲鳴を上げて振り返った。堀河の捧げ持つ小皿から何かが落ちそうになる。ローストビーフか何かだ。あわてて左手でそれを押え、堀河は脅すような調子で言った。

「誰だ」

堀河と真理の方からは、恭一の顔がまるで見えていないらしい。

「恭一だよ」

安心させようと、わざと間延びした声で答えた。突然、踊り場にうずくまっていた何者かが、低く微かな音を立てて動き始めた。ボロ毛布を体に巻きつけた浮浪者だとわかった。浮浪者は這うように階段を登ろうとする。ぐにゃりと溶けたゴムの塊、あるいは陸上に棲息する大蛸が蠢くようだ。

ああ、いっちゃうよ、逃げちゃうよ、せっかく浮浪の民を見つけたのに。真理がか細い声で叫んだ。堀河が浮浪者を呼び止める。おい、待ってくれよ。施しをしろって予言者に言われたんだ。頼むから食ってくれよ。だが、大蛸はかえって動作を早め、身にまとう毛布で階段の錆を吸い取りながら、さらに上へと移動を続けた。

「恭一、何てことをしてくれるんだ」

こちらに向き直った堀河は、いきり立って土に埋もれたシリンダーの部品らしき金属を蹴り、目の前までにじり寄って来た。

「あと少しだったんだぞ」

「何を必死になってやってるんだよ。何だ、施しって。予言者に言われたって何のことだ」

事情が飲み込めず、感情の脱け落ちた声で言い返す。

「そうしないと、私たち不幸になって苦しむことになるんだよ」

そう答えて、真理は泣き出してしまった。堀河は長袖の霜降りTシャツで左手をぬぐいながら、とりつくろうように、

「放っといてくれよ」

と言ってうつむく。地震はやはり何かの前兆だったのだ。何かが起っている。堀河が階段の柵を両手でつかんで、踊り場に上がろうとし始めた。鉄板を埋め込んだ先の丸い安全靴が、そこかしこにぶつかって鈍い音を立てた。階段全体が振動する。浮浪者はそれに脅えて穴だらけの毛布の中でもがき、一段でも上に這い登ろうとする。

サキミの部屋に急ごうと思った。理解を超えたことが始まっている。ともかく急ごう。堀河と真理の後ろ姿に向って、一言キチガイと言い捨て、恭一は走り出した。

一階のガラス扉は開け放してあった。中に入ってすぐ左に曲がる。狭く薄暗いエレベーターホールだ。8という数字だけが淡いオレンジ色に光り、浮き出して見える。昇降ボタンを拳で殴るように押して、恭一は暗赤色のドアに額をつけた。重力の感覚が狂うような音をさせて、金属の箱が下がって来るのがわかる。箱はビルを貫いた空洞の中をゆっくりと下降している。早く来い、とつぶやいた。

その時だ。ホールの奥の管理人室に灯りがついた。不意を突かれて息を飲む。見ると中に清司がいた。康介が砂漠（デゼール）に連れて来た若いギタリスト。可もなく不可もないといった程度のテクニッ

クとセンスで、幾つかのインディーズ・バンドをかけもちしている男だった。清司はこちらから目を離さず、ゆったりと人なつこく笑って、小さなガラス窓を開けた。

「来ると思ってました。いらっしゃい」

身をかがめて、小窓から無理矢理腕を突き出した清司は、恭一に握手を求めていた。カーキ色のTシャツは子供用かと思うくらい丈が短く、見た目の割に贅肉（ぜいにく）のついた生白い背中が丸出しになっている。

「やあ」

とだけ恭一は答えた。握手する気にはなれない。もともと苦手なタイプだった。適当にあしらっておいて、エレベーターが着いたらすかさず乗ってしまおうと思った。ところが清司は、頭の後ろで無造作に束ねた髪を振り、こう言った。

「あの人から伝言があるんですよ。祝福って言うのかなあ」

「俺に？」

思わず恭一は短く問い返した。

「ええ、恭一さんに。来る者はみな招かれている。そういう祝福、いや予言ですね、やっぱ」

「来る者はみな？」

聞き直すと同時にエレベーターが到着し、ドアが開き始めた。重々しい音がする。清司は扉が完全に開くのを待って、中を顎（あご）で示しながら答えた。

「招かれている」

確かにエレベーターは、恭一が乗り込む時を待っているように見えた。タイル地を装った黄色い壁紙は剝（は）がれ、蛍光灯は切れかかってチックのように痙攣（けいれん）しているが、その金属の箱が指定された招待客だけを運ぶ特別な乗り物に思えてくる。罠だ。耳の欠けた男が張った蜘蛛の巣にからめ取られてしまう。これは罠なのだ。恭一は自分にそう言い聞かせた。

しかし、ガムでも噛んでいるような半開きの口で、清司は促す。

「ほら、招かれているんですよ」

乗ろうかどうか迷っているうちにドアが閉じ始めた。反射的にボタンに手が伸びる。厚い金属の扉は、一旦ぐらりと揺れて再び開く。

「恭一さん、あんたは招かれてる」

清司の確信に満ちた言葉に背中を押されるようにして、恭一はエレベーターの中に足を踏み入れた。8と書かれたボタンを押すが、自分から選んでいる気がしなかった。乗り物は動き出す。上昇しているのか、下降を続けているのかわからない。ただ空洞の中を移動しているだけだ。上下にぐらりと揺れる感触があって、扉は開いた。柔かな光が差し込む。恭一は、自分の体が別世界に届けられたような気がした。

目の前の壁に直接矢印が描かれていた。矢の示す方向から人の話し声が聞こえた。ひときわよく通る、芯の強い声が恭一の意識をつかんで引き寄せた。サキミだった。


開いたままの青灰色の扉から部屋を覗き込むと、八、九人の男女の背中が見えた。皆、一様に奥を向き、それぞれにぎやかに話し込んでいる。その向うに男はいた。一人だけこちらを向いている。快活に笑うような素振りが見えたが、男の笑いはサキミたちの上げる金切り声にかき消され、聴こえなかった。そこここに空になったワインの瓶が転がっている。棒立ちになったままの恭一に、康介が気づいた。

「おう、恭一さんのおでましだ」

芝居がかった調子で康介が叫ぶと、背中という背中が一斉に向う側に回り込み、それぞれの顔がこちらを見上げた。殆どが見慣れた砂漠(デゼール)の居住者だが、中に見たことのないヒッピー崩れが二、三人混じっていた。白シャツに白ズボン、首からは揃いの数珠をぶら下げている。

「恭一！」

サキミが両手を上げ、水泳教室の生徒のように機械的な動きでバタバタと振ってみせた。それに刺激されたのか、男が大声で叫ぶ。

「百年前だった。私を見なさい」

男は右手を上げていた。頬骨の頂点を中心に顔をテカテカと光らせ、男は大きく口を開きながら続ける。

「これがあなただった。救うために来た。来る者はみな招かれている」

男の言葉の端々は、泥酔した者特有の溶けた発音にまみれていた。部屋にいる者たちが全員狂躁的に笑った。堀河や真理、そして清司の様子からは想像も出来ない明るさが、恭一には不可解でならなかった。

混乱する恭一にかまわず、サキミが男の右手をつかみ、こう言った。

「これが恭一なんだって。コトバの右手が恭一なんだって。この人、恭一を待ってたんだよ」

すると康介が声帯が破れるほどの大声で笑い、宣告を下すように言った。

「コトバ様の右腕は恭一に決定したぞ。大予言者様の右腕だ。誰か神があなたにこの幸を授けられたのだ」

康介は立ち上がり、大仰な仕草で続ける。

「老人よ、してその告知の徴とは。無敵の神の手より投じられた鳴りに鳴りわたる雷、閃きに閃きわたる稲妻だ」

「いいぞ、サカナ」

「名優サカナの悲劇第一幕」

次々と野次が飛ぶ。

「徴は稲妻じゃなくて地震ですよ」

ヒッピーのリーダーと思われる白髪混じりの男が一言そう言うと、参加者たちは神妙な顔で黙った。

「地震って、さっきの」

思わず恭一は問う。ヒッピーを制して、康介が答えた。

「そうさ。あの地震の直前に、この大予言者様が言ったんだ。来ても落ち着いていろってな。そう言ったんだ」

「地震って言ったのかよ?」

「言わない。言わないけど地震のことに決まってるだろう。来ても落ち着いていろ。そう言った途端に揺れたんだから」

「来ても落ち着いてろなんて、何にでも当てはまるよ。馬鹿々々しい」

部屋にいる者たちが非難がましくにらんでいるのに気づき、恭一は語気を弱めた。

「みんな酔っ払ってるからさあ」

するとヒッピーが地を這うような声音で言い返した。

「酔ってなんかいないですよ。あの時、我々は覚醒していましたよ。そして、はっきりと確認した。この人は本物だ、と」

　ヒッピーの後ろで、さっきまで空のワイングラスを振り回していたマモルが涙ぐんでいた。驚いて見回すと、同じように常軌を逸した感動を露わにしている顔が幾つか飛び出している。そのあまりの豹変（ひょうへん）ぶりは気味の悪さを通り越して、滑稽（こっけい）でしかなかった。クスリだ。絶対にクスリをやっている、と恭一は思った。シンナー・タワーでのファイナル・パーティ開始まで待てず、康介はとっておきのクスリを配ったに違いない。康介自慢の〝愛と奇蹟を誘うカプセルG・O・D〟か何かだ。強力な精神安定物質を含んだ黄色い粉末。それを七色のカプセルにたっぷり詰めたカプセルG・O・D。飲んで三十分も経てば、誰でもが人を愛しく感じ、発せられた言葉の奥にまばゆい光さえ見る極楽行きのドラッグだ。

　ラリ公ども。恭一はいら立った。こんな遊びが砂漠（デゼール）を混乱させているのだ。恭一はヒッピーの方へ歩み寄り、指を突き立てた。

「覚醒も何もないでしょう。あんたたちの意識拡大の時代は終わってるんだ。俺たちのドラッグはカクテルがわりですよ。ちょっと飲んで、その夜酔えればそれで十分。神秘も何もいらない。覚醒も奇蹟も謎も必要なし。そもそもそんなものないんです。あんたみたいな時代遅れが余計な口をはさむから、みんなだまされる。もうやめて下さいよ」

　胸のうちの棘（とげ）だらけの黒い塊を、恭一はそうやって一気に吐き出した。

「この人にそういう口のきき方はやめろよ」

すぐに康介が言い返したが、それは怒りを含んだ調子ではなかった。むしろ、恭一の棘を柔かいビロードの布で包んでしまうような物言いだ。

「この人は長年神秘主義を研究して来た人なんだ。この国に予言者が現れるのを待ち続けてた。

古くからの俺の導師だよ。俺の魂を導いてくれた人なんだ」

康介らしからぬ殊勝な言葉は、恭一の棘をさらに鋭くとがらせた。

「お前みたいな奴が、いつ精神を導かれてたんだ。え、康介。いつだ」

「康介じゃない。俺はサカナだって言ったろ」

「馬鹿はやめろよ。どうしたんだ、康介」

「だから……」

康介は何か言いかけてやめた。部屋中に奇妙な静寂が漂う。その中で、男だけがうわ言を続けていた。

「今にひどいことになる。そうだった。これが示していた。百年前だった。ひどいことになる。千年前だった」

「何だって？　はっきり言ってくれよ」

男の言葉を聴き取ろうとして、恭一は目の前にいる女の肩を乱暴に膝で押しのけ、部屋の奥へ進んだ。ヒッピーたちが立ち上がり、恭一を止めようとした。

「俺は右腕なんだろ。通せ」

そう言うと彼らはひるんだように道を開ける。恭一はヒッピーの一人をこづくようにして、男の前に出た。自分自身の中にこもって言葉の泡を吹き出していた男は、恭一の剣幕に気づいたのか、脅えた様子で顔を上げ、突然オウオウオウオウと叫び始めた。

堀河が部屋に走り込んで来なかったら、恭一はリンチにあっていたかも知れなかった。顔色を変えた参加者全員が、恭一を囲もうと立ち上がりかけていたからだ。

「工場の壁にこんなもんがズラッと貼ってあった」

不穏な空気にとまどいながらも、堀河は片手に握りしめていた生成色の小さな紙切れを押し出し、両手で広げて見せた。

紙切れには〃セキュリティ・ガード結成‼〃という真赤な文字が、アラビア風の意匠を施されて踊っていた。そして、その下にはやはりアラビア文字を装った筆文字の檄文（げきぶん）が書かれていた。

「我々は砂漠（デゼール）を狂気から守るため、必要とあれば暴力をも辞さない。腐る前に断て‼（自衛のための暴力は知性である――MALCOLM X)」

いつの間にか堀河の後ろに真理がいた。もう一枚のビラを手渡す。そちらには、

「砂漠（デゼール）を狂わせる身元不明者は我々の手によって排除される。汚れたウミは外へ押し出せ‼」

とあった。どちらも一番下にセキュリティ・ガードのメンバーを示すらしい連名がある。イチオ、リョーサク、ミツ、新太郎、松本。

恭一さえ言葉を失い、部屋は張りつめた緊張による沈黙に支配された。

どこからか、つぶやき声が立ち昇り始めた。次第にその音量は上がっていく。ゆっくりと振り向くと男と目が合った。男は感情を感じさせない声で、はっきりとこう言った。

「まもなく必要ないさかいが始まる。必要だった。それは必要だった」

第七章

狂えるガーディアン

まもなく必要ないさかいが始まる

砂漠（デゼール）はまたたく間に、セキュリティ・ガードのアジテーションに覆われた。時には真紅、時には黒一色のビラが町の壁、店の扉、道路の上、あるいは傾いた電柱に貼られ、夏の重苦しい風に吹かれた。

「我々は最大限の自警手段を講じる」「エセ予言者に惑わされる者は出てゆけ」「フェイク・ムスリムの聖戦が始まる」

イチオたちのメッセージは男だけに向けられていたわけではなかった。「地元不良グループの暴力を許すな」「円形闘技場での横暴な行為の犠牲者を、我々は保護した」といった内容のビラを撒（ま）くことで、セキュリティ・ガードは雄輔たちにも牙（きば）をむいたのだ。

〝横暴な行為の犠牲者〟とは寛樹のことだった。ユダと呼ばれ、理不尽な仕打ちをされたと触れ回った寛樹を、イチオはバラカの二階、セキュリティ・ガードの〝本部〟に住まわせた。それは雄輔グループに対する力の誇示だけでなく、町のただならぬ空気に脅える〝中立者〟の風向きを変えるためでもあったのだろう。事実、そのことによってイチオたちに対する評価を変えた者は多かった。

町の南東にある元運送会社の倉庫を改造して仕事場に使っているイラストレーターやカメラマン、そして若手漫画家。あるいは、南西の隅にある、三階建ての公団住宅風アパート二棟を割り当てられたファッションモデル数人と、木造アパート三軒に住むゲーム・プログラマー集団がそうだった。

　彼らはこの十日ほどの間に起った出来事に嫌悪を感じていた。そして、理由のわからない暴力沙汰から身を守りたいと思っていた。セキュリティ・ガード結成そのものは、彼らの不安を増す原因だったが、自警団を名乗るイチオたちがこの町の混乱を律しようとし、実際に暴力にさらされた者を保護し始めたとすれば、それはとりあえず歓迎すべき事態だったのだ。

　彼ら中立者がイチオたちを支持し始めた理由は他にもあった。砂漠（デゼール）に浮浪者が目立ち出したのだ。恭一が見た大蛸の他に五、六人のホームレスが、夜の町を徘徊していた。堀河たちに食べ物を分けてもらい、人気の少ない町の南側に潜む彼らを、中立者は嫌った。

　廉介が町に呼び込んだヒッピー風の男女も、中立者をいら立たせた。いや、中立者だけではない。恭一にとっても、彼らは排除すべき対象だった。白い綿の長衣（ジュラバ）に数珠をぶら下げた長髪の中年。あずき色の布を体に巻きつけ、癇（かん）の強そうな顎（あご）を上向きにして歩く女。そして、いかにも議論の好きそうな三十前後のやせこけた男。彼らはあの夜以来、許可なくサキミビルに移り住んだ。そして砂漠（デゼール）を歩き回り、誰かれなく人を呼びとめては、予言者の言葉に耳を傾けよと説いたのだ。

　セキュリティ・ガードは彼らを不法侵入者と呼び、町の外に追い出そうと努めた。ヒッピーたちの〝説法〟を妨害し、浮浪者を見つけては追い立てる。恭一は章平の事務所で企業用パンフレットの制作を手伝いながら、イチオたちのなすがままに任せていた。中立者の何人かが言う通り、今はセキュリティ・ガードの力が必要だった。

　章平が警察に出頭してから一週間が過ぎていた。町には別件逮捕の噂がまことしやかに流れていた。風営法違反でそれほど長い期間拘留（こうりゅう）されるはずがない。麻薬がらみの取り調べだと誰もが言った。加賀不動産から何らかの連絡があるはずだと恭一は待ったが、電話一本かかって来なかった。恭一は待ち続けた。

八日目の夕方だった。沈んでいく太陽が乱れ湧き上がる積乱雲とともに、紫がかった気味の悪い夕焼けで空を脅かした。不吉だと恭一は思った。予感は当たった。円形闘技場に転がっていた木材と、町の北にある倉庫から探し出してきた裁断前のカーテン用布地。それらを使って、イチオたちがサキミビルの入口近くに奇妙なテントを張ったのだ。黒白縦縞(たてじま)の、太った縞馬のように見えるテントの周囲には、新たなビラがびっしりと貼られていた。「この移動式天幕は砂漠(デゼール)の至る所を監視する」「宗教ボケと浮浪者に告ぐ!!　セキュリティ・ガードは緊急戒厳令を公布する」「必要とあらば暴力も辞さず。我々は不法侵入者を実力で排除する」

それがユニフォームに決まったのだろう、やはり黒白縦縞の長衣(ジュラバ)に身を固めたセキュリティ・ガードは、その移動式天幕を拠点としてサキミビルに出入りする者たちを威嚇(いかく)し始めた。

翌日の夜、康介がメディナの近くにおかしなオブジェを作ったのは、イチオたちの移動式天幕に対する抗議行動だった。メディナの前から狭い路地を道なりに右へ曲がったあたり、ちょうど道路のカーブの先端に位置する民家の駐車場。そこに康介は、鉄屑を溶接して高さ三メートルほどの塔を建てたのだ。廃車のボンネットに何本もの金属棒を突き立て、鉄板の切れ端やアンテナを手当たり次第に貼りつける。生ゴミの袋から空に向って飛び出した魚の骨のようなその塔を、康介はミナレットと呼んだ。イスラム教圏、特にモロッコなどでよく見られる尖塔(せんとう)の名だ。

サキミビルに入ることをイチオたちに拒まれた康介は、その夜のうちにミナレットを作り、そこら中から突き出た鉄板にドライバーで男の言葉を刻みつけた。「ミリだった」「章平だった。苦しまなければいいが」「コトバだった」「まもなく必要ないさかいが始まる」「来ても落ち着いていろ」「ぶつかった」「来る者はみな招かれている」

次の日の昼。イチオが駐車場に現れ、ミナレットの取り壊しを要求していると聞いた。ＫＫＫの黒木は、カメラマンと音声担当のアシスタントを連れて現場に駆けつけた。予言者派と反予言者派の争いは、黒木にとって絶好のスクープだった。

小競り合いの様子を、恭一はビデオテープで見た。黒木が部屋を訪ね、こう言ってテープを置いていったのだ。これ、もう話は聞いてると思うけど、康介たちとイチオたちのケンカ。特別にお分けするよ。こんな近場で面白いことが始まるとは、全く灯台下暗しだなあ。予言者、ＫＫＫが盛り上げるからよろしくな。

渡されたビデオテープは巻き戻されていなかった。あわててダビングし、そのまま届けに来たのだろう。巻き戻しのスイッチを入れて床に座ると、少ししてイチオがアップでしゃべり始めた。そして、いきなり混乱した現場の模様。映像の動きが早過ぎて細かいことはわからないが、リョーサクやミツが康介たちともみ合っているのは確かだ。一体何がきっかけなのだろう。清司が現れ、すぐ消える。ヒッピーが見える。映像は高速で出来事を遡（さかのぼ）っていく。思わず身を乗り出し、恭一は画面に集中した。途端に巻き戻しが終わり、モニターがのっぺりとした闇に変わった。映り込んだ自分の顔がやつれて見えるのに驚きながら、恭一は再びビデオのスイッチを入れ直した。

三十二インチのモニターに最初に現れたのは、鏡の破片を漆喰（しっくい）で固めたミナレットの先端と、鼓膜を切り裂くような凶暴な声だった。誰がこんな所にガラクタ置いていいって言ったんだよ、お前ら勝手なことし過ぎるんだ、くだらねえことはやめろ、ブタども。

カメラは揺れながら、その声の主を探す。イチオだ。横顔がフレームの中に入り、すぐ出ていく。出ていく時に映った生白い腕が、イチオを押し返そうとする康介のものだとわかる。カメラはまだ揺れている。やめろ、というのは黒木の声だ。やめろ、リョーサク。空気が溶けるような映像とともにカメラが旋回する。急激に画面が傾き、リョーサクの顔が映る。リョーサクは長い顎をしゃくり上げて叫ぶ。映すんじゃねえよ、バカ。長い手がのっそりとこちらに伸びてくる。

　途端に横から黒い影が割って入った。黒木の背中だ。黒木に守られてカメラは再びイチオと康介の方に旋回する。イチオの後ろ姿の向うに、康介の赤らんだ顔が見える。その横に清司。ミナレットの鏡が陽光をはね返し、一瞬画面全体が白く輝く。ぼやけた映像の左隅にヒッピーのリーダー格、康介が導師（グル）と呼ぶ男が見えた。筋張った体に白い長衣（ジュラバ）をまとっている。

「これは予言の塔だよ。この町に必要なオブジェなんだよ。少くともお前らのテントよりずっとましだ。ボーイスカウトか、お前ら」

　康介がかきくどくように言った。突然、清司がカメラに向って走り込む。ピントの合わない清司のアップ。目は右下に向って見開かれている。カメラが波の上のブイのように揺れる。ミツの声がする。ぶっ壊せ、ぶっ壊せ。清司の顔はそのまま右下に傾いていく。肉を打つ鈍い音の後、固い物同士がぶつかる音がする。そして呻き声。イチオが振り返ると同時に、カメラが下を向いた。

　コンクリートの上に倒れた清司の胸にミツが乗り、お互い服を引っ張り合うようにしていた。ミツの右手に黒い棍棒（こんぼう）が握りしめられている。映ってるんだ、全部映ってるんだぞ。興奮で裏返った金切り声だ。たぶん、導師（グル）だろう。それを聞いて、ミツと清司の動きが緩慢になるのが感じられた。続いてイチオらしき声が響く。やめろ。場そのものを制圧するような力が、その声の奥にはあった。ミツと清司は完全に争いをやめ、素早く体を離した。

　画面の下にぼんやりとした肌色の塊が現れた。それはカメラをつかみ、ぐいと持ち上げる。イチオの顔が画面一杯に広がった。左目がこちらを覗き込んでいる。突き刺すような視線だ。ピントが合うとさらに凄味を増す。イチオは落ち着いた様子でしゃべり出した。

「俺は砂漠（デゼール）の自警団、セキュリティ・ガードのイチオだ。ムスリム・トーキョー、砂漠（デゼール）に今予言者を名乗る詐欺師がのさばっている」

「嘘だ」

と康介の声が飛ぶ。イチオは口を閉ざし、余裕たっぷりに首を鳴らして、続く言葉を待った。だが、康介はそれきり黙り込んでしまう。イチオはこちらを見据えたまま、沈黙を楽しんでいるようにさえ見える。おそらくイチオは次に何をするべきか考えている、と恭一は思った。殆どの人間にはそれはわからないだろう。すべてを計算ずくで行っているとしか感じられないはずだ。しかしイチオは考えている。数え切れないほど多い選択肢の中に飛び入り、最善のゴール目指して走り抜けているのだ。何をする気だ、イチオ。唇をゆっくりとなめ、イチオは口を開いた。高速演算の結果が出たらしかった。

「このCATVを見ている人たちにわかって欲しい。ここは色んなテレビ、雑誌で取り上げられている砂漠（デゼール）です。実は二週間くらい前、この町におかしな中年の浮浪者が現れました。本人は記憶喪失と言ってますが、どうだかわかったもんじゃない。しかし、後ろにいる三人はその男が予言者だと言い張ってます。一番左に見えるヒッピーは予言者の傍（そば）にいたいと言って、この町のあるビルの一室に不法侵入し、勝手に住み始めています。彼と同じように許可なく町に住みつく人間がごっそり現れてる。新興宗教好きの気の弱そうな青白いガキどもが次々に集まり始めています。何の予言だか知らないけど、浮浪者を招き入れて部屋をあてがう奴も跡を絶ちません。我々の調べでは、不法居住者はすでに三十人以上に達しています。考えて下さい。あなたの住む町が、こんな気味の悪い奴らでいっぱいになったら」

「選挙演説か」

清司がひやかしたが、全く効果がなかった。イチオはかまわず続けた。

「いっぱいになったらどうします？　我々は我々居住者の安全を守るために自警団を作りました。もし日本がこんな奴らで一杯になったら、不法侵入の浮浪者や外人どもで一杯になったらどうしますか。我々は我々自身で国を守る以外ないと考えます。我々はセキュリティ・ガードです。以上」

プチリ、と甲虫の腹をちぎるような音がして、画面はホワイトノイズに変わった。スキーで雪をかき分けていくような音が部屋中に響く。

セキュリティ・ガードは、まるで政治結社のように見えた。無数の選択肢からイチオが選び出したのは、単なるティーンエイジャー集団の自己顕示ではなく、あたかも思想信条を持っているらしき若者を装うことだった。もちろんイチオは、外部からの侵入者が自分たちより目立つことにいら立っているだけだ。不法侵入の外人どもという言葉も、雄輔たちが在日韓国人であることへの幼稚な当てこすりに違いなかった。だが、ＫＫＫ制作の番組を見る者の多くは、そのようなイチオ個人の事情など考えず、侵入者側に嫌悪感を抱くだろう。

しかし、と恭一は思った。イチオの思惑を離れて、〝予言者〟に興味を持つ者が多いだろうことも事実であるはずだ。事を荒立てるのは危険だ。砂漠(デゼール)のイメージが傷つき、章平の立場が危うくなる。恭一はすぐにＫＫＫに連絡を取ろうと、電話に手を伸ばした。放映をさせてはならない。男の存在がより一層確かになっていくのを恭一は怖れた。

ＫＫＫにはプロデューサーの栗原（くりはら）がいた。黒木はすでにビデオを編集中で、電話には出られないという。四十代後半でテレビの世界に長くいた栗原は、さすがにのらりくらりと恭一の抗議をかわし、とにかく会って話しましょうの一点張りだった。

ＫＫＫは恭一のマンションから真南、若桓町三丁目にある砂漠（デゼール）と二丁目を隔てる道路際にある。グランドピアノの鍵盤の部分だ。蒸し暑い夜の黒布をくぐり抜けるようにして、恭一はＫＫＫに向った。

曲がりくねった坂道を下っていきながら、恭一は栗原をどう説得しようか考えていた。本来、最も有効なのは加賀不動産の名を出すことだろう。この町のイメージを落とすようなことがあれば、困るのは加賀不動産だ、と。弱小ＣＡＴＶ局のＫＫＫが二つの倉庫をわずかな値段で借りていられるのは、加賀不動産の口利きがあったからなのだ。だが栗原は、面白そうじゃないか、盛り上げてみろという人がいるんでねと、加賀との話がついているらしきことを電話口で匂わせていた。黒木あたりが社長の加賀泰次に何か吹きこんだのかも知れなかった。

予言者のいる町っていうのも話題になりますよ。砂漠（デゼール）もあと半年、ネタ不足でしょう。ＫＫＫも御当地ネタで当てれば、よその局との差異化が出来ますし、こりゃ一石二鳥ですよ。コカインで溶け、くぼんだ鼻柱をひくつかせて、黒木が加賀に取り入る姿が目に浮んだ。

そっちだ、という声が脇道から聞こえた。小さな車輪がアスファルトをこする音が、あちこちから近づいて来た。スケートボード。セキュリティ・ガードだ。案の定、十メートルほど先に、縞の長衣（ジュラバ）をまとった少年が飛び出す。街灯の電球は殆ど割れている。誰なのか確認することが出来ない。少年は素早く片足でボードを蹴り、器用に向きを変えるとすぐに別の脇道へと走り去る。

いたぞ、いたいた、ここだ。ミツの声だ。隠れんぼの鬼のように無邪気な喜びをあらわして、ミツが仲間を呼んでいる。

　突然、恭一の背後からリョーサクが転げるように出て来た。そのまま恭一を追い越し、迷彩色のボードを駆ってミツの声がする場所へと急ぐ。二、三人の若者が後を追った。全員が右手に黒い棍棒を握りしめている。ビデオでミツが持っていた物と同じだ。鎖を切ったヌンチャクの根元に幾本もの革紐を通した武器。縞の長衣（ジュラバ）同様、その細い八角柱もセキュリティ・ガードのユニフォームであるらしかった。坂を猛スピードでジグザグに滑り下りながら、リョーサクは棍棒を持った右手を上げ、陽気に叫んだ。

「こんばんは、恭一さーん。浮浪者狩りだよ。今日は強制退去だよ。我々セキュリティ・ガードは必要とあらば暴力も辞さず」

　ギッという音とともに急回転してボードを止めたリョーサクは、やはり片足で板の向きを変え、脇道に入っていく。やめろ、ガキども。狩られている浮浪者の声だろう。人殺しか、お前ら、全員火をかけて燃やしたるど。しわがれ、咳込むような怒声が闇から立ち昇る。

　うるせえ、ブタ。おい、新太郎、そっち回れ、逃がすなよ。リョーサクの声は気味の悪いほど明るく、あっけらかんとしている。

「不法侵入者に告ぐ」

「我々はセキュリティ・ガードだ」

「逃がさず殺す」

「松本、裏を固めろ」

　イチオの発言によって、侵入者排除の方針を持つ政治結社のようになった彼らは、自分たちの行為すべてが正当化されると信じ込んでいるに違いなかった。

「リョーサク、ミツ」

恭一は走り出しながら、叫んだ。今、彼らは平気で浮浪者を殺しかねない。

「やめろ、ミツ、どこだ」

セキュリティ・ガードの若者たちが消えた脇道に走り込み、さらに声を張り上げた。

「やめろ、落ち着け」

誰の姿も見当たらなかった。なおも叫び立てながら細い道を直進し、物音のする狭い民家と民家の間に目をこらした。

湿った壁と壁の間に、四、五人の若者が息を弾ませて立っていた。その向うに浮浪者らしき影が見えた。地べたに尻をついている。暗がりの中で、浮浪者の口に詰め込まれた布切れの白さだけが浮び上がる。静かだ。だが、その静けさはかえって危険を察知する感覚が研ぎ澄まされるような種類のものだ。獲物を追いつめた後の昂揚感の処理に困って、彼らは悲惨な暴力をふるいかねない。立ちつくすリョーサクやミツたちの背中には、彼らこそが追いつめられていると感じさせる緊張感があった。本当に殴り殺すかも知れないと思った。

「やめてくれ」

と恭一は叫んだ。やめてくれ、やめろやめろ——。固く目をつぶり、同じく固くした身をその場にうずくまらせながら、恭一は懇願するように続けた。やめろやめろやめろ——。

気がつくと暴力の気配が消えていた。目の前に、ミツが立っている。ミツの細い肩は、荒い息で震えていた。両手の拳がその震えを押えようと力一杯握りしめられている。

「殴って、気を失わせて、町の外に運び出そうとしただけだ」

途中からは喘(あえ)いでいるようにしか聞こえなかった。恭一はミツから目をそらし、ゆっくりと立ち上がった。リョーサクはミツの後ろに立ち、黙ってこちらをにらみつけている。まだ浮浪者の前に立ちはだかっている新太郎と松本、そしてセキュリティ・ガードのシンパらしい少年は、ミツが味わった恐怖を共有していない。汚ねえ男だな、クズ、ほら立てよ。口々に言いながら浮浪者に近づいては軽く蹴り、少し遠ざかる。

「ミツさん、こいつ殺しちゃおうよ」

シンパらしき、頬のふっくらした少年が退屈そうに言った。ミツの震える体を少年から隠すようにして、リョーサクが静かに答えた。

「じゃあ、お前やれよ。お前一人で殺してみろよ」

少年は黙り込んだ。

「殴るのも殺すのもなしだ。そんなことしなくても追い出せるだろ。この町で殺人事件なんて嫌だよ、俺は。恐いから」

恭一は下を向いたままつぶやき、その場を去ろうと歩き出した。

「引っ張ってって捨てて来いよ」

背後でミツの吐き捨てるような声がした。

「俺はヒッピー狩りにいく。後ろからビール瓶で殴って頭を割ってやる。この町に二度と来られないようにしてやる」

それは明らかに恭一に向けて発せられた言葉だった。

リョーサクはしばらく恭一の後について歩いた。そして、独り言のような調子でしゃべり続けた。一時間ほど前、雄輔が修蔵ら二人を連れてサキミビルの〝警備〟を突破し、男に会ったらしいこと。話を聞いたイチオが怒り狂い、その時移動式天幕にいたミツをバラカに呼び出して殴りつけたこと。しかし、ミツ一人ではどうにもならないほど、雄輔たちが武装していたこと。長身のリョーサクは、もともとの猫背をさらに丸めながら恭一にそれらの事柄を伝え、浮浪者狩りに熱中せざるを得なかったミツをかばった。だが、そうやって暴力への言い訳をしながらも、リョーサクはセキュリティ・ガードの行動自体を誤ったものだとは考えていなかった。

「我々は我々のために町を守りますよ。必要とあらば暴力も辞さず」

リョーサクは脇に抱えていたスケートボードを放り投げ、中腰でそれに飛び乗ると、二、三度片足でアスファルトを蹴って加速したまま走り去った。

鼠色の壁一杯に古屋製紙第一倉庫と書かれた大きな建物の上に、細長い看板が見えた。〝CATVプロダクション〟とある。少し置いて横に平たく伸びた文字が三つ。KKK。脇に小さく(1)という字が付け足されている。KKKの事務所兼編集スタジオだ。建物の腹いっぱいに赤いシャッターが降りており、巨大な蟹を連想させる。

脇に突き出した守衛室に淡い灯りがともっていた。だが、誰もいない。開いた小窓の向うに、沢山のボタンが付いた業務用電話があった。手を伸ばし、内線でプロデューサー室を呼び出す。すぐに栗原が出た。藤沢くん？　待ってたよ。知ってるだろうけど三階だ。横のドアから入って下さい。

倉庫の左隅にある鉄扉を開ける。暗い廊下を歩くと、病人の息のような熱っぽくツンと鼻をつく空気に包まれる。パーテーションで仕切られた各部屋にはビデオ編集用の機材がぎっしり積まれており、それらがクーラーからの冷たい風を再び生暖くしてしまうのだ。

パルプを積み降しする大きな赤いエレベーターに乗り込んで、恭一は三階に向った。扉が開く。

廊下は壁から天井までショッキング・ピンクに塗り直されている。何がＫＫＫだ。悪趣味のオヤジども。廊下の右奥にプロデューサー室はあった。よしとつぶやいて気合いを入れ、ノブに手をかけた。向うからもノブを回すような感じがあって、拍子抜けした。そのまま立ちつくす。すると、安っぽい遊園地の公衆便所にでもありそうな木製のドアが、ゆっくりと向う側に開いた。

章平が立っていた。少し肉が落ちているが、確かに章平だった。細い目をことさら細め、溶けそうな優しい笑顔でこちらを見つめる。

「恭一、話はついたよ」

「章平。なんで、ここに。いつ」

「今朝出て来たんだよ。加賀さんに報告しとこうと思ったら、これだろ」

章平は部屋の奥にいる栗原を顎で示した。栗原は薄い髪の張りつく頭に手をやり、ばつが悪そうに笑顔を作ってみせた。

「だから、加賀さんに話つけてすっ飛んで来たんだ。どうも色々あって大わらわらしいね」

栗原を振り返ろうともせず、章平は恭一の肩を抱いて部屋の外へ出た。話を続けながら歩き出す。

「加賀のオヤジ、面白がってるんだよ。男のことはしばらく放っておいた方がいいって説得するのに一時間かかった。あいつ、ＯＰＩＵＭが踏み込まれたことまで面白がっててさ。さすがに地上げ屋だよ。大した奴だ」

ペンキのむらが浮き上がった壁の一部分をむしり取って、章平はそれを指で弾き飛ばした。

「ここに直談判に来るとはなかなかの判断だ。お前も大した奴だな」

章平は軽く笑った。笑いの中にカサカサと混じる音があった。表情には出さないが、かなり疲れているのだろう。

「章平が帰って来たら立て直そう、と思ってるうちにズルズル変なことになって。でも、僕にはどうしていいかわからなくて」

さえぎるように章平は言った。

「インテリ・チンピラはそれでいいよ。俺は帰って来た。だから一緒に立て直そう」

エレベーターのボタンを押し、恭一は黙っていた。二枚の扉が上に向って開いた。二人で乗り込む。厚い扉は地下核実験場にでも行くような、大げさな音を立てて閉まった。それを合図にするように、章平は一気にしゃべり始めた。

「ＯＰＩＵＭはとりあえず閉鎖だ。ほとぼりがさめたら本物のバーにする。俺の拘留が長びいたのは麻薬関係の取り調べを受けたからだ。でも、捜査されているのはギルのルートだった。俺は関係ない。ギルがパクられてとりあえず終わった。報道関係には他のクラブの名前が出る。六本木のエピファニーだ。ギルはもともとあそこ中心で回してたからな。加賀が裏で動いてくれたらしい」

一階でエレベーターが止まる。

「それから、イチオだ。あいつは突っ走っちゃいるけど間違えてはいない。不法侵入者は追い出しとくべきだ。土地の価値に関わるって加賀にもよく言っといたよ。ただ、ＯＰＩＵＭをチクったのは、あの予言者づらした男じゃない。麻布のガンゲーン関係者だ。ＯＰＩＵＭに客を取られて頭に来てたらしいんだ。水商売にはよくあることだよ。それと、イチオの、えーとセキュリティ・ガード？　あれはそろそろやり過ぎだって声が多い。だからさっきバラカで会って釘を刺した。なにしろバラカ自体砂漠（デゼール）を撤退するっていうぐらいだ。オーナーにも会ったけど止められなかった。とうとうバラカは本当にイチオたちの根城だよ。セキュリティ・ガードは立て直しに使える。あれをかっこよく演出してくれよ。砂漠（デゼール）計画もあと五カ月ばかりで終了だからね。あいつらの清く正しく痺れるような活躍を、最後のイメージ作りに利用したい」

そこまでまくし立てると、章平はKKKのもう一つの倉庫の前まで黙って歩いた。章平の黒いシトロエンが止まっていた。素早く乗り込む。恭一は、章平の情報収集能力と分析力、そして判断の早さに改めて驚いた。この章平がいてこそ僕の力が発揮出来る。そう考えて、恭一は自らを励ました。そして章平はこの僕を必要としている。次々と新しいアイデアを生み出す僕は、章平の右腕だ。男が恭一を自分の右腕だと言っていたのを思い出して、笑い出しそうになりながら、恭一はセキュリティ・ガードの演出プランを練り始めた。

まず、ニューヨークやワシントンDCで自警団活動をしている黒人回教徒たち、ブラック・ムスリムのイメージを借りよう。イチオもそのつもりで、ブラック・ムスリムが影響を受けている黒人解放運動の指導者、マルコムXの言葉を引用したに違いない。自衛のための暴力は知性である。後はブラック・ムスリムを取り巻くイメージをかき集めるだけだ。アンチ・ドラッグ、アンチ・アメリカ、ストップ・ザ・バイオレンス運動、そして過激なアジテーションをリズムに乗せた、新しい演説とさえいえるラップの数々。

「恭一、おい、どうした」

すでにシトロエンは乱暴な動きで切り返しを始め、どこかへ走り出そうとしていた。

「あ」

「もう何か考え始めてたんだろ、コンセプト・メーカー君。それは後でゆっくり聞かせてもらうとして」

章平はアクセルを踏み込んだ。体がシートに押えつけられるほどのスピードで、車は発進した。

「サキミから移民局の権限を剝奪しなきゃならない。移民局なんてもちろん遊び中の遊びだけどさ、一応この町の約束事だからね。下手するとサキミは、移民局の許可があって変な連中を砂漠に入れたなんて言い出しかねないだろ。ゴネられても困る。うまく説得しなきゃならない」

恐しい速度を保って、車は右へ左へと折れる。狭い砂漠だ。一分もしないうちにカフェ・ジハードの前に来た。猿が敵を威嚇するような高い音を立てながら、黒いシトロエンは急停車した。すぐに車を降りた章平に促されて、恭一もドアを開ける。車は路肩ぎりぎりに腹を横たえていた。

「我ながら惚れぼれするテクニック。一流だねえ」

そう言って鼻で笑いながらも、すでに章平はジハードの奥に向って手を振っている。テーブルの間を堂々と歩き、章平は愛想を振りまく。やあムジャヒッド、まりの元気？　オッス木野ちゃん、ムショ帰りの章平です、おかま掘られてケツが痛いよ、木野ちゃんなら大喜びだろうけど。冬眠しかけた獣たちを起すように、章平はそれぞれの肩や腰に触れ、明るく言葉をかけていく。ムードメーカーとしてのテクニックも一流だ。

太い籐二本をU字型にたわめた、従業員用の椅子の背に体をもたせかけてからも、章平はしばらく客たちに笑顔を見せ、周囲を見渡し続けた。恭一はその横でじっと動かずにいた。

ジハード店内の活気づいた様子がそのまま一定の状態に落ち着くと、章平はテーブルに片肘をつき、手のひらに額を押しつけて低いため息を吐き出した。

「サキミ」

章平は突然そうつぶやいた。そして、両手で顔を包み、そのまま髪をかき上げる。電球を青く塗っただけの照明の下で、章平の顔は一気に年老いて見えた。半開きの口の中は弱々しくぬめり、皮をはがれ死にかけた魚の身のように波打つ。章平はサキミを思いやっている。恭一は舌の根元から苦い唾が湧いてくるのを感じた。それはサキミと関係を持ったことへの罪悪感でもあり、サキミを想う章平への嫉妬でもあり、あの耳の欠けた男にサキミを奪われた章平の苦しみへの共感でもあった。

八月がその生命を全うしようと、残る力のすべてを東京に降り注いだ。大気は溶かしたてのゼリーのように粘つき、アスファルトの上はどこも排気坑の奥底にいるかのような錯覚を与えるほど暑かった。

章平はサキミビルの前から移動式天幕を取り払わせ、それをOPIUMの近くに建て直させた。そして、その上でセキュリティ・ガードを砂漠(デゼール)建設委員会の直属機関とした。むろん、それは言葉遊びのレベルでの決定に過ぎないが、セキュリティ・ガードの存在を公式に認めることで、イチオたちの行動を非暴力の方向に導こうとしたのだ。

イチオを事務所に呼び出して、章平はこう言った。

「砂漠(デゼール)は客寄せシティだ。不良っぽいのは歓迎だけど、公然と暴力をふるわれるのは困る。町のイメージを上げるために、俺はお前たちを呼んだんだ。もっとかっこよく、スマートにやってくれよ。どうスマートにやるかは恭一が指示する」

章平に促されて恭一は説明を始めた。輸入版の雑誌を次々と開きながら、まずブラック・ムスリムのイメージをきちんと理解させ、セキュリティ・ガードも彼らと同じく暴力に対抗する集団とすること、ドラッグ禁止を謳(うた)うことなどを力説する。そして、浮浪者やヒッピーらはこちらで何とかすると約束し、直接手を出さないように説得した。それは移動式天幕の移動同様、恭一が提案し、章平が認めた方針だ。ところが、章平の思惑は違っていた。

「イチオ、お前がやるのは暴力に対抗することだ。雄輔グループみたいなのがうろついてさ、誰かれかまわずケンカふっかけるようじゃまずいだろ。わかるよな」

窓が白く曇るほどクーラーの効いた事務所の応接室で、章平は芝居がかった声を出して念を押してみせた。

「ええ」

イチオは意味あり気にニヤリとして、うなずいた。

「俺たちはあくまで平和を求める自警団ってことですよね。ただ暴力沙汰があれば」

「止めるためなら仕方ないなあ。でも、砂漠(デゼール)の中でやられちゃ俺の立場がないぜ」

「ええ、もちろん何かあっても、町の外でケリをつけます。砂漠(デゼール)は平和そのものですよ」

イチオはうれしそうに顎を歪めて笑った。章平は深く静かに微笑む。恭一は愕然(がくぜん)として、二人の顔を見つめた。章平とイチオの間で今、密約が取りかわされたのだ。これでは何も変わらない。ただ、章平がイチオをいさめたという既成事実の捏造があるだけだ。そして実際はむしろけしかけている。雄輔たちを潰せ、暴力を使え、と。

雄輔を中心にした少年グループは、移動式天幕を無視してサキミビルに入り、男に会った日から、町のそこかしこを我が物顔で歩き始めていた。初めはジハードにたまり、客の迷惑顔も気にせず喚声を上げるくらいだったが、この四、五日はそれとなく康介やヒッピーたちの周囲にいて、イチオたちを牽制する様子を見せたのだ。喧嘩を仕掛けてくるわけでもなく、セキュリティ・ガードが近づくと、康介たちを保護するようにしてサキミビルに戻っていく。その行動はかえってイチオたちをいら立たせた。

町の噂の中には、その夜雄輔が男に予言を与えられたというものがあった。いさかいは私の側に勝利をもたらした、あるいは、お前こそ私の軍隊。男はそう言った、とまことしやかにささやく者がいた。

　それが真実かどうかは恭一の知るところではなかったが、少くとも雄輔がその噂を利用しないはずがなかった。セキュリティ・ガードが寛樹を保護したことで、雄輔はただのチンピラという汚名を着せられていたのだ。同じように、いやそれ以上にイチオの名を傷つけようと考え、雄輔は男の側についたのかも知れない。その上、雄輔がミナレット前でのイチオの発言を聞かされていることに疑いはなかった。在日韓国人である自分たちを、それゆえに標的にしようとするイチオの意図。それは雄輔を刺激して当然だ。

　ジハードで、酔った雄輔がこんなことを言った、と恭一は聞かされてもいた。不法侵入の外人ども？　我々は我々自身で国を守る？　ふざけんなよ、全く。日本人だって海を渡って住みついたんだろう。何が我々の国だ。全部嘘の歴史じゃないか。そんなら、あれだ。あの人を天皇にしようじゃないか。新しい俺たちの天皇だ。最初にその、ほら何とかって、そう天孫降臨だ。新しい天皇のおでましだ。天皇陛下万歳‼　すると周囲にいた信者たちは、男の尻に乗馬の跡があると聞いたとも言い、見たこともない不思議な経文を持っていたとも言って、男の身分が実は高貴なものではないかと騒ぎ立てたという。雄輔は勢いを得て、自分たちを新天皇軍と名づけさえしたらしい。

「イチオ、悪いなあ、好きなケンカが出来なくて。俺も評判落とすわけにいかないんだ」

　章平はあからさまに含みのある調子でそう言って、古いデッキチェアから立ち上がった。黒いサテン地に虎を刺繡(ししゅう)したジャンパーに身を包んだ横顔が、嫌らしく赤らんだ田舎村の長(おさ)のように見えた。自分の勢力が村を支配すればいい。それだけを考える男。悪寒がした。そんな嫌悪感が章平に向うのは初めてだ。

「気にしないで下さい。章平さんに迷惑かけるぐらいなら、町を出た方がマシですよ」

小刻みに首を振りながら、イチオは笑う。そのイチオまでもが、狭い村で若者を集め、気勢を上げるあばた面の高校生を連想させた。吐き気が毛穴を通して体中に湧き上がる。そもそも、在日韓国人だという理由だけで雄輔たちを目の敵にすること自体、恭一には許せなかった。人種差別だ何だという以前に、あまりに田舎臭くてこちらが恥かしくなるような考え方だった。吐き気は怒りに変わり、恭一の体を熱くほてらせた。

無言でイチオを送り出すと、章平は恭一を誘った。

「ダミー・ヘッドがちょっと残ってるんだよ。部屋に帰って楽しまないか。あぶって吸えば二人分はある」

恭一は顔をそむけたまま返事をしなかった。

「どうした、ビビってんのか。警察は来ないよ。少くとも今回は。俺がギルのルートを売ったからさ。この町に傷はつかない。俺も釈放というわけだ。みんなには黙ってろよ。ビビってくれた方がいい。今度狙われたら逃げようがないからな。なあ、吸いに行こうぜ」

「SAY NO TO DRUGS」

黒人ラッパーたちがよく使うアンチ・ドラッグの標語をつぶやいて、恭一は応接室を飛び出した。

セキュリティ・ガードが雄輔グループを襲ったのは、それから二日後のことだった。恭一は一部始終をリョーサクから聞いた。リョーサクは自分たちの起したいざこざを反省するように見せながら、その実誇りに満ちた興奮を隠し切れぬ口調で一切を語った。

深夜、サキミビルに入った雄輔を、残ったグループの者たちは中古のバンの中で待っていた。サキミビルに見張りがいないことを確認したリョーサクたちは、合図とともに一斉に行動を開始した。前方のライトとフロントガラスを石で割る。同時に運転席のドアを開ける。開けたのはミツだった。砂糖菓子のように白く細かいガラスの破片を浴び、とまどって動けない修蔵を、ミツは思い切り引きずり降した。雄輔が最も信頼している、二十一歳のたくましい若者の体が、猫の死骸のようにアスファルトに叩きつけられた。

フロントガラスに開いた穴から、さらに石つぶてが投げ込まれ、直後にバンの横の扉が開かれた。中に三人のドレッドヘアーがいた。リョーサクは威嚇の雄叫びを上げて飛び込んだ。右手に錆びて曲がった鉄の棒を持っていた。新太郎が後に続いた。不意を突かれたドレッドヘアーは身をすくめて頭を抱え、必死でリョーサクたちを蹴り出そうとする。新太郎がその足を黒い棍棒で殴りつけた。リョーサクは後部座席の少年のみぞおち目がけて、鉄の棒を突き込む。

修蔵はミツに何度も顎を殴られ、胎児のような格好で攻撃に耐えていた。丸めた背中の脇を、最年少の松本が蹴り続ける。身長百八十はある修蔵を襲うミツと松本の姿は、まるでガリバーに群がる小人のようだったらしい。

座席にいた三人を痛めつけたリョーサクと新太郎は、いまやリンチ小屋と化したバンを飛び出し、思い切り扉を閉めた。わずか数十秒の出来事だった。

退却！　とリョーサクは声を押し殺して叫んだ。新太郎はサキミビルの向いの壁に立てかけておいた四枚のボードから、自分のそれを引っつかむと、叩き割ろうとするかのような勢いで道路に打ちつけ、器用に足で方向を定めて走り去る用意をした。松本もすぐにそれを真似た。

ミツは修蔵への殴打をやめなかった。抵抗の意志を捨てた修蔵を見降し、隙を見つける度にそこに拳をねじ込む。ミツは明らかな自分の優位にさえ満足出来ないほど興奮していた。ミツ。ミツ。リョーサクは叱りつけるように呼んだ。だが、ミツはまた拳を振り降す。リョーサクはミツの長衣(ジュラバ)を引っ張って、もう一度退却だと言った。ミツはその手を振り払い、修蔵のすねを蹴りつけた。リョーサクはミツの体を後ろから抱きかかえた。ミツ。もういい。退却だ。ミツ。

ミツはようやく二、三歩下がり、修蔵の大きな体をにらみつけた。俺をなめるな。なめるなよ。怒りの中に懇願するような調子さえ含ませて、ミツはつぶやいた。そして突然身を翻(ひるがえ)し、自分から叫んだ。退却だ。

襲撃はミツの言い出したことで、イチオは何も知らなかった。話を聞いてイチオは激怒したという。セキュリティ・ガードの面目を潰す気か、と叫んでバラカの柱時計を殴り、血の噴き出る拳を何度も椅子の背に打ちつけた。自分を殴ろうとしないイチオの前で、ミツは泣いた。幼なじみのリョーサクによれば、高校を退学させられた事で両親と口論になり、男親を殴って片目を失明させて以来の涙だった。

第八章

増殖プリンター

私はどこまでも増える

徹底的に打ちのめされた雄輔グループは、面子（メンツ）上からかミツたちの襲撃を口外しなかった。だが、町には一部始終が伝わった。目撃者がいたのだ。ちょうどその時刻、清司がサキミビルの守衛室に若い女を連れ込んでいたのだった。しかも、女は町の南西に住むモデル、つまり中立者だった。清司はサキミたちに、そして女は中立者たちに、セキュリティ・ガードの残虐さを言いふらした。

　サキミたちはもちろんのこと、中立者もセキュリティ・ガードの暴力行為にいきり立ち、数日後には〝抗議団〟と名乗るグループが結成された。ミツたちの行為は、砂漠（デゼール）の状況に不安を抱く者たちを大同団結させてしまったのだ。セキュリティ・ガードの印象を改め、しかも実のところ目立たぬ暴力で邪魔者すべてを排除させるという章平の計画は予想外の早さで挫折した。

　バラカに雄輔が乗り込んで来たのは、襲撃からちょうど一週間後の午後だった。

　その時、バラカの二階にはセキュリティ・ガード全員と章平、そして恭一がいた。奥の四畳半から出て来た寛樹は、章平と恭一の姿を見て怒りに顔を曇らせたが、イチオの与えた赤い錠剤がすぐに効き目を現わし、まもなく座り込んで寝息を立て始めた。

　抗議団のことは、当然イチオもよく知っていた。バラカにもひっきりなしに抗議の電話がかかって来る、という。開け放したガラス窓の向うをまぶしそうに見つめながら、イチオはミツを処分すると言った。どうやって処分するんだと章平が聞くと、イチオは素直にわかりませんと答え、うつむく。

ミツは黙っていた。赤ん坊の腕のように柔かそうな頭皮が、ディップで立たせた短髪から透けて見える。それは透明な汗で光っていた。まるで苗を植えたばかりの水田のように、ミツの頭部は瑞々しく、弱々しかった。

リョーサクは、飴(あめ)色に変色した押し入れの襖(ふすま)に丸めた背を押しつけ、伸ばし切った長い足の間を見つめていた。新太郎も松本も部屋の隅で畳をにらみつけ、何かに耐えている。長衣(ジュラバ)を身につけていないセキュリティ・ガードのメンバーたち。彼らは皮をむかれた桃のように、ただ傷つきやすいだけの若者だ。直接空気に触れ、疲労と倦怠(けんたい)によって次第に幼さを露わにしていく。油まみれの古い扇風機がカタカタ音を立てながら首を振っていた。送り出される風は、汗ばんだ桃の表面を一瞬生き生きと蘇らせるが、それはすぐにまた茶色く酸化した。

話を具体的に進めようとしているのは章平だけだった。ミツは雄輔たちに対して責任を取るのか。サキミたち抗議団に対してもそうするのか。あるいは非難の色を強める中立者にも、その責任を取る姿を明らかにするのか。そして、何よりもまずどうやって責任を取るというのか。岩の上で動きを止めては、また動き出すイグアナのように時間をかけて、章平はそれらの質問を投げかけた。その度イチオはわかりませんと答える。

遠くでトラックがクラクションを鳴らした。首をうなだれたミツの目が、窓の外の方へ動く。カーキ色のTシャツからきれいに伸びた首筋にも、汗がにじみ出ている。ミツは再び元の姿勢に戻り、膝に目を落とした。長目の赤い半ズボンの上に大きな滴が垂れた。涙か、と思い、恭一は呻(うめ)き声を上げそうになった。汗だ。泣いているのではない。そうわかると、途端に章平に対して抗いがたい憎しみを感じた。章平は自分の体面を気にしているだけだ。裏では雄輔たちを潰すよう指示していた章平に、ミツを責める権利などない。だが、ミツはそれに気づかず、自分たちのふるった荒々しい暴力が砂漠の秩序を乱したことをのみ悔いているのだ。その、ミツを、これ以上苦しめることは許されない。

階下で物音がした。リョーサクがのっそりと起き上がり、恭一をまたいで廊下に出ていった。素足で階段を降りていく音が、痛ましい印象を与えた。ペタペタという音が止まった。突然、イチオが立ち上がり、部屋の外に飛び出した。直後にリョーサクの声が聴こえた。

「雄輔だ」

意味をつかみかねている恭一をよそに、ミツ、新太郎、松本が同時にイチオの後を追った。すかさず激しい震動が下から伝わって来た。それははっきりと、肉体と家屋のぶつかり合いを感じさせた。あたかもこの木造家屋自体が殴られているようだ。言葉にならない叫びがからみ合い、窓ガラスを揺らす。廊下に出た章平が止めろと大声で叫んだ。しかし、章平に続いて恭一があわてて階下に向った瞬間に、すべては終わろうとしていた。一度、家中の木材がきしむと、静けさがバラカを支配した。

階段を降りてすぐの六畳間から、雄輔のふてぶてしい顔が見えた。中腰で椅子の上に乗ったままのリョーサク、数種類のハサミを載せた銀細工のトレイをつかんだ新太郎、そして雄輔に向い合ってじっと立っているイチオ。彼らの足元にはミツが仰向けになって倒れていた。とっさにかばったのだろう、松本が覆いかぶさるようにしている。誰もが動かずに茫然としているのが不思議だった。

「こんなつもりで来たんじゃないぜ」

雄輔は章平に向ってそう言い、ミツを見降した。

ノー・ヘロインと印刷された濃紺のTシャツの乱れを直しながら、雄輔は続けた。

「俺は話をしに来たんだ。何度もそう言った。現にここには一人で入って来た。仲間は外にいる、と俺は叫んだだ」

鷹揚な身振りで雄輔が示す通り、大きなガラス窓の向うに修蔵たちが立っていた。みな体のどこかに包帯を巻き、顔のどこかしらを青黒く染めている。彼らは白い息の跡をつけそうなほどガラスに近づき、まるで無感動な野次馬のような目で店内を覗き込んでいた。

「ノッポは理解した。そうだよな？」

リョーサクは顔をそむけ、唾を飲み込んだ。

「チビもそうだったはずだ。なのに、こいつは両手を上げて飛びかかって来たんだ。走り幅跳びみたいなおかしな格好で、棍棒を持って。自分から腹を押し出すみたいにしてな。仕方ないだろう。嫌な音がしたよ。仕方なかったんだぜ、イチオ」

雄輔はもう一度ミツの体を見降し、唸りのようなため息をついた。余裕たっぷりに見えた雄輔が、その態度の中に深い困惑を隠していたことに、恭一は気づいた。外で立ちすくむ修蔵たちも、ミツの行動の奇妙さに感情の方向を乱されている。それがぼんやりとこちらを覗く、第三者的な様子の理由に違いなかった。イチオたちにしても同じなのだろう。

「リョーサク」

とイチオは言った。

「ミツを奥に運んでくれよ。よくないようなら病院に連絡しろ」

雄輔が何か言おうとするのをさえぎって、イチオは続けた。

「事故だよ。そっちも警察には届けなかった。ちょっとした事故だ」

その時、ミツが何かつぶやいた。降ろせ、と聴こえた。降ろせ、降ろせと呻き続けるミツは、リョーサクたちに抱え上げられ、恭一たちの前を通って六畳間の奥に寝かされた。その間、イチオはうつむいていた。ミツの言葉が自分一人に向けられているとでもいう風に、イチオは奥歯を嚙みしめ、じっとしている。

「で、何の用だ」

と切り出したのは章平だった。まるで何事もなかったかのような口振りだった。イチオの目が鋭さを取り戻して、壁一面の鏡の中から章平を探し当てた。

「あんたに用があって来た。セキュリティ・ガードを解散させてもらいたい」

雄輔は言った。

「無抵抗の俺たちをひどい目に遭わせた奴らが、自警団を名乗っていてもらっちゃ困る」

「あのことについては、基本的に責任は取る。こいつらは確かにひどいことをした。俺からも謝る。だけど、セキュリティ・ガードをどうするかに関しては」

章平は靴もはかずに床に降りていきながら、続けた。

「この町の居住者でもない人間にとやかく言われたくない」

雄輔は縮れ固まった髪の毛の束をつかんで、

「あ、そう」

とだけ答えた。拍子抜けした章平は、ペースを乱されまいと声の調子を上げた。

「それは居住者が決めることだ。君たちに権利はない。もちろん、暴力事件の被害者として反省を求めるのは当然だが、あれはセキュリティ・ガードとしての行動ではなかった。リーダーのイチオは知らなかった。全部、ミツが計画したことだ。ちょうど今、そのミツの処分について上で話していたところなんだが、しかし、もう痛み分けだろう」

ミツの微かな呻きが背後から聴こえる。ミツは、殺せと言っていた。降ろせではなく、さっきからミツはひたすら殺せと言っていたのだ。しかもミツは、明らかに自分を殺せと訴えている。

ミツ、もうしゃべるなとリョーサクがささやくが、ミツはやめない。殺せ、殺せ、殺せ……。

イチオの顎が、さらに強く嚙みしめられた奥歯にしたがって、ぐいと動いた。イチオは最初からミツの言葉を理解し、処分すると言った自分を責めていたのだろう。そしてまた、処分の内容を決定してやらなかった自分を。

雄輔が、そのイチオの頭越しに章平をにらみつけながら言った。

「セキュリティ・ガード解散の他に、もう一つ要求がある」

「何だ。言うだけ言ってみろよ」

「寛樹を渡して欲しい」

馬鹿な、と章平は笑った。

「君たちのサンドバッグにでもするのか？　そんな要求に応じられるわけがないだろう」

しかし、雄輔は全く動じない。

「寛樹を殴って遊ぶために渡してくれ、と言ってるわけじゃないぜ、章平さん。大体、OPIUMを警察に売ったのは寛樹じゃないしな。それはもうわかってる」

章平が何か言いかけてやめた。雄輔は、ガンゲーンの密告者のことを言っているのだろうか。それとも、章平がギルのルートを売って拘留を解かれたことをほのめかし、脅しているのか。どちらにせよ、裏に何かあると恭一は確信した。セキュリティ・ガードの本拠地に単身で乗り込み、異常とも思える余裕で要求を提出する。地元の不良が考えつく種類のことではない。

「これ以上、寛樹を飼ってても仕方がないだろう。イチオがいい格好を見せたかっただけなんだから」

「だからって、そっちに渡すことに何の意味があるんだ？　お前もいい格好がしたいのか？」

章平が皮肉たっぷりにそう言うと、雄輔は肉厚の四角い顔をパックリと割るようにして笑った。獅子舞いの獅子のようだった。

「実はさ、章平さん、俺に渡せっていうんじゃないんだ。だから、俺にもよく意味がわからねえんだよ」

「何言ってんだ、お前。おかしいんじゃねえのか？」

そう章平は言ったが、雄輔は不敵な笑みを崩さなかった。

「サキミさんに頼まれたんだよ。寛樹を引き取って来てくれって。さて、と」

雄輔は腰に手を当てて、くるりと背を向け、歩き出した。

「一緒に外へ出ましょう。大勢外で待ってるんだ。このくそ暑さじゃねえ。あんまり待たせちゃ悪いから」

促されて表へ出た章平は、しばらく何が起っているのか理解出来ない様子だった。バラカの周囲にサキミたち〝信者〟と、不法侵入者と呼ばれる者たち、そしてどう集めたのか、中立者十数人が立っていたのだ。

雄輔は、役目は終わったとばかりに、傷ついたグループの者を従えて、次第に章平を取り囲んで行く集団の輪の外に出て行った。

「セキュリティ・ガードは解散してくれるのね」

サキミはわざとらしいほど明るく軽やかな声を張り上げた。明らかに中立者に向って、よく聞こえるように言っている。

「暴力集団の中に一人で入っていった雄輔君にまで襲いかかる連中だもんね。当然の結果だよねえ。ありがとう、わかってくれて。寛樹には早速、あたしのマンションに来てもらうわ。親御さんに連絡して引き取ってもらうから」

サキミは言い返す間を与えなかった。章平は強い陽差しをよけるように、左腕で額のあたりを覆ったままだった。


イチオたちは、章平の指示でミツを連れて章平の事務所に去った。堀河と清司はバラカの二階に上がり、眠りから十分に覚めきらない寛樹を、抱きかかえるようにしてサキミビルへと運んだ。その間、章平は一階で中立者たちの苦情を聞かされ続けた。あんな危険な連中をうろつかせるなんて、最初の話にはなかった。後から勝手なことをされても困る。章平が自警団だなんて認めるから、いい気になってやり過ぎるのよ。

恭一は、章平を包囲する中立者の間に所在なげに立ちながら、大きな鏡に映る自分たちの姿をぼんやりとながめていた。中立者たちは異物を囲む白血球のように蠢(うごめ)き、騒ぎ立てている。彼らは、危険だと感じさせる者を排除し、汚いと思う者を隔離出来ればいい。ただ、それだけなのだ。その心理を利用したのか、サキミは中立者の嫌う町の南の浮浪者を、全てサキミビルに収容したらしかった。中立者はそれを誉め称え、章平を攻撃した。中には〝そもそも、あのイチオとかいう奴らは砂漠(デゼール)の正式な居住者だったのか〟〝不法侵入者はあいつらの方だ〟と言い出す者までいた。

彼らはもう誰がもともとの居住者かわからなくなっている。男が選んだ者はこの町の人間となり、選ばれなかった者はよそ者なのだ。そして、まるで疫病にかかった者を恐れるように、彼らはよそ者を排除し、隔離しようとしている。だが、原因不明の熱にうかされているのは、彼らの方だ。彼らこそがあの男に感染してしまったのだ。恭一は声を出さずに笑った。無力感がいざなう笑いだった。

陽炎さえ立つバラカの前では、康介たち、すでに発病している者らが何事か言い合い、大きく口を開けて笑っている。その横でサキミは一人腕を組み、背中から腰までを太陽にさらす、ゆったりとした水色のサマードレスに身を包んでいた。どこか遠くを見やっている。そっとリズムを取るようにして首を振り、あの正確無比な音程で何か歌っているように見えた。

今、サキミの部屋にいる男も、黒々とした口の奥で同じメロディをなぞっているのかも知れない、と恭一は妄想した。高熱に包まれ、溶けたアスファルトがすえた臭いを放ちながら盛り上がる砂漠(デゼール)で、二人は何をデュエットしているのだろう。

その日から、雄輔グループが町に住みついた。彼らは解散を余儀なくされたセキュリティ・ガードをもじって、自分たちをカウンター・ガードと呼んだ。対抗自警団カウンター・ガードは、サキミビルの横にある倉庫を根城とし、まずセキュリティ・ガードのビラすべてを丁寧にはがして回った。そして、そのビラの跡に真白な紙を貼りつけた。何のためにそうするのかは、まだ彼らにもわかっていなかったらしい。ともかくそれは、砂漠(デゼール)居住を許された彼らとサキミとの交換条件の一つだった。

外出を始めた男を護衛することも、その条件の一つだったのだろう。男の傍らには必ずカウンター・ガードが二人ついていた。もっとも、男の周囲にはいつもサキミを含めて数人の男女がいた。サキミはまるで神に仕える使徒のように、男につき従っていた。

時折、膨らんだ雲がその密度を失うような、さっぱりとした夕暮れがあった。夏はあわてて雲に空気を詰め込み、栄光を取り戻そうとしたが、地上に流れる風の匂いには手が回らなくなっていた。秋が入り混じり始めたのだ。ただ、気がついてから思い返しても、それがいつからかはわからない。夏の中にあらかじめ秋が潜伏していた、としか言えないような曖昧な時がやって来ていた。

セキュリティ・ガードが解散して、すでに一週間が過ぎていた。恭一は、メディナを経営する服飾会社のポスター制作を引き受け、何度となくジハードで打ち合わせをした。相手が帰っても、恭一は時間の許す限りジハードに居残った。男が毎日ジハードを訪れ、そこで多くの時間を過ごすからだった。恭一は男を観察した。そして、サキミの様子を窺い続けた。

男には以前のような脅えた印象がなかった。きわめて落ち着いている。だが、かといって周囲の者に横柄な態度を取ることもない。砂漠(デゼール)に遊びに来た者たちから見れば、男とサキミは、上京して来た父親と懐し気に故郷の話をしながら町を案内する娘のようだったろう。そして、娘の良き友人たちが周りを囲み、談笑する。その様子はあまりにも凡庸で、前時代的な非現実感さえ漂わせた。だが、彼らの間を飛び交う会話はひどく奇妙で、もっと非現実的だった。

私はいつ結婚出来ますか。男は狭い肩幅をもっと狭く縮こまらせて椅子の背にもたれ、しばらくじっと目をつぶる。短い眠りが終わると、男は告げる。二十六の年だった。突然現れた。相手がですか。そう。今、つき合ってる人じゃない相手ですか。そう、あなたはそうだった。

あるいは男は一方的に言葉を撒(ま)き散らす。浅い紅色で女たちが着飾っていた。冬だった。あんた、服屋だろう。今すぐそういう色で何か作るとよかった。それより、問題はそこのあなただった。男は大勢の人間を前にすると、生き生きとよくしゃべった。しかも、誰を退屈させることもなく、まんべんなく声をかける。あなたが黙っていても見えた。親か親戚か、年寄り同士が炎を吐き合っていた。しかし大丈夫だった。ここにいれば大丈夫だった。

　中立者が男の前に座ることも多かった。男は首を動かして、相手の顔の奥にある何かを探す素振りをしたり、短く眠り込んだりしながら言葉を発する。

　十年前だった。青い光のスカートをはいていた。十年前……中学二年だから、あたし制服がテカテカで泣いたことある。青いスカートだったよ。嘘みたい。恐い。すると男は、深くえぐれた眼窩（がんか）から険しさを消し去り、笑ってみせる。痴漢したから覚えていた。相手もつられて笑うが、そうやって男に気分をほぐされた後で、必ずおずおずと質問を切り出すのだった。実は悩んでることがあるんですけど。男はすぐに答える。それはわかっていた。随分前からだった。緊張で声が嗄（か）れた相手に、サキミはすかさず自分のペリエを差し出す。

　またあるいは、男は何時間でも目をつぶり、呼びかけに答えなかった。何人かが現れ、また去っていく中で、サキミだけがじっと男の横に座り、本を読んで過ごす。そんな時は必ず、サキミの様子が違うのに、恭一は気づいていた。くっきりとした眉から、微かに皺（しわ）のある印象的な目尻のあたりに、柔かな優しさを現わすのだ。サキミは、男を守る母親のようにさえ見えた。

　噂を聞きつけた者たちで、三十前後はあるジハードの椅子が埋まるまで、十日もかからなかった。まず砂漠（デゼール）の居住者は、殆ど全員が男と言葉を交わした。遊び半分であれ、真剣な姿勢であれ、彼らは男に予言を与えられたのだ。

　男が人々に与えたのは予言だけではなかった。奇妙なことに男は、以前康介らが面白がっていた、名づけのゲームとでもいうべきものを続けていたからだ。男に出会い、会話をした者は男から様々な名で呼ばれた。

ミリという名を康介の友達に与えたように、男は次に名乗ったコトバという三文字さえ惜し気もなく人に与えた。そして、その度自分自身に新しい呼び名を作った。ガラス、コブ、チフス、ムシ、コレラ、オピウム、シンナー……。矢継ぎ早やに変わる男の呼称は、〝信者〟たちを楽し気な混乱に陥れ、活性化させた。そのうち男は予言者としか呼ばれなくなったが、それでも男だけは本当の自分の名前を探り当てようとするようにして、毎日違う言葉をつぶやく。

その奇妙に陽気な砂漠（デゼール）のムードの中で、章平は焦りに駆られ続けていた。バラカでの思わぬ敗北以来、砂漠（デゼール）を支配する者としての立場は日毎（ひごと）に危うくなるばかりなのだ。しかし、不用意な動きをすれば、かえって自らの首を締めかねない。章平は冷静な判断力でそのことに気づいていた。様子を見るしかない、と章平は自分に言い聞かせでもするようにイチオをいさめた。それは二人のような行動的な人間にとって、最もつらいことであるはずだった。

その章平を、恭一は避けていた。ジハードにいることが多くなったのも、一つにはそんな理由があった。男とサキミがいるジハードに、章平は現れない。だが恭一は、男を予言者として祭り上げる者たちとも話をしたくなかった。それに気づいてか、いくらジハードにいても男はちらりともこちらを見なかった。サキミは好意的に笑いかけてきたが、その微笑みはかえって距離を作るような他人行儀なものだった。

町の中で、たった一人ぽっかりと浮んでいる気がして、次第に不安感が募っていく。恭一は用もないのに朝からジハードに通い、男が現れるのを待つようになった。しかし、現れた男は恭一を無視し続けた。高い頬骨の周りに少しずつ肉がつき、無造作に分けた髪は耳全体を隠すように伸びている。恭一は欠けた耳が見たいと思った。何故かはわからないが、あの欠けてねじれた耳の記憶が、手触りのある確からしさを伴ってにじみ出すのだ。そして、それをもう一度見ることが、自分の確からしさを裏づけてくれる気がした。その不思議な感情にとらわれる度、恭一は男の言葉を強く思い出した。

お前がどこから来た――

男の身元を洗い出すこと。章平はその必死の戦略に全力を注ぎ出した。男がサキミビルからジハードへ向う途中、イチオたちは何気なく男に近づいてはカメラのシャッターを押した。おそらく、加賀不動産経由で警察の協力を仰いでいるに違いなかった。犯罪者や行方不明者の顔写真から男を探す気なのだろう。ＫＫＫが男に取材を申し入れたのも、章平の差し金だった。男の顔を全国にバラまき、情報を得ようとしたのだ。

写真や映像となって、男は増殖しようとしていた。高速撮影された細胞分裂の様子を、恭一はイメージした。敵である章平が、かえって男の姿形を無限に増殖させる装置となり、その存在をさらに確かなものにしてしまう。パラドックスだ。一つの鋳型(いがた)から飽くことなく複製を作り続けるプリンター。章平はその増殖プリンターとなって、新たな砂漠(デゼール)の統治者に跪(ひざまず)くようにさえ見えた。

第九章

毒水のオアシス

あなた方は約束の地にいる

その姿形、存在だけでなく、男の言葉までもが増殖を始めた。砂漠(デゼール)の各所に貼られた白紙の上に、次々と予言の言葉が書き込まれたのだ。誰がそれを示唆したのかは不明だった。ともかく男を囲む集団はセキュリティ・ガードのやり方をそのまま取り込み、すっかり自分たちの物にしてしまったのだった。

何十枚もの紙に予言を書きつけるのは、康介を中心とした何人かの限られた人間であるらしかった。そして、新たな予言が発せられる度に紙をはがし、次のビラを貼り歩くのは、カウンター・ガードに守られた不法侵入者たち。男は章平以外にも多くの増殖プリンターを得て、カフェ・ジハードの壁、街の路地、ＯＰＩＵＭの厨房の裏窓、ＫＫＫに至る坂道、あるいは中立者の住む倉庫の前に、同時に出現した。

最初に街を覆った言葉は二行に分けられていた。

「堕(お)ちゆく者と共にあるな
それは死のように不幸だった」

その言葉が夜の数時間を経て、多くの者の目に触れた朝、新聞の一面に飛行機墜落事故が報じられた。夕方にはビラははがされたが、それがかえって何もない小さな四角い空間を強く印象づけた。そこは次の予言が降り立つ、何事か現実を超えた場所、未来を見る窓のように思われたに違いない。

深夜のうちに二つ目の言葉がプリントアウトされ、その窓を塞（ふさ）いだ。

「私を見た者は免れた」

壁新聞に見入る中国人民のように、居住者たち、あるいは男の霊力（バラカ）を信じて町にやって来た者たち、そして前日砂漠（デゼール）で遊び、最初の言葉を見た若者たちが、その文字を熱心に見つめた。それは予言ではなく、事故を言い当てたと主張する一行であったのにもかかわらず、町のそこここで立ち止まった者たちは、長い間その場所を去ろうとしなかった。彼らは、その言葉からさえ未来を読み取ろうとしているように見えた。男の鋳型（いがた）から写し取られた文字が、彼ら一人々々の時間を狂わせ、砂漠（デゼール）の持つ速度を変えるようだった。

第三の文字が闇に浮び上がった。早くもその日の夜だった。

「今から大切な七の日々が始まった」

恭一はそれをジハードの横で見た。ポスターの文字稿を最終チェックし終えた帰りだった。今から大切な七の日々が始まった。ひどい文章だ、と思った。文章の手直しに集中した後だったからか、ついその一文を口に出し、通りのいい形に変えて読んでみた。大切な七の日々が、今始まった。しかし、そのわかりやすい並びの文章には、力がない気がする。

「今から大切な七の日々が始まった」

たっぷりと肥（ふと）った筆文字を、恭一は再び声に変えて読み、時間を行ったり来たりするような拙劣な男の言葉遣いに、自分がすっかり感化されてしまったように思った。

ジハードの屋外に置かれた幾つかの丸テーブルが、人待ち顔でたたずんでいた。一昨日、つまり男のビラが現れた日以来、本人は外出をせず、サキミビルに引き籠（こも）っていた。途端に町が静かになった、と恭一は今になって気づき、閑散とした店内を覗き込んだ。ジハードから漂う黄色い光が、黒とグレーの細い横縞が入った長袖Tシャツを染める。

奥から呼ぶ声がした。藤沢くん、藤沢くん。聴き覚えのある声だった。安っぽく光る電球の加減で相手の顔が見えない。恭一くーん、と男はふざけた調子でもう一度呼びかけた。一瞬、胸の詰まる思いがして、恭一は男が誰であるのかを思い出した。解体屋だ。寛樹の細長い頭をこじ開け、脳を洗った男。確か名前が、と考えた瞬間に、男は強度の高いゴムのような短軀を左右に振って、俺だ、立原だよと叫んだ。

軽く会釈をして近づいた。解体屋は椅子に浅く腰をかけ、テーブルに両肘をついてこちらを見上げている。肉づきのいい背中を丸め、短い腕をすり合わせるようにしている姿は、まるで子熊のようだ。耳から顎にかけてたっぷりとたくわえられた髭も、その印象を助けていた。

「やあ」

子熊は髭を動かして、笑顔を作った。だが、目は笑っていない。どうもと挨拶を返して、恭一は解体屋の正面に座った。テーブルの上には、シンハ・ビールの小さな瓶が五本並んでいた。飲むかと聞かれて首を横に振る。解体屋は人を待っている風には見えない。ビールを五本あけるほどの時間を一人でつぶしていたとすれば、一体何のためにだろう。恭一はいぶかしんだ。すると解体屋が言った。

「予言者に興味があって、ここに来たんだ」

心の中のモニターに浮ぶ文字を読み取られているようで気味が悪かった。目をそらす恭一にかまわず、解体屋は身を乗り出し、いかがわしさのある早口で続けた。

「あれは面白いね。まだ御本人には会ってないけどさ、あれは実に面白い」

その野次馬っぽさについいら立って口をはさもうとすると、解体屋はまた剛毛の生い繁る唇の周囲を動かし、にやりと笑った。

「章平の所で話は全部聞いた。宗教のようで宗教じゃない、というか発生段階だな、今は。滅多にフィールド・ワーク出来ない瞬間を、この目で見られるとしたらと思うとさ、ワクワクするよ。大体、その教祖というか、あれね。謎の男に本当に予知能力があるのか、それとも天才的な詐欺師なのか。それ自体、興味が尽きない。エウリピデスのバッコスの信女。ディオニュソスが出て来るあの話を、僕は思い出したね。つまりさ、ディオニュソスを名乗って妖術を使う男が、実は神じゃなくてペテン師だって説があるんだよ。ペテン師にだまされて信心する女たちの悲劇。確かに、あれをそう読んでも不都合はないからね。果して男はゼウスと人間の子、一度は雷に焼かれたもののゼウスの力で生まれ直した神、二度生まれた者ディオニュソスか。あるいは希代のペテン師か。まるでこの町の話みたいだろ。いやあ、実に面白いよ」

またギリシャ悲劇か。恭一はうんざりして、そうつぶやいた。康介も解体屋も、何故男をそんな時代がかった物語に当てはめるのだろう。

「またってどういう意味？」

解体屋がけげんそうに片方の眉を上げて聞き返してきた。仕方なく、自称環境アーチストの康介という住人が、男を年老いたオイディプスだと言ったことを話す。すると解体屋は骨太の指で顎鬚(あごひげ)をつまみながら、なるほどオイディプスかなどとしきりに感心し、康介の解釈がいかに斬新かを説き始めた。だが、恭一にはまるで興味の持てない内容だった。そんなに年寄り臭い悲劇が好きなら、同好の士二人で巡業でもすればいいと思った。

「ね、恭一くん？」

恭一の関心がそれたのを見て取ったのか、解体屋は下から覗き込むようにしてそう呼びかけ、話題を男に戻した。

「おとといのアジビラっていうか、その、メッセージ見ただろ？」

恭一は答えず、店の奥へと目をやる。ムジャヒッドがメニューを運ぼうとあわてているのが見えた。まりのはいないらしい。カフェオレ、と言うとムジャヒッドはすまなそうに何度もうなずき、急いで厨房に消えた。

「堕ちゆく者と共にあるな。それは死のように不幸だった。どうとも取れて、しかも不安感を煽る言葉だよ。予言の典型的なパターンだ。しかし、確かにタイミングが良すぎた。いきなりブリティッシュ・エアラインの事故だからね。でもね、恭一くん。考えてごらんよ。あんな大事故だ。深夜、テレビにテロップぐらい出るわけじゃないか。その後で、すました顔して予言をしてみせたとすれば、こりゃもう詐欺師だよねえ。うん、面白い。面白いよ、実際」

六角柱の長いグラスに残っていた黄金色の液体を、解体屋は一気に飲み干し、また笑った。そして、こういうこと嫌いじゃないんだ、とおどけるように言った。

「じゃあ、大切な七の日々って何でしょうね。七日間事故が続くとか、台風が吹き荒れるとかいうことはないでしょう」

自分がつっかかるような調子で問いかけているのに気づき、恭一は驚いた。男はテレビのテロップを利用して人を欺く（あざむく）ような、程度の低い詐欺師ではないと思ったのだ。いや、詐欺師という決めつけそのものに反発を感じたのかも知れなかった。

解体屋は一度強い視線で恭一の目の奥を覗き、すぐに笑いを取り戻してさらに身を乗り出した。座っているというより、椅子の先に尻をつけていると言った方が正確なくらいだった。

「それがわからないんだよ。だから、こうして、ここで情報収集にいそしんでるわけ。全身、耳みたいにしてさ。客の会話を細大漏らさず聞いてる。で、気づいたのはだ」

そこで解体屋は言葉を切り、店の奥に向って勢いよく、ビールもう一本と言った。そして恭一の方に向き直り、斜め下を見つめるようにしてムジャヒッドの反応を待つ。一瞬遅れて、ハーイという声がした。解体屋は、犬のくしゃみのように鼻からフンと息を吐いて笑い、話を続けた。

「ドレッドロックのチンピラどもや、アナクロのヒッピーまがいがあのビラを貼り出したと同時に、客が黙って席を立つんだよ。最初は中味を読もうとして外に出て行くんだろう、と思ったんだけどね、いや実際そうなんだけどさ。それだけじゃなさそうなんだ。だってさ、その後客足がピタリと止んだんだよ」

小さな詰襟のある白服の上下に、短い黒チョッキといういで立ちのムジャヒッドが、トレイの上にカフェオレとシンハ・ビールを載せて、厨房から出て来た。

「たぶん、あの七の日々っていう言葉は符牒なんだと思う。つまり奴が与えておいたサインだ。いいか？　つまり」

解体屋の熱中した話し振りを全く意に介さず、ムジャヒッドは恭一に話しかけて来た。ゴメンナサイネ、キョウ、ヒトリデスカラネ。愛嬌の刻まれた口元の皺を歪め、ムジャヒッドは繰り返す。ゴメンナサイネ、キョウ、ヒトリデスカラネ。ヒトリデスカラネ。大変だね、と答えるとムジャヒッドは肩をすくめ、困ったような顔で何かつぶやいた。母国語だろう。そのまま隣のテーブルから椅子を引っ張り出し、ムジャヒッドは足を投げ出して座り込んだ。ムジャヒッドがつけている香水の匂いが、厚ぼったい空気の塊となってあたりを包んだ。強烈な香りの素は恭一を見つめ、笑う。

つられて恭一も微笑んだ。何を言いたいのか、まるでわからない。解体屋の髭の中から、また犬のくしゃみが聞こえた。

「つまりさ、藤沢くん。奴は信奉者にあらかじめ何か吹き込んでおいたわけさ。七の日々に関することをね。で、今サインを出した。何のためのサインかは現在検討中。以上、推察を終わります」

解体屋は焦茶色の冷えたビール瓶をつかみ、先端を髭の中に突き入れると、首をはね上げるようにして仰向いた。太い喉仏が上下に動く。七の日々の暗号か。恭一は声を出さずにつぶやいて、厚手のカップに手を伸ばした。

するとムジャヒッドが再び言った。ゴメンナサイネ、ヒトリデスカラ。意図のわからない言葉の反復だ。解体屋は吹き出した。泡混じりの液体が飛び散った。悪い、悪いと言いながら解体屋は咳込み、咳込みながら間歇(かんけつ)的に笑い続ける。当のムジャヒッドは心配顔ですぐに厨房に駆け入り、ダスターをつかんで戻ってくると、ダイジョブカと繰り返してテーブルを拭いた。それを見て、解体屋は余計に咳込む。その背中を薄い手のひらでさすり出したムジャヒッドは、またゴメンナサイネ、ヒトリデスカラと言った。解体屋はかすれ声で、もう許してくれと懇願し、テーブルに突伏して笑い続けた。

〝七の日々〟とは全く正反対の明るい符牒が成立しつつあった。恭一も笑った。それは久し振りに味わう爽快な笑いだった。胸の奥に溜まった汚れた空気が、腹の震えとともに吐き出されていく気がした。

騒ぎがおさまって、ようやく明るい符牒が何を意味していたかがわかった。ムジャヒッドは店を閉めたかったのだ。まだ十時だが、まりのも他のアルバイトの人間も帰ってしまったという。

一人では大変なので閉店したい、とムジャヒッドは考えていたのだった。

恭一は立ち上がり、すまなそうにうつむくムジャヒッドの細い肩を抱いた。

「わかったよ。一人で御苦労様」

ふと見ると、厨房と店内を隔てる壁に開いた横長の窓の上に、直径五十センチはある大きなケーキが載っていた。

「ムジャヒッド、あれは何？」

そう聞くと、ムジャヒッドは急に身を固くした。

「どうしたんだよ。何をビビってるんだ。何かお祝い事でもあるの？」

重ねて尋ねると、ムジャヒッドはしかめっ面（つら）をし、唇の前に指を立てた。

「ゼッタイニ、ヒミツ。イワナイカ？」

解体屋は恭一より先に誓った。

「死んでも言わないよ。マイ・フレンド」

Rをことさら巻き舌で発音するピジン・イングリッシュを操って、解体屋は誠意を示した。ムジャヒッドはおどけるような上目遣いで恭一を見る。恭一は大きくうなずいた。

すると、ムジャヒッドが叫んだ。

「セレブレーション！　サキミ・ガッタ・ベイビー」

それは物理的な音のまま、恭一の心臓を殴りつけ、呼吸を停止させた。だが、ムジャヒッドはしなやかな腕を恭一の体にまとわりつかせ、喜びにあふれた声で追い打ちをかけた。

「サキミ、アカチャンデキマシタヨ」

すべてを単なる音としてやり過ごそうと、防御を固めていた意識の中に、そのたどたどしい日本語は入り込んだ。サキミが妊娠した。あの男の子供を身籠った。サキミの腹の中に黒々とした奇怪な虫が寄生する光景が、脳裏をよぎった。

「何カ月だ？」

解体屋は冷静にそう訊ねた。ムジャヒッドは少し考えてから答えた。

「フォー」

そうか、と解体屋は言い、すぐに黙り込んだ。〝フォー〟〝フォー〟〝フォー〟。恭一はそれが幾つなのかさえ判りかねるほど自分を失って、立ちすくんだ。〝フォー〟〝フォー〟。

それが四だと実感した途端、頭の奥が弾けそうに熱くなった。その子供の親は自分かも知れない。たった一度の性交だが、あの時、確かに僕は射精をした。四カ月前、五月の深夜。尾骶骨のあたりを優しく撫でるサキミに導かれて、僕は熱く柔かい肉の奥まで精液をほとばしらせたのだ。震える膝から力が抜けていくのを必死でこらえ、恭一はその夜のことを思い出した。

今日は絶対に大丈夫だから、全部しちゃいなさい。恭一の耳許でサキミはそう言った。章平のことなんか気にしないでいいんだよ。あいつとは長かったけど、もう関係ないんだから。全部、中にしなさい。

章平を裏切ったあの夜のことを、恭一は自分自身にさえ秘密にしようとしてきた。それがこんな時に蘇るとはひど過ぎる。しかも、その裏切りがサキミを妊ませたとすれば――。強烈な吐き気がこみ上げ、鼓膜を内側から塞ぐ。

「ということはだな」

解体屋が話しかけているのはわかるが、聴き取ることが出来ない。四カ月前か三カ月前、サキミ、部屋、忍び込んで――

恭一はあらゆる感覚を遮断して、ゆっくりと大股で歩き出し、ジハードを出た。自分の部屋に向っているらしいことはわかった。サキミは安全日だと言った、男の黒い虫だ、四カ月、章平を裏切った、サキミは背中を撫で髪に指を入れてささやいた、中にね、男の子供だ……。自らの思考さえ、途切れ途切れにしか浮び上がってこなかった。

男を予言者と認める人間たちが、次々とサキミビルに詰めかけていた。KKKの黒木はビルの前にTVカメラを設置し、予言者詣でをする者たちの姿を撮影した。ビルに出入りする者にインタビューを試みても、誰一人何が起っているかを口にしなかった。

ただ二日目の夜、康介がマイクを迷惑そうに押しやりながら、もう六の日々だけどなと言ったことが、解体屋の推理を促した。解体屋は電話の向うから早口でまくしたてた。

「いいか、恭一」

解体屋はもう、藤沢くんとは言わなかった。

「一週間、あいつは一人々々を洗脳し続けるんだよ。いや、正確には一人々々じゃない。集団を集めて、何か操作してるんだ。洗脳の基本的な手段だよ。徹底的に話し合わせたり、喧嘩させたりしてさ。おかしな心理状態にしていくわけよ。何人かビルから出てくる奴を見たけど、みんな目が虚ろだった。顔自体は晴々と強い感じなんだけどさ、目がどっかイッちゃってるんだ。クスリを使ってる可能性もあるね。とにかく七の日々が終わったら、とんでもないことになるぜ。いやあ、こんなに素早い洗脳は初めて見たよ。面白いねえ」

解体屋はサキミの妊娠をすっかり忘れている様子だった。もちろん、恭一がサキミと関係を持ったことを知らない以上、こだわる必要もないのだろう。だが、そのことが恭一の神経を逆撫でした。返事がないことをからかって、解体屋は電話を切った。

サキミの体内に育つ子供は自分と関係ない。恭一はそう信じようとしていた。サキミを妊ませたのは、あの男だ。ジハードで見せていたサキミの態度が何よりの証拠だ、と恭一は思った。男の横で優しく微笑むサキミは、膨らんだ腹の上で編み物をする母親のようだった。

部屋のチャイムが鳴った。解体屋だったら厄介だと思いながら、覗き穴に目を近づけると、イチオの広い額が見えた。

イチオはミツを従えて、黙って部屋に上がり込んだ。秋用なのだろう、茶色の長衣（ジュラバ）は厚手のウールで出来ていた。表面が少し白くけば立っている。二人はソファの前の床に座り込んだ。どちらの表情からも、こちらの視線を弾き返すような強さが消えていた。体さえ一回りずつ小さく見える。セキュリティ・ガード解散、そしてカウンター・ガード結成といった事態の変化が、彼らをここまで痛めつけたのかと思うといたたまれなかった。

恭一は、束ねた長髪の尻尾をいじりながら、彼らにどう話しかけるべきか迷った。仕方なく二人の横に腰を下ろし、ため息をついてみせた。イチオは機敏な動作で顎を上げ、横目でこちらを見すえる。だが、何も言わない。ミツは床板の隙間に指の腹を当て、所在なげに溝をこすっている。

「どうしたの？」

恭一はとりあえずそう言ってみた。その問いかけを待っていたかのように、イチオがぼそぼそと話し始めた。

「ＯＰＩＵＭが五日後に、つまり今度の金曜日にオープンするんですけどね」

「本物のバーに衣替えするんだろ。警察がうるさいから。……で？」

イチオは答えない。ミツはまだ床板の溝に沿って指を動かしている。

「どうしたんだよ、二人とも」

そう声をかけ直すと、ようやくミツが顔を上げた。

「パーティの招待状をばらまいたんですけど、町の奴らに欠席が多いんですよ」

「あのイカサマ予言者がね」

とイチオが続けた。

「オープン当日に、イベントをぶつけてるんです。七の日々が明けるんだって言うんですよ。大切な七の日々が終わるからって、村田倉庫で大集会を開くらしいんです」

「村田倉庫ってあの」

「雄輔たちが使ってる倉庫。嫌がらせですよ。俺たちに当てつけてるんです。何が大切な七の日々だ。ちょうどＯＰＩＵＭのオープンに合わせて、そんな嘘を言ってたんだ」

唾を吐きたそうにしながら、イチオはさらに言う。

「サキミさんのビル、もうグシャグシャですよ。訳のわからない青白い顔の宗教野郎やら浮浪者どもが一気に集まって、そのまんま居残ってる。中立者も中に入ると出て来ないんです。村田倉庫にももう十二、三人いるよな？」

急に幼さを露わにして、イチオはミツに相槌を求めた。ミツも子供っぽく唇を尖らせて、うんと答える。

「あいつら、一体何なんだよ、畜生」

イチオは壁にかかるキーファーのポスターをにらみつけた。荒々しいタッチに隠された、冷たい遠近法の罠にかかり、イチオの目はナチス全盛時代の建造物の奥へと吸い込まれていく。

突然改まった声になって、ミツが言った。

「立原さんが集会に行こうって言ってくれって」

「僕と」

「うん。さっき章平さんの事務所に行ったら、立原さんがいて。一緒に行こうって伝えといてくれって」

イチオは、ああ、ああと何度もうなずき、ナチス様式の暗い部屋から抜け出して、恭一に言った。

「どうしてもあの男を見たいそうです。この状況自体を解体するには、まずあいつを直接観察したいからって。で、恭一さんと一緒なら多分入れるだろうと言ってました。恭一さんは直接敵対してないわけですからね」

イチオの言葉の矢尻に嫌味の毒が塗ってあるのを感じて、恭一は目を伏せた。そして、どっちつかずのままでいる自分の存在に痛みを覚えた。やはり自分は、この町の中で一人ぽっかりと浮んでいる。それにひきかえ、目の前の二人は何にせよ行動し、深く傷を負っているのだ。

「行ってくれますよね」

イチオは言った。それは以前の迫力に満ちたしゃべり方だった。見ると、ミツも体中に緊張感を取り戻している。

「くれますね。じゃあ、章平さんにそう報告しておきます。もちろん、立原さんにも」

答えを勝手に導き出し、押しつけて、イチオは立ち上がった。ミツも素早く長衣（ジュラバ）の裾を持ち上げ、イチオを追って玄関に向った。二人は振り返らなかった。沈黙を強調するような音をさせてドアは開けられ、すぐに閉められた。

当日の夕方、解体屋とジハードで待ち合わせて倉庫に向った。そこかしこの壁に貼られたビラには、新しいメッセージが二つ、交互に書きつけられていた。一つは、予言ではなく、おそらく男の言葉でさえない。

「七の日々が明けた。七時、カウンター・ガードの家に招かれよ」

そして、もう一つは予言。

「まもなく救い主が現れる」

ビラから恭一に目を戻し、解体屋は馬鹿々々しいとつぶやいた。

「予定調和の大芝居だな。きっと今日の集会で、例の男が予言者から救世主に格上げされるわけさ。前から決まってるくせに予言らしく見せてやがる。これでみんな、当たった、当たったと騒ぎたてるんだろうな。自分たちだってわかってたくせに。何とも馬鹿らしい。そこまでしてカリスマが欲しい時代なのかねえ」

以前、地震が起った夜、歩いていた道にさしかかった。村田倉庫まではあと数百メートルとからない。さびれた木造アパートの庭から、古い柿の木がこちらに倒れかかるようにして立っていた。道路の方に伸びかかる太い枝が折れ、乾いてウロコのようになった表面からは想像も出来ないほど若々しい内部を、秋風にさらしている。折れちぎれた枝の断面に、黒々とした染みが浮き出ているのに気づいた。筆で書かれた梵字（ぼんじ）のように見える。梵字の中央に、折れ残り、長く伸びた部分があった。秋だというのに、その先端から新しい芽が出ている。何事かを指し示している、と恭一は思ったが黙っていた。地震の夜もそうだった。何かの予兆だと感じ、確かに何かは起った。解体屋はそれを知らない。

村田倉庫の周囲には物々しい警戒体制が敷かれていた。まず、倉庫に向って折れる道の角に、“COUNTER GUARD（新天皇軍）”と殴り書きされたバンが止められ、中に修蔵以下三人のメンバーがいた。

恭一の姿を見て、修蔵はバンから飛び出しかけた。恭一は歩みを止めた。バンの横扉から肩まで出し、修蔵はこちらをなめ回すようににらみつける。他のメンバーは指示を待って、修蔵の背に注意を集中した。追い返された方がいい、と恭一は思っていた。だが、修蔵は何も言わなかった。ふてくされた態度で再びシートに背をつけ、反り返って伸びをする。

解体屋が恭一の肩をこづき、促した。見れば右手に数珠を持っている。ドングリに糸を通したような安っぽい呪具。馬鹿々々しい芝居をしているのは解体屋の方だ。恭一は力の脱（ぬ）けた肩を少し上げてみせ、狭い道を入っていった。

倉庫の大きな鉄扉は開け放たれていた。かわりに黒と黄色の縞（しま）が入ったロープが、七本張り渡されている。両脇には戦闘服を着た雄輔と、屈強な体の見知らぬ男が立っていた。大仰な警備だ。だが、それは形式上の警戒体制であるらしかった。現に雄輔はニヤけた顔で、中立者の女と話し込んでいる。清司と共に、ミツたちの襲撃を目撃したモデルだ。見せかけの物々しさは章平への悪意の現れなのだろう。ＯＰＩＵＭ再開のパーティに集まって来る人間たちに、自分たちの存在と勢力を知らしめるための演出に違いない。

雄輔はこちらに顔さえ向けず、ロープを握った手を機械的に上げ、編み上げ靴で一本下のロープを踏みつけた。七本のロープに出来た歪んだ菱形（ひしがた）の空隙（くうげき）をくぐる解体屋は、地方巡業のうらぶれたプロレスラーのようだった。丸めた肩を勇ましく揺らし、体を斜めにねじ入れる。恭一は年老いたセコンドだった。おどおどと後を追う。

厳かな聖歌が微かに流れる薄暗い倉庫内には、すでに三、四十人を越える参加者がいた。コンクリートの床に座り込んでいる者もいる。意外なほど緊張感がない。倉庫の中の冷たい空気を、一足早い晩秋のそれとして楽しんでいるようにさえ見える。

入って左手が男の舞台と思われた。大きなトラックが横腹を見せており、荷台の上に椅子が三つ載せられている。周囲には十二、三の照明器具。といっても、ラッパのような形に広がったジュラルミンの底に、電球をはめ込んだ工事用のライトだ。

解体屋に言われた通り、恭一は右手奥に進んだ。倉庫の隅まで来ると、解体屋は、

「オールスタンディングとはな。さぞダンサブルな説教なんだろう。ゴスペルかね」

と目立たぬようにささやいた。すると前に立っていた背の高い女が素早く振り向き、しゃくれた顎をはね上げながら言った。

「これはグレゴリオ聖歌です。聞けばわかるでしょう」

解体屋は誤解を解こうともせず黒革で出来たジャケットのポケットに両手を突っ込んだまま、小さな体をさらに小さく丸めて、女の怒りをやり過ごした。まるでヒステリー症の女教師と出来の悪い高校生のようだ。女教師がようやく怒りを鎮めて前へ向き直ると、解体屋はちらりと舌を出し、

「今、何時だ」

と言って、恭一の腕のあたりを覗き込んだ。しかし覗き込むだけで、実際に時計を見ようとはしない。仕方なく、恭一は左腕を上げ、赤いデジタル表示を読んだ。

「六時四〇分」

解体屋は例のくしゃみをして言った。

「そうか。集まりが悪いな」

その時、トラックの向う側の、少し高い位置にある青い扉が開いた。扉からこちら側に向って、コンクリートの階段が続いている。カンカンと響く音で、大勢の人間が倉庫の外階段を降りて来るのがわかった。大蛸のような浮浪者が蠢いていた、あの錆びた階段だ。扉の向うに人が現れる。真理だ。後ろに堀河がいる。コンクリートの階段をゆっくり降りて来る。続いてぞろぞろと人が入って来た。みな一様に神妙な面持ちで、静かに目を伏せているのが不気味だった。どの顔も、意志を奪われた人間のみじめさと、奪われたことを誇る高貴さのようなものを現わしている。

全く見たことのない、弱々しい印象の青年二、三人に混じって、寛樹が降りて来た。解体屋が素早く反応するのを、恭一は背中で感じた。解体屋はつぶやいた。

「萎えるね、全く。体中、萎えて来る」

独特な言い方だったが、解体屋の心情は寸分の狂いもなく伝わった。前を歩く者に従って、トラックの裏側からこちらに回り込んで来る寛樹の顔からは、自分というものを表現する術が失われていた。時折こみ上げて来るらしい強烈な喜びを、伏せ気味のこけた頬に浮べて寛樹は歩いていた。泣き出しそうな一人笑いを必死で押え込んでは、再び熱狂的な静けさのうちにこもる。その短い反復が寛樹を激しく揺さぶり、彼自身の自我を振り落としていくようだ。なぜ寛樹はいつもこうなってしまうのか。悔しさに似た思いが、恭一の喉を詰まらせ、呼吸を荒くさせた。

気がつくと、恭一たちがくぐり抜けた七本のロープがすべて外されていた。開け放たれた倉庫の正面から、中立者グループが七、八人固まって入って来ると、カウンター・ガードのバンが入口を塞ぐように急停車した。雄輔がドレッドヘアーを振って、扉を閉めるよう命じた。

大きな響きとともに鉄扉が閉じられた。倉庫の中は暗闇に近くなった。階段を降りて来た者たちの張りつめた厳粛さが、まだどこかに好奇心を残して参加している者に伝染していく。一度完全な沈黙が行き渡ると、ひそやかな話し声さえ許されない雰囲気が自然に形成された。

トラックの向う側の扉に照明が当てられた。コンクリートの踊り場の両端に設置された、ラッパ型のライトが同時についたのだ。光の向うには康介がいた。やはり神妙さを装っているが、何かそぐわないものがあった。康介はもともと神妙さとは無縁なのだと思い、恭一は小さく肩を揺らして笑った。ライトの加減だろうか、むくんだ白い顔に少し赤味がさしていた。よろけるようなたどたどしい足取りで、康介は内階段へと進み入って来る。恭一の笑いが凍りついた。康介が泣いているのに気づいたからだった。胃が収縮し、鳥肌が立った。

大切な七の日々と言われる一週間の間に、男はどんな手段で人間を作り変えたのだろうか。恭一は今すぐ解体屋に問いたいと思った。しかし、静まり返った倉庫の中では不可能だ。恭一は筋肉のきしむような呻(うめ)きを押し殺すばかりだった。

泣き続ける康介がトラックの陰に消えると、残りの照明が一斉に光を放った。それは扉に向けられているのではなく、荷台の上の三つの椅子を集中的に照らした。白い長衣(ジユラバ)のヒッピーたちが、踊り場と荷台の間に幅一メートルほどの板を渡す。

外階段の踊り場には、すでにサキミが立っていた。集中する光の奥にいるので黒い影にしか見えないが、恭一にはわかった。恭一の目はすぐにサキミの腹部に集中したが、妊娠しているかどうかまではわかるはずもなかった。ただ、子供を身籠っているにしては、ふさわしくない服装をしていることだけが確かだった。裾はたっぷりと広いが、腰から胸の下までをコルセットのように締めつける深青色のスカートをはいている。所々に縫い込まれた小さな丸い鏡が、光を反射した。上半身をぼんやりと浮び上がらせているのは、前立てに花柄の複雑な地模様が入った白いブラウスだろう。サキミがクロゼットを開けて、イギリスの片田舎で仕立てたと自慢していたことを思い出し、恭一はたまらない切なさに貫かれた。

　後ろからサキミに覆いかぶさるようにしているのは、男だった。大き目の白い長衣（ジュラバ）をまとっている。二人はコンクリートの踊り場に進み出て、しばらくそのまま動かなかった。

　渡された板が固定したことを確認すると、サキミは男を気づかいながらその上を歩いた。男は、群がって自分を見上げる六、七十人の者たちを、ゆっくりと見降しながら、サキミに従った。光の塊の中に二人は入り込んだ。サキミの引っつめた髪が白く輝いた。続いて男の顔が光に包まれる。油でオールバックにした頭髪に、くぼんだ目。男は自分の観衆を上から見渡す。人が違ったような貫禄を、男は身につけている。まぶしそうに左を見、軽くうなずくと右を見る。

　その時だ。恭一は自分の目を疑った。欠けていたはずの男の左耳が、元通りになっていたからだった。思わず体が動いた。光を浴び、白く化粧をしたような男の顔の脇を、恭一は必死で追った。左耳は確かに傷ひとつない普通の形だ。記憶違いだと思い直して、右耳を見つめる。しかし、そちらも正常な形を保っていた。

「耳が直ってる」

　恭一は、振り返って解体屋の目を覗き込み、半開きになった口でつぶやいた。だが、解体屋は声を立てるなとにらみ返すばかりで、取り合おうとはしなかった。欠けた耳が直る。そんなことがありうるはずがない。あの時の記憶が間違っているのだろうか。視線をふらつかせたまま、最初に男と出会った時のことを思い出そうとした。

　確かだった。確かに欠けていたはずだ。欠けた先がくるみのようにねじれていた様子まで、はっきりと覚えている。まさか男は別の人間とすり変わったのだろうか。あり得ない。目の前にいるのは、あの時と同じ得体の知れない中年男だ。

混乱する恭一をよそに、男は大声を張り上げた。

「あなた方は今、招かれた」

マイクを通さない生声が倉庫中に響き渡った。男は胸を張って、交差し重なり合う光の中央に立ってそう言った。欠けた耳だけではなく、男のあの脅えた鼠のような印象さえ今は全く存在しなかった。その押し出しの強い語調は、つい一週間ほど前までジハードで言葉を紡いでいた男のそれからは想像も出来ないものだった。男は態度を変え、肉体を変え、あらゆる者に成り変わる。そんな非現実的な考えが、恭一をとらえた。男は目をつぶり、さらに叫び立てた。

「招かれた者が来た。ここは招かれた者がいずれ集まる場所だった。時だった。みんな元はここにいた。みんな帰って来た。選ばれた者だけが帰って来た。生まれ変わって帰って来た。この極楽、このオアシスに帰って来た。安らぎの地、運命の土地に根をおろすために、今までみんな迷っていた。心はひからびていた。けれど、もう安心だった。このオアシスに帰って来た」

康介が最前列で奇妙な声を上げた。子供のように泣きじゃくり始めたのだ。それに勢いづいたのか、男は大きく目を見開き、両の拳を振り上げると、それを一気に振り降して声を荒げた。

「あなた方は約束の地にいる」

ああ、という歓喜のため息がそこら中に吐き出された。ああ、ああ、ああ……。見渡すと観衆の何人かが次々に天を仰いで口を開いていた。酸素の不足した瀕死の金魚のように、パクパクと口を開けては閉じる。その魚たちのため息から、あるささやきが生まれ始めた。まもなく救い主が現れる。まもなく救い主が現れる。

すると、左端の椅子に腰をかけていたサキミが、苦し気にさえ思える表情で立ち上がり、男を見つめた。男は自分自身興奮した様子で、まばたき一つせず、鶏のようにあちこちに視線を移した。そして、大きく息を吸い、ゆっくりと天井を見上げて目をつぶった。多くの者が息を飲むのが感じられた。男は低く、しかし倉庫中を圧倒する声でこう言った。

「まもなく救い主が現れる」

男がその言葉を言い終わるか、言い終わらぬかという時だった。怒りにまみれた雄叫びが発せられた。

「あいつだ！　僕の頭をスパナで開けた奴がいる！　あいつはこの方を殺すぞ！　スパイだ！　スパイがいる！」

寛樹だった。寛樹がこちらを指さし、怒鳴っている。

解体屋の行動は素早かった。身を低くして鉄扉に向って走りながら、俺が捕まえる、俺がスパイを捕まえるからどけとわめき散らしたのだ。あっけにとられて道をあける人々の中で、唯一その策略を見抜いたのは修蔵だけだった。扉を開こうと馬蹄形（ばていけい）の取っ手をつかんだ解体屋の背中に、修蔵は飛びかかった。大きな鉄扉全体からドーンという重低音が響き渡った。しかし、修蔵が体当たりの勢いをつけ過ぎたのが、解体屋に幸いした。鉄扉に思いきり頭を打ちつけた修蔵は、そのまま後ろ向きに倒れ込み、仮死状態の甲虫のように仰向いた。解体屋はその間をぬって扉を開け、外へ飛び出した。一瞬遅れて雄輔が後を追う。そして寛樹、続いてカウンター・ガードの残りのメンバーたち。倉庫にいた他の者たちも、ざわめきながら扉の方に押し寄せる。

恭一はそれに紛れて脱出しようと思った。うつむいて顔を隠し、群がる人の間を抜けて外へ出る。スパイを追うふりで駆け出すと、道の角、最初にバンが止まっていたあたりでカウンター・ガードの三人が騒ぎ立てていた。だが、そこに解体屋の姿はない。うまく逃げおおせたのだろう。

後は自分が逃げ出すだけだ。角を右に曲がろうとすると、カウンター・ガードが制止した。恭一は肩にからみつく腕を払いのけようと必死でもがいた。

「大丈夫だって。スパイは雄輔さんと寛樹がとっ捕まえるから」

カウンター・ガードの中で最も太った少年は、そう言って恭一をはがいじめにした。

「落ち着けよ。もう追わなくていいんだって」

恭一はその場で止まらざるを得なかった。後ろに続く何人かの青年たちが口々に言う。本当にスパイですか？　あの人を殺そうとしてたんですか？

「わかんねえよ」

カウンター・ガードの一人が言い、唾を吐いた。ともかく、ともう一人が言う。

「もう戻って下さい。雄輔さんの命令ですから。あいつはもうすぐ捕まって半殺しだから、もう追う必要なし。戻って下さい」

逃亡の機会は失われた。

カウンター・ガードにせき立てられて倉庫に戻ると、ざわめきはすっかり消え去っていた。殆どの者がトラックの上の男を見上げている。もとのような静かに張りつめた空気が、全体を支配し、何事もなかったかのようだった。恭一は手のひらで汗をぬぐい取るふりで顔を隠しながら、奥へ進んだ。背の高いやせぎすの男の後ろに回り込む。何とか集会終了までやり過ごさなければならない。可能だろうか、と大きく息を吸い込んだ瞬間だった。トラックの上から、男がこう言ったのだ。

「よく戻られた、恭一」

体中の血管から心臓へと、一気に血液が流れ込むような衝撃を感じ、恭一は動くことが出来なかった。周囲の者が自分を見始めている。僕は違う、スパイじゃないと弁解しようと思い、口を開けると男は再び言った。

「お前が救い主だった」

何を言われたのかを理解するまで時間がかかった。男はもう一度、高らかに宣言した。

「まもなく救い主が現れる。お前が救い主だった」

そして、さらに確信を込めた声で続ける。

「お前がならなくとも、お前の子供が救い主になった」

男は突き出した指でサキミの腹を示した。

「その子供は今ここにいる」

男が何を考えているのかを理解出来ないのは、恭一だけではなかった。サキミの目は虚ろにさ迷っていた。視界が端から中央に向って黒く閉じられていく。酷たらしいほど空虚なサキミの表情が、暗い洞窟のように見え始めた。

第十章

デラシ草の根茎

祝福は地を覆う

立ち退き拒否と大書されたビラが貼り出されたのは、集会の翌日からだった。それは、男からのメッセージ〝救世主は現れた〟に混じって、砂漠（デゼール）の壁や電柱を蝕（むしば）んだ。

立ち退き拒否――我々の居住権を剥奪するな！　我々は今、約束の地にいる！

立ち退き拒否――我々は加賀不動産と冴島章平の密約に抵抗する！　この地に住むために我々は選ばれている！

立ち退き拒否――既得の居住権を死守せよ！　資本の身勝手な計画に生活を乱されてはならない！

　それらの宣言を町にばらまいているのは、寛樹を中心とする数人のグループだった。町の東西南北に三十カ所。寛樹は自分の貼り紙のテリトリーを決め、同じ場所に毎日ビラを貼った。内容は殆ど変わらないにもかかわらず、それぞれのビラの右下には通し番号がふられていた。寛樹は数人の青年を引き連れて町を歩き回り、所定の位置にビラを貼り終えると、ノートにびっしり書きつけられた文章との照合を行った。照合が済むと今度は別のノートを見る。そこには砂漠（デゼール）の正確な地図が描かれていた。三十カ所に蛍光色のインクで印がつけられている。寛樹は耳にはさんだボールペンで、印の脇に日付けと通し番号を書き入れ、ようやく次のポイントへと進む。淡々とした反復作業だ。

寛樹が作業を中断するのは、男の言葉の前にさしかかった時だけだった。救世主は現れた。寛樹は立ち止まり、なめくじのように首を前方に伸ばしてそれを読み、こけた頬を何度もふくらませる。荒くなった呼吸がおさまると、寛樹は自分の役割を思い出してまた歩き出した。

　常軌を逸した様子で町の中を歩き回るのは、寛樹だけではなかった。男が康介や真理らを従えて、ゆっくりと砂漠（デゼール）を徘徊（はいかい）したのだ。康介たちは、その徘徊を〝祝福〟と呼んでいた。しかし、男がしていることは、祝福という名からはほど遠い気味の悪さを感じさせた。

　白い長衣（ジュラバ）を着た男は、遠くを見つめ緩慢な動作で歩く。後ろに続く一団は声ひとつ発しない。男は時折、硬直したように停止し、枯れ始めた樹木や朽ちた板塀、あるいはコンクリートの壁の一点を指さす。一団は男が語り出す言葉を聴き逃すまいと耳を澄ませる。しばらくすると、男は顔に張りついた浅黒い皮膚を震わせて言う。ここは井戸だった、地下に流れる水は町をうるおしていた、ナミダが守っていた聖地だった。

　一団の中にすでにナミダと名づけられていた者がいれば、その者は何度も誇らしげにうなずいて、康介が捧げ持っている紫色のペンキの缶とハケを受け取り、そこに自分の名前とその場所が本来何であったかを書きつけた。いなければ、康介が代わりにそれを行う。

　男は連日、祝福を目的として外出した。ここは大岩のある広場だった、ガラスが守っていた聖地だった。ここには墓が立っていた、アイラーが守っていた聖地だった。人が死んでいた、コルクが泣いていた。森の入口だった。大切な畑だった。川が流れていた。祠（ほこら）だった。大木があり、大きな室（むろ）があった。苔むした社（やしろ）があった。闇を封じこめていた。聖地だった、聖地だった、聖地だった。

男の言葉によって円形闘技場は湖となり、先が折れたまま突き立ったコンクリートの柱は御神木とされ、北東の一帯は鬼の出没する小高い山に変わり、北西は木々に囲まれた安らぐ宿と呼ばれ、シンナー・タワーは隠れる蔵と名を変え、恭一の住むビルの前を通る道は生きる者すべてをうるおす川と称えられ、南東は墓地や石碑を覆う鬱蒼とした森、南西は豊かな作物を産み出す田畑となった。

それは空間に対する名づけのゲームとも言えたが、〝信者〟たちの想像力は個々の場所の名をつなぎ合わせ、それぞれを関係づけて、グランドピアノの形をした町に小宇宙のような全体像を重ね合わせるかに思えた。彼らの中には木や土や石を幻視している様子で町を歩き、何もない場所で突然手を合わせたり、ありもしない水をすくう動作をする者さえいた。

そうやって砂漠を地霊でも住んでいるような世界に変えながら、男は超然とした顔つきでなおも町のそこここを祝福し続けた。

集会のあった夜にバーとして再オープンしたＯＰＩＵＭは、男によって呪われた者の住む場所と決めつけられた。壁一杯に大きく死刑場と書かれたのだ。

康介がハケで殴りつけるようにして、その文字を書きつけるのを、恭一は自分の部屋から目撃した。死刑場という文字の下に、冴島章平の名が書かれた。一団は静かに東へ去る。その紫色のペンキで実名が書かれるのは、おそらく初めてだ。男の悪意が伝わり、寒気がした。まるでナチスがユダヤ人の家の壁に五芒星を印しているようだ。そう言えばヒットラーも風采の上がらない男だった。しかし、その見栄えのしない小男が、いつの間にかオーストリアからドイツに潜入し、民衆を集団狂気に陥れたのだ。似ている、と恭一は思った。しかも、ゲルマン民族のアイデンティティ神話を鼓舞したあの小男こそが、身元不明同然ではなかったろうか。恭一はぼんやりと窓のそばにたたずんだまま、砂漠を制圧する静かなヒットラーの後ろ姿を見つめた。

「どうした？」

ソファに寝転がって雑誌を眺めていた解体屋が言った。解体屋は、集会の夜雄輔と寛樹から逃げおおせたまま、恭一の部屋の隣室に隠れ住んでいた。

「ＯＰＩＵＭは、その昔死刑場だったらしいよ」

恭一は透明な声で答えた。

「何だって？」

解体屋は雑誌から目を離して問い返した。開いたページには、一般読者から投稿された自分たちの性交写真が並んでいた。解体屋のふくらんだ鞄には、そんな雑誌ばかりが詰まっていた。

「ＯＰＩＵＭは死刑場だった」

恭一は男の口調を真似て、そう言った。解体屋はああとうなずき、雑誌に目を移した。

生地の厚い濃紺のパーカを脱ぎ、恭一はソファと向い合ったパイン材の椅子に腰かけた。暑いわけでもないのに汗が粘つく。だが、服を脱ぐとじきに体が芯まで冷えてしまう。この二、三日の間はその繰り返しだった。

ページを繰る解体屋に向って、恭一は横柄に手のひらを差し出した。解体屋は黒いコーデュロイのズボンの尻を探った。ポケットから小さなビニール袋が出てくる。中に入った濃緑色の錠剤をつまむと、解体屋は立ち上がり、それを恭一の口の中に放り込む。

「そろそろやめろ。こいつは押えのリリーフだ。勝利投手にはなれない。いつまでも頼ってると、お前ダメになるぞ」

それには答えず、まっすぐソファを見つめたまま、恭一は錠剤を噛み砕いた。苦みが耳の下にまで浸み渡り、その後で舌の奥にほのかな甘味が広がる。すぐに腿から膝へと軽い痺れが走った。この効き目の速さがギョクロの特徴だ、と解体屋が言ったのを思い出す。救い主と呼ばれた夜だ。

半ば放心状態のまま、恭一はトラックの上へと導かれ、中央の椅子に座らされた。男は騒ぐ群衆を落ち着いた口調でなだめ、この場にいる者たちがいかに幸福であるかを強調し始めた。みんな、男の話術に引き込まれ、深くうなずく。恭一は、男の説教の内容を覚えていなかった。ただ、二十センチほど離れた所にいるサキミの動揺が、温度の変化のようになって、体の右半分にひしひしと伝わって来たことが忘れられない。

サキミは男の子供を産むつもりだったはずだ。救い主と名乗るはずの、あの男の子供を。だが、男は裏切った。サキミは拒絶されたのだ。男は恭一が救い主だと言い、またサキミの腹の中にいる子供の親が恭一だと示した。その時のサキミの目が、恭一を苦しめる。それはサキミから恭一への拒絶でもあった。

よく戻られた、恭一。お前が救い主だった。お前がならなくとも、お前の子供が救い主になった。その子供は今ここにいる。恭一は男の言葉を何度となく思い返す。男はサキミを妊ませた責任を逃れようとしたのだろうか。それとも、サキミを妊娠させたのは事実恭一だと指摘したかったのか。しかし、どちらにしても、恭一を救い主にする必要などない。まして、生まれて来る子供が救い主になるとは、どういう意味なのか。男の言葉はあまりに不可解で、その意図は探りようがなかった。かといって、ただ狂気として片づけてしまうことも出来ない。何かしら一貫性があるように思えるのだ。

話を聞いた解体屋は、康介の入れ智恵だ、今度はシェークスピアときたかと言ってはしゃいだ。男の言葉がマクベスの一節そのままだと言うのだ。

魔女はマクベスの未来をこう予言するんだ。よくお戻りになった、マクベス殿。いずれあなたは王となられる。そして、次にその友人バンクォーに向って魔女は言う。自分がならなくとも、子孫が王になるぞ。おかげで二人の運命は破局に向うんだ。マクベスは王になろうとするし、バンクォーは子孫を王にしようとするからさ。国には陰謀が渦巻くってわけだ。な、恭一。奴はその両方を一緒くたにしたんだよ。あいつにしてみりゃ、意味なんてどうでもいいんだからさ。予言と名がつきゃ、何だって言ってみせるんだ。それらしい言葉なら何でも取り入れるんだよ。デタラメこの上ないじゃないか。あいつ、康介と組んで古今東西の悲劇をコラージュする気かね。いや、あいつが悲劇のコラージュそのものってことか。

だがもちろん、そんなとってつけたような解釈で、男が理解出来るはずもない。

恭一は男の内部に分け入ろうとする。その度、黒い闇が立ち塞(ふさ)がる。闇の奥に手を伸ばそうとするが、いつまでたっても届かない。触れることさえ不可能だ。いや、すでに自分は男が抱え持つ暗闇に包まれているのかも知れない、と恭一は思う。深く広々とした闇の中では、距離も時間もわからない。どちらが奥かなど問題にならないほど広大な闇。あるいは、男は固い壁に描かれた漆黒の空洞の絵だろうか。深さなど初めからない二次元の洞穴。

たった五分前に飲み下した強力な安定剤が、恭一を意識下の海に沈め、溺れさせようとしていた。息を吸おうと海面から顔を上げ、こちらを覗き込んでいる解体屋の目を見る。眼球の白い部分がぬめっている。それはいかがわしく濡れ、光を放つ。この男はいつもそうだ。豊かでよく締まった筋肉質の顔から、強く光る視線を突き出している。

艶のある髭が動いた。何か言っている。恭一は胸を膨らませて深々と息を吸い、それを聴き取ろうとした。

「おい、電話だぜ」

首を横に振った。また堀河か真理からの電話に決まっている。しかし、解体屋は受話器をわしづかみにし、留守番電話のテープに吹き込まれる内容がよく聴こえるようにと、耳許に押しつける。拷問だと恭一は思い、ギョクロが導く海底へと潜って行こうとした。聴きたくない。また呼び出しに違いない。彼らが〃拋り所〃と言い表わすサキミビルへ来い、と言うのだ。恭一には今、重大な責任があるよ。救い主じゃないか。救い主じゃなくても、救い主の父親なんだから。サキミさんの具合がよくないんだ。今すぐ拋り所に来て下さい。嫌だ、聴きたくない。

いつの間にか遠くから、ぼんやりとした解体屋の声が聴こえた。ああ、使い物にならないね。眠らせておくよ。夜になったら連れて行く。今はまるで駄目、今は……。

ギョクロを大量に溶かしたような、濃い緑の海底に向って顔を突き立て、恭一はゆるやかに旋回する。自分がどこか一点を見つめているのに気づく。ゆらゆらと落ちてゆく小さな物を追っている。欠けた耳だった。それは突然、どろりと溶け去った。途端に周囲が暗くなり、もうどこに向っているのかわからない。

OPIUMのVIPルームで、章平と元セキュリティ・ガードのメンバー全員、そして加賀不動産の社長、泰次が待っていた。眠り込んでから七時間、すでに夜の十時だったが、ギョクロはまだ体の中に残っていた。解体屋に支えられるようにして、恭一はソファに座り、加賀に軽く頭を下げた。

立ち退き拒否を主張するビラが堂々と町に貼り出され始めた以上、加賀不動産が介入してくるのは当然だった。加賀は事態の大方の成り行きを聞き終わり、後は集会の様子を把握しようと、恭一たちを待っていたらしい。恭一がまだギョクロの作用から脱けきっていないのを知って、解体屋が代わりに説明をした。加賀は天井近くに吊り下げられた、大きなアンティークの鏡をにらみつけ、下唇をめくり上がらせるようにして話を聞いた。

解体屋の簡潔な説明は、早くも彼が倉庫を追われた後のことに及んでいた。サキミという言葉が発音される度に、恭一は薄れていくギョクロの効果にしがみつこうとした。解体屋は、サキミの妊んだ子供の父親として、恭一が〝指名〟されたらしいと言い、それ以後の恭一の様子を二、三付け加えて説明を終えた。章平は黙り込んだままだった。

しかし、加賀は一度小さくうなずくと、すぐに恭一に声をかけた。

「それで、藤沢君は実際あの子と寝たのか？」

あまりに直接的な質問だった。加賀は事実に即して物事を進める。章平とサキミ、そして恭一の関係など考慮に値しないのだ。恭一はしばらく、目の前にあるグラスの中のシャンパンを見つめ、沈黙を守っていたが、再び加賀が問い直そうとする気配を感じて、

「一度」

と答えた。正直にそう言ってしまうと、章平への罪悪感より、何か勝ち誇るような気持ちが湧き上がって来た。だが、顔を上げることは出来ない。グラスの底から、ひときわ大きな鎖状の泡が一直線に立ち昇るのを、恭一の目は追い続けた。グラスの表面には、自分の赤い長衣（ジュラバ）が映り込んでいた。黄金色に光る前開きのジッパーが、鎖状の泡とからまり、二重螺旋（らせん）を描いて見える。

「しかしさあ、君」

あずき色のソファをきしませて、加賀はなおも直接的な問いを重ねた。

「君は章平君のアレだろう？　その、男同士の。両刀だったとは聞いとらなかったけどねえ」

ただ一人事情を知らなかった解体屋が、猫に飛びかかられた雀のような、か細く短い呻きをもらした。隣に座って下を向いていたミツの拳が、小さな心臓のように収縮する。恭一は一度深くため息をついて、静かに話し始めた。

「女の人は初めてでした。そういうのをホモっていうんでしょうね」

ミツが身を乗り出し、恭一の話をさえぎろうとした。

「いいんだ、ミツ。加賀さん、僕はホモですよ。自分でそう思ったことはないけど、あなたからすれば立派なホモです。僕は章平が好きだし、一緒にいたいと思ってた」

思ってたと過去形で表現している自分に驚きながら、恭一は続けた。

「両刀は章平です。それは知ってるでしょう？　サキミと章平は長いつき合いです。でも、僕もサキミを好きになっていたんです。たぶん、そうだと思う。そして、僕は章平を裏切りました。サキミ……さんと……」

寝たともセックスしたとも言いたくなかった。恭一は言葉を濁した。

「一度きりです。一度きりですが、僕は、その僕は……赦されたように思いました。いや、男しか好きになれなかったことをじゃなく、とにかくすべてを赦されたと思いました」

「何だ、複雑だねえ。ホモと両刀と女の三角関係か」

そう言って加賀は笑った。そんなものには興味がないと話を断ち切ろうとしたのだ。しかし、恭一はやめなかった。赦されたという言葉は自分でも意外だったが、そう表現した途端に自らの胸の底にある物が、形になって噴き上がってくる思いがしていた。

「その一度の関係を、今まで章平に隠して来ました。章平に守ってもらってやって来たんです。僕は章平がいなければ何も出来ない人間です。でも、それもサキミは赦しました。赦されたと感じたんです」

話しているうちに涙が出た。だが、それは言葉を詰まらせるような涙ではなかった。呼吸をさえぎることなく涙は流れ、顎（あご）から長衣（ジュラバ）に落ちて、すぐに吸い込まれた。恭一は表情ひとつ変わらない自分にとまどいながら、加賀に向ってしゃべり続けた。

「だけど、サキミの子供は僕のものじゃない。責任逃れじゃありませんよ、加賀さん。あの男の子供です。あの男をサキミが赦したから産まれる子供です。あいつとサキミの子供なんですよ」

恭一は、生まれて来る子供の親があの男でなければ、サキミが救われないのだと思った。たとえ自分の精液によって妊んだのだとしても、サキミにとって子供の父はあの男以外にいない。

「そりゃ結構なことだ。藤沢君の子供じゃ危ないからねぇ。なにしろ自然じゃない趣味の持ち主だ。見るも無惨な赤ん坊が生まれても困るだろう。先天性エイズか何かじゃねぇ」

加賀はたるんだ顎をこすりながら、そう言った。ミツの拳がさらに固く握りしめられた。解体屋は、その度を越えた皮肉に耐えられず、テーブルに手のひらを打ちつけて言った。

「そんなことより、問題はあの男が何を狙っているのかだろう。恭一をいびってたって仕方がねえよ」

しかし、加賀は全く動じる気配を見せず、ゆっくりと仰向いて喉のあたりをさすった。

「あの男の狙いは壊すことだ。混乱させることだ」

恭一は自分に向って言った。

「みんなを狂わせる。それがあいつの狙いだよ。今はサキミをおかしくしようとしてるんだ。僕も狙われてる。救い主だとか何とか言って、僕を巻き込もうとしてる。だけど、だけどね……何のためかがまるでわからない。何のためにそうするんだ。何でだ。あいつは何が欲しいんだ。あいつは、あいつは……」

呼吸が乱れ、喉に膜がかかったような気がした。その膜を引きちぎりたいと思った。腹に力を込めて、恭一は不規則な胸の動きを押えようとした。しかし、どうしてもそれが出来なかった。恭一は席を立ち、走るようにしてその場を離れた。

ＯＰＩＵＭの重い扉を開けると、あたりは激しい雨に包まれていた。外に張り出したテント地の屋根の下に堀河がいた。年季の入った茶のライダーズ・ジャケットに、細身のジーンズを身につけた堀河は、一見以前と変わった所がなかった。腰の後ろに手を当て、長い足を見せつけるように開いて、煙草をくわえている。

大粒の雨が照明を白く照り返し、かえって明るく浮き出すような空間の中で、恭一は死んでしまった者たちの世界に迷い込んだ気がした。すでにこの世にいない、死んだ頃の若さを保った堀河が目の前に立っている。そして、顔中涙だらけにした自分は、現世の時間に従って何十年も生き、老いさらばえてしまっている。奇妙な錯覚だった。

くわえた煙草を根元からちぎるようにして、堀河は顔をしかめ、長々と煙を吐いた。そのチンピラめいた仕草は本当に若々しかった。

「恭一」

水に落とした水彩絵の具のような煙を顔にまとわりつかせたまま、堀河は呼びかけた。出会った頃の声だ、と恭一は思った。

三年前のやはり秋だった。堀河由夫（よしお）はまだ自分の店を持っておらず、大きな古着屋で仕入れを担当していた。数多くの古着が山積みにされた倉庫の二階で、章平に紹介された。ジーンズのはき方が絶妙にうまいと感心したのを覚えている。少しゆる目のくたびれたジーンズを、堀河は腰骨に引っ掛けるようにしてはいていた。ラフではあるがだらしない印象はなく、目深にかぶったつばの広いキャップからはね上がった後ろ髪も、自然な清潔感を与えた。

古着屋独特の防虫剤の匂いがこもったフロアで、堀河は四国の出身だと言った。だが、もう五年ばかり帰っていない、と煙草をふかす。目的もなくアメリカに渡り、方々の都市をうろついた後ロンドンに移った。今は東京でとりあえずこの仕事についていると言う。恭一がデラシネですねと言うと、堀河は笑いながらうなずいた。そう、根っこは捨てた。根無し草、いやデラシ草か。堀河につられて恭一も笑った。

「恭一」

堀河が再び呼んだ。恭一は思い出の中から抜け出して、堀河を見つめた。

「みんなが救い主を待ってる。一緒に来てくれよ」

堀河はそう言った。恭一を救い主と呼ぶ堀河は死んでなどいない。生きながら腐っている、と恭一は思った。

「恭一は選ばれた。俺もそうだ。この土地に来るべくして来た。目覚めてくれ、恭一」

堀河が落とした煙草が、はき込まれて色落ちしたデザート・ブーツの脇でゆらゆらと紫煙を立てた。すぐに雨滴が浸み、音を立てて消える。堀河の足元はさっきから微動だにしなかった。まるでアスファルトに根を張っているようだ。

「僕は救世主じゃない。どうして僕を巻き込むんだ」

恭一はそう言って、くるぶしの上まである大きなスニーカーをアスファルトにこすりつけた。

「恭一が救い主でなくても、生まれてくる赤ん坊が救い主だ」

「堀河、もうそんなくだらない話はやめろ。お前がそんなこと信じてるはずがない。どうしたんだ、一体」

しかし、堀河は右手を風に揺れる小枝のように振り、恭一を説得しようと声を荒げる。

「じゃあ飛行機事故はなんで当たった。その前にも、あの人は地震を予言した。車の衝突を当てたのはお前が一番よく知ってるだろう。あの人と会って、真理は予知夢を見るようになったよ。いや、実は前から不思議に当たる夢を見るんだけどな、真理はそれを嫌がってたんだ。ところが、解放されたんだよ。予知夢を見る力が、あの人を助けて約束の地を守るためにあるってことがわかったからだ。あの人の能力はもっと凄いぜ。いいか、恭一。あの人は俺の今までの人生も全部言い当てた。先祖代々の話までされたよ。そしてな、大切な七の日々に俺を祝福した。ハシラは貧しい者を守って幸福になったって言ってくれたんだ。ハシラっていうのは俺の本当の名前だ。あの人がそう言った。七の日々に俺たちはとことん話し合ったよ。寛樹がリーダーになって、何日も徹夜で今までして来たことの醜さを告白し合った。それで生まれ変わったんだ。ここで幸福になるために、俺は生かされて来たとわかったんだよ」

何も答えようとしない恭一を見て、堀河は振り回していた腕を降した。全身の力が抜けたのか、首吊り死体のように立ちつくす。枯れ木だと思った。堀河は男に樹液を吸い尽され、かわりに毒水を与えられた枯れ木だ。恭一は顔をしかめ、奥歯を噛みしめた。

「頼む。この土地は生まれ変わった俺たちの聖地だ。ここを追い出されずにいるために救い主が必要なんだ」

そう言うと、枯れ木は折れた。恭一の前に跪く。

「じゃあサキミのために来てくれ。あのままじゃ、サキミは衰弱して死ぬ。集会の夜から、殆ど食事を摂ってくれないんだ。子供の親を呼べ、とあの人は言ってる。頼む。この通りだ」

堀河は土下座をした。形のいい後頭部を見降しながら、恭一は激しい怒りにとらわれた。男はこれほどまでに堀河の自尊心を奪い去り、サキミの精神をズタズタにして、平然と恭一を呼べと命じている。恭一はサキミビルに行こうと思った。そして、おなかの子供の親は自分ではないと言ってやろうと思った。嘘でもかまわない。〝信者〟全員の前でそう言ってやる。今、サキミに必要なのはその言葉なのだ。男を囲む者たちの前で、自分は一度もサキミの体に触れたことはない、と言ってやる。

「行こう」

とだけ言って、恭一は雨の中を歩き出した。雷が光り、ドーンという底深い音が響いた。サキミビルの方角から、その音はした。招いているのか、と恭一は思った。招いているならちょうどいい。今そこに行こうと思ったところだ。

部屋には男とサキミしかいなかった。ここに全員を呼べ、と恭一は強い語調で言ったが、堀河は黙って顔を伏せたままドアを閉めてしまった。仕方なしに恭一は玄関に上がり込んだ。

サキミは窓際にぼんやりと立ち、時折白く光る雷雨の空を見やっていた。丈の短い黒いセーターに、黒いフレアスカート。長い髪をねじり上げるようにして後ろにまとめている。頬が痛々しいほどこけているのを見て、恭一は声にならない叫びを喉に詰まらせた。サキミは振り向きもしない。

男はサキミの右手にある黒いビロード張りのソファに腰をかけ、テレビを見ている様子だった。恭一に気づくと、にわかに顔をほころばせる。落ち着きをなくして何度も立ち上がる素振りをするが、キョロキョロと左右を見て、また座り直す。サキミのことなど眼中にないといった態度で、その動作を繰り返し、男は不可解なほどの喜びを表わした。しかし、どこかで欠けていない左耳をこちらに見せつけ、からかっているようにも思える。欠けていない。確かに左耳は欠けていない。

よく見ると、男の両耳の下から下顎にかけて贅肉（ぜいにく）がつき始めていた。恭一は混乱したまま、怒りを熱い息に変え、鼻から吐き出した。その長い唸（うな）りは、テレビから聞こえる下品な笑い声にからみついた。

サキミが振り返った。恭一が男をにらみつけているのを知ると、あわてて男に駆け寄ろうとする。しかし、見えないロープで足払いをかけられたように膝を崩し、床の上に倒れ込んでしまう。恭一は助け起そうと、スニーカーのままで部屋の奥に走り込んだ。雨に濡れて体にまとわりつく赤い長衣（ジュラバ）が邪魔だった。たどたどしい動きで膝をつき、恭一はサキミの細い両肩に触れた。荒く不規則な呼吸が伝わって来た。男は感情のない目で二人を見ている。

あの最初の日から、と恭一は思った。この部屋で初めて男を見たあの日から、何と多くの変化が起ってしまったことだろう。そして今の今まで自分はただオロオロとするばかりで、何もしなかった。その数カ月の重みが恭一の胸を圧迫し、サキミの薄い肩の骨にのしかかっている。

「サキミ」

と恭一は言った。だが、サキミは悪寒に震えるようにして、恭一の両手を振り払った。行き場を失った手のひらは、心霊治療者のそれのようにサキミの肩に向ったまま、宙空に浮んだ。恭一は再び口を開いた。

「サキミ。おなかの赤ちゃんは僕の子じゃない」

サキミの体が固く縮んだ。

「いや、違うよ。責任逃れじゃないよ。違う。そういう意味じゃないんだ」

だが、サキミは顎を強く引き、何か耐え切れないものを耐えようとするかに見えた。サキミが自分の言葉をどう受け止めているのかがわからなかった。ともかく、考えていることを正しく伝えるしかない。

「子供が出来た責任を人に押しつけようなんて、僕は思ってない。ただサキミが望んでいるのは、本当は……」

そこから先が言えなかった。言ってしまえばサキミを傷つけるだけだった。〝望んでいるのは〟という言葉さえ使わなければ、子供の父は男だと言ってやれた。恭一は自分のうかつさを悔い、もう一度初めから言い直そうと、あわてて唇をなめた。その時だった。

父さん、と呼ぶ声が耳許で響いた。驚いて顔を上げると、恭一の右脇に男が座り込んでいた。男は口をつぐみ、首を傾げてサキミを見ている。確かに声はした。だが、男がそれを発したようには見えない。テレビだ、間違いないと思ったが、いつの間にかスイッチは切られていた。幻聴だろうか。雨音が耳に浸み通っていく。

サキミのこわばった背中から力が失われていくのがわかった。耐えることさえあきらめたようなやり方で、サキミはそのままゆっくりと床につっ伏してしまった。とすれば、やはりサキミにも聴こえたのだ。父さん、と。それは男の言葉だろうか。だが、一体誰に向ってそんな呼びかけがあり得るのだろう。

男は白い長衣(ジュラバ)を腿までまくり上げ、あぐらをかいたままで体を前後に揺すっている。突き出した厚い唇を見つめていると、男はこちらに顔を向けた。深くえぐれた眼窩の奥に、濁った目が巣くっている。その寄生体のような眼球を突然ギョロリと動かして、男は恭一を見た。恭一は、蜘(く)

蛛(も)が背筋を駆け上がるような感触に身震いした。
男は恭一の目をとらえたまま、古木のよじれた枝のような腕を伸ばし、それをサキミの体の下に突き入れると、腹をまさぐり始めた。喉の奥から甘えた子犬を思わせる鳴き声が漏れる。すると、サキミは催眠術をかけられたような緩慢な動きで上半身を起こし、膝の上に男を迎え入れた。男は、首がねじ切れるくらい不自然な格好で、サキミの膝の上に頭をなすりつけ、恭一を下から見つめ続ける。男の目の下に刻まれた皺(しわ)に、どろりとした汗が溜まっていた。男は再び子犬のような甘え声を出す。そして、じわじわと体を縮こまらせていき、胎児を演ずる前衛舞踏家のように、握った拳を胸に押しつけた。目は恭一を射すくめたままだ。

男はその姿勢のまま、左の拳を恭一の方に伸ばし始めた。次第に拳を開いていく。恭一は震えながら上半身を後方に傾け、男から逃れようとした。しかし、男は突き立てた人指し指で、恭一の赤い長衣(ジュラバ)に触れる。前開きの黄金色に光るジッパーを、男はなぞった。視線は恭一の腹に集中している。まるで、ジッパーを開けて中に潜り込みたいとでもいうように、男はひたすらその動作を反復した。恭一は、自分が男を身籠る異常な光景を思い浮べ、強烈な吐き気を催した。

その時、男が唇を開いた。信じられないほど、男の口は広がり続けた。その濡れて光る赤黒い口腔(こうこう)の奥に、恭一は飲み込まれてしまいそうだった。大きく見開かれた目が恭一を見すえている。男はこれ以上不可能だというくらいに口を開き切ると、サキミの柔かな太腿に首をこすりつけ、ああああああと産まれ出た赤ん坊のような声を上げた。

恭一は知らず知らず、その声に誘われ、自分も口を開いて呻いていた。ああああああ——。それは言葉にならない恐怖の叫びだった。

男の首がぴたりと動きを止めた。男は体全体でグロテスクなしなを作り、恭一に向ってこうささやいた。
父さん……

第十一章

失地回復（レコンキスタ）

私を脅かす者は滅ぼされる

砂漠（デゼール）全体の居住者に向けて、立ち退きの勧告が始まった。そもそも加賀と章平は、そのような勧告が必要になるとは予想もしていなかった。砂漠（デゼール）はデラシ草の仮の宿だった。二年間、町に漂って、自然にどこかへと流れ去る。居住者たちはみなそう考えていたはずだ。

ところが、あの男の出現を境に、デラシ草たちの一部分は色も形もわからない根を生やし、この土地にしがみつこうとし始めていた。一刻も早く対策を講じるよう、加賀は章平をせき立てた。男の側につく者を一人でも少なくするために、まず中立者の立ち退きを早めること。その最も手っ取り早い方法から、加賀と章平の失地回復（レコンキスタ）が始まった。

章平はイチオたちを連れて、町の南を奔走した。最初は南西にある公団住宅風の二棟を訪れた。そこに住む外国人モデルたちは、もともと男の動きには無関心だったし、それぞれクリスマス前に母国に帰る予定だったから交渉は楽だった。章平はすぐに十一月下旬退去の確約を取りつけた。

次に狙ったのは、その二棟続きのアパートの右隣に位置する、ゲーム・プログラマー集団の居住区だった。居住区といっても、木造アパートが三軒。各部屋一杯に積まれた機械類の熱で、暖房が必要ないとさえ思われるアパートの一室に、章平はプログラマーたち十数人を集めた。十一月中に機材をすべて運び出してくれと言うと、プログラマーは一斉に嫌な顔をした。

久し振りにセキュリティ・ガードのユニフォームを着たイチオは、異教徒を弾圧する者のように彼らをにらみ回し、お前らもあの男の信者かと問いつめた。三十代前半と思われるプログラマー集団のチーフは、繊細さをことさら強調するような細い金縁の眼鏡の奥で、丸く黒目がちのアザラシ風の瞳を震わせ、脅えた。ちゃいますよ、マシンを引越しさせると一カ月は仕事にならへんから。アザラシは関西弁でそう言い、他の者を見た。みな無表情なまま黙っている。それが否定の合図だとでもいうようだった。イチオは小太りのプログラマーたち一人々々のどんよりとして動かない目を、挑むように覗き込んでいった。

二リットル入りウーロン茶のプラスチック瓶が幾本も転がる狭い部屋の隅に、二十歳前後の青年が正座していた。疲労が脂になって青白い顔の表面に浮き出している。様子がおかしい、と最初に気づいたのはミツだった。膝の上に載せた握り拳を小刻みに震わせているのだ。青年の注意を引こうとしてミツは少し大き目の舌打ちをした。青年はビクリと痙攣して顔を上げた。ミツと目が合う。すかさずミツは問いかけた。

「お前、予言者からもらった名前があるだろう？」

青年は半ば開いた唇を、餌をねだる鯉のように動かした。他のプログラマーたちが彼をかばって同時に声を上げるのを、イチオが制した。

「こいつにだけ用がある」

イチオは、必死に首を振って抵抗する青年の、ぴったりと体に貼りついたトレーナーをつかみ、思い切り引っ張った。青年の頭が低いテーブルの角に当たり、鈍い音がした。チーフが抗議する。

「ケニーに何てことするんや」

元セキュリティ・ガードのメンバーは口々に笑った。ケニーだとよ。デブの秀才ども。宗教野郎をかくまいやがって。こいつにはもっとふさわしい名前があるぜ。あのエセ予言者がつけた名前があるんだよ。クズとかゴミとかいうんだろ。

青年を囲んでイチオたちが部屋の外に出ようとすると、章平は静かに言った。

「すいませんが、ケニー君は貸してもらいます。頭がおかしくなってたら仕事に差しつかえるでしょう。うちの事務所に洗脳外し、いや、皆さんだから英語で言った方がわかりやすいでしょう。サイキック・デプログラマーがいるんで、彼の狂ったプログラムを外してお返ししますよ」

プログラマーたちは、さっきまでのそれとは印象の違う無表情さを保って、章平の言葉を聞いた。全員一致で防御しようとしていた対象を失って、彼らは個人主義的な静けさの中に閉じこもったのかも知れなかった。

「それじゃ、十二月上旬までに機材を搬出していただけますか。十一月じゃ無理そうですからね。で、皆さんには必ず十一月中に引越していただく。よろしいですね」

チーフは、青年が連れ去られたドアから目を外し、小さくうなずいた。

中立者の中で男の側につく者が多く出たのは、南東の倉庫街だった。何人かはすでにサキミビルに移住さえしていた。そのエリアに入り込み、章平は説得を続け、時には脅しを使った。

カメラマンで、小さな広告賞候補に名前が挙がることも多くなった市川兼行は、脅しを使われた者の一人だった。市川自身は男の信者ではなかった。だが、章平たちの分類用語でいう〝シンパ〟ではあった。男を崇め、団結する気はないが、男の予知能力は完全に信じている。それが〝シンパ〟と呼ばれる者の立場だ。一つ間違えば立ち退きを拒否する側に回りかねないと判断され、彼らへのマークはきつかった。案の定、市川は短く刈り込んで立たせた前髪を振って、章平に早口で意見した。

「もちろん俺は出ていくよ。それは約束だからさ。だけど、一月ぐらいまではウダウダしててもいいって言ってなかったか、章平は。大体さあ、魔女狩りみたいな真似はやめろよ。あの男、面白いじゃないか。カスパール・ハウザーみたいで。ほら、十九世紀のニュールンベルクに忽然と現れてさ、ヨーロッパ中の人気者になった謎の少年だよ。やれ、どこの王子だ、誰の御落胤だ、いやその辺の馬の骨だって言われたまま、結局正体がわからなかったって奴。俺、昔から好きなんだ、ああいう不思議な捨て子みたいな話。だからちょっと撮らせてもらいたいと思ってね、七の日々の後で訪ねてみたんだよ。なあ、章平。実際話してみると、あいつ凄いぜ。カスパール・ハウザーも超能力あったらしいんだけどさ、それどころじゃないよ、あいつは。当たった、当たった。俺の生い立ち、あの男知ってるとしか思えなかった。で、言われたんだよ。来年までここにいれば有名になるって。いや、俺は出てくよ。だけどさ、一月の末にCPS賞の発表があるんだ。今度こそ取れるかも知れない。ゲンをかつぎたいんだよ。実は三月のでかい賞にも名前が挙がってるんだけどね。いや、出てくって。だけどさ、追い出すように町をうろつくのは地上げ屋っぽいぜ。そういうことされると、かえって契約を破りたくなる。アマノジャクだからさ、俺」

そこまで言い終えると市川は、山羊のような顎鬚をしごきながら、グレーのソファ・マットにふんぞり返った。広いフロアに天窓からの陽光があふれている。

章平は木椅子の背を股にはさんで座ったまま、鷹揚にうなずいた。

「まあ、そうかも知れないけどな」

そして、撮影用に使う白塗りの四角い立方体の上から、ジタンの箱をつかむ。章平は残っていた一本をつまんで取り出し、口にくわえると、空になった紙パックを後ろに放り投げた。リョーサクが片手で受け止め、中を覗いた。章平は一つ息をつき、市川に言った。

「ともかく、十一月中に出てってくれ。一月には工事を始めたい」

すると、市川はキツツキの嘴が固い幹を打つような音をさせて、笑い出した。その喉の奥から断続的に吐き出される笑いを浴びて、章平は右手の人指し指を上げた。リョーサクが肩を左右に揺らしながら歩き出し、市川の前に立ちはだかった。ジタンのパックを突き出し、蓋を開けて中を市川に見せる。市川は笑い止んだ。

「わかった。パクられちゃ賞どころじゃない」

市川の乾いた声を聞くと、リョーサクはパックを逆さに振った。小さなビニール袋が市川の腹の上に落ちた。コカインが詰まっていた。

章平が中立者の追い出しを始めると同時に、加賀は子飼いの地上げ屋三人を砂漠に送り込んでいた。一人は以前康介がポラロイド写真を見せ、刑事だと言った男だった。あの時からすでに加賀は、男の動向を探っていたのだった。

だが、三ツ揃いの光るスーツをがっちりと着込んだ寡黙な男たちは、町をうろつき回るだけで、特に何をするでもなかった。むしろ、町に遊びに来た若者たちを避けるように移動し、時折ポケットから写真の束を取り出して人の顔と照らし合わせるだけだった。それでも居住者、特に男への信仰を自らに誓った者には、三人の行動が大きなプレッシャーとなっていた。メディナで秋冬用の長衣を手に取る屈強な三ツ揃いの三人組。若いカップルに混じってスークで食事をし、ジハードの隅で何時間も黙ったままソーダを飲む男たち。ムジャヒッドがからかってつけたあだ名〝スリー・ピース・スリーズ〟は、完璧に訓練されたドーベルマンが感じさせる類の、おとなしいがゆえにかえって強調される暴力性を表わす言葉ともなって、またたく間に町中に広まった。

ＴＰＴはたった一言も発することなく、一日中町を歩き回る。写真と照らし合わされ、何事かメモを取られた者は、一様に薄ら寒い感触を体内に植えつけられ、どこにいても彼らに監視されているような錯覚に陥った。

　男の新しいメッセージは、そんな町の様子に呼応していた。

「私を脅かす者は滅ぼされる」

　ミツ、リョーサク、新太郎、そして松本の四人が、その予言を書き記した貼り紙をはがして回ったが、昼までには同じビラが町中に貼りめぐらされる。ビラの枚数は一日毎に増し、ついにはどうやって貼ったのかと思うような場所にまで、その言葉が掲げられた。アパートの軒、はしごでさえ届きそうにない倉庫の壁上方一列、鍵のかかった木造住宅の窓の内側、はては三階建てのビルの壁一面をそれは覆い、中に数枚ずつ寛樹がナンバリングしている〝立ち退き拒否〟の赤い文字が踊っていた。

　静かに張りつめた町の雰囲気は、メディナやジハード、あるいはスークやＯＰＩＵＭを訪れる外部の者に伝わった。すでに幾つかのファッション雑誌にその奇妙な様子は書かれていたが、ＫＫＫが男自体を取り上げて制作したプログラムを、各地のＣＡＴＶ局が放映し始めると、すぐに小さくない反響を呼んだ。男に会うことを目的として砂漠（デゼール）に来る者から、不気味な宗教的ムードに好奇心を刺激されて町を見物する者まで、様々なタイプの人間が砂漠（デゼール）に侵入したのだ。加賀が雇ったＴＰＴが表立った行動を控えたのは、そんな外側からの視線を気にしているからでもあったろう。

　ＫＫＫに番組制作を続行させることは、いまや大きな賭けになりつつあった。砂漠（デゼール）の評判が下がるのが先か、男の素姓が判明するのが先か。

続行は章平の強い助言によって決定された。出所不明の男の正体が明かせれば、あのおかしな信仰は一気に突き崩せる。章平は意地でも自分の力で男を倒したかったのだ。だが、最初に男の特集が放映されてから一カ月半が過ぎていた。男に関する情報は皆無だった。

イチオたちに撮らせた写真も、すでに加賀のルートで警察に渡っていたが、男らしき前科者はまだ見つかっていなかった。それでも章平はあきらめなかった。男の身元は必ず割れる。彼はそう信じていた。そのために、章平は別の手段を講じてもいた。

康介の住む一軒家が警察の手入れを受けた。相当量の麻薬が押収され、その日のうちに康介は拘留された。

章平はそのニュースを聞いて、事務所の応接室にしつらえられた大きなアクアリウムを、机の上にあった模造ライフルの尻で叩き割った。太い木の根と、その下にある地下世界を模した見事な箱庭から水が流れ落ち、体表一面ぬめりに覆われたサンショウウオが床にぺたりと這いつくばった。背中にガラスの破片が刺さっていた。湿った木の細かい根茎に吸いついたエメラルド色のトカゲは、世界の外に放り出されはしなかったものの、片腕が外側に折れ曲がっていた。衝撃で骨がちぎれたのだろう、関節のあたりの皮膚がねじれて一回転していた。

「低能不動産屋の野郎」

イチオさえ思わず後じさるほどの迫力で、章平は怒りを表わした。だが、ミツは少し離れた場所からサンショウウオを見つめ、まだ呼吸をしているかどうかを確かめようと目をこらしていた。

章平は康介に取り引きを持ちかけていたのだった。麻取がお前を逮捕しようとしてるが、持っていかれるかどうかは加賀次第だと章平は伝えた。そして、動揺する康介に8ミリビデオを渡し、男に思い出話をさせろ、それを録画するだけでお前は助かると言った。

男の身元を割るための、その新しい手段は解体屋の提案によるものだった。提案は恭一の部屋から電話で行われたから、内容はよく知っている。

「一つでも地名が出れば儲けもんだ。人の名前でもいい。いや、この際そんな固有名詞が出なくたっていいんだ。思い出話をすれば誰だって油断する。訛(なま)りが出るかも知れない。それさえ出なくても、だ。演技をやめた男の顔、言葉の調子、身振りを俺が解体する。いや、つまり分析するのさ」

聞きながら恭一は、男が演技をやめることなどあり得るのだろうか、といぶかしんだ。恭一を父さんと呼んだ話に解体屋は大笑いをしたが、あれは解体屋の言う猿芝居とは思えなかった。どうしようもなく切実な何かを、あの時恭一は感じた。息子ほどの年齢の恭一を父と呼ぶ、不可解ながら悲痛でグロテスクな欲望。それは粘つき発酵した太古の海の泥のように柔かく、しかし皮膚の奥まで浸み渡る確かな感触で、恭一を包み込んだのだ。恭一はむしろ、そのとめどなくあふれ出た男の奇態そのものにこそ、男を解体する真実があると思った。

章平は解体屋の提案を受けて、慎重に計画を進めていた。ところが、その計画に思わぬ横槍が入ったのだ。加賀は章平が恐れた唯一の行動を起してしまった。取り引き成立後に康介を逮捕させること。一人でも多くの人間を町から引き離そうとする、加賀の現実的な物の考え方は、今の状況の中では最も危険だった。それは宗教集団として固まりつつある者たちの中に、わざわざユダを出現させてやるようなものだった。排除するべき者を得れば、集団性は強化される。しかもその行為は、男の言葉〝私を脅かす者は滅ぼされる〟を予言として町に刻み込むことにもなる。

章平が恐れた通り、康介は刑事に従ってサキミビルを出て行く前に、自分の行った取り引きのすべてを告白し、男への罪を悔いた。

「私は章平にビデオを渡し、あなたを脅かしました。滅びは確かに来ました。どうかこの罪をお赦し下さい」

肥った体を揺すって泣き続ける康介に、男はこう言ったという。

「救い主がどうするか決めた。私には判断出来ない。救い主が救う。悔い改めて待ちなさい」

男はその言葉で、自分をも超える意志があることを示唆し、自分を取り巻く集団をさらに強く宗教化した。ビデオテープ一本を手に入れる代償としては、それは余りに高過ぎる。男の闇がじわじわとこちらに迫るのを恭一は感じ、身震いをした。男は僕を標的にしている。憎しみとも愛情ともつかない異常な執着で、自分を狙っている。恭一は強く頭を振って、その総毛立つような想像を消し去った。

翌日の早朝、恭一は電話の呼び出し音で目を覚ました。ベッドから電話機までの数メートルを覚束ない足取りで歩き、恭一はまだ白くぼんやりと曇ったままの視界から受話器を探り当てた。

「真理です」

という声が聴こえた。だが、それは半分夢の中に埋もれ、現実感を失っている。誰かが真理を装っている様子が目に浮んだ。男だと思った。男がつぶれた鼻をつまみ、二十三の女のふりをして、か細く高い声を出している。

「もしもし、恭一？　真理ですけど」

再び声がした。不規則に息がとだえるようなしゃべり方。今度は確かに真理だ。恭一は手の甲で目をこすり、安定剤のせいで吐き気をともなったあくびを押えて、答えた。

「はい」

相手が恭一であることを確かめると、真理は感情のない声でこう言った。

「私を脅かす者は滅ぼされる。救い主が救う。十月十八日、カウンター・ガードの家に来なさい」

やはり男だ。男が真理に乗り移っている。恭一は恐しさではっきりと目を覚ました。

「恭一、これがあの方の言葉なの」

そう聞いて、ほっとした。相手は男ではない。真理だ。

「恭一が救うのよ。康介を赦してあげて下さい。お願いだから康介を赦してあげて下さい。康介は罪を償おうとして黙秘してるの。マモルは捕まったけど、清司は守られてる。康介はきっと拷問を受けてるよ。でも清司が逮捕されるかどうかは康介の証言次第だから、康介は耐え続けてるの。もう赦してあげて下さい。あさってカウンター・ガードの家に来て、みんなの前で罪を赦してあげて欲しいのよ」

真理は言葉の合い間に瀕死の小鳥のような悲鳴を交え、恭一に呼びかける。

「全部章平が悪いんだから。康介は威されて仕方なかったんだよ。救い主が救うって、あの方がおっしゃるんだから、恭一が赦してあげなきゃ康介は苦しむだけなの。償いのために苦しんでいるのに、赦しがなければ本当に苦しいよ。お願い、恭一。康介は今苦しんでるんだから。苦しんでるんだからね」

真理は喘息を病んでいた。かきくどくように言葉を継ぐうち、その発作が始まりかけていた。恭一の耳の中にヒューヒューと風の音が吹き込まれた。それは、湯が沸いたことを知らせるヤカンの音のように、急激に高くなっていく。息を吸おうと小さな胸をふくらませる真理の苦しみが、そのまま恭一の体に伝わった。

「わかったよ、真理。わかった」

恭一は自分の喘ぎを鎮めるように続けた。

「行くよ、必ず行くから。だから、落ち着け。もうしゃべるな。堀河はそこにいるね？　ひどくなったら病院に連れてってもらわなきゃ駄目だ。落ち着け。ただ、ただね、真理。いい？　僕は救い主じゃないよ。僕には救えな……、真理！」

もう電話の向うに真理はいなかった。数人の男女があわてて介抱を始める様子が聴こえ、誰の手によってか電話は切れた。康介を赦すも何も、と恭一は思った。僕は救い主ではない。彼ら男を崇める者たちとは何の関係もないのだ。そのことを真理にわかって欲しかった。

真理は男に騙され、自分も予知夢を見ると信じていた。そして今、康介の苦しみを思いやって、喘息の発作を起すほど興奮している。恭一は強いいら立ちを覚えると同時に、その真理を彼女らしいとも感じ、複雑な思いでため息をついた。

真理はもともと自我の殻がもろかった。他人を心底信じては裏切られ、深く傷つく度にまた誰かを頼りきってしまう。それを何度も繰り返していた。

二年半ほど前、真理は勤めていたブティックのオーナーに捨てられ、全身が赤い湿疹で覆われるほど苦しんでいた。その真理を守ったのが堀河だった。故郷へ帰ると言い張る真理を、堀河は無理矢理ロサンジェルスに連れて行った。

真理が堀河を由兄ちゃんと呼び出す頃になっても、堀河は真理を君としか言わなかったという。一カ月半ロサンジェルスに滞在する間に、真理はもう一度堀河を苗字で呼び直し、彼が自分に何を教えようとしていたかを知った。他人に依存せず、距離を置いても、心を通い合わせることが出来ること。

東京に戻って堀河を由ちゃんと呼び、一緒に暮し始めた真理は、もう滅多に人前で涙を見せなかった。ただ冗談を真に受けたり、些細なことに感動してうつむいてしまうところは以前と変わらなかった。真理はみんなに愛され、堀河もそれを抑えがちに自慢した。

その真理の純真さに男はつけこんだのだ。恭一は悔しさで頬を紅潮させた。カウンター・ガードの家と呼ばれる村田倉庫に行かなければならない。おそらく第二回目の集会が行われるのだろう。再び参加して、自分が救い主であるはずがないことを真理に証明してみせなければならない。そう考えて恭一は自らを奮い立たせたが、どう証明するのかは皆目見当がつかなかった。だいいち、男は立ち向う度に意図のわからない行為で恭一を襲うのだ。真理のことなど無視して、部屋にこもっていた方がいいかも知れない。そう思いかけて、恭一は唇を固く結んだ。駄目だ。戦う方法がなくても立ち向うのだ。そうしなければ男から伸びてくる闇に包みこまれてしまう。少くともその気味の悪い行為を引き出し、集まった者全員に見せてやることは出来るだろう。そうすれば、予言者としての威信を傷つけてやれる。

「見てろ、エセ予言者。今度こそ……」

そうつぶやいた恭一の右手には、まだ受話器が握られていた。それは少し震えていた。


男が開いた集会の様子は、前回と殆ど変わりなかった。変化といえば、カウンター・ガードのバンの周囲に、三ツ揃いの三人組ＴＰＴがうろついていたことと、出会った者たちが恭一を敬うように扱ったことだけだった。

恭一は倉庫のトラックを見ると、すぐ前まで近づいた。いつでも上に飛び乗り、男の演説を邪魔出来るようにしたのだ。

ライトは早くからトラックの上に当てられていた。二脚の木椅子は影さえ出来ぬほどに強く照らされ、まるで芸術作品のように見えた。トラックの向うの扉が開き、まず椅子に座らない者たちが現れた。先頭は寛樹だった。頭に山吹色の鉢巻きをしめ、その上に赤く書かれた〝立ち退き拒否〟の文字を誇示するように顎を上げていた。引き連れた見知らぬ青年たちの中に、あのケニーと呼ばれたプログラマーが混じっていた。イチオたちが事務所に監禁しようと連行する途中に逃げ出したまま、サキミビルに住みついていたのだ。

堀河に支えられた真理が歩み入って来た時、恭一は思わず声を上げそうになった。二年半前と同じ赤い湿疹が顔一面に出ていた。白いワンピースの広い衿ぐりから見える鎖骨のあたりにも、細かい斑点がびっしりと浮き出ている。それを見られる恥にかられてだろう、真理の肌は余計に赤らみ、かえって異様さを強調してしまっていた。

ヒッピー風の男たちの集団に続いて、ありあわせの服を着せられた浮浪者たちが歩いて来た。十五、六人ほどいるだろうか。浮浪者たちはまるで断罪される囚人のように脅えながら、足早に階段を降りた。

少し間があって、サキミが現れた。強く冷やかな目は蘇っていた。白いステンカラーのコートをはおっている。一番上のボタンだけを留めているために、それは軽々としたマントに見えた。中に着込んでいるのは、光沢のある青い布地で出来たドレスのようなワンピース。ヨーロッパの名家に伝わる紋章らしきものが、そこここにプリントされている。今までのサキミを知る者から見れば、趣味が一変したと思わざるを得ない奇妙な格好だ。しかも、白く伸びた足の先は、膝下まである編み上げ靴の中におさまっている。戦闘を前にした女戦士。サキミはジャンヌ・ダルクの肖像画を彷彿とさせるほどの威厳と闘志を現わして、長い髪を一、二度振り、踊り場から渡された板に乗ってトラックの荷台へと進んだ。

最後に出て来たのは、もちろん男だった。雄輔と修蔵に両脇を固めさせ、男は白い長衣(ジュラバ)の裾をわざとらしく翻(ひるがえ)しながら、トラックの上に乗った。同じように白い長衣(ジュラバ)をはおった雄輔と修蔵は、それぞれ荷台の両端に立ち、数十人の〝信者〟を見降した。彼らは特別な地位にいる自分の姿に酔っていた。その二人を見て、男は大きくうなずく。まるでこれから異教徒を滅ぼしに向う十字軍の指導者であるかのように威厳たっぷりだ。男は多くの視線を糧として、期待される通りの存在を演じている。解体屋の言うように、これは確かに猿芝居だ。

手のひらを上にして、ゆっくりと腕を上げ、男は鉄骨むき出しの高い天井を仰いだ。〝信者〟たちが息を飲んだ。男の喉仏にあるホクロから長い毛が伸びているのが見えた。男は軽く唾を飲み込む。喉仏が上下し、すぐに元の位置に戻った。強い照明のせいで釣り糸のように見える毛が、その動きに従って揺れた。

「私を脅かした者は滅ぼされた」

テレヴァンジェリスト、テレビ宣教師のように語尾を引っ張る口調で、男は続けた。

「滅びる者がないようにあらかじめ言っておいた。しかし、悪い者たちに道を誤らされた。知っていたが止められなかった」

すると、聴衆の中からくぐもった呻(うめ)きが聴こえた。快感を恥じて声を押し殺すような女の声。それはすぐに激しい咳に変わった。真理だ。真理が康介の罪を我が身のこととして責めているのだ。体を屈した堀河の胸の中で、真理は咳に突き上げられるようにして小刻みに震えていた。男への怒りが急激にこみ上げて来た。荷台によじ登り男に殴りかかる自分を想像して、恭一は拳を握りしめた。男は気にすることなく続ける。

「私を脅かしてはならない。滅ぼされるからである。私の力によってではない。この町に私とあなた方を呼んだ力によってである。今、多くの者が私を脅かそうとしている。この土地のそれぞれの場所を守るように、私を守りなさい。それがあなた方の生きて来た理由だった」

ほおう、という熱いため息がそこかしこから漏れた。男が町を徘徊し祝福した場所を、本来自分がいた所として与えられた者たちの狂おしい喜びのため息だった。

「さて、皆さん」

と言って、男はようやく視線を下げ、〝信者〟らを見回した。皆さんという言葉が男から発せられたことが、恭一には信じられなかった。それは男に似つかわしくない呼びかけだ。

「私を脅かす者は滅ぼされる。しかし、滅ぼされた者までも救い主は救うだろうか。それは救い主だけが知っていた。私には及ばない救い主だけの御心だった。今、その救い主の御心を明らかに」

来た。男はまた自分を巻き込もうとし始めた。今こそ荷台の上に乗って、男の言葉を否定し、あの呻きを出させてやるのだ。そう思って身構えた瞬間だった。体の輪郭が失われるような奇妙な感覚が訪れた。同時に目の前の男も、椅子に腰かけたサキミも、荷台の両端に立つ雄輔も修蔵も闇に溶け去っていく。ただ四人が着ている白い衣服の形だけが逆に光を発して見えた。

背後から停電だという怒鳴り声がした。その直後だ。トラックの向うで鉄板同士がぶつかり合う巨大な音が響いた。男たちが入場して来た扉が開き、黒い影が飛ぶように転がり込んで来た。薄い月明りが男とサキミを包んだ。黒い影たちは即座に男を囲んだ。やめろ、この野郎。ドスの利いた声で男は抵抗した。影の中からうるせえと答える者がいた。リョーサクだとわかった。元セキュリティ・ガード、フェイク・ムスリムが十字軍の城にテロを仕掛けたのだ。

雄輔と修蔵がすぐに駆け寄り、男を助けようとしたが、照明を浴びていた目はまだ闇に慣れていなかった。黒い影から突き出された棒を胸や腹にくらって、彼らは膝を崩した。

踊り場とトラックを結ぶ板の上で、残りの影と男がもみ合っていた。暴れる男を外に連れ出そうとする黒い塊は、次々と形を変容させる。その動きは誰の目にも激しい力の衝突を感じさせるものだった。

その黒い力の塊に向って、金切り声を上げながら突進する者がいた。サキミだった。サキミが板の上をよろけながら走っていく。危ない。落ちたら大変なことになる。恭一は思わず荷台に駆け登った。サキミと呼びながら恭一は板を渡り、踊り場の端でサキミを後ろから抱きかかえて、くるりと体を反転させた。もみ合う者たちからサキミの腹を守るためだった。バランスが崩れ、恭一はそのまま後方に倒れ込んだ。

かがみ込んで男の足をつかんでいたミツの後頭部が、その恭一の背に押された。ミツは額からコンクリートに激突した。自由になった男の足が、もう一つの影に向って蹴り上げられる。それは新太郎の喉に当たった。車に踏み潰された野良猫のような声を出して、新太郎は前方に倒れた。

細長い影が、恭一とサキミの下からミツを救い出そうとしていた。リョーサクだ。黒い影の塊は恭一が駆け込んだのをきっかけにして、バラバラに崩れていた。雄輔が恭一の上を飛び越えて、まだ男の体を離そうとしない二つの影にぶつかっていった。小さな呻きの後、影の一つが引けと言った。イチオだ。素早く影たちは走り去ろうとする。しかし、リョーサクは引っ張り出したミツの体を必死にかつぎ上げようとしていた。

修蔵が荷台に落ちていた梶棒を握りしめて走り込んで来た。そのままの勢いで思い切りリョーサクのすねをはらう。聞く者すべてに痛みを分け与えるような音がした。リョーサクはガクンと片膝を折り、ネジの外れた人形のようにその場に崩れ落ちた。恭一は顔をしかめた。相当の激痛に違いない。さらに棒を振り上げる修蔵から身を守ろうと、頭を抱えてうずくまりながら、それでもリョーサクはミツにこう呼び掛けた。ミツ、行け。ようやく立ち上がったミツは、今度はリョーサクを助けようとして修蔵の腹を蹴り上げた。しかし、修蔵はその足を左手で払いのけ、再び棍棒でリョーサクを狙う。行けとリョーサクは繰り返した。行け。その声には悲痛な強制力があった。行け、ミツ。ミツは修蔵に体当たりすると、よろけながら扉に向った。そして、出口近くにうずくまっていた男の脇腹を思い切り蹴ると、意味のわからない叫びとともに身を翻した。ミツが扉の向うへ駆け出し、鉄階段の踊り場から飛び降りて、何事か泣き喚きながら狭い路地を走り去ると、倉庫中の照明に光が戻った。

醜く歪んだ男の顔を、恭一はあお向けになったまま見上げていた。男は雄輔と修蔵に両脇を支えられ、中腰のまま荒い息をしている。たるんだ顎から幾筋もの汗がしたたり落ちた。男はただの弱々しい中年だった。突然の暴力にさらされ、激しい小競り合いを終えて、男はただの弱々しい中年に戻っている。

恭一は自分の右手がサキミの乳房に触れているのに気づき、あわてて体を離そうとした。だが、サキミは微妙な動きで恭一に守られている姿勢を保とうとしていることを伝える。薄い背中の暖かみが、恭一の胸と腹に浸み込んでいた。腕にかかる髪から甘やかな匂いがする。心臓の鼓動を悟られたくない、と恭一は思った。サキミの体の、この温度と匂いを僕は知っている。

下方から、獣の唸り声がした。雄輔は踊り場から素早く下へ飛び降り、獣を囲んで声を荒げようとするカウンター・ガードたちを制止した。

「手を出すな。このノッポはどうせ動けない」

リョーサクは左足をかばったまま、横向きに倒れていた。いつの間にか踊り場から落とされていたのだ。黒い長衣(ジュラバ)と黒いハイカットのスニーカーで身を固めたリョーサクは、毒を盛られ道路にうち捨てられたカラスのようだった。

〝信者〟たちは、壁と上フックの間の狭い空間に押し寄せ、息をひそめながら首を上下させて、男とリョーサクを交互に見つめている。彼らは男の言葉を待っていた。自分たちがこの事態をどう理解し、怒りと驚きと興奮をどう整理すればいいのかを、〝信者〟たちは男に托していたのだ。

しかし、男は小さくオウオウオウとつぶやくばかりだった。汗ばかりでなく、鼻水まで垂らしながら、男は臆病そうに体を丸め、まるで自分以外の人間すべてが敵であるかのように顔を歪めている。最初に男を見た時と同じだ、と恭一は思った。男は正体を現わしている。ただの弱々しい中年どころではない。脅えそのものをむき出しにして、雨の寒さに震える汚らしい死にかけの鼠(ねずみ)なのだ。泣き叫べ。泣き叫んで、ミツと同じようにあの扉から走り去ってしまえ。お前の他にお前の味方はいない。そう言ってやれば、本当に男は消え去るかも知れないと恭一は思った。そうだ。言ってやろう。そうすれば、自分ももう男の闇に巻き込まれずにすむのだ。

その時だ。恭一の腹に震動が伝わった。

「脅かす者は」

サキミが声を張り上げたのだった。

「脅かす者は」

再びそう言って、サキミはまるで何かに吊り上げられるように、すっくと立ち上がり、こう続けた。

「滅ぼされた」

サキミの目は男を見つめていた。脅え苦しむ男を説得するかのように、サキミは繰り返した。

「脅かす者はやはり滅ぼされた」

そう言うと、サキミはリョーサクを冷たく見降した。〝信者〟たちの注意を一身に集めて、サキミは倉庫一杯に響く高らかな声を上げた。

「滅ぼした人は誰か。予言者を救ったのは誰か。私たちは見ました」

皆の目がせわしなく動き始めた。それに合わせて、サキミはくるりと振り向き、半身を起した恭一の額へと手を差し伸べた。そして、ファシストの感極まった演説かとさえ思えるほどの昂揚感を込めて、こう叫び立てた。

「今、救い主が救った」

今度はサキミが自分を巻き込もうとしていた。恭一は跳び立った瞬間蜘蛛の巣にからめとられたバッタのように、抵抗することさえ忘れてぼんやりとサキミを仰ぎ見ていた。

第十二章

囲われた砂場

試煉に耐えぬ者は不幸である

二日経っても、救い主が救ったと宣言したサキミの目が頭を離れなかった。敵に追いつめられ、必死の反撃をしようとする小動物のような目。あの目は僕を救い主だと信じてはいなかった、と恭一は思う。ただ、威信を失いかけた男を懸命に救おうとしていただけだ。サキミは男の予言など信じていないのではないだろうか。だが、それでもサキミは男を救った。救い主が救ったという、まるであの男が使うような宗教的な言葉を使い、恭一を巻き込むことで、男の崩れそうなカリスマ性を守った。それは同時に、男の霊力(バラカ)を信じる者たちを救うことでもあるだろう。

リョーサクを人質として監禁しようとする者たちをいさめたのも、サキミだった。サキミは憤る〝信者〟たちを黙らせ、恭一に向ってこう言った。

「救い主はこの子を赦(ゆる)しますか？」

うなずく以外になかった。そうしなければ、リョーサクは動けぬまま悲惨なリンチを受けかねなかったのだ。うなずくことで、自分を救い主だと認めてしまうと知っていながら、恭一は大きく首を振った。すると、サキミは、

「この子を病院に運んできなさい」

と言った。そして、躊躇(ちゅうちょ)する者たちの中から気の弱そうな印象の強い人間を二、三指名し、こう命じた。

「これ以上傷つけちゃいけない。もう救い主が赦したんだから。そうっと運んできなさい」

サキミはそのようにして、リョーサクをも救った。サキミにとって最も大切なはずの男を襲い、予言者としての威厳をはぎ取ったリョーサクを。

サキミは何故、そんな風に人を救おうとしたのだろう。男を窮地から救い、〝信者〟の結束を守り、敵であるリョーサクを助ける。まさかサキミの腹に宿る子供が、もう救い主としての行動を始めたわけではないだろう。

「行くぜ」

という解体屋の声で、恭一は我に返った。解体屋はＴＶモニターとビデオ・デッキを収納した黒いラックの傍らで、中腰のまま首だけをこちらに振り向けている。足元に分厚いノートやポラロイドカメラ、角のすり切れた古い書物が並んでいた。解体屋の言う〝工事道具〟だ。恭一が静かにうなずくと、解体屋は待ち切れなかったとでもいうように、乱暴な手つきでデッキのスイッチを押した。

白く光る画面に無数の黒い微生物が舞った。笹の葉が激しく風になぶられるような音が、途切れることなく続く。ホワイトノイズはなかなか終わらなかった。

「康介がガセをつかませてたら、俺は怒るぞ」

言いながら解体屋は床に座り込む。その動きに同調するように画面そのものがよじれた。プラスチックの薄片をねじったような状態で、画面の動きが止まる。故障だろうか。恭一はソファから身を起こし、床に転がったリモートコントローラーを取り上げようとした。その瞬間、凍りついていた微生物たちが再び流れ出し、モニターに粒子の荒い映像を導き入れた。

夕方の日の光を背にした男の顔のアップから始まった。逆光で表情が読み取れない。解体屋は、アマチュアと吐き捨てるように言い、モニターににじり寄った。すぐに康介の声がスピーカーから聴こえて来る。えー、幼い頃のことを何か覚えていらっしゃったらお聴かせ願います。画面一杯に広がった男の顔が、じんわりとたわんでいくのがわかった。だが、男は答えようとしない。康介の鼻息だけが大きく響く。

一度、レンズは揺れ、男の全身を映そうとズームバックを始めた。男は白い長衣（ジュラバ）であぐらを組んでいる。カメラの位置が高くなった。康介が立ち上がったのだろう。男の体は差し込む光に柔かく包まれて見えた。男そのものが発光しているようにも思える。

「馬鹿野郎」

解体屋は唸（うな）った。振り向きもせず、恭一に同意を求める。

「あそこでカメラ引いちゃ何にもならねえよなあ。詐欺師が一瞬焦ったの、お前も見ただろ」

「え、どこで。わからなかった」

「だから康介が幼い頃って言った時に」

康介の質問が再び始まったのに気づき、解体屋は口を閉ざした。えー、ここに来る前は、どこにいらっしゃったんですか？

「寄れ！」

と解体屋は叫んだ。それが聴こえたとしか思えないタイミングで、カメラは男の顔に近づき始めた。男はこちらを見たまま座っている。モニターの中で次第に大きくなる顔を見ていると、男が空間そのものを吸い込んでいる錯覚にとらわれた。あるいは、男はあぐらのまま浮き上がってこちらに吸いついて来るようだ。男の向う、窓の外から電話のベルが聴こえた。続いて空気をかき混ぜるような救急車の高いサイレンが左から右へと移動する。それ以外に聴こえるのは康介の荒い鼻息のみだ。

　男の目は恭一を見つめたまま微動だにしない。だが、男はこちらなど見てはいない、と恭一は思った。その視線は限りなく内側を向いているままだ。再び康介が質問を繰り返す。えー、この町に来る前はどこにいらっしゃったんですか？　つまり、その、どこからいらっしゃったんですか？

　男の左目の下がかすかに引きつった。視線の先端が揺れた。しかし、それはすぐに元の位置に焦点を合わせ、恭一をにらみつけながら深く内側を向いた。男は答えを探そうとしているのだろうか。内側の奥底にまで視線を届かせ、記憶の闇から過去を見つけ出す作業に集中しているのだろうか。いや、と恭一は思った。男は皮膚のその裏側に隠れようとしているのだ。内側にめくれ込むようにして縮んでいる。

　男の内側はとらえようのない闇だ。男はその自らの闇そのものの中にこもっていく。

　男の顔面に黒く沈んだ皺が、幾重にも増え始めた。男は口を開こうとしていた。父さんと呼ばれた時の恐怖が、背中の奥の方からせり上がって来た。濡れた唇に隙間が出来、それが際限なく広がっていく。あああ、と小さく呻いた声は恭一のものだった。解体屋はびくりとして振り向き、すぐに目をそむけた。それでも恭一は自分の声を制御出来ない。口を開き切った男と呻きを上げる恭一を見比べるようにして、解体屋は濁った目を鋭く光らせた。

　あああああ。恭一の呻きと同類の、だがもっと底深い声を、モニターの中の男が腹からしぼり出した。解体屋はもう振り返らず、自ら男の低い声に包まれるように身を乗り出した。恭一はすくみ上がったまま、男の口腔の奥を覗き込むばかりだった。

　映像が小刻みに揺れていた。康介が震えている。男の顔面に開いた深い空洞を康介もまた見てしまったのだ、と恭一は思った。康介が喉を締めつけながら吐く長い息が、スピーカーから噴き出し続けた。

ビデオは終わった。わずか数分にも満たなかった。モニターには再び黒い微生物が踊る。恭一も解体屋もしばらく動くことをしなかった。天井から吊したスピーカーから、まだ康介の吐息の音が続いているような錯覚が、二人を縛りつけていた。

「男の気味の悪い呻きっていうのは、あれか」

解体屋が独り言のようにつぶやくと、ようやく康介の長い息が止まったような気がした。

「これを何回も観なきゃならないと思うと、ちょっと滅入るね」

金縛りが解けた後のようなため息とともに、恭一はああと曖昧に答えた。答えながら恭一は、康介が拘留前に言ったという言葉を思い出していた。あなたを脅かしました。どうかこの罪をお赦し下さい。康介はこのことを言ったのかも知れない。男からあの呻きを引き出してしまったことに底知れぬ恐怖と罪悪感を感じ、赦されようと思ったのかも知れない。男の呻きにはそれだけの力がある。

そう思った時だった。モニターに再び康介が現れた。金属を素材にした様々なオブジェを置いた部屋の中で、康介はこちらを見つめ、話し出した。

「俺はあの人を裏切った。章平、お前のせいだ。俺は自首しようと思う。自首して罪を償おうと思う。お前は笑うだろうな。何を殊勝なことを言ってるんだってさ。だけど聞いて欲しいんだよ。俺はあの人に助けられた。はっきり言って、この二、三年の俺の仕事はクズだらけだ。才能なんて元からなかったんだと思ってたけど、それでもインスピレーションがないのは辛かった。適当にコネで仕事もらって、後はクスリで稼いでた。それは知ってるだろう。それでも、だ。俺は辛さを隠していつでもヘラヘラしてやって来た。芸術だのアーチスト性だの言う奴を鼻で笑ってさ、俺はヘラヘラやってたよ」

康介は設置したカメラのレンズを見上げたまま、目をうるませている。だが決して涙は流さなかった。顎（あご）を嚙（か）みしめて時折黙り、首の後ろをかいて照れながら、また淡々と続ける。

「つっぱってたんだ。自分の才能の無さを認めたくなかったから、才能が問われないようにいかにも片手間でアートをやってるふりをしてた。だけど本当に辛かったんだ。そこにあの人が現れた。俺はサキミビルに神秘主義者を呼んだけど、俺自身は霊的な力とか神秘とかをそれほど本気で信じてるわけじゃないぜ。ただあの人の言葉は人を救うよ。忘れたりごまかしてたりすることをズバリ指摘する。予言だって必ず当たる。あの人は、私のために働きなさいと言った。名声のために働かず、私のために物を作りなさいと言ってくれたんだ。途端に楽になった。インスピレーションも湧き始めた。俺は俺にふさわしいレベルの物を、あの人のために作ればいいんだって気づいたからだよ。ヘラヘラしてごまかしてた自分がどれだけみじめなもんだったか、俺は知った。だから、あの人は大切なんだ。出会ってよかったと思う。俺はなあ、章平。宗教にかぶれたわけじゃないんだ。導師（グル）を呼んだのだって、あの人をもっと凄い存在にしたかったからなんだよ。その凄い人のために物を作る自分がうれしかったからなんだよ。俺にとっては宗教じゃない」

すると、解体屋はため息とともに言った。

「それが宗教だよ、康介。拝むだけが宗教じゃない」

しかし、その解体屋の反論がビデオテープの中にいる康介に聞こえるはずもない。康介はくわえた煙草に火をつけて、続く言葉を煙とともに吐き出した。

「俺は自首するよ。ビデオは見ただろ、章平。俺はあの人を脅かした。自分を救ってくれたあの人をさ、俺は裏切って脅かしたんだ。お前に威されてな」

康介は穏やかに笑い出した。さびしげな表情の中に、強い意志の表われた不思議な笑顔だった。

「見てろよ、章平。俺はユダを演じるぜ。人生最高の芝居になるだろうなあ。ユダを演じて、この集団を固めてやるよ。あの人を守るための最強の集団にしてやる。俺たちのキリスト様のためにな。それが俺の償いだ。そいつは同時に、俺に罪を犯させたお前に対する一番きつい復讐ってわけだ。じゃあな、章平」

そこで康介からのメッセージは終わった。康介が加賀の密告で逮捕されたのは事実だったはずだ。だが、たとえ加賀がそうしなくても、康介は捕まる気だったのだ。サキミビルで警察から逮捕令状を渡されて、康介はほくそ笑んだに違いない。

「悲劇シリーズ、ユダの巻か。やられたな。一枚上だったんだ」

解体屋はそう言って、犬のくしゃみのような笑い声を出したが、恭一は到底笑う気になどなれなかった。

「OPIUMに行ってる」

恭一は立ち上がった。解体屋はデッキを操作してテープを巻き戻しながら、右手を上げた。恭一もその後ろ姿に軽く手を振って、ゆっくりとドアを開けた。

OPIUMの壁にはがされかかったビラが、何枚も貼ってあった。一様に新しい予言が書きつけられている。

「試煉に耐えぬ者は不幸である」

もし康介のことを言っているのだとしたら、と思うと怒りがこみ上げて来た。男は康介の苦しみを理解していない。まるで他人事だ。しかも、男は集会でこうも言ったのだ。私を脅かす者は滅ぼされた、と。康介は滅ぼされてなどいない、と恭一は思った。男のために自ら滅びたのだ。

息が荒くなるとともに頭の芯が燃えるように熱くなった。太いため息をつき、殺してやるとつぶやく。すると、怒りのかわりに今度は無力感が押し寄せて来た。自分は男に対して手の打ちようがないのだ。男は様々に肩すかしをくわせ、逆に恭一を巻き込み続ける。試煉に耐えぬ者は不幸である、という言葉が耳に響いた。

ＯＰＩＵＭにＤＪのミズオが舞い戻って来ていた。ディスコ営業ではないので、大きな音は出せなかったが、それでも手を抜かずに仕事をしている様子だ。ベースボールキャップを後ろ向きにかぶったミズオは、真剣な表情でターンテーブルをにらみつけ、二枚のレコードをミックスする間合いを計っていた。重いベースラインの上に透明で優雅なピアノの音色が刻み込まれている。一方のターンテーブルの上に置かれたミズオの手が離れた。浮遊感のある音楽の上に、かすかな音量でコーランが乗り始める。ムジャヒッドがいたら、すぐにＤＪブースへ向い、声高に抗議するはずだ。アッラーヲ、ボウトクシテル‼ そう思うと少し怒りがおさまった。恭一は声にならない笑いで一、二度肩を震わせ、店の奥に向った。

客の殆(ほとん)どは町の外から遊びに来た者だった。ある者はメディナに並んだばかりの青い長衣(ジュラバ)を着、またある者は過激な政治思想で知られる黒人ラップ・グループのロゴ入りジャケットをはおって、大声で笑っている。

この町が滅びつつあることを、彼らは知らない。恭一はポケットから煙草を出して、スタンディング用の高い丸テーブルに肘をついた。王冠を頭に載せたライオンが、目の前に立っている若い男のスタジアム・ジャンパーに縫い込まれている。鮮やかな赤と黄色と緑の、いわゆるラスタ・カラーに塗り分けられたライオンの王冠を見ながら、恭一は煙草に火をつけた。

客たちは町中に貼りめぐらされた予言をどう見ているのだろう。燃えさかる疫病に襲われたようなこの町の姿にも、彼らは魅了されているのだろうか。それもまたムスリム・トーキョーのデザインだと思っているのかも知れない。

ミズオが絶妙なポイントで次の曲に切り換え始めている。重く粘るベースラインを残したまま、そこに乾いたドラムのリズムを乗せ、あたかもそれ自体が一曲であるかのように音をつないでいく。聴き覚えのあるピアノのメロディが流れ出し、その後ろでサイレンの長い響きと、ビートに合わせた女のシャウトが反復される。懐しさの感覚が恭一の胸に湧き上がったが、いつ聴いた曲だったかが思い出せなかった。

深い陰影のあるピアノの旋律を恭一は何度もたどった。しかし、記憶が蘇りそうになる度、メロディは消え、また最初から始まる。オリジナルの曲をビートに乗せているのではなく、すでに、ミックスされ、リズムに合わせてかき混ぜられたレコードを使っているのかも知れない。後で、ミズオに曲名を聴いてみよう、と恭一はぼんやり煙草を吸い、装飾の多い長衣（ジュラバ）で話に興じる若い女たちの方を見た。

突然、後ろから背中を殴りつける者がいた。ミツだった。白い肌に汗を浮き立たせてミツは早口でこう言った。

「イチオさん、見ませんでしたか？」

あまりのあわてぶりに気圧（けお）されて、恭一は言葉に詰まり、首を横に振るのが精一杯だった。それを確認するかしないかのうちにミツは小走りでＶＩＰルームに向う。ミツがまとったグレーの長衣（ジュラバ）はフードだけが黒く、まるで子犬のぬいぐるみのように見えた。しかし、その子犬が二日前あのようなテロを行ったのだ。

ミツはそのことでまた自分を責め、苦しんでいるはずだった。ミツを救ったリョーサクを、彼は見捨てて去ったのだ。以前、バラカでしたように、ミツは自分を処罰しようと思いつめているに違いない。

ＶＩＰルームから飛び出して、こちらに向って来るミツは、確かに自分の足をも食いちぎりそうな凶暴な犬の顔をしていた。眉根を寄せ、何か固い物を噛み砕こうとするように口元を歪めている。恭一を無視してミツは目の前を通り過ぎた。呼び止める。ミツ、ミツ。しかし、ミツは耳を貸さず、入口脇のトイレの中を覗き込む。恭一は走り寄って肩をつかんだ。

「イチオがどうしたんだ」

ミツは落ち着かない目で、キョロキョロと周囲を探りながら答えた。様子がおかしい。

「雄輔たちがまた邪魔し始めた。せっかく町を出て行こうとしている奴らを、あのレゲエ野郎が威して回ってる」

「カウンター・ガードが？」

そう言うと、ミツは一層凶暴な目つきをして、恭一の言葉を訂正した。

「雄輔たちが。あいつらが町の南をうろついて、引越ししようとしてる住人に文句つけてる。絶対許せない、絶対」

ミツは興奮に頬をひくつかせ、頭を振り立てて出口に向った。一緒にイチオを探そうと言って、恭一は、ミツの後に続き、ＯＰＩＵＭを出た。今、ミツを一人にしておくと危険だと判断したからだった。

長衣（ジュラバ）と揃いの、グレーと黒に塗り分けられたスケートボードに足をかけ、ミツは道路の西の果てを見つめた。昔、恭一が紫色の靄(もや)を見たあたりに目をこらしている。ミツには今あれが見えているのかも知れない、と思った。

ミツは視線を固定したまま、長衣(ジュラバ)の横に入った切れ目に手を入れ、下にはいた半ズボンから濃い黄色のカプセルを取り出した。ハイ・スクロールだった。強力な精神昂揚をもたらす興奮剤だ。恭一はあわててミツの手を押えた。

「飲むな、ミツ」

ミツは恭一の手を払い、ハイ・スクロールを口に放り込んだ。歯をきしませて、ミツはカプセルを噛みちぎろうとする。

「やめろ、ミツ。何錠目だ。死ぬぞ、ミツ。そんなもん吐いちゃえよ。お前、それ食って何するつもりだ」

しかしミツは歯ぎしりをやめなかった。あの靄が現れた道の果てを見つめたまま、小さな顎を動かし続ける。OPIUMから漏れるビートと、その動きが合う。まるで、ミズオがミツを鼓舞しているようだ。ミツは横を向き、唾を吐いた。まっ黄色に染まった唾がOPIUMの壁を伝った。クスリをたっぷり含んだ粘液はそのままビラの上に流れ落ち、男の予言にからみついて止まった。試煉に耐えぬ者は不幸である。ミツはまた闇の奥を見つめる。

「恭一さん、今度は逃げませんよ」

ミツはつぶやいた。

「徹底抗戦……。あいつらを追い出すためなら何でもやる。何でもやりますよ」

そう言って、ミツはもう一度唾を吐いた。

「ミツ、ただ殴るだけじゃどうにもならないことはわかったはずじゃないか。やればやるほど、あの男の力が増すんだよ」

今にも破滅に向って走り出しそうなミツに、恭一はかきくどくような調子で言った。

「俺ももう逃げない。逃げちゃいられない。俺はあいつにハメられてるんだから。だから、俺だって徹底抗戦だよ。ただ必ず勝つやり方でやろう。わざわざ厄介事を増やすやり方……いや、とにかく作戦を練ってからやるんだ。そうでなきゃ、あいつにハメられていくだけだよ。そうだろ、ミツ？」

ミツはうなずかなかった。すでにさっきのハイ・スクロールが効き始めているのだろうか。異様なほど大きい歯ぎしりが聞こえた。それはまるで、体中の力を顎の奥に集中させているような音だった。歯のきしみは一定の間隔で繰り返され、次第に大きくなっていく。バイクのエンジンを何度もふかし、最高の回転まで持っていくスピード狂のように、ミツは歯ぎしりを続けた。

音がぴたりと止んだ。最高回転数にたどり着いたのだろうか、ミツは思い切り息を吸い込んで、雄叫びを上げた。うおおおおおおお——

そしてミツは開き切った目で恭一を見すえ、こうつぶやいた。

「試煉に耐えぬ者は不幸である」

片足で地を蹴り、スケートボードを駆って、ミツは走り出した。もう止めることは出来ない、と恭一は思った。長衣(ジュラバ)をはためかせて勢いをつけると、ミツはボードに両足を乗せ、アスファルトの上を猛スピードで滑り去った。南へ向ったのだ。

しばらくして遠くからもう一度雄叫びがこだました。

その夜、砂漠(デゼール)の南から火の手が上がった。赤々と立ち昇る火は、淡く青い空の一角を薄オレンジに染めて燃えさかった。

恭一はビルの屋上から、茫然とその様子を眺めていた。ほぼ真南、KKKのスタジオに近い倉庫が炎に包まれている。居住者はいないはずだ。空をなめては消える炎の細い舌先から、黒い煙がよじれながらするすると天を目指した。さながら毒を吹き上げる竜のようだ。漆黒の毒は、時折ゆるやかな風に乗ってこちらに向ってくる。その黒いベールに、消防車のライトが放射され、おぼろげな満月を作り出した。

ミツでなければいいが。炎に吸い込まれる白い水しぶきを見ながら、恭一は祈るような気持ちだった。町を焼き尽してでも居住者を追い出そうと、ミツは考えたかも知れなかった。風に揺れる炎の中にミツが立っている気さえする。試煉に耐える者として、透き通る白い肌に炎を受け止め、雄叫びを上げるミツを恭一は幾度も想像し、かぶりを振った。

早朝までに鎮火はしたものの、荒々しく燃えた火は二つの倉庫と、その脇のモルタル・アパートを一つ焼き払った。どこも無人だったので幸い焼死者は出なかったものの、最初に火が上がるのに気づいたカウンター・ガードの若者二人が、消火をしようとしたために顔や腕に火傷を負った。焼け焦げたミツの死体が発見されなかったことに、恭一は何よりも安堵した。

警察の調べで放火の可能性が強いことがわかった。焼けただれた倉庫の中から、ガソリンをまいたと思われるバケツが発見された。負傷した第一発見者の二人が証言したところによれば、火事に気づいた時にはすでに倉庫のシャッターからアスファルトへと炎が伸びており、周囲には誰一人いなかったという。しかし、警察は町の南に残っていた何人かの浮浪者を連行し、取り調べを続けた。ゲーム・プログラマー集団のチーフが、火事の起る数時間前に倉庫の周りをうろつく浮浪者を見た、と証言したからだった。

堀河と真理が管轄署に出向いたことを、恭一はジハードで耳にした。彼らは浮浪者がいかに町を愛しているかを説き、むしろ疑うべきは加賀不動産の命令で町を徘徊する地上げ屋たちだ、と主張した。だが、TPTにはしっかりとしたアリバイがあった。彼らはその夜、連れ立って風俗営業店に行き、延長料金を払って朝まで女と遊んでいた。ならば風営法違反だと二人は憤ったが、それは本件と別の話であると言われ、追い返されたという。

取り調べを受けた浮浪者たちは、町に帰ることをしなかった。連行をおそれた他の、サキミビルに住む浮浪者数人も、次々と町を去った。堀河と真理は抗議声明を町の幾つかの壁に掲げた。

「加賀不動産と警察はグルになって、祝福された者たちを追い出そうとしている。放火をしたのは浮浪の民を装った地上げ屋である」

章平がゲーム・プログラマー集団のチーフを威し、虚偽の証言をさせたという噂も町には広がりつつあった。そしてまた、男の予言〝試煉に耐えぬ者は不幸である〟という言葉のうち、試煉という単語を取り上げ、放火が〝試しの火〟を指すと言う者もいた。外部から侵入して来た者としては最も早く男に近づき、サキミビルに住みついたヒッピー風の男、康介の言う導師(グル)だった。導師(グル)は円形闘技場に人を集め、以前寛樹がしたようにビール運搬用のプラスチック容器の上に載って、長々とその解釈の意味を説いた。

煉は煉獄の煉ですよ。罪を負った者の霊魂が、罪を償うまでそこで火に包まれ苦しむ場所が煉獄なんです。あれはまさに試しの火ですよ。また、あの人がそれを予言したんです。我々はみなどこかで罪を犯して来ました。けれど、この試しの火による試煉を耐えることで救われますよ。いいですか？　あの方はモーゼですよ。卑しい奴隷の身でありながら、王女に育てられ、ついには奴隷を引き連れて砂漠(さばく)に向った、偉大なる預言者モーゼですよ。この砂漠(デゼール)が約束の地である砂漠に変わるか否かは、我々次第ですよ。砂漠（デゼール）から砂漠へ！　我らがモーゼは、我々が試しの火に耐えるかどうかを御覧になっているんですよ。

　しかし、男の予言はあくまで口伝えによるものだった。それを試煉という字にすることは、当の導師（グル）によって決められたことなのだ。その事実を後に聞いて恭一は悪寒がした。導師（グル）が〝信者〟をだまそうとしたのか、それとも自分の説法に自分が酔い痴れ、事実を忘れてしまったのか。どちらにしても気味の悪い話だった。

　それら、町の様々な混乱のおかげだったろう。〝信者〟側の誰もが、あの夜以来、ミツの姿がないことに気づかなかった。ミツは着の身着のままで町から消えていた。部屋には子供の頃のミツや、両親と一緒に写した写真さえ残っていた。だが、恭一はミツが放火をしたとは思いたくなかった。ジハードでムジャヒッドから聞いた最後のミツらしき姿を、恭一は信じようとした。

　町の南東にあるアパートに帰ろうとしていたムジャヒッドが、途中にある民家の庭で、倒れていた長衣（ジュラバ）姿の少年を見たというのだった。あれはミツだった、とムジャヒッドは確信を込めて言った。グレーの長衣（ジュラバ）のそこかしこが破れていたという。火の手が上がる数時間前に、雄輔と修蔵がミツを思う存分殴りつけたのは事実だった。南西の公団住宅風アパートの前で、外国人モデルたちに片言の英語を使い、居残りを説得するカウンター・ガードたちに向って、ミツは一人で襲いかかったのだ。ムジャヒッドは、モデルの一人アネッタからその時の様子を聞いていた。ムジャヒッドは女のしなを作りさえして、彼女の話を何度も再現した。間違った日本語や、訛（なま）りの強い英語の中から、恭一が導き出したアネッタの話はこのようなものだ。

　小さな子は愚かなほど真正面からぶつかって行ったわ。目は血走っていたけれど、表情は哀れみを誘うほど悲しそうだった。ユースケと、もう一人の体の大きなドレッドヘアーが一、二度殴ると、小さな子は草むらに倒れ込んだの。殴った二人は戦う気をなくしたように去ろうとした。けれど、少年はまた立ち上がって何か叫んだ。それでドレッドヘアーの二人組はいきり立ったわ。何を言ったのかは日本語だからよくわからなかった。ユースケがもう一人を制して、小さな子の腹を蹴った。そして、動かなくなったその子を二人で運んで行ったのよ。どこに連れて行くのか尋ねたら、ユースケがこう言った。ワールズ・エンドへ。残虐な目だった。それで、町から外へ放り出すんだとわかったの。

　そして、アネッタはこうも付け加えたという。

　この町は狂ってるわ。小さな町の中で愚かないさかいを続けてる。あの子は追い出されてよかったと思う。世界の果て？　とんでもないわ。こんな小さな場所でいがみ合ってる連中に、世界の果てなんか想像もつかないに決まってる。世紀末だわ。それも永遠に続く世界の終わり。そこでみんなゲームを楽しんでる。こんな町のどこが砂漠なの？　世紀末の庭よ。ここは世界一馬鹿げたワールズ・エンド・ガーデンなのよ。

　ムジャヒッドがミツを目撃したのは、確かにその三十分ほど後だった。ミツ、ドウシマシタ？と声を掛けると、庭に倒れていた少年はビクリと体を震わせ、首を横に振るばかりだった。喧嘩に負けて悔しかったのだろう、とムジャヒッドは大げさに肩をすくめたが、恭一はバラカで聞いたミツの声を思い出していた。殺せ、殺せ。

　破れた長衣（ジュラバ）を身にまとった少年は、ムジャヒッドに背を向けたまま立ち、足を引きずって庭の向うに歩いて行った。そして、常緑樹をかき分けて道路に出ようとし、振り返らぬままムジャヒッドにこう言った。

「雄輔に言っといてくれ。骨が折れてれば僕の勝ちだ。僕は折らせてやったんだ」

少年は埃にまみれてくすんだ垣根の奥に倒れ込むように消え、向うからもう一度声を振りしぼった。

「でももう戻れない。僕は戻れないことをした。さよなら、ムジャヒッド」

勝てない喧嘩をしてイチオに怒られると思ったのだ、とムジャヒッドは言ったが、恭一は声を荒げてそれを否定した。

「いくら骨を折ってもリョーサクへの償いにはならない。そのことをミツは言ったんだ」

恭一の突然の激昂に驚いて、ムジャヒッドは黙り込んだ。恭一の言葉が意味するところは理解出来ないが、自分が恭一を傷つけたことだけはわかったのだろう。ムジャヒッドはそのまま謝罪のための沈黙を守った。恭一はジハードの床を見つめて、今度は自分に言い聞かせるようにつぶやいた。

「それで戻れないことをした、と言ったんだ。自分のせいでリョーサクの足が折れたことを、ミツは悔んでるんだよ」

そうであって欲しい、と恭一は思った。そうであることは辛過ぎたが、〝戻れないこと〟が放火を指した言葉であるよりはましだった。放火は償いにさえならない。それはあまりに悲惨だ。

「ミツの骨は折れてるよ。きっと折れてる」

恭一は複雑な願いを込めてそう言った。ムジャヒッドは何度も深くうなずいた。言葉を肯定するためでなく、恭一に負わせた傷を何とかして癒そうとムジャヒッドは考えたのだ。恭一はその心遣いに気づいて、明るく顔を上げ、こう言った。

「ミツにもあの火事をみせたかったなあ」

ムジャヒッドは真剣な表情で、何度も何度も一生懸命にうなずいた。

「ミツニモ、ミセタカッタネエ」

乱れ飛び続けた町の噂は、次第に一つの方向に固まりつつあった。放火が浮浪者を装った地上げ屋によるものだ、という説が殆ど確証ある事実のように語られた。

しかし、それが逆に〝信者〟を分裂させることともなった。町の南を去った浮浪者と入れ替りに、怪しい者たちが入り込みつつある、とささやく〝信者〟たちが現れた。姿は浮浪者然としているが、その怪し気な者たちの体軀（たいく）はガッチリとしており、血色も悪くないという。あれは加賀不動産の手先だ、追い出さなければならないと〝信者〟の一部は言った。その意見の先鋒に立つのが寛樹だった。

堀河は真理の必死の反論に加担し、男が最初に自分たちに言ったという言葉を繰り返した。浮浪の民たちを快く受け入れ、恵みを与えよ。その言葉を楯（たて）に、堀河らは新しい浮浪者をも保護することを主張したのだ。〝信者〟の中には、その主張を支持する者も多かった。それは男の言葉を字義通り忠実に守る立場といってよい。

導師（グル）の言葉を借り、寛樹はその堀河たちを原理主義者と呼んで非難した。寛樹らは、予言者の言った浮浪の民と、今町の南にうろつく浮浪者風の者たちは全く異なった存在だと言い、原理主義者の中に加賀不動産のスパイがいるとさえ公言してはばからなかった。

試しの火が町を襲ってから、すでに半月が経っていた。試煉は〝信者〟間の結束にさえ入り込み始めていた。

救い主に解決を求める声が、日毎（ひごと）に高まった。町のあちこちで、あるいは電話で、恭一は〝信者〟たちに救いを求められた。章平はイチオを通して、恭一に指示を出していた。論争に口を出さず、奴らを混乱させ続けろ、と。

恭一は〝信者〟たちに何も答えなかった。だが、それは章平からの指示に従っているのではなかった。自分が救い主ではないことを示したかっただけだった。

砂漠（デゼール）の西と隣町を区切る大きな道路を越え、コンビニエンス・ストアで沢山の買い物をした。まだコーヒー豆の香りが残る大きな粗布の袋に、品物の詰まったビニール袋を幾つも入れて、恭一は部屋に戻った。

寝室に解体屋がいた。ここ二、三日部屋を訪れなかった解体屋は、ベッドの上に体を伸ばしたまま恭一を見上げ、懐しそうに微笑んだ。

「やあ」

そう言うと、解体屋は腰を宙に突き上げた。

「犯すか？　恭一もしばらくやってないだろう。俺も新しい世界を体験してみたいし」

解体屋らしい挨拶だった。ホモセクシュアルだとＯＰＩＵＭで認めて以来、解体屋が自分に気を遣っていたことがわかった。隣室を仮住まいとしながら、解体屋は多くの時間を恭一の部屋で過ごした。時には、今解体屋が尻を上下させてふざけているセミダブルのベッドで、二人は眠った。しかし今の今まで、恭一の前で性的な趣味を指摘しなかったのだ。

「嫌だね。僕の美意識に反する。それに僕はやられる方だから」

そう言って笑うと、解体屋はわざとらしい手つきでなまめかしく髭（ひげ）をなでつけ、おどけるように答えた。

「そうか？　俺もけっこう魅力あると思うんだけどなあ。おい、章平なんかに操（みさお）を立てる必要はないぜ。あれはもう自分の面子（メンツ）を立てるので精一杯の男だ。狂ってるよ。ええっと、まだあんな奴が好きなんだったら申し訳ない。でも、だとしたらお前も趣味悪いね」

　解体屋が故意にぶっきら棒な表現をしているのが、恭一にはわかった。何から何にまで気を遣っている、と恭一は微笑む。

　解体屋は素早く身を起し、ベッドの端に腰をかけて話を変えた。

「あのな、恭一。俺は康介の撮ったビデオを何回も観たよ。もちろん彼自身からのメッセージも章平に見せた。悔しがってたぜ。ま、それはこの際ともかくとして、だ。記念にダビングしといたんだけど……」

　解体屋は床の上からバッグを引っ張り上げ、中からビデオテープを取り出した。

「やっぱり、どうにも分析のしようがなかった。結局、何もしゃべってないわけだからね。ただ、あの目線は怪しいな」

「目線？」

　と恭一は問い返した。

「そう、目線だよ。カメラを見るあの男の視線。失った記憶をどうにもこうにも取り戻せない。不安だ。そういう風に見えるのは事実だけどね。そんなに悩み苦しむ人間が、なんでレンズから目を離さないんだ？　なんでそれほどの自意識を保っているのかってことだよ。ＫＫが撮ったビデオにしてもそうなんだ。どんなに遠くから撮っていても、あの中年男は気づいてカメラを見るんだよ。おかしいじゃないか。なんでそんなに写されたいのか。いや、全健忘、つまり一般に言う記憶喪失の患者に自意識がないってわけじゃない。だけど……ひっかかるんだ、あの目の奥の冷静さが」

解体屋は右手につかんだテープを何度も振って、声を荒げた。

「あの中年男はいつも演じている自分を忘れてないんだ。だけど、そのことを自覚出来ないくらいに、役にはまり込んでる。あのおかしな呻きを上げてる時は、もう異常そのものさ。全生活史健忘で同時に分裂病ってケースに似てはいる。過去を忘れた上に、自分がキリストだ、ブッダだって言い張る。しかもヒステリー症状を起すってやつだ。だけど、あの男の場合、ヒステリーの最中にも目線は外れないんだな。絶妙だよ。詐欺師の条件だからね、これは。騙しているうちに自分も騙される。そうでないといい詐欺は出来ないんだ。わかるか、恭一。難しいところだが、あいつは記憶喪失者ではない。多分、予言能力もない。詐欺師だ。俺はそう判断する。どこか変わってるのは確かだが、ともかく奴は記憶なんぞ失ってないんだ。奴は記憶喪失じゃないんだよ」

自分の中のあやふやな考えを振り払うような調子で、解体屋はそう断言した。だが、恭一には納得出来ない。でもさ、と言いかけると、解体屋は恭一を制して立ち上がった。

「その詐欺師の身元も割れそうだぞ」

そう言って、恭一にビデオテープを押しつける。

「KKK宛に有力な情報が届いたんだ。その手紙を元にあの悪党、章平が裏を取り始めてるよ。もうじき、あの詐欺師もおだぶつだな。記憶喪失のふりで自分を演出していられるのも、今のうちだ」

章平の事務所へ行く、と言って解体屋は寝室を出た。恭一は渡されたビデオを手に、立ちすくんだまま取り残された。何とはなしに、ビデオに貼られたラベルを見て、恭一は不可解な思いにとらわれた。あれほど男を記憶喪失者ではないと繰り返した解体屋が、そのラベルにこんなタイトルを書き込んでいたからだ。〝記憶喪失者の憂鬱――〟。その几帳面な細い字は、むしろ男が記憶喪失であることを強く主張しているように見えた。

深夜、堀河が真理を連れて、恭一を訪ねた。二人とも白い長衣(ジュラバ)を身につけ、その上にフード付きの黒いマントをはおっていた。堀河は真理以上に息を切らしながら、今サキミビルで何が起っているのかをしゃべった。激しい論争が始まり、もう収拾がつかないという。

争点は人口凍結の是非にあった。南に侵入した新しい浮浪者たち、あるいは男を信仰すると言ってビルを訪ねて来る者たちを、受け入れるべきか否かで〝信者〟たちの意見は揺れていた。寛樹や導師(グル)、そして清司らを中心とするグループは人口凍結を叫び、サキミや堀河や真理、ケニーと呼ばれていた青年たちはそれに反対した。論争は夕方から始まり、もう八時間近く続いている、と堀河は言った。とりあえず小康状態になったので、急いで恭一のところに走って来たらしい。

真理は赤い湿疹を隠し、うつむいたまま涙ぐんでいた。

「サキミさんが」

真理は口を開いた。か細い声は部屋の空気に吸い取られ、すぐに消えてしまう。堀河が言葉を継いだ。

「サキミが興奮して貧血を起すんだ。なのに、しばらく休むとまた論争に加わる。とにかく苦しそうなんだ。徐々にではあるけど確実にひどくなりつつある。止めても聞かないんだ」

「救い主が」

と言いかけて、また真理はうつむいた。皮を剝がれた兎(うさぎ)のような首を折り、真理は小さな体を震わせる。再び真理を助けようと、堀河が口を開いた。だが、真理は祈るように体を屈し、自らの声で言った。

「死んでしまう」

聞き返そうとすると、さらに真理は言った。

「ごめんなさい。恭一が救い主だと信じてないわけじゃないのよ。救い主は恭一かも知れない。でも、恭一が救い主じゃなければ、その子供が救い主だ、とあの方が言った……。ううん、本当のことを言うね。私はサキミさんの赤ちゃんが救い主だと思うの。だから、恭一は救い主をこの世に実らせた父親なの。サキミさんは聖母だよ」

「真理は夢を見たんだ」

堀河は、あたかも自分が見た夢を思い出すかのように語り出した。

「生まれて来た子供をサキミが抱いている。何ともいえない神々（こうごう）しい光に包まれてさ、その子は町を祝福してるんだ。恭一は遠くでそれを見ている。あの方と手をつないで、光を見つめてるんだ。その時、あの方は頭の上からつま先まで紫色の煙に覆われてた。俺たちはその後ろで泣いてるんだよ。あんまり幸せなんで涙を流してる」

「紫色の、煙」

思わず恭一はつぶやいた。

「そうなの」

真理は視線を宙に漂わせて答えた。そして、短いまつ毛を何度も動かして夢をなぞる。

「紫色のうっすらした煙がベールみたいなの。あの方がこの世の人じゃないってわかった。でもね、恭一としっかり手をつないでるのよ。あの世とこの世をつなぐ兄弟だから」

兄弟という言葉が、恭一の背骨の奥を震わせた。震動は胃袋の内側を熱く揺らす。

「嫌だ」

恭一は言った。真理は叱られた犬のような目で、恭一を見上げた。

「僕はあいつの兄弟でも、父親でもない。僕は僕なんだ。もうそんな勝手な妄想はやめてくれ」

脅える真理を後ろから抱きしめ、堀河は強い語調で言い返した。

「お前は父親じゃないか。責任逃れするのか」

堀河は誤解していた。恭一は言葉の行き違いを正そうとした。

「僕が父親じゃないと言ったのは、あいつに対してだ。サキミの子供に対してじゃない」

しかし、堀河たちにその意味がわかるはずがなかった。

「父親なら救ってよ。サキミさんがあれ以上興奮したら赤ちゃんが死んじゃうのよ」

「前もそうやって、僕を引っ張り込もうとしただろ」

「何言ってるの。じゃあ、あなたは流産すればいいと思ってるの？　あの子は少くともあなたの子なのよ。そしてね、この町で最初に生まれる子なの。救い主なのよ」

真理はきっぱりとそう言い切り、恭一の手をつかんだ。そして、小さな体からは想像も出来ない力で恭一を部屋から連れ出そうとした。堀河が耳許で怒鳴った。

「来い、恭一。もうお前は逃げられない。逃げちゃいけないんだ」


サキミの部屋があるフロアの廊下に、数十人もの人間が立ちつくしていた。堀河に従ってその人混みを分け、恭一はサキミの部屋にたどりついた。

中に十数人の男女がいた。一様に黙り込み、それぞれ顔に疲労や怒りや諦めをにじませている。堀河を見て、ケニーと呼ばれていた青年が小さな声を上げた。何人かがこちらを振り向いた。恭一の姿を認めると、途端に表情を変える。その中の一人、清司が明るく声を張った。

「救い主が来たぞ」

部屋を制圧していた沈滞が、一気に破れた。救い主だ。救い主が来て下さった。ああ、救い主。口々にそう呼び交わしながら、〝信者〟たちは恭一を部屋の奥へと導いた。

腹を抱えてだらしなくあぐらを組んだ男と、目に狂気の色を浮べたサキミがいた。サキミの脇には、氷をくるんだタオルを持ったヒッピー風の女とまりのが控えている。

男とサキミは恭一を見ようとしなかった。何か全く別の思いにふけっているようでさえある。だが、その二人以外の者は祈るような目で恭一を見つめていた。長く続いた論争に、今終止符が打たれる。そう考えて静まり返っているのだろう。〝信者〟たちの視線は針のように尖り、恭一の唇を刺していた。

突然、腹の底から何匹かの虫が這い上がってくるような感覚を覚えた。馬鹿々々しい。本当に馬鹿々々しい。虫たちにくすぐられるまま、恭一は笑い出した。堀河も真理も寛樹も導師も、みな呆けたように口を半開きにしていた。それを見ると、体内を引っかき回す虫たちはさらに活気づく。恭一は沈黙が支配する部屋の中で、大声を上げて笑った。

その笑いが男の殻を破ったことに、恭一は気づかなかった。男はぼんやりとした表情を消し、ゆっくりと面を上げた。恭一の姿を見つけると、飛び上がるような仕草をして嬉しそうに口の端を歪める。男は恭一の笑いを真似ているのかも知れなかった。ただ、声は出さない。誰かがお目覚めだと言うのを聞いて、恭一はようやく男の変化を知った。男はおどけるように目を見開き、赤い口腔を見せて体を振っていた。楽しくてたまらないというように、リズムを取りながら左右に揺れている。

恭一は笑いやみ、息を詰めた。しかし、男はなおもその奇妙な動作をやめなかった。そして、猫なで声で恭一の名を呼んだ。

「恭一」

まるで数年振りに会った息子にするように、男は懐しさをこめて繰り返す。恭一、恭一……。目をそらそうとしても、男は恭一を覗き込み呼び掛ける。恭一、恭一、恭一、と。やがて、男は体を動かすのをやめ、恭一をじっと見つめたまま言った。

「よく戻ったなあ、恭一」

男は本当に感慨深げにそう言った。そして、首の後ろを強打されて痺れたまま動けない魚のような恭一に、さらに深い懐しさを込めて言い放つ。

「大きくなったなあ」

もはや立っていることさえ不可能なほどに、全身の筋肉と骨がガタガタと震えた。男は狂っている。狂気というものがこれほど恐しいとは思ってもみなかった。助けてくれ。それが声になって外に出たのか、自分の中でだけ叫ばれたのかわからなかった。

しかし、それでも男は恭一をとらえて離さなかった。唐突に威厳ある態度を取り戻し、男はこう言った。

「今日から私が恭一だった」

こちらまで気が狂いそうだ。恭一は大きく口を開き、ああああああという呻きを上げてしまいそうな自分を抑えた。呻けば男になってしまう、と思った。そして、男は本当に恭一にすり替わるのだ。恭一は必死に呻きを抑え込み、男を見つめて震え続ける。すると男が言った。

「いや、恭一の父だった。それとも恭一、お前が私の父か？」

その問いは希薄な意識を突き破り、恭一の心の深く暗い部分へと侵入する。奇怪な幻想が灰色の視界に広がり、像を結ぶ。男を父とした幼い恭一。そして、その恭一を父としたさらに幼い男。手をつなぎ合い、無限に連鎖する男と恭一。

その時、男は再び問いを発した。

「一体、お前は誰だ？」

それは錆（さび）にまみれた刃物のように、恭一を突き、えぐった。自分は誰なのか。恭一にはわからなかった。藤沢恭一、と名乗ったところで何の答えにもなりはしないだろう。自分は常にそこにいてしまった者でしかなかった。そして、それでいいと思っていた。しかし、自分が誰かという答えがなければ、目の前で微笑みとも憤怒（ふんぬ）ともつかない表情をした不気味な男が、自分の父となり、子となり、恭一自身になりかわってしまうのだ。そう思うと、内臓の内側にまで鳥肌が立つような感覚が湧き起った。激しい恐怖だ。そして、その内臓の鳥肌とともに、男が体内に侵入して来る。早く答えなければならない。一刻も早く自分が誰なのかを答え、その言葉を抗生物質として飲み込んで、血液中の男を殺さなければならない。一体、自分は誰だ。その言葉を恭一は自分の内部に向けて繰り返す。だが、それは闇の中の固く黒い壁にぶつかるようにして、そっくりそのまま外側に返ってくるばかりだった。誰だろう。一体、自分は何者だろう。問いを重ねるうち、自分の内側の暗闇が果てしなく広がっていくように感じられる。

突然、恭一は思い出した。一体、お前は誰だ。それは自分こそが男に向けた問いだった。しかも、その問いが男の初めての奇態を引き出したのだった。復讐だ。男はあの時の復讐をしている。とすれば男もあの時、このような恐怖を感じたのかも知れない。恭一はそう思った。自分はやはり狙われていた。その復讐のために、男は恭一を招き、混乱させ、今絶好の時を得て襲いかかったのだ。男は狂っているのではない。すべては意図をもった企（たくら）みだ。だが、そう気づいても、男の企みから脱け出ることが出来ない。むしろ、あの時の男と今の自分が重ね合わせられ、自分と男がすりかわるという幻覚がより一層肉感的なリアリティを持つばかりだ。

　恭一は苦しげに口を開き、禁じていた呻き声を上げてしまっていた。ああああああ――――。

　かすんだ意識のまま、恭一は部屋を出た。誰も止めようとしなかった。ふらつく足取りでゆっくりと、恭一は歩いた。暗い目の奥で、終わったと思った。男の復讐に打ちのめされ、深々とした恐怖にさらされて、恭一は終わったと思い、逆に解放感さえ感じ始めていた。自分は企みに負け、呻き声を発したが、そのことで男は満足したはずだ。もう自分一人に呪わしげな言葉を吐くことはないだろう。自分が誰なのかという動揺は続くとしても、それを男から問いただされることは、多分もうない。

　背後で男の声がした。

「呼ばれた者は集まった。もう誰も町には入れなかった」

　威厳ある予言者としての声音だったように、恭一は記憶している。それは決して、自分とすりかわり、藤沢恭一を騙（かた）る言葉ではなかった。恭一はせめてもの安堵を得て、廊下へと足を踏み出した。

　人口凍結が決まった。砂漠（デゼール）の南に出没する浮浪者は追い出されなかったが、男によって祝福された者とはならなかった。男を訪ね、町に移住することを求める者たちを〝信者〟たちは丁重に拒絶した。自発的に町を出ていく〝信者〟以外の居住者が続出したが、男は止めなかった。南から次々と人が消えていった。かわりに、居住者の中のシンパから何人かが、自分たちに割り当てられた住居を去り、サキミビルに移住した。
十一月。砂漠(デゼール)にも冬が訪れようとしていた。

第十三章

蝿の晩餐

聖なる戦いに向おう

砂漠(デゼール)の変化は居住者の移動ばかりではなかった。火事跡をそのままにしておくわけにいかないという理由で、加賀不動産は町の南に解体作業用のトラクター類を数台入れ、何台ものトラックを走らせた。解体作業車は、溶けてただれたニカワ状のものを所々にまとわりつかせた鉄筋を押し倒し、焼け残ってカラスの羽根のように黒く光る木材を次々と回収し、むき出されひび割れたコンクリートの地盤を容赦なく叩き潰し、もはや炭か泥か区別のつかない地面を何度となく掘り起す。雇われた十数人の人夫たちは、機械を操りながら独特な自閉を感じさせる無口さで働き続けた。

何度目かの現場検証が終わってから、わずか数日で焼け跡は消え失せた。ぽっかりと何もなくなった辺りの様子は、抜けた歯の跡を見るようにさびしく、また虚(うつ)ろに滑稽(こっけい)だった。しかし、その静かな違和感も長くは続かなかった。主(あるじ)を失ったままの解体機械が、重々しく冷酷な表情を保ったまま町を去らなかったからだ。すでに整地さえ終わった数百平方メートルの空間に、トラクターやショベル・カー、トラックといった威圧的な冷たい獣たちが居座ったのである。しかも、それらは感心するほど整然と真北に頭を向けて並べられ、今にも一斉に突進を始めそうだった。

最初のうちは誰もその重圧感に気づかなかった。特にそれら解体機械が現実に破壊行為をし、暴力的な音を響かせている間は、かえって軽やかで明るい活気さえ感じられた。だが、作業を終え、まるで魂を奪われでもしたように黙り込んで、何日も動くことがなくなってこそ、それらはむしろ破壊と暴力のエネルギーをみなぎらせたのだ。

初冬にしては冷たい風の吹く日が多かった。大気を切り裂くような音をさせながら、風はますます機械たちの心臓を凍らせ、残酷で理不尽な行為へと駆り立てるようだった。町は微動だにしない解体機械に威嚇され始めた。立ち退き拒否グループ、つまり男を中心とする〝信者〟たちは沈鬱な緊張を強いられ、用のない限りサキミビルから出ようとしなくなった。

厳しい冬の予兆は、砂漠(デゼール)に遊びに来る者たちの数を減らした。透き通った空に紺色のフィルターが重なり出す夕方には、砂漠(デゼール)全体がゴースト・タウンに見えることさえあった。加賀にとってはまさに好都合な天候だと、居住者の誰もが感じていた。しかも〝信者〟以外で町に住む者は、章平やイチオたち、そして恭一などを除いて殆どいなかった。引越しに手間取る中立者も、大半が本来の住居に戻り、生活はしていなかった。特に南に住む者は皆無に近く、〝信者〟たちにとって敵か味方か定かでない数人の浮浪者が、そこここのビルに入り込んでいるだけだ。

加賀がその気になれば、いつでも始められる。北に頭を向けて眠り込む冷たい獣の背に、あの無表情な人夫たちが乗り込み、労働の跡を深く刻んだ顔を見合わせてうなずけばいい。主を得た解体機械はゆっくりと前進し、風より冷たい水を放つホースに助けられながら、無人の民家を押し潰して一気に町の中央部に侵入する。〝信者〟たちはそうささやいた。

そんな不穏な砂漠(デゼール)に男は新しい予言を撒(ま)き散らした。

「いずれ大きな揺れが来た。とどまる者はむごいが幸福だった」

今までになく気弱な言葉だ、と恭一は思った。そしてもはや、男だけになし得る予言でさえない。それは町全体に浸(し)み渡る予感であり、敗北を前提とした必死の決意表明にしか感じられなかったのだ。

〝大きな揺れ〟の予感に脅えたのは〝信者〟たちばかりではなかった。この若桓町三丁目を砂漠と呼び、実質的な王として全体へ指示を出し続けた章平も、同じ感覚に頭を低く押えつけられていた。章平は何回となく加賀不動産の本社に出向き、社長泰次をいさめていた。荒っぽいことは勘弁して下さい。もうすぐ男の身元調査が終わりますから。興信所もあと一歩だと言ってます。身元さえわかれば、あいつがペテン師だとみんな納得しますから。

解体屋は恭一の部屋で、章平がペコペコと頭を下げる様子を真似し、章平は面子のために自尊心を失っていると嘆いた。解体屋じゃなく建築屋がいなけりゃ、あいつ危ないぜ。冗談めかした口調でそう言いながらも、解体屋は本気で章平の精神状態を心配する風だった。解体屋の話では、章平は事務所の中で意味もなくイチオを蹴り倒したという。

リョーサクを失い、ミツを失って以来、イチオはバラカにこもりがちだった。新太郎と松本が、そんなイチオを励まそうと朝から晩まで傍らを離れなかったが、イチオは彼らに殆ど声を掛けなかった。自分たちの無力さを思い知らされて、新太郎も松本も少年らしい快活さを忘れていった。イチオと合わせて深いため息をつくことしか、彼らには出来なかった。

その二人の目の前で、突然章平はイチオの腹を蹴り、力なく倒れたイチオの胸を底の厚い靴で踏みつけた。理由などひとかけらもなかった。しかも皮肉なことにその靴は、今や男の側についてしまった堀河がロンドンで手に入れ、章平に譲った七〇年代の高価なコレクターズ・アイテムだった。そしてまた、イチオが最も欲しがり、度々章平にねだった靴でもあった。息を荒げて屈辱に耐えるイチオに背を向け、奥の部屋に入ろうとしながら、章平は加賀に裏切られる、顔を潰されるとつぶやくばかりだったという。

章平の精神的な柱が傾きかけている、と解体屋は顔をしかめ、再び建築屋がいなけりゃと言ったが、恭一はむしろ解体してしまえと思った。なすがままにされたイチオと、それを見てしまわざるを得なかった新太郎と松本のために、恭一は焦りに狂う章平が解体されてしまうことを願った。今まで何が起っても落ち着き払っていたあの章平も、加賀に守られていただけの存在だ。

そう思ってすぐ、恭一は息苦しい気分に襲われた。章平にとっての保護者が加賀なら、自分はあまりに取るに足らない卑小な者だと気づいたからだ。加賀に守られている者に、さらに守られていたのだという思いが、恭一の胸を突き上げた。小太りの下品な不動産屋が自分の祖父であるような錯覚が湧き起り、さらに恭一を苦しめる。その錯覚は男によって植えつけられた奇怪な幻を思い出させた。男の父であり、子である恭一。そこにあの不動産屋が祖父として侵入してくるのではたまらない。自分はそんなニセの血統のうちにある者ではない、と恭一は気味の悪い想像を振り払った。しかし、自分が激しい嫌悪をもよおすほど卑小だという思いは消えない。

解体してしまえばいい。恭一は口に出して言った。そのつぶやきは、地下鉄の側溝に溜まった汚水のように黒々と自分自身の中に満ち、解体屋の耳には届かなかった。


十一月ももう二週目の半ばを過ぎようとしていた。恭一は早朝、電話の音で目を覚ましかけた。十一月に入ってからは毎日そうだった。真理が留守番電話にメッセージを入れるのだ。以前から同じようなことはあったが、このところの真理の熱心さは異常ともいえるものだった。

「今日も救い主が救いますように」

真理は真剣な祈りの声で、そう吹き込む。朝、昼、晩と日に三回ずつ、真理は救い主に向ける祈りを欠かさなかった。まるで行者が厳しい戒律を守り抜こうとするようだった。

だが、その朝は違った。録音開始を告げる発信音に続いて、聴き慣れない大声がした。油紙に唇をつけて叫ぶようなひび割れた声は、清司のものだった。電話の向うから、起きろ、起きろと叫んでいる。起きろ、起きろ。清司は明らかに興奮しきっている。体から眠りの濃縮ジュースを抜き取り、立ち上がってリビング・ルームへ急ごうと努める恭一に、清司は呼び掛けた。

「とうとうその日が来たぞ。救い主なら陣営の先頭に立ってくれよ。あの方の宣戦布告だ。おーい、聴いてるかー？　あの方はこう言った。いいか、聖なる」

そこで録音時間が切れ、高い発信音が鼓膜を貫いた。恭一はすでに、寝室とリビング・ルームを分けるドアのあたりに立っていた。人の気配がした。驚いて振り返ると、解体屋がすぐ後ろにいた。目が半分閉じている。一緒にギョクロを飲んで、眠り込んでいたのを思い出し、恭一は力なく笑った。再び電話が鳴り出す。二人は駆け寄って片膝をつき、耳を近づける。まるで諜報部員のような機敏な動作だった。今度の相手は清司ではなかった。

「恭一、俺だ。堀河だ。あの人は」

恭一は受話器を取らず盗聴を続ける。

「あの方は真夜中急に起き」

言い直す堀河の後ろで清司が高らかな声を上げた。堀河の言葉が一瞬聴き取れない。解体屋は恭一を見て、髭（ひげ）を不快そうな形に歪めた。

「……っしゃったんだ」

そこまで言って堀河は息をつき、唾（つば）を飲み込む音を伝えてくる。堀河もまた興奮しているらしかった。

「どう言ったんだ、バカ」

解体屋は髭をしごき、早口で促す。

「いいか、よく聞いてくれ」

堀河はまた間を置いた。

「もったいぶるな、バカ」

解体屋は表情を変えず、目脂の溜まった右目だけを少し細めた。堀河は一気にこう言った。

「聖なる戦いに向おう」

すぐに清司が後ろで繰り返す。

「聖なる戦いに向おう！」

清司が叫び終わるのを待って、堀河はまくし立てる。

「今こそ聖なる戦いの時が来た。邪悪な力から聖地を守るんだ。恭一、お前が、いや救い主、あなたが必要だ」

電話は切れた。解体屋が素早く立ち上がってつぶやいた。

「バカども」

そして、うっすらと白くかすんだ窓の向うの空を見て、唸るように叫んだ。

「そんなこと言い出したら加賀を刺激するじゃねえか。こいつら、全員狂ってる！」

しかし、その時刻にはすでに男の宣戦布告が砂漠を覆っていた。聖なる戦いに向おう。そう殴り書きされたビラは、今までにない量で町の至る所に貼られていた。文字はそれぞれ違った。昂揚した〝信者〟たちが、マジックインキや筆やハケを奪い合うようにして、数時間のうちにそれを書き、次々と町へ出て貼ったのだろう。もはやメッセージは秩序なく斜めに、あるいは横向きに、あるいは殆ど重なるようにして、ずらりと並んでいた。以前のように、剝がされない位置を考える暇も必要もなかったのだろう。男のメッセージは同じ高さで、延々と隙間なくつながるようにして貼られ、町そのものを上下に切断するかに思われるほどだった。

解体屋とともに走るようにして町の中を回りながら、恭一はつぶやいた。勝てるはずがない。一体、どうするつもりだ。恭一には男の言葉の真意がつかめなかった。ただ、〝信者〟たちの祭り前夜のような興奮ぶりを、貼り紙の異様な量から確かめることしか出来ない。〝とどまる者はむごいが幸福だった〟という諦めのにじんだ言葉から、なぜ突然このような檄文じみたメッセージへと変わったのか。

騙されてる。恭一は怒るようにつぶやいて、乱暴に貼り紙を剝がし取り、引きちぎった。これは男の不気味な気まぐれだ。憂鬱の粘液にまみれて息苦しくなった〝信者〟たちを、無根拠に解放し盛り上げるためだけの、その場限りの思いつきだ。

手のひらに、まだ乾いていなかったペンキがからみついていた。鼠色に濁っている。ハケもペンキも様々に混じり合ったためだろう。ただ書きつけるという行為だけが〝信者〟たちを突き動かしたのだ。その光景を思い浮べると、手のひらに粘りつく濁り色のペンキが、狂気を溶かした油として骨髄の奥にまで染みていくような気がした。

解体屋は章平の事務所に向った。解体屋が別れ際に言い残した言葉に促されるまでもなく、恭一はサキミビルに行かねばならないと思っていた。サキミたちを説得しなければならないのだ。〝聖なる戦い〟が、何トンもあるブルドーザーや巨大な剪定バサミのようなクラッシャーに勝てるはずもない。まして、加賀をこのような形で怒らせれば、ＴＰＴどころではなく、スリー・ピースさえ着ない地上げ屋のヤクザたちに襲われかねないではないか。聖なる戦いなどと言って、彼ら〝信者〟たちは天から雷でも落ちるとでも信じているのだろうか。

危険だ。馬鹿々々しいほどあからさまに危険だ。恭一は迷わずサキミビルへと急いだ。

朝だというのに、サキミビルは酒の匂いにあふれていた。エレベーターに乗り込むと、床一面に赤ワインがこぼれていた。その上にちぎり捨てられたフランスパンのかけらが、毒々しいまでに赤黒く染まっている。ランプが三階を示すあたりから喧噪（けんそう）がワンワンと響き出し、遠ざかってはまた響いた。各フロアで宴（うたげ）が始まっているらしい。にぎやかな声、あるいは歌のようなものが混じり合い、遠い地の底から聴こえて来るような深く低いうねりとなって、エレベーターの中を満した。サキミビルの中にぎっしりと人が詰まっている様子を想像し、恭一は自分の耳を疑った。

聖なる戦いに向おうという言葉が実体のないまま、ビル中の人間を奮い立たせ、狂躁状態に陥らせているのだ。深く低いうねりは野球場から届く歓声のようにも聴こえ、また業火に焼かれる者たちの阿鼻叫喚にも思えた。

八階に着き、エレベーターの扉が開くと、そのフロアだけが静かだった。足元の暗い隙間から這い上がってくる響きが、一層その静けさを際立たせている。大気の密度が薄いのかと思うほど、鼓膜が圧迫されるのを感じた。男もサキミも、すでにこのフロアにはいないのかも知れない。そう思いながら右手に進み、サキミの部屋のノブをつかむと一気にドアを開けた。

黒地の厚いカーテンを閉め切ったほの暗い部屋に、何人かの人間が座り込んでいるのが見えた。どこから運び入れたのか、高さ三十センチほどの細長いテーブルを囲んでいる。テーブルの上には青い炎の輪が揺れており、白い長衣（ジュラバ）姿の人々を照らしていた。中央にいるサキミだけが炎と同じ青の長衣（ジュラバ）を着ている。その陰になる位置に男が座っているのがわかった。恭一は一瞬ひるんだが、すぐに自分に言い聞かせた。男の復讐はもう終わっている。安心しろ。僕は狙われていない。

「救い主、光を入れないで下さい。ドアを閉めて中にどうぞ」

咎めるようにそう呼び掛けたのは堀河だった。あまりに素っ気ない言い方で冗談なのか、本気なのか判別不可能だ。ともかくドアを閉め、二、三歩中に入った。

長いテーブルの上には様々な料理が並べられていた。内容はわからないが、種類は多い。しかし一様に質素なものを感じさせる。何をしているのだろう。儀式か。恭一は茫然と人影を見渡した。暗いが、誰なのかはわかる。堀河、真理、寛樹、清司、導師、そして男とサキミの七人。幹部とでも言うべき立場の人間が集まっているわけだ。皆、神妙な面持ちで座り込んでいる。

サキミがテーブルの向うから手招きをした。目の前の青い炎に照らされ、優しい微笑を浮べていた。サキミは言う。

「晩餐なの」

そのおかしな言葉遣いに照れもせず、かと言って奇妙な思い込みのようなものもあらわさずに、サキミはもう一度手招きをする。

「全部、あたしが作ったんだ」

すると、サキミの後ろから男が顔を出し、うれしそうにうなずく。青い炎の淡い光の中で男は子供のように見えた。思わず身構えたが、男は恭一に無関心な様子だった。恭一を打ちのめしたことなど全く覚えていないのかも知れない。ぼんやりとそう思った。

結局、サキミに誘われるようにしてフラフラと部屋の中に上がり込み、テーブルから少し離れて座った。炎に向って目をこらすと、その正体がわかった。卓上用のガスコンロの火の上に、コーヒーサーバーが置かれているのだ。薄闇の中でそれは錬金術のような妖しさを醸し出していた。コーヒーを注がれた透明なガラスのサーバーは、さながらフラスコだ。底に青い火が当たり、それはフラスコを下から滑らかに包んで燃えている。底の丸い縁に沿って、微かな夕日の輪が見えた。オレンジ色の光が細く円周を伝い、青く揺らめく炎の中で見事にそこだけ浮き立っている。

「さあ、いただきましょうか」

というサキミの声で、恭一は我に返った。何とか説得をしなければならない。だが、柔かく落ち着いたサキミの顔を見ると、何をどう切り出せばいいのかわからなくなる。

「下の騒ぎは?」

仕方なく恭一は誰にともなく言ってみた。

「聖戦の前の景気づけだよ」

寛樹が冷たい拒絶を感じさせる口調で答えた。すでにナイフとフォークを手にしている。すると、

「ジハード」

と言って導師が微笑んだ。

「ジハード」

合い言葉のように清司もつぶやく。そのあまりの穏やかさに拍子抜けしながら、恭一は再び口を開いた。

「でもさ、聖なる戦いって、つまりジハードって何なの?」

「聖なる戦いは聖なる戦いです」

目の前の皿から料理を取り上げながら、真理はきっぱりとそう答えた。黙る以外ない。彼女のナイフとフォークにはさまれているのは、皮をむいたブドウの大きな粒だった。えぐり出した眼球のようなブドウが山積みになった皿にはどこで買って来たのか、蔓が敷きつめられており、そ

れは巨人の巻毛を思わせた。転がる眼球の下になまめかしく光る肉塊がある。生首のようだ。

黙ってそれを見つめていると、清司が恭一のためにと目玉を小皿に取り分けた。よく見ると中に何か細い茎が埋め込まれている。茶色い繊維の束。シナモン・スティックだ。こんなものが料理と言えるのだろうか。そう疑った瞬間に、サキミが味覚異常であることを思い出した。全部あたしが作ったんだ、とサキミは言っていた。息を詰めるようにして、恭一は目の端でそれぞれの皿に盛られた料理を確認していった。

酢豚だろうか。ハチミツでからめたような果物と肉の炒め物。一面に蟻の卵のような白い粒がかかっている。その横には丸ごとゆでられ、赤い皮に皺（しわ）の寄ったトマトが人数分。今にもどろりと中味があふれ出しそうなトマトの中央からも、やはり何かの茎が飛び出している。その向うに見えるのは黒いボウル一杯にたたえられた白い内臓群だ。横の小皿に紅葉おろしらしき物が盛られているところを見ると、アンコウの肝か何かだろうが、量が常軌を逸している。

恭一はそれら異様な料理に圧倒され、沈黙したままとなった。仕方なく、清司に手渡された小皿の上からブドウをフォークで刺し、斜め前にいる真理を真似て静かに口に運んでみる。眼球は口の中でつぶれ、汁を出した。ひどく苦かった。思わず口を開くと魚臭いのがわかる。男の息の匂いだと思った時、シナモン・スティックが歯に当たった。得体の知れなさに悪寒がする。吐き出してしまいたかったが、恭一はその衝動に耐えた。

寛樹はトマトにフォークを突き入れて固定し、テーブルに汁を飛び散らせながら、押し潰すようにナイフで切り取ろうとしていた。中に埋め込まれていた物が、小皿の上にこぼれた。ブラック・チェリーだった。寛樹は一瞬ひるんだように見えた。だが、作業の速度を緩めることなく、寛樹は熟し過ぎて腐ったような果肉を音を立ててすすった。

堀河の前にある透明なサラダ・ボウルに、ギラギラと光る鰯のマリネと生白いマッシュポテトがかき混ぜられ、山盛りになっていた。清司が手を伸ばしてそのサラダ・ボウルを引き寄せ、突き立てられていた大きな白木のスプーンで、自分の分を小皿に移した。ちらりとこちらを見て、恭一の皿にも盛る。小さな声で清司は言った。

「全部、あの方の好物なんだ。あの方が考えてサキミさんが作った料理だから」

その後に続く言葉を清司は控えた。我慢して食べろということか。恭一は口に出して言ってしまいたかった。その時、男が言った。

「ああ、酸っぱくて甘いねえ」

母親のごちそうに舌鼓を打つ子供のような口調だった。見ると無邪気に顔をしかめ、口をすぼめている。だが、食べているのはあのブドウだった。酸っぱいはずも、甘いはずもない。サキミが嬉しそうに表情を崩すのを、恭一は見た。体中の力が抜けていく。

男とサキミ以外の五人は下を向いたまま、その言葉をやり過ごした。ただ、黙々と異常な食事に耐えている。その五人をからかうように、男は再び言った。

「酸っぱくて甘いねえ」

誰も答えない。サキミを盗み見ると、やはりにっこりと男に微笑みかけていた。だが恭一は、その笑みのどこかに寂し気な諦めが隠れているのに気づいた。錯覚だろうか。いや、確かにサキミは長いまつ毛の下、黒目がちの瞳の奥で困惑を抑え、微笑んでみせている。サキミは他の者たちが何を考えているか十分に知っているのかも知れない、と恭一は思った。とすれば、味も形も奇怪な、蠅たちの晩餐のような料理に最もよく耐えているのはサキミだ。味覚のない女であることをさらけ出され、黙って料理を食べる者たちに辱められながら、自分ではどのくらいおかしな味であるかを確かめられないのだ。

　男はサキミを苦しめたいのだろうか。それとも、男もまた味覚異常なのだろうか。

　五人の〝信者〟はよく食べた。お互い言葉も交わさず、皿を交換し合いながら晩餐は進む。恭一はもう料理には手をつけず、赤ワインをあおってばつの悪い間を埋め続けた。

　晩餐が終わりかけた頃、サキミが若々しくはしゃぎ立てるように言った。

「今日は特別な日なのでデザートもあります」

　すると男は酔いに赤らんだ顔をほころばせ、おおと息を吐いて拍手をした。五人もそれに合わせて拍手をする。恭一はいたたまれない思いで下を向いた。しかし、拍手を背に受けながら、サキミがキッチンに消えると、恭一と同じ思いを抱えているのか、五人は暗い沈黙に沈み込んだ。

　しばらくして、堀河がぽつりと言った。

「恭一、とうとう聖戦だよ」

　部屋に入って来た時の物言いとは違っている。だが、それゆえに聖戦と称するものに本気で巻き込まれているのがわかり、恭一は逆に混乱した。すかさず導師（グル）が続けた。

「来るべき時が来ましたよ」

　だけど、とかろうじて恭一は言い、少しの間考えあぐねた。五人は恭一の言葉を静かに待った。

「聖戦って一体どうする気だ？　あんなビラ貼って回ったって戦う相手がどこにいる？　結局、あんなことやって逆に加賀を怒らせてさ、わざわざイザコザを起すわけだろ？　戦う相手を自分たちで呼びよせてどうする気なんだよ？」

「先手必勝だからさあ」

　清司が答えた。

「何言ってんだよ。先手って何をするんだ？」

「まずクレーン車からブルドーザーから全部使い物に出来なくする」

寛樹は冷静に答えた。

「どうやって？」

「今夜、エンジンを抜き取る。解体作業用の機械を解体してやるんだ。解体される前に解体するんだよ」

最後の言葉に言外の意味をたっぷりこめて、寛樹はそう言った。思わず口をつぐむ恭一に、寛樹はさらに言う。

「我々は暴力で戦おうとは考えていない。それ以外のあらゆる方法で戦う。我々はそれこそが聖戦だと解釈した」

寛樹は堀河と真理を、視線で押えつけるようにした。男が人口凍結の宣言をして以来、寛樹が集団内のイニシアチブを握っているらしい。

「我々は不当な立ち退き要求に応ずる気はなかった。ここに立て籠ろうと思ってた。いや、もちろん立て籠るんだけど」

「連合赤軍じゃあるまいし」

そう言って恭一が意地悪く話の腰を折ると、導師が身を乗り出して脇から覗き込むようにして言い返した。

「私らはね、連合白軍ですよ。聖なる白に身を包んでね、祝福された聖地を守る連合白軍ですよ。中でリンチはしないしね、スパナの言うように社会主義にのっとって、自分らの権利のために立て籠るんですよ」

「スパナの……何？」

「俺の名前だよ」

寛樹は馬鹿にするように短く言い放ち、話題を自分の側に戻そうと声を荒げた。

「でも、俺は立て籠るだけじゃ消極的なんじゃないかと感じてたんだ。ただ単に嵐に耐えるみたいなやり方は積極的な生き方じゃない。逃避に過ぎないからね。だから、暴力を使わないやり方でこっちから戦いを挑むわけだ。そして、同じように全国で地上げ屋の暴力に抵抗している人たちへメッセージを送るんだよ。これから始まる聖戦は、いずれ報道されるだろうから、我々の権利のための戦いがそのまま全国の消極的な人たちを目覚めさせることになる。彼ら個人々々の自己実現が始まるわけだよ。すべてこの方のおかげだ。感謝してるよ、俺は」

両手で大仰な身振りをつけて、寛樹は熱をこめてしゃべり続けた。寛樹はライフ・ラボで洗脳を受けた〝サンキスト〟のままだった。寛樹にしてみれば、社会に貢献する自分を男を通して実現したいだけなのだろう。少くとも本人はそう考えているはずだ、と恭一は思った。しかし、それが男の予言を解釈して行われる以上、彼は自己実現など出来はしない。そして、そのいかにも社会的な自己実現とやらに向うことも、男が作り出した宗教の一つの形である事実に、寛樹は無自覚だ。

「七の日々に、俺はライフ・ラボで教えられたリアル・トーキングを導入したよ。この方が訪ねる者に生まれて来た意味を説くと、そう言ってたからさ。俺はそれならと提案したんだ。リアル・トーキングをやらせて下さいってさ。何日も眠らないで話し合う人もいた。みんな泣き出したよ。自分たちがいかに自己を知らずに生きて来たか。いかに不幸せに甘んじて、いかに人生の目的を失っていながら幸せなふりをしていたか。そしてだ、この方がその一人々々に目的を授けたんだ。これはライフ・ラボより凄いと俺は思った。ここここそ現代に必要な魂のトレーニング・センターだと思った」

七の日々に行われていたことがわかって、恭一は驚かざるを得なかった。以前、堀河にちらりと聞いた時には、ただ〝信者〟同士が話し合うだけだと思っていたが、それはライフ・ラボで開発された洗脳手段としての徹底的な会話だったのだ。あの時すでに、この集団の中に洗脳システムが生まれていたことになる。七の日々以後、男を囲む者たちは本物の宗教集団の体裁を整え、不安定ながら規模を大きくしていたのだった。そして、今まさに完全なる宗教になろうとしている。しかし、男がそれを目指していたとは思えなかった。偶然に寛樹が現れ、偶然に康介がユダを演じることとなり、すべては偶然に進んだのだ。だがそれは、むしろ恭一に男の霊力を感じさせる。

「俺はね」

今度は清司がしゃべり始めていた。

「ここに来て初めて自分が世の中に必要だってわかったのよ。前にもね、俺、スタジオで言われたことあんだけどさ。一人いたんだよ、売れないロックシンガーなんだけど霊感の強い女が。ミクっていうんだけど。そいつが俺をつかまえて、レコーディング中だぜ、わざわざ誰も使ってないスタジオに引っ張ってって言うんだよ。あなたのオーラは強い、必ず前世何かをした人だって。で、やりとげられなかったまま死んで生まれ変わったって。でもそん時はアホらしいって笑ってたのよ。その話をダシにして二、三人の女ひっかけてやっちゃったりしてさ。ところがね、この方に言われてびっくりしたんだよ。俺は偉大なる理想郷を作ろうとした人間だって言われてさあ。おんなじこと言われたわけだからね。で、もう一度生まれ直して来たって言う……おっしゃるんだよ。救い主を助けて王国を作るために、俺は何回も生まれ変わったの。そんで、今回が最後なんだよ。だから、この試煉（しれん）に勝つかどうかは大変な問題なんだ。俺は来るべくしてここに来た、選ばれた人間なんだから。今までみたいにいてもいなくてもいいような仕事してちゃいけないわけよ。俺は選ばれた戦士だからさ。わかるでしょ？」

恭一に顔を近づけて、清司はニヤリと笑った。わからない、と言ってやりたかった。俺なんか選ばれた救い主だぜ、気安く声をかけるなよ、バカ。心の中で恭一はそう毒づいた。

「救い主。私はこの日を十数年待ってましたよ」

今度は導師（グル）だった。

「東方の国に聖なる予言者が現れる。それは色々な本で読んで知っていたし、色々な国の人間から聞いていましたよ。私は今まで多くのそれらしい人に会って来ましたけども、全員まがいものでした。この方は本物ですよ。東方の国に現れて世界を照らす方ですよ。何よりの証拠がこれでした」

そう言って導師（グル）は首から下げていた小さな布袋をつまみ、中から半透明の小石を取り出した。沢山の複雑な断面を、卓上コンロの炎に向けて輝かせながら、導師（グル）は言った。

「これは聖なる石、宇宙に照応する石ですよ。昔、サンフランシスコで強い霊能を持つ方に手渡されたものです。キーンという方で、シグマ・ムーヴという集団を率いていた予言者なんですよ。その方が私を呼び出して、これをくれたんです。真白な石でしたよ。真白だったんですよ。真の偉大なる、世界を救う予言者が現れた時、この石が透明になると言われました。それから十数年、この石は白いままでしたよ。どんな方に会っても、この石は白く曇ったままでしたよ。ところが、康介君に呼ばれてこの方に会ってから、この石はみるみる透明になっていった。とうとう出会ったんですよ。見て下さい、この色を」

すかさず真理がコーヒーサーバーを取り上げた。導師(グル)の滑らかに節くれだった指の中で、炎の前の小石は確かに透き通って見えた。青い炎のせいだろうか、中央が薄い紫色ににじんでいるようにも感じられる。石が放つぼんやりとした光に吸い込まれそうになった恭一は、その力を押しのけるように声を発した。

「まあ石の色がどう変わったかは知りませんけどね、僕はどうなるんですか？　その偉大なる予言者が世界を照らすなら、救い主なんて必要ないじゃないですか。それとも僕は予言者を救うために火でも吐いて地上げ屋を追い払うんですか？」

その皮肉たっぷりの恭一の言葉に動じる様子も見せず、導師(グル)は答えた。

「あなたはまだ目覚めていないんですよ。この方が予言をなさるのは、真のあなたの力によってだと考えます。まだ眠っているあなたのパワーに、この方はチャンネルを合わせることが出来るんですよ。だからこそ、この方はあなたの名を名乗ろうとしたり、あなたの父、あなたの子であろうとしたんですよ」

「冗談じゃない。僕を勝手に祭り上げるのはやめて下さい。まっぴらだ」

恭一の拒絶を完全に無視して、導師(グル)は続けた。

「それに、あなたは確かに火を吐きましたよ。あの大火はあなたの力によるものかも知れませんからね。あるいは、あなたの中に眠る力をすべて受け継いだ子供が火を吐いたのかも知れませんよ。マリアの胎内の子が試しの火を、この町に導いたんですよ」

導師(グル)はサキミをマリアだと解釈しているらしかった。恭一はやるせない怒りにとらわれて言い返した。

「サキミはサキミだよ」

「いや、マリアですよ。マリアに抵抗があるなら弁財天と言いましょうか。そう考える者もおりますからね。弁財天は梵語でサラスヴァーティ。川の音をあらわす名です。サキミさんがこの町で与えられたのも、まさに川でしたよ。あなたの住むビルの前の大きな道は、その昔川だったと予言者はおっしゃられてますよ。それをこの方はサキミさんに与えました。そして弁財天は青い衣をまとっておられる。今日のサキミさんと同じ、青い衣ですよ。なんと我らの予言者は以前から、サキミさんに青い物を着るようにとおっしゃってます。だから、サキミさんは弁天様かも知れませんよ。ともかく偉大なる聖者を守る意味においては変わりありませんからね。私は新時代のマリア、連合白軍のマリアと呼んでおりますよ」

笑い出す導師にさらにいら立って、恭一は思わず怒鳴った。

「だけどサキミは処女じゃないよ。少くとも俺はやったよ」

導師はひるんで恭一から目をそらした。下品な言葉遣いを嫌悪する牧師のような素振りだった。そして、顔をそむけたまま、恭一をいさめるように言った。

「じゃあやっぱりあなたは救い主ですよ。マリアとつながった人間ですからね。あるいはキリストの父、あの大工ヨセフですよ。私はそっちの方だと考えてますけどね。あなたは目覚めてませんから、多分これから生まれて来る子が救い主、そしてあなたはその生物学的父親ですよ。私はいわば異端ですから、処女懐胎など信じてませんよ。だから、ヨセフこそが霊性をすべて子にあたえる父親だと考えてますけども、あなた自身の霊性は目覚めないでしょう。しかしですよ、あなたは内なる霊に導かれて新時代のマリアと情を交わしたんですよ。新時代の救い主を身籠らせたんです。あなたは聖なる戦いに加わらなければならない人間ですよ」

いつの間にかサキミが部屋の隅に立っていた。銀細工の大きなトレイにケーキを載せ、うつむいている。恭一はそのサキミをまともに見ることが出来なかった。

大きなパンケーキがそれぞれに切り分けられたが、中まで火が通っていなかった。中央が冷たく粘つく。導師(グル)との会話に耐えきれず、サキミはケーキを運んで来てしまったのかも知れない。恭一はそう思った。腹に宿る子の父が、いやがおうもなく恭一と定められていくからだ。スポンジのような味のしないケーキを、恭一は無理矢理コーヒーで胃の中に押し込んだ。

最後のひとかけらを嚙(か)みしめた時、歯にカチリと当たるものがあった。舌で触ると金属の酸味がした。ホチキスの弾だった。サキミに気づかれないように、恭一はそれを注意深く手の中に吐き出した。その時だった。部屋のドアが開き、雄輔が飛び込んで来た。

「敵だ、奴らが南に工事小屋を建ててる」

寛樹は立ち上がり、舌打ちをした。

「しまった。遅かった。解体計画は中止だ」

「どうする？」

雄輔は性急に問いを発した。

「聖なる戦いに向おう」

清司が金切り声を上げた。雄輔はうなずき、口早やに状況を説明した。南に工事小屋を建てている人夫は五人。そのための資材を運んで来た新しいトラックは二台。すぐにカウンター・ガードを出動させれば、工事を中止させることは出来る。すでに修蔵が二人のカウンター・ガードを連れて、近くのビル陰に待機していると言う。

今は手を出さず、抗議をして工事を混乱させようと堀河が言うと、雄輔はうなずきもせず走り去った。我々は非暴力を貫く集団だからな、と寛樹は言いカーテンを開いた。昼前の弱々しい光がかえってまぶしかった。導師（グル）がその横に走り寄って、南の様子を見ようとした。体を上下左右に動かして、工事小屋建設の状況をつかもうとする。

「おい！」

と大声を上げたのは寛樹だった。

「あっちを見ろよ。円形闘技場にクレーン車がいる。俺たちの湖に侵入してるぞ」

「畜生、挟み撃ちだ」

清司が叫んだ。あわてて窓を開けようとする寛樹の手が震えていた。

「下のみんなに指示を出さなきゃ」

堀河の声は力強く冷静だった。

「落ち着いて次の指示を待つようにって」

「ツボミは電話、ヤギは直接みんなに声をかけて」

サキミはさらに落ち着いて、その暗号のような言葉を発した。

「わかった」

短く答えて導師（グル）は部屋を出、下の階に向った。真理は床の上に置いてあった電話にしがみつき、素早くボタンを押す。ツボミは真理の、ヤギは導師（グル）の名前らしい。相手が出るやいなや真理は短く状況を伝え、とにかく落ち着くように言った。言い終わると受話器を持ったまま、左手で通話を切り、次のフロアにかけ直す。

振り返った寛樹が両手を互い違いに回すようにして叫んだ。

「円形闘技場にトラックがどんどん入って来る。ビルの入口にバリケードを張るんだ。早くしなくちゃ手遅れになる」

堀河は真理の後ろに走り込み、二階につないで伝えろと言った。バリケードだ。隣の倉庫から鉄板を運ぶんだ。

まるで戦闘服を着るように勇んで焦茶色のマントを身につけ、清司は玄関に向って力強く歩き出した。やるぞ、戦争だ、聖戦だぞ、ジハードだ。清司は靴をはきながらつぶやき続けた。靴の先端はナイフで剝ぎ取られ、中から銀色に光る金属が露出している。その靴で思い切りドアを蹴りつけながら、清司は拳を振りかざして大声をしぼり出した。

「ジハ――――ド！」

そして、自らを鼓舞するように何度もうなずき、

「戦争だ。ブタどもを全員ぶっ殺してやる」

と低く笑いながらエレベーターに向った。

恭一は真理から電話を奪い、章平の事務所の番号を押した。加賀を止めろ。本当に戦争になる。加賀を止めてくれ。受話器を固く握りしめて、恭一は章平が出るのを待った。しかし誰も出ない。すぐに電話を切り、章平の部屋にかけ直した。そちらも留守だった。発信音が鳴り終わるのを待つのももどかしく、恭一は声を荒げた。

「恭一です。加賀を止めなきゃ駄目だ。今、サキミビルにいる。みんな殺気立ってる」

メッセージを吹き込む恭一の背後から、寛樹の叫び声が響いた。

「南のブルドーザーが動き出した。道を伝ってこっちに来るぞ。ひでえ。平気で家を引っかけながら動いてやがる」

「章平、今すぐ止めなきゃ駄目だ。俺たちを殺す気か。加賀は何考えてるんだ。今すぐ止めなきゃ、どうしてこんなことになったんだ。今すぐ……」

すでに電話が切れているのに恭一は気がつかなかった。もう一度、事務所にかけようとすると、真理が受話器を奪い取った。

「あんな奴に何言っても無駄よ。あいつがやらせてるに決まってるんだから。それより町の様子を全員に伝えるのよ」

真理は矢継ぎ早やに電話をかけ、各階にいる〝信者〟たちに非常事態が始まったと告げた。サキミは黙って南側に張り出したベランダに立ち、町を見渡していた。


午後二時。太陽はまんべんなく砂漠（デゼール）に光を注いでいる。穏やかなブルーの空はどこか嘘らしく晴れ、風もない。

サキミビルの入口にはすでにバリケードが築かれていた。タンスや鉄板、ソファベッドや木材で固められた、その即席の防御壁の内側で、十数人の〝信者〟を従えた清司が敵の侵入に備えていた。導師（グル）は二階の角部屋に待機し、ベランダからすぐ前の道を見張っている。堀河の指示で呼び戻された雄輔たちは、隣の倉庫で次の指示を待っている状態だ。

異教徒と決めつけられた加賀の軍勢は、この一、二時間動きを見せなかった。円形闘技場と南の空き地に工事小屋を設営し、南から町の中央部に通じる何本かの道にそれぞれ一台ずつブルドーザーやトラックを置いたままで、サキミビルを威嚇（いかく）するのみだ。

大本営と呼ばれることになったサキミの部屋では、堀河と寛樹が交替で窓から様子をうかがい、真理が各階にそれを伝えていた。〝大本営からです。異常ありません〟。真理はひっきりなしに電話をかけ、同じセリフを繰り返し続ける。

　恭一は外に出ることを禁じられていた。状況が小康状態を保ち始めた正午過ぎ、恭一は章平を探して説得すると言って立ち上がったのだが、寛樹に前を塞がれた。あんたは大事な人質だ、と寛樹は言った。意味がわからず黙って眉をしかめると、寛樹は恭一の両肩をわしづかみにして続けた。

「いざとなったら、あんたを殺すと宣言するよ。もちろん本気で殺すつもりなんかないけどね。でも相手の出方によっちゃそう考えざるを得ないかも知れない。あんたを解放するための交換条件は、今作成してるよ。あんたはそのことで我々を救うかも知れないね。相手が交換条件をのんで、この町を我々に手渡すことになれば、あんたは確かに救い主ということになるだろう」

　寛樹の目は血走っていた。つかまれた肩がしびれるほど、寛樹は体中に力をみなぎらせていた。仕方なく恭一は部屋の奥に戻り、状況の変化を待つことになったのだった。

　男はソファに横たわり、胎児のような格好で身を縮こまらせて眠っている。男のいびつな頭はサキミの膝の上に載ったまま、もう一時間以上動かない。

　サキミがしきりに何か口ずさんでいるのに気づき、恭一は耳を傾けた。アイ・ワナ・ルール・ザ・ワールドだった。しかも、すべての音の間にドをはさみ込んだ、あの虫の食ったメロディだ。サキミはそれをゆっくりと歌っている。まるで男の耳の中に蜜を注ぎ込むように、サキミはうつむいたまま丁寧に歌う。その様子は、何事もない静かな午後を思わせた。

　午後三時を少し回った頃だった。町の北から骨のきしむような音がした。

「ブルドーザーが三山荘を潰し始めた」

　堀河が叫んだ。電話が鳴り、受話器を取った真理が相手の伝える情勢を大声で反復した。

「南のブルドーザーとトラックが、一斉に川を越えようとしてる。後続のショベル・カーは南東、聖なる井戸の方角に向って、民家を取り壊す模様。工事小屋から次々に人夫が飛び出した。以上」

寛樹が大きな舌打ちをして言った。

「警察に電話しようよ。地上げに反対する会の番号も知ってるし、すぐに全国にネットワークを作れる。こんな横暴が許されていいわけがない。社会が許しておかないよ。それか、今すぐ加賀不動産に人質の存在を教えよう。いや、両方だ。両方同時にやって、敵の動きを封じようよ」

するとサキミが冷たい声で言い返した。

「聖なる戦いに他人から余計な手助けをして欲しくない。あたしたちだけで勝ってこそ、試煉を踏み越えることになるんじゃないの？」

「そうよ」

と真理が言った。顔は紅潮しているが、それは真理特有の、他人に意見する恥じらいによる赤面ではなかった。真理は小さな鼻から息を吹き出して、さらに言った。

「いずれ大きな揺れが来た。とどまる者はむごいが幸福だった。その幸福を得るのは私たち自身なんだから。これは私たちだけで耐えなくちゃいけないのよ。人の手を借りて自分だけ幸福になるとしたら、それは本当の幸福じゃないんだから」

寛樹は表情を硬くして沈黙し、窓の向うを見やった。堀河は長衣(ジュラバ)の下からバンダナを取り出し、武器でも点検するかのように力強く双眼鏡のレンズをふき、寛樹に渡した。短くうなずいた寛樹は両肘をピンと水平に張り、北の方角を覗き見る。

恭一は彼らの昂揚についていけなかった。午前中、加賀の雇った解体工事屋が動き始めた時は、恭一も我を失うような衝撃にとらわれたが、人質となって部屋の隅に押し込められている今は冷静だった。確かに加賀は解体工事を始めたが、それは無人地帯に限られている。まさか、人のいるこのビルを無理矢理破壊することなどあり得ない。むしろ、過剰な反応を示す〝信者〟たちこそが何を仕出かすかわからなかった。被害妄想をそのまま無意味な暴力に転じかねない危険を、恭一は感じた。

その被害妄想のガスでふくれ上がった、空虚なヒロイズムの風船を針で突つきたいと恭一は思い、わざとあくびをしながら窓に近寄った。

「なあ、堀河」

間延びした声で恭一は言った。

「聖なる戦いがあるとしても、二、三日後じゃないかなあ」

堀河は振り向きもせず答えた。

「あれが突進して来たらどうするんだ？　油断はしてられないだろ」

堀河の背中越しに町の南が見渡せる。黄色いブルドーザーや、青いトラックは確かに町の南に陣取り、拠点を作っているように感じられる。しかし、と恭一は思う。

「あれが一気に来るとしたら、俺のビルもＯＰＩＵＭもジハードもやられるわけだろう。大体、その前に町のそこら中を崩しながら進むことになるぜ。なにしろ道は狭いんだから。そんな乱暴なことを加賀がするかねえ。第一、砂漠(デゼール)に来る客たちはどうなるんだよ。こんな昼間からいきなり轢(ひ)き逃げされるわけか」

すると寛樹があきれたようにかぶりを振った。

「もう砂漠(デゼール)は関係者以外立ち入り禁止なんだよ。朝から四方八方に看板が立ってるんだ。午前十一時にはOPIUMから店の機材が運び出され始めてる。ムジャヒッドから電話があったんだ。ジハードにも人が来てテーブルやら椅子やらが次々道路に出されてる。もうこの町には俺たちと加賀の手先しかいないんだよ。奴らはやる気なんだ。本当にやる気なんだよ」

「馬鹿言え」

「その馬鹿なことが現実に起ってるんだ」

円形闘技場ではクレーン車が忙しく方向転換を繰り返していた。クレーンの先に頑強なハサミをつけている。クラッシャーだ。黄色いヘルメットをかぶった人夫が器用にレバーを操って、三山荘の中に大きなクラッシャーを突き入れた。アパートの骨組みはいとも簡単に握り潰される。もうもうと上がる埃に放水車が水をかける。

「今は示威行為だけどな」

堀河が嚙みしめた顎の奥で言った。

「あいつらは必ずこのビルを囲む。確かに本当の戦いはそれからだ。でもな、聖戦自体は始まってるんだよ。俺たちはここに立て籠って動かないでいるけど、もう戦いに向ってるんだ。立ち向っているんだよ」

しっかりと背筋を伸ばして北を見降す堀河は、望楼に立つ戦士のように勇ましく見えた。

「聖なる戦いに向おう」

寛樹が自らを励ますように呼応した。その時、恭一の背後で男が立ち上がる気配を見せた。振り返ると、男はこちらに背を見せ、あらぬ方角に向って右手を掲げていた。ああああああ。男はあくびとも呻きともつかぬ声をしぼり出し、ゆっくりと右手で天を指した。

堀河も寛樹も真理も、そしてサキミも男から発せられるであろう聖なる予言を恭しく待つように見えた。よく通る声で、男は高らかにこう言った。

「日が落ちる前に聖なる戦いに向おう」

その途端だった。男が右手の人指し指で示した天から、落雷のような巨大な音が震動をともなって轟いた。ああっと叫ぶ声は誰のものかわからなかった。

窓の方を振り向いた。角部屋の東と南に開かれた窓一杯に、視界を歪める半透明のとばりが出現していた。空を抽象画のように溶かす、その半透明のとばりの底は様々な形に波打ち、水銀のようにまばゆく光った。水だった。大量の水が空から降って来たのだ。水はベランダを打ち、跳ね返って部屋の中に流れ込んで床の上を走った。

「神様」

真理が叫んだ。

「貯水タンクだ」

と寛樹が声を張り上げた。

「ああ、神様が現れた」

真理は膝を突き、床をひたす水に頬を押しつける。

「貯水タンクが爆破されたんだ」

寛樹は押し寄せる水から逃げるように部屋から飛び出し、屋上へ向った。恭一は思わず後を追った。耳をつんざいた轟音はまだ恭一の頭の中に霞をかけていた。神様となおも叫ぶ真理の声が、くぐもった響きとなって聴こえる。廊下の突き当たりから階段で上へ向う寛樹の後ろ姿が、映画のアクション・シーンのようにしか見えなかった。それでも、体は反射的に寛樹を追う。

水に足を取られた。恭一は仰向けに倒れ込んだ。後頭部に熱が走った。体を起そうとすると、熱は激しい電流となって目の奥で光った。両手で頭を抱え、うずくまる恭一を、堀河が助け起して何か言った。恭一は脇に手を差し込まれ、部屋の中に引きずられていく。

その時、痛みをこらえて細めた恭一の目に、何かが転げ出るのが見えた。寛樹だ。体中の骨をバラバラに動かす不自然な動きで、寛樹が階段から後ろ向きに転げ落ちて来たのだ。まるで衝突事故のテストで使われる人形のようだった。あの無表情で陰惨な肌色の人形と同じく、寛樹は床の上で何回もはね返った。その人形の上を、カーキ色の服で身を包んだ体格のいい男たちが走り過ぎる。ＴＰＴだろうか。寛樹を踏みつけて、男たちはそのまま階段を走り降りた。

叫びを発しながら堀河が駆け寄った。何度も足を滑らせ、倒れかけながら恭一も寛樹のもとへと走った。寛樹は針金のように体を折り曲げ、白目をむいて横たわっていた。上唇がすり潰されたように切れ、鮮血が流れ出している。半ば開いた口の奥からも、少しひしゃげて見える鼻の穴からも次々に血があふれ出た。顔中を伝う血は、静かに寄せては引いていく水の中に溶けて広がった。

恭一は堀河とともに寛樹をかつぎ上げ、大本営の中に運び込んだ。真理は素早く救急箱を取り出して、応急手当てを始めた。噴き出る血を見ても顔色ひとつ変えない。時折、額の汗をぬぐい、神様とつぶやくのみだ。これほど気丈な真理を見たことがない、と恭一は不思議な感動をもってそのせわしげな後ろ姿を見つめた。男を守ろうと立ちはだかったままのサキミの方が、むしろ弱々しく脅えをあらわすようでさえあった。

数分もしないうちに、清司が大本営に飛び込んで来た。カウンター・ガードの家にセキュリティ・ガードが突撃をしたという。第二回集会でのテロと同様、外階段から一斉に入り込み、ワインをあおっていた雄輔らを棍棒（こんぼう）で滅多打ちにしているというのだ。バリケード封鎖をしていたため、ビルの入口から助けに行くのが遅れ、仕方なく二階のベランダから援護を送り込んだ、と清司は言った。

恭一はすぐにベランダに出て、倉庫を見降した。重なった外階段の隙間から、白い長衣の〝信者〟たちが倉庫に入っていこうとしているのが見えた。やめろ、人殺し、やめろという怒号が下方から届く。しかし、彼らは明らかに躊躇している。ただ扉の前でうごめき、叫びを上げるばかりだ。

倉庫の中でそれほど残虐な行為が繰り広げられているのか。恭一は頬を歪め、歯を食いしばった。怒号に混じって、イチオの声が聴こえて来るような気がした。ミツを返せ、ミツを、リョーサクを返せ、とまるで粗布を引き裂くような声でイチオは叫んでいるのではないか。その叫びを力に変えて、イチオは棍棒を振り降す。そして新太郎と松本はこう叫んでいるかも知れない。イチオさんを返せ、俺たちのイチオさんを返せ、と。

恭一は拳でベランダの縁を思い切り殴りながら、声をふりしぼった。やめろ、イチオ、もうやめろ、やめろやめろやめろやめろ……。

南に拠点を作っていたブルドーザーたちが、ゆっくりと北へ向って動き出していた。円形闘技場のトラックの数も増えていた。前方のランプはすべてこちらを向いている。解体機械たちは嘲り笑いながら、サキミビルを囲もうとしていた。

午後三時半。イチオたちに敗れた雄輔たちは、すでに大本営の隣室に寛樹とともに移され、介抱を受けていた。大本営には、六階、七階の〝信者〟が詰めかけ、下の連中が脅えていると口々に訴えている。下の連中というのは、どうやら収容された浮浪者や移住して間もない者たちのことらしかった。八階建てのサキミビルにヒエラルキーが確立していることに、恭一は改めて驚いた。

しばらく〝信者〟たちの話を黙って聞いていたサキミは、一度深々とソファに座り直し、彼らの動揺を叱りつけるように言い始めた。

「大きな揺れが来たでしょう。水と一緒にこのビルを揺らしたのは、みんな知ってるじゃないの。また、予言が当たったのよ。その一瞬前にこの人は立ち上がって、天井を指して言ったわよ。日が落ちる前に聖なる戦いに向おうって。そうでしょ、ハシラ？」

ハシラと呼ばれた堀河はうなずいた。サキミはまるで女王のようだ。しかし、目の周りに疲れが浮き出ているのを隠すことは出来なかった。堀河は〝信者〟たちの前に立ちはだかって、サキミを助けた。

「そうなんだよ。天井を、つまり屋上を指したんだ。そして、予言を与えた。その直後だよ、爆破が起ったのは。この方は知っていたんだ。ともかく日が落ちるまでに戦いの結果は出るはずだ。いや、出さなきゃならない。日が落ちる前に聖なる戦いに向おう、と確かにそうおっしゃったんだから。日が落ちるまではあと一、二時間だろう。それがきっと試煉の時なんだ。頑張ろう、この祝福された聖地を守ろう。我々はみんなそのために生まれて来たんじゃないか。あと一、二時間なんだ。それで勝負は決まるんだ。試煉に耐えた者の勇気をみんな見ただろ？」

そこで堀河は隣室を示し、大声を張った。

「あんな目に遭ってまで戦ったんだ」

そうだ、その通りだと廊下の向うから叫ぶ者がいた。導師(グル)だった。つられるように、そうだ、戦おう、聖なる戦いだと言い始める者が増えた。あと一、二時間なんだ、と再び堀河も言う。次第に〝信者〟たちの顔から脅えが消えていく。戦おう、日が落ちる前に聖なる戦いに向おうと言い交わしながら、〝信者〟はそれぞれのフロアに戻り始めた。

サキミの肩から力が抜けていくのがわかった。帰って行く〝信者〟の間を通って、導師(グル)が入って来た。

「これで一つ山は越えましたよ」

導師(グル)は部屋に残った者を見渡してそう言った。堀河がため息をついて床に座り込んだ。

「それで」

導師(グル)は声をひそめて続けた。

「本当にあの方は予言されたんですか？　日が落ちる前にと言ったんですか？」

ああ、と答えたのは他の誰でもない、恭一だった。

「あと一、二時間ですべてが決まるっていうことだ」

つい口をついて出たその言葉が、自分の立場を変えるものであることに、恭一はしばらく気づかなかった。堀河と導師(グル)が今後の対応について忙しく何か言い交わすのを、恭一は茫然と見やりながら立ちつくした。突然、会話の内容が生き生きと感じ取られ始めた。それにつれて、冬の嘘めいた光に包まれた部屋の様子それ自体が、一つの有機体のように活気を帯びて動き出した。その変化がじんわりと体に浸透して初めて、恭一は自分が彼らの側に移ってしまったのだと知った。しかし、それは男の側についたことではない、と恭一は誰にともなく言い訳をした。自分はあくまで、横暴な加賀のやり方に抵抗する側に移っただけだ。決して、男が作り出した宗教の信者になったわけではないのだ、と。

第十四章

最後の演説

私の計画は失敗しない

さらに一時間が過ぎた。大本営は二階に移動していた。それは清司の提案によるものだった。最上階にいたままでは、バリケードを破られた時、男を逃がすことが出来ないというのだ。ただ追いつめられ、捕まえられるよりは、多少危険でも予言者の逃げ道を確保しよう、と清司は言った。その意見に従って、男と幹部と恭一は、浮浪者たちを隣室に移し、二階の角部屋に陣取った。

沈み始めた太陽は薄黄色の光の帯となって、東京を下からぼんやりと照らしていた。横に長く伸び、衰弱したその光の帯を群青色の夜が押し潰していく。

日が落ちるのはもうじきだ、と誰もが緊張と安堵双方の入り混じった思いに襲われた時、突然、真理がビルの外に出たいと言い出した。しかも砂漠(デゼール)の南、つまり加賀の勢力圏の真只中に向うというのだ。細い目を吊り上げ、毅然とした態度で固く結んだ唇を開いて、真理はこう主張した。

「私の使命は浮浪の民に施しをすることだから。日が落ちる前に聖なる戦いに向わなくちゃならないんだったら、早くしなくちゃ駄目なの。私は聖なる戦いに参加しなかったことになっちゃうから」

透明のガラス・テーブルに肘をついたまま、堀河は黙って真理の言葉を聞いた。今、ビルを出て浮浪者たちが潜む町の南に入り込むことが何を意味するかは、真理にもわかっていないはずがなかった。暮れていく砂漠(デゼール)の路地には暴力が牙(きば)をむいて待っている。だが、と堀河は考えているに違いなかった。ビルに留まれと説得すれば、たとえ聖戦に勝ったとしても、真理だけが勝利から取り残されるのだ。少くとも真理はそのように思いつめている。奥歯を噛（か）みしめてうつむく堀河の横顔を、恭一は見つめ続けた。

その真理の意見を真っ向から否定したのは、清司でも導師（グル）でもなくサキミだった。サキミは男の側から離れて真理の前に立ち、ゆっくりとこう言った。

「南にいる浮浪者は敵のスパイなのよ。真理、あれは施しも救いもいらないニセ浮浪者なのよ」

恭一は斜め下からサキミを見上げた。身を固くする真理に、サキミは感情を遮断するような表情で言葉を叩きつける。

「勝手なセンチメンタリズムはやめなさいね。あなたも予言を直接聞いたでしょ。呼ばれた者は集まった。もう誰も町には入れなかった。だからあたしたちは決めたじゃないの。このビルにいる人たちだけが選ばれた人間なのよ」

真理は息を飲んで表情を険しくし、赤らんだ拳を握りしめた。堀河がほっとしたように顔を上げた。だが、真理はサキミに従おうとしなかった。サキミを下からにらみつけ、顎（あご）をしゃくり上げる。そして言い返した。

「それは寛樹君、スパナの解釈じゃないですか。私たちを原理主義者とか言って非難してた、あの人の解釈です。もう誰も町には入れなかった。この言葉をそのまま素直に聞けば、本当のことがわかります。だって、浮浪者の人たちは町に入ってたんですよ。あの予言の時に、もう町にいたの。この方は町って言ったんです。このビルなんて一言も言ってない。だから、あの人たちも私たちと一緒なんです。救いを求めて町に来た、選ばれた人たちなのよ」

真理は白い長衣（ジュラバ）の裾を揺らしながら、なおも食い下がった。

「あの人たちが邪悪な者だとしても、きっと赦されるんです。自分たちが気づいてないだけで、あの人たちも本当は救いを求めて来たんです。赦されて救われて、これから出来る祝福の王国の一員になるの。私はそのことを言うために生まれて来たのかも知れないって、さっきそう思った。それに私、今までいつも人に言われたことだけやってたから。一所懸命やってもノロマだったし、迷惑かけてばっかりだったから。自分から何かしなかったら、みんなと一緒に戦ったつもりで、結局何もしなかったことになる。それは嫌なの。恐いの。私は行きます。どんなひどい目に遭っても、それが私の使命だし、救いだし、私の、私の……」

そこまで言って真理は唇を結び直し、サキミをにらんだままの目から涙を流した。乱れる呼吸を必死に押えつけ、真理は続けるべき言葉を探す。

「……私の」

そして、出て来ない言葉を心の奥から押し上げるように、目をつぶり激しく頭を振った。恭一の目の前、テーブルの表面に小さなガラス玉が現れた。散った涙のしずくだった。蛍光灯の光を含んで、それはつつましく輝いた。

「行きます」

堀河が立ち上がった。

「加賀に手出しなんかさせない。俺たち二人は浮浪の民に施せと言われてるんだ。全員を南から助け出して連れてくる。それが敵のスパイであろうと俺たちは施しをする」

そう言い放って、堀河は長衣に手のひらをこすりつけた。寛樹の吐き出した血が腿のあたりににじんでいる。その血の跡に触れることで力を与えられたように、堀河は胸を張り、真理の肩を強く抱いた。

「大丈夫。日が沈んだら必ず戻って来るから」

堀河はサキミに向ってそう言い、うつむいた真理の体を引き寄せた。再び自分と真理に言い聞かせるように言う。

「必ず戻って来る」

すると、真理は面を上げ、部屋にいる者を見渡して言った。

「何もしなかったことになるから」

泣きはらした真理の下まぶたはぷっくりと赤くふくらんで、小さな果実を思わせた。

堀河と真理を止める者はいなかった。二人は扉の前で振り返り、窓の外を見やっているままの男に深々と一礼すると、階下へ向った。少しして、重い金属の塊が幾つか転げ落ちる音が響いて来た。真理がバリケードを越えられるように、道を作ってやっている堀河の姿が、恭一の目に浮んだ。ふさぎ込んだように表情を固くし、だが体の内側では激しく感情を噴き上がらせている堀河。そして、湧き上がる様々な思いを混乱したますべて顔に出し、だが逆に内側には一つの信念のみをじっと抱えている真理。二人の姿を想像しながら、恭一は彼らの行動を憎むことが出来ないと思った。


清司と導師(グル)は、ベランダに出て町の動きを見張っている。男を守る幹部は、サキミを含めてすでに三人だけになっていた。しかし、男は恐れる様子を見せない。すっかり暮れようとしている南の空を、ただぼんやりと座ったまま見上げている。

もう日は沈む。何事もなく夜が訪れることを、恭一は確信した。だが、それを勝利と呼べるのだろうか。日が沈み、聖なる戦いに勝利が訪れたら、負傷者を病院に連れて行く。導師(グル)は興奮した調子でそう言っていた。このまま穏やかに日が暮れ、静かに負傷者を運び出すのみの勝利などありうるのだろうか。恭一は髪をかき上げて、ため息をついた。

その時、導師（グル）が叫んだ。

「来た、動き出したぞ」

直後に清司も大声を張り上げた。

「たぶん北からもだ。サキミさん、全フロアに連絡して下さい」

それでは間に合わないとでもいうように、導師（グル）はベランダに身を乗り出し、首を無理矢理ひねり上げて、階上の〝信者〟たちに呼びかけた。

「来たぞ、予言通りですよ。日が沈む直前だ。このことをおっしゃってたんですよ。予言はまた当たった。聖なる戦いだ」

恭一はベランダに飛び出た。暮れ切ったといってもいい薄闇のそこここから、光がもれていた。ブルドーザーやトラック、ダンプカーがヘッドライトを一斉につけ、こちらに向って来るのだ。

清司が吠えた。

「来いよ、クソども」

各階のベランダからも怒号が落ちて来た。バカヤロー、暴力団ども、来るなら来い、小便ひっかけてやる、やれるもんならやってみろ、欲ボケの地上げ屋。そして、それらの野次に狂躁的な笑い声が混じり込む。

見上げると、部屋の中にある物を手当たり次第に投げ出している者がいた。いつ運び込んでいたのか、長い木材を突き出して振り回す者もいる。空に向ってワインを飛び散らせる者。脱ぎ捨てた白い長衣（ジュラバ）を旗のように振る者。ベランダの角に登って立ち、他の〝信者〟にいさめられている者。

彼らの怒号と喚声、叫びと笑いがサキミビルから撒き散らされるのを見るうち、恭一も声をふりしぼってわめき立てていた。自分は彼らと一体だ。今朝このビルに入り込んだ時から、自分は彼らの側にいたのだとさえ思い、恭一は解放感と昂揚に体の芯を震わせて、怒鳴った。

「こら、地上げ屋ども、いつでも来い」

その恭一に、清司が笑いながら加勢した。

「そうだ、早く来い。逃げも隠れもしないぞ。俺たちは一心同体だ。てめえら金で雇われたクズどもとはわけが違うんだ」

「薄汚い銀蠅野郎め」

「叩き潰してペチャンコにしてやる」

二人は叫んでは笑い、笑っては叫んだ。銀縁眼鏡をずり落として、導師までもが野次を飛ばしている。

「ここは難攻不落の城なりっ。強き信仰の浅間山荘なりっ。非暴力徹底抗戦の館なりっ」

砂漠に点々と光る敵のライトが、あるものはビルの壁に這い昇り、あるものは家並みの向うからぽっかりと半円を描いて近づいて来る。冷たい獣たちの重圧感はすっかり失せ、ただひたすら光としてしか感じられない。そのことが一層、サキミビルに立て籠った者たちの気分を祝祭的にしていた。

頭上から投げ落とされるわめき声は、互いに刺激し合いながら、限界などないかのように高まり続ける。肉体労働の民は出て行きなさい、家でオマンコでもしてやがれ、ヘッドライトを消しなさい、電気の無駄遣いですよ、ヘルメットごと押し潰してやる、雷落とすぞ、こら。その野次の一つ一つにどよめくような笑いが起きる。顔を赤く染めて恭一も雄叫びを上げ、腹を痙攣させて笑った。何を叫んでもおかしかった。〝信者〟たちも笑ってくれた。騒ぐ血をさらに熱くたぎらせるような笑いが、体から際限なく湧いて出た。

最上階のベランダから、階下に向って事態の急変が告げられた。

「ブルドーザーがジハードに突込んだぞ。奴ら本気だ」

しかし、湧き上がる昂揚感はおさまるどころか、かえって強く〝信者〟を突き上げた。サキミビルを包む喚声は勇ましさを増した。接近する敵の現実的な力がジハードに衝突し、コンクリートの壁を粉々に砕く様子を恭一は思い浮べ、憤りに満ちた咆哮を上げた。

そのジハードのあたりから、まるで空にひびを入れるような大音響がした。それは冬の空気を伝って、ビリビリとこちらの体までを震わせるような音だった。悲しげな、それでいて魂の奥底を励まし、闘争心をかき立てるような歌声。コーランだ。それが誰からのメッセージであるのかは明らかだった。ムジャヒッドが、ジハードに突入したブルドーザーに抗議を行っているに違いない。

午前中からインテリアの搬出が行われていたというのに、ムジャヒッドはジハードを去っていなかったのか。恭一は胸がしめつけられるような思いにとらわれた。店の奥でアンプとスピーカーを守り通し、ムジャヒッドはこの時を待っていたのだろう。時を告げるアッザーンが、今戦いの時を教えている。恭一は思わずカフェ・ジハードの方向に右手を上げて叫んだ。

「ムジャヒッドだ、ムジャヒッドがたった一人でムジャヒッドの聖戦を戦っている。ジハ――ド‼」

同じくジハード、ジハードと口々に叫ぶ者が続いた。コーランはその呼びかけに応えるかのように音量を増す。冷たく青白い炎を恭一は想像した。その音の炎が丸めた絨毯を広げるように、一気に町を覆いつくす。ジハード、ジハード、ジハード。サキミビルに立て籠る者たちはシュプレヒコールを始めた。ジハード‼　ジハード‼

そのシュプレヒコールがムジャヒッドに届くことを、恭一は祈った。〝アッラーヲ、ボウトクスルヒトハ、ホロビル〟〝シンコウヲ、バカニスルヒトハ、ホロビル〟とムジャヒッドは言っていた。今このシュプレヒコールは確かな信仰だ、と恭一はムジャヒッドに伝えたかった。アッラーのためではないが、ムジャヒッド、君のために全員が声をふりしぼっている。ジハードと。恭一は力一杯拳を振り上げながら、喉の奥で燃えさかる炎の塊を吐き出した。ジハード、ムジャヒッド‼　ジハード‼　ジハード‼

その時、左手の道の角に強烈な光が現れた。まぶしさに目がくらんだ。投光器だと思った。光の向うに黒々とした戦車が見えた。戦車は威嚇的な緩慢さで進んで来る。ブルドーザーだった。

「来た来た来た」

清司が声を張り上げた。階上から飛んだワインの瓶が、カウンター・ガードの倉庫前で割れた。飛沫が光を反射してきらめく。

「こっちからも来た」

誰かが動転した声で言った。サキミビルの正面、道を隔てた壁の向うに二つの光の玉が出現した。光の玉は駐車場跡にゆっくり侵入して来る。トラックだ。何トン車だろうか。運転席と荷台の間に太く短いクレーンがしがみついている。頑強な鉄の生物を首に寄生させた不気味な獣を思わせる。

「囲まれた、囲まれた」

導師が恭一の背中を殴った。振り返ると、隣の倉庫の背後に巨大なクレーンが見えた。周囲に何台もの解体機械を従えているのだろう、クレーンは下からぼんやりと照らされ、闇をくり抜く恐竜の首そのものだった。

「とうとう来るところまで来たわね」

それまでじっと黙っていたサキミが立ち上がった。そのまま恭一の横まで歩き、駐車場跡からこちらを狙う光に少し顔を歪める。各階のベランダから投げ落とされた様々な物が、サキミの目の前を通り過ぎた。滝のように落下し続ける物は、壁やアスファルトや倉庫の屋根に衝突し、割れ、壊れ、潰れ、騒がしく音を立てる。

ふいにコーランが消えた。恭一はジハードの方に目をやり、短く息を吸った。ムジャヒッドは戦いを終えた。もういい、逃げろ。君は勝ったんだ。恭一はそう思い、黙ってうなずいた。ミツニモ、ミセタカッタネエと言ったムジャヒッドの顔が浮んだ。何とも言えない思いが胸をしぼり上げた。勇敢に戦ったムジャヒッドの姿を見てやりたかった。荒々しくキャタピラを回転させるブルドーザーの前に立ちはだかり、アッラー・アクバル、アッラーは偉大なりと叫びながら、抱えたスピーカーからコーランを響かせ続けたに違いない。しかし、その姿を見たのは、運転席に座って威嚇を繰り返した人夫だけだ。それがどうしようもなく悔しかった。

「見たよ、ムジャヒッド。僕は見た」

恭一は小さく、しかし確かな声でつぶやいた。その恭一をちらりと見て、サキミは再び駐車場跡に目をやる。光の玉は六つに増えていた。トラック、ダンプカー、そしてリフトの付いた小さな車が一台。左手から近づき、すでに倉庫前で止まっているブルドーザーの後ろから、ショベル・カーが進んで来ている。

突然、目の前に大量のビラが舞った。空中で集団自殺した蝶の群れのように、白いビラは翻りながら舞い降りて来る。戦いに。聖なる。聖なる戦いに向おう。向おう。戦いに。男の言葉はちぎれた羽根の一片々々となって宙に乱れ、次々と地に落ちて眠った。

しかしサキミは、そのビラの群れを見ることもなく静かに言った。

「囲んだって手が出せるわけでもないのに。一体何する気だろう」

その場違いなほど冷静な口調に恭一は驚き、言い返した。

「手を出す気だよ。貯水タンクを爆破するような奴らじゃないか。ダイナマイトを使った奴らだよ。ジハードにはブルドーザーを突込んだ。加賀はやるよ。やっておいて誰かに罪をなすりつける。解体業者の手違いでとか何とか、幾らでも言い逃れは出来るんだから。奴らは絶対に突入してくるよ」

「恭一、興奮のし過ぎよ。まともに考えてごらんなさい。言い逃れたって責任者は加賀なんだからね」

サキミはいなすように言い、さらに続けた。

「貯水タンクだって爆破かどうか、誰も確かめてないじゃない。どっかひねっただけかも知れないのよ。だって硝煙の匂いした？」

恭一は口ごもりながら言った。

「じゃあ、あの音と震動は何だったっていうの？」

「知らない。じゃあ多分、タンクを倒したんじゃないの？　ネジでもゆるめて。とにかく、爆破なんてあり得ないよ。ブルドーザーで店の入口でも押すのが関の山。それでもあたしは随分強気だと思うけどね。いい？　あいつらは脅しといて何か別のことをやるつもりなのよ。このコケ脅しの後に何かやる。それも決定的なことをね。もちろん突入なんて無謀なことじゃないよ。あいつらにとって、今までのはそのための遊び。あたしたちへのちょっとした復讐だよ。それより、これから何をやるのか。その何かがあたしは恐い。暴力より恐い。一番恐いのよ」

　怒号と野次はまだ続いていた。ベランダから投げ落とされる椅子やヤカンや姿見の数々は、もはや子供じみた悪戯（いたずら）をしか感じさせなかった。それらの投下物は、今サキミが形のよい唇を引きしめて恐れている何かに当たり、砕き去ることが出来ないのだろう。恭一はサキミの脅えの深さにたどり着けないまま、彼女の横顔を見つめた。幾つものヘッドライトに照らされて、サキミのくっきりとした横顔により一層の陰影が現れているのを確かめるのみだ。

「そろそろ来る。きっと始める」

　サキミはつぶやいた。口をつぐみ直したサキミの耳の下が、きゅっと動いた。意志の強さを示す顎の細い筋肉が、浮き出したまま固く凍りつく。サキミは本当の恐怖を予感している、と恭一は思った。しかし、それが何に対する恐れなのかは全くわからない。

　あああああという呻き（うめ）に突然背筋をなでられ、恭一は振り返った。蛍光灯の真下で、男がサキミの後ろ姿を凝視し、口を開いていた。どこにあったのか、杖ほどの太さがある木の枝を両手で弓なりにたわめている。男もまた脅えているのだ。一体何が起るというのだろう。恭一はサキミの方に目を移し、暗い影が彫り込まれた横顔から、その何かを探そうとした。

　まばゆい光が矢のように目の端を射った。痛みを感じ、一瞬目をつぶってから、恭一は本能的にしゃがみ込んだ。あわてて顔を上げると、立ちすくんだままのサキミの体が赤く染まっていた。いや、ベランダそのものが赤かった。素早く立ち上がると、目の高さに三色の光源があり、そこから投網のように光が広がっていた。放たれた網の中で白い塵（ちり）が無数に乱舞している。プロジェクターだ。

身を乗り出し、体をねじってビルの壁面を見た。二階から四階あたりまでが真赤に照らされていた。中央に縦文字が白く浮き出ているが、こちらからは読めない。再び光源の方を見ようとした時、空中に章平が立っているのに気づいた。黒い長衣(ジュラバ)を着て、章平は魔術師のように光源の横に浮いている。

章平は右手に持っていた小さな金色の丸い楯で、顔を隠すようにした。

章平の声はひび割れながら、大きく鳴った。楯は拡声器だった。拡声器から漏れる金属音が、針金のように鼓膜に突き入り、脳を刺した。

「サキミビルの諸君」

「サキミビルの諸君」

再び章平は呼びかけた。光に潰された視界が次第に回復し、交叉した金属の足の上に畳一枚ほどの台があるのが見えた。章平はその工事用のリフト台に乗っていた。さらに目を凝らすと、三原色の光の後ろあたりにイチオらしき影があった。いつもの長衣(ジュラバ)を着ている。

章平だ、章平、裏切り者、バカヤロー、降りて来い。南側のベランダに集まった〝信者〟たちが口々に罵声を浴びせかけ始めた。章平目がけて手当たり次第に物を投げる者もいた。殆どがかすりもせずに駐車場跡のアスファルトを直撃したが、ごくたまにリフトの手すりに当たる。その度、〝信者〟たちは笑いどよめいた。しかし、章平は動じる様子を見せなかった。拡声器のかん高いノイズがよじれ続ける中、章平はしっかりとビルに向って立っていた。

しばらくすると、〝信者〟たちの勢いが少しそがれた。章平はその時を待っていたかのように、呼びかけを再開した。

「サキミビルの諸君。諸君が信じている、そのバカ面の予言者の身元調査が終わった。諸君には残念なことだが、その男はエセ予言者だ。そいつは前科のある詐欺師だった。記憶喪失というのも嘘だ。身元不明なんて嘘だ」

嘘はお前の方だ、嘘つき詐欺師、降りて来いよ、バカヤロー。ビール瓶がブーメランのように回転して、章平の頭上を襲った。すかさずイチオが飛び出し、持っていた棍棒でそれを叩き割った。飛散する飴色の破片が光の中でしぶきを上げた。そむけていた顔を戻し、章平は拡声器を持ち直して続ける。

「諸君の中には一人でも俺の言うことを信じる奴はいないのか」

「加賀の手先が言うことなんか信じるか」

清司が指を突き出して絶叫し、息をつぐ間もなく必死に声を振りしぼった。

「一人もいるもんかよ、バカ」

むせて咳込む清司を助けるように、野次は盛り上がる。そうだ、一人もいないぞ、お前を信じる奴なんて一人もいない、お前こそ詐欺師だ、詐欺師は帰れ……。

すると章平は拡声器のよじれた高音をまといつかせて答えた。

「一人もいないんだな。それじゃ証拠を見せてやる」

証拠なんてあんのかよ、捏造だ、脅しだぞ脅し、お前の詐欺にひっかかってたまるか、糞野郎、超汚ねえぞ、バカ。それらの怒号が飛ぶ中で恭一は黙りこくっていた。孤立無援の章平を見ているのは辛かった。そしてまた、章平の言葉一つ一つに身を固くするサキミが、恭一を緊張させ続けたのだ。サキミはさっきから両手でベランダのへりをわしづかみにしたままだった。

「証拠を見れば、どっちが詐欺師かわかる」

章平がつぶやくようにそう言うと、プロジェクターの光がサキミビルの壁面を移動し、駐車場跡の右端にある二階建てのアパートに向った。白いモルタルの壁一面に、ぼやけた映像が映った。リフトを乗せた車が何度か前後するうち、とろけた光は中央に集まり始め、はっきりとした形を作った。

若々しい男の顔。髪は乾燥して鳥の巣のようだが、その下の風貌は男にそっくりだった。くぼんだ眼窩、つぶれて横に広がった鼻、厚い唇。髪が重なって耳は見えないが、度を失うほど脅え、カメラを伏目がちに見る濁った目。そのどれもが男の特徴そのままだ。いや、それら部分よりも何よりも全体のバランスが、男の若かりし頃を思わせずにはいない。

その男の顔写真の真下にはこう書いてある。

「前科三犯・猪木吉之」

野次がぴたりと止んだ。誰もが食い入るように、その映像を見つめている。章平はゆったりと落ち着いて、写真の由来を説明し始めた。

「これはＫＫＫに届いた手紙から見つけ出した写真だ。男の名前は猪木吉之。長野県伊那市の出で農家の三男」

スライドが変わる。今度は警察の調書を思わせた。目を細めて読み取る間もなく、章平が内容をかいつまんで説明する。

「猪木吉之の犯行の手口はいつも同じだ。見知らぬ町に出現して記憶喪失を装い、同情を買って被害者の家に泊まり込む。翌日にはその家の金品とともに消える。ここ十五年ばかり行方しれずだったそうだが、どうせ同じような詐欺で細かく日銭を稼いでたんだろう、と警察は言っていた。だが、我々はその間の猪木吉之の写真も幾つか手に入れている。記憶がないと偽って女の家に入りびたっていた時の写真だ」

章平はそこで一旦言葉を切り、体をこちらに向けて低い声を出した。

「猪木吉之、出て来いよ。出て来て全部吐いちまえよ。記憶喪失だと言えば、みんなが優しくしてくれるからうれしいって言ってたお前のことを。さもなきゃ、あの壁に全部映してやるぞ。二十六で蒸発する直前の写真。死んだ女房と子供の写真もあるぜ。何なら小学生のお前が書いた作文も見せてやる。お前が育った村が千年前にどんな楽園だったか、嘘八百ならべたてた作文だ。出て来い。そこまで恥をかく前に、出て来てみんなに謝れ」

スライドは再び男のアップに戻った。前科三犯・猪木吉之。恭一は男を見た。男は部屋の中央に立ち、じっとスライドに見入っていた。眉をひそめ、真剣そのものといった表情で、男は猪木吉之の顔を見つめている。それは正体を明かされた詐欺師の様子ではなかった。むしろ異常に熱心な野次馬のようだ。

「出て来い、猪木吉之」

章平に誘われて男はよろよろとベランダに歩み出る。右手には杖を持ったままだ。内部から黒い染みを滲(にじ)み出させていた、あの柿の木の枝かも知れなかった。

「そら、出て来たぜ、信者諸君。懺悔(ざんげ)が始まるぞ。静かに聞け。そいつの素姓をそいつから聞くんだ」

階上のどこかで泣き出す女の声がした。だが、男はなおも写真を食い入るように見つめている。イノキヨシユキ、イノキヨシユキ……。男は頭を強く振り、再びスライドを見てつぶやく。イノキヨシユキ、イノキヨシユキ、イノキヨシ…ユキ……。まるでその名前を自分に刻み込もうとするかのように、男はつぶやき続けた。

その男を、サキミが後ろから抱きかかえた。

「あんなの嘘だ、でっち上げだよ。駄目、素姓なんて知ってどうするの？　あんな嘘の素姓なんて」

だが、男はつぶやく。ナガノケン、イナシ、イノキヨシユキ、サクブン……。その時初めて恭一は、サキミが涙をこらえているのを知った。サキミは男の体を揺さぶる。

「あなたがどこから来たのかなんて、あたしたちに何の意味がある？　ねえ？」

「私は誰だ」

男はぽつりとそう言った。男からは聞いたことのない声音だった。ぽつりと口から飛び出たその言葉は、交わるヘッドライトの隙間を抜けて深々とした闇の中に落ちていくような気がした。

「いいの、そんなこと。予言者なんだから、あたしたちの予言者なんだからいいの」

サキミは男の前に立ち塞がり、視線をさえぎった。

「じゃあ、あなたは猪木吉之とかいう人なの？」

子供を叱りつけるような調子でそう言い、サキミは男の胸に頭を押しつけて声を殺した。

「あなたはあんな男じゃないでしょ。覚えがある？　ないくせに。何にもないくせに。覚えてることがあるなら言ってごらんなさいよ。一つでもあるなら言ってみてよ」

男は大きく口を開き始めた。猪木吉之の映像に視線を固定したまま、男はゴムを伸ばすように広く唇を開き、そして呻いた。ああああああああ――

悲痛な呻きを暗い空一杯に響かせると、男は突然人が変わったように章平をにらみつけた。

「章平」

男は両手を差し出して、そう叫んだ。放たれた杖が空中で回転する。何か不気味な動物に変容しそうな気がした。だが、奇蹟は起きず、それは命を吹き込まれぬまま、物理法則に従って落下した。

「お前は私のニセの記憶を作った。しかし、おかげで本当の記憶が戻った。この世で過ごした本当の思い出だった。本当の私だった」

「バカをいえ。そこから降りて来い、首を叩き折ってやる」

イチオが喉を嗄らした。だが、男は全く気にもとめなかった。

「私は花の咲く山で生まれた」

宣言するようにそう言って、一度大きく息を吸い、男は虚空を見つめる。何かを幻視する風に目を震わせ、唇を数回動かしてから、男は続けた。

「小学校に入る前、灰色のビルばかりある町に引越した。気がつくと父さんはいなかった。いつも母さんを殴っていた父さんは消えていた。歌うのが好きだったから、いつも父さんに聞かせていた。花の咲く山の歌だった。どんな歌だったか、思い出せない。大切な歌だった。高校二年の夏、夢を見てうなされた。親戚が一家三人、交通事故で死ぬ夢だった。その一家を私は憎んでいた。母さんの悪口を言ってばかりいたからだった。一週間後、本当に事故が起った。三人は即死だった。夢で見た通りだった。自分が殺したような気がした。赤い湿疹はその時から出るようになった。私は予知夢を見る。花の咲く山からビルだらけの町に移る前の夏、母さんが言った。そのヒマワリは触っちゃいけない。花の中に詰まっているのは虫だ。茶色い種が全部虫に思えた。赤い湿疹はその時から出るようになった。ロサンジェルスで過ごした。兄さんは湿疹を治した。花の咲く山で秋生まれたから、咲いた花が実をつけるから、私の名前は……私の名前はついた」

それは男の過去ではなかった。咲いた花が実をつける頃生まれたのはサキミなのだ。その名の由来を恭一は知っていた。ヒマワリの話もそうだった。それは、以前サキミが男に話していたままのものだ。そして、赤い湿疹は真理の過去だった。男はサキミや真理、おそらくは他の者の記憶を混ぜ合わせて、ニセの過去を作り出しているのだ。しかし、男はまるで本当に自分の過去を懐しく回顧しているかのように、陶然と夜空の彼方を見やって話を続ける。

「苦い記憶が甘いような気がするし、甘い思い出が鉄みたいに辛くて酸っぱい気もする。暗い工場の裏だった。口にペニスを突込まれて、噛んだら殺すと脅された。高校二年の時だった。三人の大学生に強姦された。精液を飲めと言われた。苦かった。甘いと言えと脅された。甘くておいしいと言え、と首を絞められた。それからは苦いものが甘いような気がするし、甘いものが味気ない。三人を私は憎んだ。一家三人が交通事故で死ぬ夢を見た。一週間後、本当に事故が起った。自分が殺したような気がした。赤い湿疹が出た。その後も予知夢をよく見た。全部当たって恐かった。ここに来て恐くない夢を見た。恋人に誘われてここに来た。恋人は裏切ってばかりだった。男とも女とも寝て、私を裏切る。花の咲く山で秋生まれたから、私は私の名前を持った。強姦されて、精液を飲まされた。甘いと言え、と殴られた」

やめろ、やめろと章平が叫んでいた。拡声器を使うことさえ忘れて、章平は怒鳴り声を上げる。その取り乱しようはそのまま、男の語ったことの中に真実があることを裏打ちしていた。もちろん男にとっての真実などではない。サキミにとっての真実、サキミが決して他人に明かしたくない秘密だ。章平はそれを知っていて、誰にも話さなかったのだ。サキミの味覚異常の原因を。章平の我を忘れるほどの叫びに、恭一は怒りとも悲しみともつかない深い痛ましさを感じた。同じ感情にとらわれて、恭一自身膝を震わせている。だが、男は演説口調にさえなって、なおも他人の過去を語り続ける。

「花の咲く山で生まれた私は、今この町で幸福だった。花咲く未来……」

章平は運転者に命じて、車をサキミビルへ突進させた。

「もうやめろ、やめてくれ」

サキミはその場にへたり込んで、力なく頭を振っていた。男はサキミに乗り移り、サキミの触れられたくない過去を明かし、サキミを食いちぎっている。恭一の顔は間歇的にひきつった。眼窩の裏側に沸騰した水の袋があるように感じた。今にもそれが破れ、湯がこぼれ出ると思った。

男はニセの記憶を物語り続ける。満面に笑みを浮べ、男は幸福の産着にくるまれている。

「ずっと一緒にいた人がいる。この町にいる。その人にだけは強姦されたことを話した」

「もういい。やめろ、気狂い」

そうわめきながら、章平は塀を乗り越え、男の真下に立って調書らしき書類の束を振りかざした。

「これがお前だ。ここに本当のお前がいる。嘘はやめろ、やめてくれ。読んでやるからやめてくれ。いいか、読むぞ」

「全部話した。やり直せると言われた。夢が恐い。当たるから。未来がわかる。私は花咲く秋に生まれた」

「猪木吉之。長野県伊那市に生まれる。農家の三男。兄が二人。姉と妹が二人。姉の一人は生まれて間もなく死亡。血液型B」

「好きだった人は私の強さを当てにして、私を放っておいた。花咲く未来」

「昭和二十六年十一月二十五日生まれ。今日だぞ、猪木吉之。今日がお前の誕生日だ」

それを聞くと男は途端に語り止め、章平をじっと見つめた。そして、ゆっくりと手を伸ばし、

章平の手の中にある調書を取ろうと何度も空をつかむ。章平はそれに気づいて書類の束を突き出し、

「やるからここに降りて来い」

と言った。男は落ち着きなく足を踏み鳴らし、さらに手を伸ばす。サキミはその足にしがみついた。

「行っちゃ駄目。ここにいればいいの。あんな嘘を知ってどうなるの？　ここにいればいいよ。あたしと一緒にいればいい」

だが、男はサキミの腕を蹴るように払い、見開いた目をあらぬ方向に向けてつぶやいた。

「誰だ」

その男の視界に入ろうとベランダの床を這いながら、サキミが答えた。

「花の咲く山で生まれたんでしょ？　予知夢も見るようになって、恐かったんでしょ？　犯されてひどい目に遭ったんでしょ？」

恭一は泣き出してしまいそうだった。サキミは赦しているのだ。最も辛かったはずの出来事をさえ口に出し、男をなぐさめようとしている。

少しの間、男は動かずにいた。サキミが差し出した過去を吟味するように、じっと立ちつくしていた。だが突然、

「違う」

と叫び、男は部屋の奥へ走り出した。階下へ向う男を止めようと、清司と導師（グル）が駆け寄ったが、男は殴りつけるようにして二人を突きとばした。サキミが声を上げる。

「あの人が章平に殺される」

それを聞いて、今まで黙っていた〝信者〟たちが動き出した。一斉に一階に向う。恭一も男の後を追った。

バリケードの内側には、〝信者〟の中から選ばれた力の強そうな若者数人がいた。男と、男を追ってあわてて下に降りて来た清司たちに道を譲り、状況を把握しきれぬまま茫然（ぼうぜん）としている。

溶解した鉄屑の塊、机やソファ、丸テーブルが積み上げられた隙間から章平が見えた。荒い呼吸に肩を上下させた章平は、右手に鈍く光る鉄パイプを持ち、飛び散った木材の上に立っていた。バリケードから抜き出したその武器で家具類を滅多打ちにしたのだろう。細かい木屑の塵が舞っていた。

その章平を恐れる様子もなく、男はバリケードを乗り越えようと、突き出した鉄板に何度も足をかける。清司と導師（グル）はそれを引き止めながら、男の白い長衣（ジュラバ）を後ろからつかんだままでいた。やめて下さい、罠ですよ、行ったら殺されますよ。

章平の背後にイチオが現れた。遅れて新太郎と松本が駆け込んだ。

「猪木吉之、お前サキミをどうするつもりだ」

章平はドスの利いた声で言った。しかし、男は答える気配さえ見せない。ただ、バリケードの向う側にたどり着こうとするばかりだ。

「答えろ。さっきのデタラメはどういうつもりだ。サキミを傷つけて、お前はあんなことを人前で……………お前は」

章平は鉄パイプをバリケードに叩きつけた。木椅子の足が折れて飛び、イチオの耳をかすめた。男は一瞬ひるんで身をすくめるが、すぐにまた安定のいい足場を探そうとする。

「章平、その武器を捨てろ」

清司が怒鳴った。導師（グル）は男を説得する。

「あいつは殺す気ですよ。頭をかち割る気ですよ。やめて下さい」

「章平」

恭一は思わず呼びかけた。

「その書類を……渡してやって欲しい。それで、この男は満足する」

恭一は確信していた。男は詐欺師ではない。霊力（バラカ）があるかどうかはともかく、男が記憶喪失であることに偽りはないのだ。そして男は今、自分が猪木吉之である証拠を心の底から欲しがっている。サキミや真理に聞いた話を継ぎ合わせて作り出したニセの過去は、男を満せなかった。男の空虚な闇を埋めることが出来なかった。男はただひたすら、その闇を埋める過去を求めている。

「頼むから、それを渡してやって下さい」

恭一はゆっくりとそう言った。少しして、カランという寂しい音が床から伝わった。章平が鉄パイプを捨てた音だった。

「渡せば、こいつは出ていくか？」

章平は言った。

「いや……」

恭一は言葉に詰まった。

「自首でもするってことか、恭一」

「わからない。ただ……」

と恭一は言った。

「もう予言者ではいられなくなると思う」

その間にも男は崩れそうなタンスの角につかまり、バリケードを越える作業に熱中している。鉄屑の先に引っかかった長衣（ジュラバ）が、か細い音を立てて裂けた。裂け目から覗く太腿の後ろ側は、たるんだ脂肪の皺（しわ）で一面さざ波が立っており、見苦しかった。

「わかった。責任持ってこれをそいつに読んでやれ。約束だ。いいか」

「わかった」

章平は黒い紐で綴じられたぶ厚い調書を、組み合わさったテーブルと椅子の足の間から差し出した。男はあわててそれに手を伸ばし、バランスを失って床に転げ落ちた。清司と導師（グル）がしゃがみ込んで男にささやきかける。大丈夫ですか、怪我はありませんか……。男の両足首は擦り傷だらけになっていた。じわじわと血がにじみ出す。しかし、男は仰向けになったまま、なおも手を伸ばした。恭一はその男に代わって調書を受け取り、表紙をめくった。

「こんなもの」

そう言って書類の束を奪う者がいた。サキミだった。

「こんなもの嘘に決まってるよ」

叫びながらサキミは調書を振り降した。バリケードに当たって、書類はバラバラと散らばり、フロアに滑り落ちた。

「章平、何でいつもあたしから奪ってばかりいるわけ？」

サキミは手の中に残った数枚の書類を、なおも振り回した。

「あんたのやってきたプロジェクトは、みんなあたしのアイデアじゃないの。あんたが認めた人は、全部あたしが見つけた人ばっかりじゃない。なのに、あたしが気に入った人にいつも嫉妬して、嫌がらせして、会えないようにして、結局後からその人と組む。まるで自分が才能を発見したような顔をして。ねえ、赤ちゃん堕ろせって言ったの誰？　お前の仕事にさしつかえるって本気だった？　全部自分のためじゃないの。赤ちゃんにまで嫉妬して、あたしを独占しようとしたのよ。自分は誰とでもするくせに。あたしは恭一としたよ。あんたが可愛がってたこの子を取ってやった」

「やめろ、サキミ」

章平は顔をそむけて言った。サキミは章平に復讐するために自分と寝たのだろうか。恭一は嫉妬の糸に頭の芯を縛られ、言葉を失った。男は床の上を這い、飛び散った調書を拾い集めるばかりだ。

「愛してる愛してるって、愛してたのは自分だけじゃないの。あんたは都合のいい女が欲しかっただけだよ。いや、アイデアさえ出れば男でも女でもいい。自分の名前を売るために手元に囲っておくだけよ。あんたなんかにはもう何もあげない。奪えるもんなら奪ってみなさいよ。あたしを奪えるのはこの人だけだからね」

いつの間にかバリケードの内側に、〝信者〟たちが押し寄せていた。誰かが帰れと叫んだ。途端にそれはシュプレヒコールになった。

みるみるうちに章平の顔が青ざめた。首を小刻みに震わせて章平は面を上げ、言葉にならない叫びを響かせた。鉄パイプを拾い上げ、章平は叫びを続けながら狂ったようにバリケードを殴りつけ始める。入口近くに解体屋の姿が見えたが、もはや手がつけられない状態だった。帰れ、帰れという大合唱の中、章平はよろめきさえして、力一杯鉄パイプを振り回した。

パイプの先が背後にいたイチオを襲った。頭をかばって折り曲げた腕に、それは当たった。イチオは飛ぶように倒れた。気づきもせず、章平は暴れ続ける。鉄板を直撃した鉄パイプがひしゃげても、章平は止まらない。

鉄パイプに振り回されるようにして、章平は足元を崩し、体勢を立て直そうと床を殴った。そこにイチオがいた。パイプはイチオの脇腹を打ちすえた。イチオの体が痙攣して縮んだ。

「てめえ、いい加減にしろ」

新太郎が章平の腰目がけて突進した。章平の体がガクンと折れ曲がった。そのまま壁に激突する。松本は木椅子の足を床から取り上げ、小さな丸顔を真赤にして、それを章平の首へと振り降した。

「イチオさんの仇だ、バカヤロー」

松本は呪文のようにそう繰り返し、新太郎が肩で押え込んだ章平の顔や胸を殴り続けた。新太郎は膝で腹を蹴り上げる。目をつぶったままの章平の口から、血がこぼれ落ち始めた。〝信者〟たちが息を飲んで黙り込むほど、二人は異常な興奮に突き動かされていた。解体屋が止めなければ、二人の若者は章平を殺していたかも知れなかった。

血にまみれた手のひらでイチオを抱きかかえて、新太郎と松本は泣きじゃくりながらビルの外に出た。ぐったりとして動かない章平を肩にかつぎ上げた解体屋は、恭一にこう言い残して彼らの後を追った。

「後は頼んだぜ。そいつはお前が解体しろ」

バリケードの内側は静まり返っていた。〝信者〟たちの目は、恭一が解体すべき男に注がれたままだった。男は泥で汚れた冷たい床に正座をし、集めた分の書類を覗き込んでは、さらに残りの散乱した調書を拾っていた。誰からの視線も気に留めず、男は作業を続ける。擦り傷からにじむ血は帯のように赤く両足首を染めていた。

もはや解体の必要もない、と恭一は思った。男は自分を崇める者たちの存在を忘れ、猪木吉之という名を持つ人間に戻ろうと懸命だ。そして、〝信者〟たちはその一人の人間を見守って、次第に熱狂をさましていくかに見える。

サキミが男をじっと見降しているのに気づいた。男から調書を奪い取ろうとする気配もない。ただ諦めたように、サキミは男の姿を見つめていた。サキミが恐れていたのはこれだったのか。恭一は今さらながらそう思い、サキミから目をそらした。男が過去を取り戻し、一介の中年になってしまう時が来るのを、サキミは恐れ続けたのだ。おそらく男が出現してから今日まで、サキミはその時に脅えながら過ごして来た。そして男は逆に記憶を取り戻す日を待ちながら、身元のない自分に脅えて来たに違いない。

しかし、すべては終わった。すべてはあり得ないことだった。恭一は奇妙な感慨にとらわれた。記憶を失った男が各地を転々とし、詐欺師と呼ばれ続ける。だが、この町に現れた途端、彼は予言者とも天皇とも、あるいはモーゼともキリストとも呼ばれ、多くの者の中心に居座ることになる。男はそのままうわ言を繰り返し、偶然とも思えないやり方で様々な種類の人間を深い闇に吸引しては、その度大きな渦を造り出してここまで来たのだ。何もかもがあり得ないことだった。

しかし、すべてはもう終わった。終わってしまった。

そう思った時だった。〝信者〟の中の一人がこう叫んだのだ。

「章平は滅びた。日は落ちた。我々は聖なる戦いに勝利した」

最初は空疎な響きに終わるかと思われたその叫びは、数回繰り返されるうちに何事か実感を帯び始めた。

「章平は滅びた。日は落ちた。我々は聖なる戦いに勝利した」

昂揚をあらわすというよりは、明らかに悲鳴に近い印象のその繰り返しが、〝信者〟たちの間に小さな熱狂を呼び覚ました。勝利だ、勝ったぞ、とうとう我々は勝った、宴だ、宴の準備をしよう。〝信者〟たちは口々に勝利を強調し、自分たちを昂揚させるようだった。そうでもしなければ、このアンチ・クライマックスはやり切れないのだろう、と思っていたのもつかの間だった。わずか数分の後には、その一階でのずれのある興奮が正当で素直な感情となり、サキミビルを貫いていた。ビル中にわんわんと雄叫びがこもり、〝信者〟たちは聖戦の勝利に沸き立った。

一階で悲鳴混じりの勝利宣言をしていた者たちが、今や本気で勝利に酔い痴れ、喜びにあふれた表情で抱き合うのを見て、男が大声を上げた。

「どしゃ降りだった。前も後ろもわからないどしゃ降りだった。その中で、私を見つけ出す旅を始めなさい」

〝信者〟たちは早速、その言葉を反復する。恭一には為す術がなかった。すべてが終わったと思ったすぐ後に、〝信者〟も男も再び元の通りになり、あり得ないことを始めたのだ。

「お前は猪木吉之だ」

恭一は男に向ってかろうじてそう言った。しかし、男は拒みもせずうなずくだけだった。サキミビルを包む騒ぎはやまない。

「俺がそれを全部読んでやる。お前に読んで聞かせてやる」

そう言うと、男は立ち上がり、何のためらいもなく恭一に近づいた。読んで欲しいのだ。恭一は混乱した。何をどうしていいのかわからないまま、恭一は騒然としたエレベーターホールに立ちつくした。

いつまでそうしていたのか、恭一にはわからなかった。清司と導師（グル）が喚（わめ）く声で恭一は我に返った。雨だ、どしゃ降りだ、雨が降って来た、予言がまた当たったと二人は騒いでいた。

バリケードの向うから、白い水の煙が蛇のようにビルの中へと這い込んで来ていた。しかし、雨の音は聴こえない。降っているのは柔かな霧雨だ。それでも、清司と導師（グル）にたきつけられた信者たちは、どしゃ降りだ、どしゃ降りだと叫び交わし始めた。男の言葉を無理矢理予言とし、崩れかけた信仰を必死の思いで立て直しているのだ。

雨粒を含んだ冷たい風が、微（かす）かに揺れながら〝信者〟たちの間を通り過ぎた。それは彼らの哀れな奮闘を優しく慰めるようにも感じられた。

第十五章

新たなる発端

私を見つけ出す旅を始めなさい

降りしきる冬の細かな雨は、白く煙りながらサキミビルを包んでいる。ビルを囲んだ解体機械は、再び主（あるじ）を失って沈黙し、雨に打たれて凍りつくかに見えた。

各階では聖戦の勝利を祝う宴（うたげ）が始まっていたが、大本営には恭一と男とサキミの三人しかいなかった。導師（グル）は二、三の者を従えて、寛樹たち負傷者を病院に運び込んでいた。最上階で介抱に当たっていたケニーと呼ばれる青年によれば、誰も骨などに異常はなく、おそらく全治二週間ほどの打撲傷だという。ただ、脳波だけはしっかり調べた方がいい、とケニーはしつこく導師（グル）に念を押した。清司はバリケードを守っていた若者三人を連れて、戻って来ない堀河と真理を探しに町の南に向ったままだ。

勝利に酔い痴（し）れて騒ぐ〝信者〟は、何度も三人だけの大本営に訪れた。まず男を真の予言者と誉め称え、恭一を救い主と呼んで感謝してみせてから、誰もが例外なく酒がないかと尋ねた。ビルが包囲された時、あらかた投げ落としてしまったと、〝信者〟は申し訳なさそうにそんな意味のことを言ったが、酒はないと答えると、すでに十二分に酔った赤ら顔に不満気な表情をにじませて帰っていく。

それら浮かれ酔い痴れる〝信者〟たちとは対照的に、大本営の三人は静かにテーブルを囲み続けた。恭一の調書を読む低い声だけが部屋を支配する。男の顔からは、バリケードの前で見せた異様さが脱け落ちていた。あぐらをかいて首を折り、まるで眠り込んでいるかのようにして、男は猪木吉之の過去に神経を集中した。サキミは部屋の隅に顔を向けたまま、一点を凝視し続けている。

調書の内容は多岐にわたっていた。興信所からの報告、警察からの情報に加えて、KKKに届いた目撃者の真偽のわからない話まで含まれている。恭一がそれを読み始めてから、すでに一時間が過ぎていたが、まだ三分の二にも及んでいない。

男が猪木吉之であることを証明する、その書類を読み上げながら、恭一はそれらすべてがぼんやりとした靄のようになってしまうのを感じ始めていた。どの報告も情報も、添付された写真の数々も、確かに男と猪木吉之の同一性を裏付けるように思える。だが、何かが違うという感覚が増してもいくのだ。そして、逆に目の前でじっとうなだれている男そのものが、猪木吉之から遠く離れ、確固とした存在感を獲得する。

おかしな感覚だった。耳の欠けた男として現れ、いつの間にかその欠落を回復していた男。脅えたやせ鼠から突然カリスマに包まれた男。恭一を父と呼び、次には実の子のように扱い、また父と呼び直す男。サキミを妻のようにしながら母として甘え、次の瞬間には無視してやまない男。自分は誰なのかと苦悶した直後に、得々とニセの自分を語り出す男。その存在の確からしさを一切失った、狂人のような身元不明の男が、今何よりも確からしいことが、恭一には不思議でならなかった。猪木吉之という男こそが存在しないまやかしだ、という考えは次第に恭一の頭を占領していく。

九時半を回った頃だったろう。恭一はそのおかしな感覚を決定的なものにする事実に出会った。それは詐欺にあった岐阜市の中年女性の証言だった。〝乃木貴一は〟とそこには書いてあった。

猪木吉之の使う偽名の一つだ。それほど本名に近い偽名を使えるのなら記憶など失っていないのではないか、という疑問も十分に男と猪木の相違を感じさせたが、さらにおかしいのは続く一文だった。

〝左耳が欠けておりました〟

恭一はあわてて男を見た。後ろになでつけた髪から、はっきりと両耳が見える。何度確かめても、それは欠けてなどいなかった。恭一は思わずサキミに問いかけた。

「ねえ、この人と僕が最初に会った時、この人の耳欠けてなかった？」

サキミは動かず、一点を見つめたまま答えた。

「そんな気もするし、そうじゃなかった気もする」

「真面目に答えてよ。僕は前から変だと思ってたんだよ。見間違いだったのかどうかが釈然としないんだから」

恭一は少し早口で身を乗り出した。

「やっぱり欠けてたでしょ？　なんで直ってるわけ？　不気味じゃないか。この証言でも確かに欠けてるんだよ。猪木吉之の耳は」

「だから、この人は猪木なんとかじゃないんだって。恭一はその証言に無理矢理つじつまを合わせたいんだろうけど」

「そうじゃないよ。僕が見た時、絶対に欠けてたんだ。こうねじくれるみたいにさ。こんな調書はもうどうだっていい。読めば読むほど変な感じがするんだから。それより、僕が見たのは何だったのかってことだよ。僕は自分のためにつじつまを合わせたいだけだよ。そうでなきゃ、僕はこうなんていうか、宙に浮いたままなんだよ」

「そんなこと知らない」

と言って、サキミは膝を横にし、腹を下から両手で抱えたままの姿勢で、顔だけをこちらに向けた。黒く大きな瞳に悪戯っぽい明るさが戻っていた。それをキョロキョロと動かし、長いまつ毛をしばたたかせながら、サキミは続けた。

「あのね、警察が言ってるホクロは、この人の脇腹にはありません。三つ並んだホクロどころか、一つだってないよ。背中のアザもない。それから血液型はBじゃなくてABです。あたし、この人の子供を産みたいから、この人の指を切って調べてみたの。血の染みたガーゼを知り合いに渡してね。ただ、恭一も章平もABだから困ったなと思ったけど。でももう章平とはしてなかったからさ。本当だよ、恭一。とにかく産まれたら赤ちゃんを調べるよ。同じABでもみんな違うかららわかるんだって。この人にとっては恭一の子供じゃなきゃいけないらしいから、まあいいんだけど。きっとこの人、赤ちゃんに嫉妬してるんだと思う。この人、あたしの子供になりたいのよ、きっと。ルーツが欲しいの。誰から生まれたかっていうルーツ。たったそれだけの純粋なルーツよ。あたしはこの人にそれをあげたい。あたしだけがこの人を産んであげられるんだから」

そのサキミの奇妙な考えを聞いて、恭一はあっけにとられた。沈黙する恭一を見て、サキミは揺り籠のように前後に動き、大きく口を開けて笑った。

「でもねえ、本当にあたしから産まれるのは赤ちゃんだけなんだけど」

男が右肩をぴくりと上げた。それは、体中に満ちた不安を一瞬だけ噴出させるような動作だった。だが、男はすぐに緊張を解き、うなだれて背を丸めた。そして、なお調書の続きを読んで欲しそうに、恭一を上目遣いで見る。

「そんなことより、耳だよ、ホクロだよ、血液型だよ」

恭一はサキミに目を移して言った。しかし、サキミはゆっくりと首を横に振るばかりだ。

「じゃあ、こいつは猪木吉之じゃないじゃないか。それなら一体この男は」

声の調子を上げてそこまで言い、恭一はあわてて口を閉ざした。誰なのか、と言ってはならないと思った。それは男を突然変異させ、予想もつかない行動に駆り立てる。サキミも同じように考えたのだろうか、飲み込んだ問いに一気に答えた。

「恭一の子供。恭一の父親。恭一の兄弟。恭一と同じ女性と関係した人。でね、あたしの大事な人。あたしの子供。生まれて来る子の父親で、しかもお兄さん。あたしたちにとってはね。そしてみんなにとっては、強い霊力(バラカ)を持った予言者で、みんなに生きる目的を与える人よ。それ以上、何が必要なの？　誰だってかまわないじゃない。こんなにはっきり、この人はここにいるのに」

サキミはその言葉を男にこそ届くように言っていた。男は閉ざした口の端を嬉しそうに歪める。でも、と恭一は言った。

「僕はどうなるの？　父親だったり、子供だったり、兄弟だったり、救い主とかいうものだったりしてさ。この男のおかげで僕は自分が何なのか混乱させられてるんだよ」

「恭一、それは全然違うんじゃない？」

サキミはゆったりと歌うように言った。

「この人のおかげで恭一もはっきりここにいるんだよ。あたしも信者のみんなも、この人につながったおかげではっきりここにいる。みんなそれで集まってるのよ。みんな自分が本当にはっきりこの世にいるかわからなかったの。だからこの人はキリストなんだって、ヤギが言ってた」

「ヤギ？」

「康介が連れて来た、ほらヒッピーの親玉」

「ああ、導師(グル)の名前だったたっけ」

「そう、あたしたちはヤギって呼んでるの。ヤギが言うにはね、この人はみんなのために記憶を失ってるの。みんなの今まで生きて来た嘘の過去を消すために、一人で記憶喪失になってるんだって、そう言うのよ。罪を背負って死ぬキリストみたいにね。みんなの過去を背負って、それを浄化するブラック・ボックスなんだって。そんな講釈なんかよりもっと前に、つまり最初からあたしは気づいてたけどね。この人はあたしをやり直させてくれるって。今までのあたしを消してくれるんだって。まあ、最初って言っても、どれが最初か思い出せないんだけど」

それから三十分ほど、サキミは男との出会いについてしゃべった。ある時は円形闘技場でこちらをじっと見つめ、ある時は二、三人の浮浪者と一緒にサキミをからかい、ある時はサキミビルの入口で次の日に起ることを予言したという。同じ紺の汚れたスーツ姿なのだが、いつでも印象が違っていた。サキミはそう言って笑った。本当のところ、どれが男だったかわからないし、どれも男だった気がする。何度男に聞いても覚えていないのか、要領を得ない返事しか返ってこない、とサキミは言った。

「だから、いつが最初の接触だったのかについては、結局お手あげなんだけど」

おどけて顔をしかめ、サキミは水滴が流れ落ちる窓を見た。

「でも、そんなことはどうだっていい。今、この人はここにいる。だからあたしもはっきりここにいる。恭一も色々と役割が多くて大変でしょうけど、余計にはっきりここにいるのよ。みんなもそう。この人につながって、みんなははっきりここにいることが出来るの」

サキミは柔かな笑顔をたたえて、小さく、しかし力強くうなずいた。それは魅惑的な優しい微笑みだったが、恭一はむしろ悲しい思いにとらわれた。

「サキミらしくない。誰かとつながって、そのおかげで自分らしく生きてるなんて、サキミらしくない考え方だと思う」

「人は変わるのよ、恭一。それにあたしらしさなんて、勝手に恭一が決めつけてたことなんじゃないの？　あたしは今ここにいる。どんな風だろうと、ここにいる。それだけがあたしらしさだと思うけどな」

「でも、何だか嫌だよ」

「じゃあ聞くね。恭一だってこの人につながってる気がしてるんじゃないの？」

　言われてみれば確かにそんな気もした。男の奇行に混乱させられながらも、恭一は次第に男と深くつながって来た。男の復讐の対象ともなった自分なのだ。どんな人間とも厄介な関わり方をせず、ことさら自分を守ることだけを考えていた今までからすれば、男を巡る葛藤（かっとう）は嘘のように複雑で奥深い。しかし、と恭一は思う。

「たとえつながってしまっているにしても」

「つながってるんでしょ？　認めなさいよ。つながって弱いところをさらけ出して、またこの人とつながるのよ。みんなそうなんだから」

「認めるよ。どこかしらつながってる。でもね、そのつながった相手がどこの誰かもわからないんじゃ、僕は不安定だよ。サキミは本当に平気なの？　このわけのわからない力を持ってる人が、霊力（バラカ）は別にしてだよ、人をつなげる力を持ったこの人がさ、どこの誰だかわからないのに安心出来るの？　本当にみんなの過去を帳消しにするキリストだと思ってるんだとしたら、サキミはこの人を愛してなんかいないんだよ。だって、この人は霊でも靄でもない。現にここにはっきりいる一人の人間なんだから。いや、霊力（バラカ）があったとしてもさ、この人は一人の人間なんだし、記憶を取り戻したくて一所懸命に見えるじゃないか。猪木吉之でもないんなら、この人は、この人そのものはまた闇の中をうろついて苦しむんだよ。それでいいの？　この人をそのままにして、自分たちだけつながったつもりなんてひど過ぎるじゃないか。そうだよ、それこそサキミらしくないよ」

しゃべっているうちに胸の奥からこみ上げて来るものがあった。男が抱える大きな闇の恐しさを少し実感出来たような気がしたのだ。男の復讐にさらされた時、自分の内部に広がり続けた暗黒の、手さぐりさえ不可能に思われた空間を恭一ははっきりと思い出した。男はあの数倍、数十倍の闇の中を迷っているに違いない。それは余りに広大で虚ろな、場所ともいえないような空間だ。その広大で虚ろな闇に光を突き入れるはずの猪木吉之という名前を、男は何とか思い出そうとしている。だが、男が最も強く依存しているだろうサキミが、その光の可能性を打ち消してしまったのだ。あなたは猪木吉之ではない、と。

「恭一」

サキミは突然うつむき、巨大な重力に耐えるような声音になって言った。

「わかってるよ。そんなことわかってる。でもね……」

サキミは泣いていた。そのまま立ち上がり、部屋の外に出るよう促す。恭一は従った。ドアを閉め、廊下で二人きりになると、サキミは続けた。

「あの人が思い出せなかったらどうするの？　結局思い出せなかったら……辛いよ」

流れそうな涙をこらえ切って、サキミは頭を振り立てた。

「ホクロのことも、アザも血液型もみんなあたしの嘘かも知れないってこと、わかっておいて欲しい」

「あの人のための嘘だった……ってこと？」

「さあ、どうかな。あたしのためかも知れないし。あの人が全部思い出しても、あたしのそばにいてもらうための嘘かも知れないでしょ」

「嘘なの？」

恭一はサキミの目をとらえて問い質した。

「さあね。少くともあたしはあの人が猪木吉之っていう人じゃないと思ってるだけ。それしか言えない。言えないよ」

これ以上は聞けない、と恭一は思った。いや、聞いてはいけない。しばらく二人は向い合い、お互いにうつむいたままだった。

「よーし」

急にサキミが明るく声を張った。見ると活発な笑い顔でこちらを覗き込んでいた。

「聖戦の勝利祝いに参加しようよ。ね？」

とまどって恭一は答えた。

「でも、あの人は？」

「あの人が誰なのかはあの人が決めるしかない。そうでしょ、恭一？」

微笑んでうなずこうとしたが、うまくいかなかった。思わぬ方向に歪む顔を伏せて、恭一は何度もうなずき、サキミについてエレベーターに向った。

最上階、サキミの部屋は小さなディスコになっていた。黒いスピーカーから、ミズオの、ミックスしたダンス・ミュージックが大音量で鳴り響いている。腹を打つほど重い規則的なビートと、電気的によじれ続けるベースの音。その上に、淡い色使いの水彩画を連想させるピアノの旋律が揺らぐ。

目の覚めるような水色の短いワンピースに着替えたまりのが、腰をくねらせながら近づいて来た。オレンジ色の口紅を厚く塗りこめた唇を開き、恭一にもそうするように促す。餌をねだる小鳥の格好で口を開くと、まりのが肉づきのいい指ごとカプセルを押し込んだ。ラブ・エクスプレス！　とまりのは耳許で笑った。美しい速度を保つこの音楽には一番のクスリ。

光がことさら強く輝いて見えるラブ・エクスプレスのためにだろう、そこら中に照明を置いて、若い〝信者〟たちは踊っている。傍らにいた男からワイングラスを受け取って、恭一はカプセルを飲み込んだ。サキミは子供の悪戯を見守る母親のように微笑んでいる。

まりのは張り出した尻を見せつけるように振る。恭一もビートに合わせて、体を滑らかに動かし始めた。矯声(きょうせい)がなお高らかに上がった。ラブ・エクスプレスはすぐに効果をあらわした。一瞬鼓膜が塞(ふさ)がったようになり、体中の内圧が急激に高まる。皮膚の表面にさわさわとした風が吹いた。ピアノの繊細なタッチが際立って耳につき、内臓をくすぐった。それから何分後、何十分後だろうか。まりのの温かく湿った舌が、恭一の唇を割って入り、喉の奥までからみついて来たのを覚えている。恭一は激しくそれを吸い、ラブ・エクスプレスが運ぶ高く遠い地点に達した。


翌朝、男は消えていた。うろたえ、ビル中をくまなく探し回ったのはサキミ一人だった。酔いを引きずったままの〝信者〟たちは、サキミの狼狽(ろうばい)ぶりを遠回しにからかうばかりだった。どこかに隠れてるんでしょう、突飛なことをする方だから。重そうな口を開き、そのようなことを言って、〝信者〟たちは再び深い眠りにつく。

正午を過ぎる頃になって、彼らは初めて事の重大さに気づき始めた。目の色を変えてビルの中を駆け回る者が増えていき、やがて全員が男の姿を探して各階を行き来した。各部屋の天井裏やクロゼットの奥はもちろんのこと、配電盤の中をさえ〝信者〟たちは覗き込んだ。しかし、男はどこにもいなかった。

二階の大本営に戻った恭一は、調書が消えているのを知った。宴で賑やかなサキミビルを後にし、調書だけを持って氷雨の中に消えていく男の姿が目に浮んだ。男は猪木吉之である自分を思い出したのだろうか。それとも猪木吉之であることが実感出来ないまま、ビルを去ったのだろうか。どしゃ降りだった。前も後ろもわからないどしゃ降りだった。その中で、私を見つけ出す旅を始めなさい。男の最後の予言が脳裏に蘇った。私を見つけ出す旅を始めなさい。それは男が自らに言った言葉だったかも知れないと思った。だが、今となっては確かめようもなかった。男は謎のまま消えたのだ。僕は、自分とつながった男の真実をもはや知り得ない。そう思うと、恭一は抑えようもなく動揺した。

男を求めて〝信者〟たちが次々と町へ出ていくのに混じって、恭一もビルを出、自分の部屋へ向った。白い衣を身にまとった〝信者〟たちは、血眼になって町中を走り回っていた。それは薬物を注入され、興奮の極に達した二十日鼠の群れを思わせるほど異常な様子だった。

ノブの穴に鍵を差し入れると、懐しい音がした。何日も帰っていなかったような気がした。ドアを開けると、部屋の奥に解体屋がいた。窓を背にしてソファに座り、目をつぶっている。死んでいる、と思った。心臓を抜き取られるような衝撃を受け、走り寄ろうとあわてて靴を脱ぎ始めると、解体屋は身じろぎもせず、お帰りとだけ言った。

激しい動悸がおさまるのを待って、恭一は解体屋の前に腰をおろし、男が調書を持って消えたことを話した。それをきっかけにして、男について思うことすべてが口からこぼれ出た。男が猪木吉之かどうかがわからないこと。男にさえわからないかも知れないこと。サキミの苦しみと男の闇の深さについて。そしてまた、その男が自分にもつながってしまっていると思ったこと。つながっている以上、男が誰なのか確かめなければ自分の存在があやふやになること。解体屋は目を閉じたまま、耳を傾け続ける。脈絡のないままひとしきり語り終え、大きく息をつくと、恭一は沈黙した。すぐに、まだ何ひとつ語ってはいないと感じた。もう一度始めから語らなければ何も話していないことになる。だが、再び口を開こうとすると、すでに何度となくそうしたような気がした。語り終えては、また始まりから語る。そんな永遠の繰り返しの中にいるような錯覚が、恭一を空白の時間の中に吊り上げた。

「章平は解体されたよ。自分から頭のプログラムを壊しちゃったよ」

唐突に吐き出された解体屋の言葉が、恭一を永遠の繰り返しから現実の世界にたぐり寄せた。

「あいつはあいつで思いつめていたんだな。いくらデプログラマーでも、到底届かないプログラムがある」

解体屋は両手で顔を覆い、つぶやいた。

「何回も後悔して、何回も仕方なかったんだって納得するんだけど、また最初から考えちゃうんだよ。何回も何回も同じ数式を解いてるみたいだ。問いも答えも同じなのに、何回もたどっちゃうんだよ」

解体屋も永遠の繰り返しの中にいたのだ。二つの無限に回転する輪を恭一は思い浮べた。自分たちは、接触することもなく高速回転する二つの輪だ。そして、お互いに止める能力を持たない。

到底届かないそれぞれのプログラムに従って、二つの輪は日が暮れるまで音も立てずに各々（おのおの）の回転を続けた。

浴室で回転灯が動き出した。撒き散らされる黄色い光に合わせて、電話が鳴った。導師（グル）からの電話だった。

「あの方がどこにもいないんですよ」

導師（グル）は虚ろな声でそう言った。恭一は返すべき言葉を持っていなかった。導師（グル）は乾いた喉の隙間から呼びかける。

「救って下さい。私たちを救って下さい。あの方なしでは、私たちはこの土地を守り切れないんですよ。みな浮き足立ってる。あなたが来てくれなければ、みなの心が崩れてしまうんですよ」

脅迫するような調子で、導師（グル）は言った。恭一は沈黙を続ける。やがて導師（グル）も黙り込み、しばらくして電話は切れた。

恭一は解体屋を見上げた。月明りが解体屋を照らしていた。銀色に光る解体屋は首を横に振った。電話の内容は殆ど聞こえていたのだろう。だが、恭一は言った。

「行って来る」

「なんで行くんだ。お前が奴らを救う必要なんかないじゃないか」

「違うよ。サキミビルに行くんじゃない」

そう言って恭一は一度口をつぐみ、大きく息を吸った。そして、ゆっくりと自分に言い聞かせるようにして、言葉を吐き出した。

「猪木吉之の家に行って来る」

「馬鹿言え。何しに行くつもりだ。お前、頭おかしいんじゃないのか」

恭一が目をそらしてうつむくと、解体屋は長いため息をついて天井を見上げた。恭一は眉を寄せて言った。

「確かめたいんだよ。あいつが猪木吉之なのかどうか。伊那市の実家に行って、そこで決着をつけるんだ。このままにしておいたら、僕はいつまでも謎を抱えた状態で宙づりになる。自分がいないままになる。サキミたちとは関係ない。これは僕一人の問題だから、僕が解決するんだ。あいつが猪木吉之だとわかっても、サキミたちに教える気はないよ。これはとにかく僕自身のことなんだから」

「はまったな、恭一」

解体屋は低い声でそう言った。髭に覆われた顎(あご)の向うにサキミビルが見えた。

「あいつのことを理解しようとすると、必ずはまり込むんだ。そして自滅していく。康介もミツもイチオも、……章平もそうだ。あいつは敵味方なく人間を滅ぼすんだ。恭一、俺たちは眠っていた。だけどあいつはその間ずっと起きていた気がするよ。ただ何に覚醒して何を考えていたか、それを考えた途端にズブズブはまり込む。あいつはそういう罠だ。関わった人間は必ず、眠ったまんまの蟻みたいに、あいつの蟻地獄に落ちていくんだ」

「少くとも、自分が誰なのかって問題に覚醒してたんじゃないかなあ。それが知りたくてもがき続けてたんだと思う」

恭一がそう言うと、解体屋は犬のくしゃみに似た音をさせて笑った。

「それならなぜ予言めいたことを言って、人を惑わせたんだ。いいか、俺は詐欺師だと思ってるうちにはまり込んだ。お前も同じように、お前が作った物語にはまり込んでるんだよ。自滅していった奴はみんなそうだ。章平ははまった上に気までおかしくした。あいつの素姓さえ明かせば、あいつはもう人をだませないと思ってたんだ。俺の提案だった。章平はそれに賭けていた。起源問いで」

「キゲンドイ？」

と恭一は聞き返した。

「起源を、つまり素姓を問うやり方さ。それしかなかったんだから仕方がなかった。でも、それも失敗した。まあ、お前と同じであいつの過去に執着したんだ。ただお前と違って、俺たちはあいつが記憶喪失のふりをしていると結論づけていたわけだけど」

「でも、あの男は町からいなくなったよ。だから、章平も解体屋も勝ったんだよ」

解体屋が高速回転の輪にならないように、と恭一は励ます調子で言った。だが、解体屋は首を振った。

「いや、結局誰だったのかわからないままで、あいつは消えた。〝信者〟は勝手な解釈をするだろう。もともと正体不明なんだ。天に帰ったという奴が出てみろ。信仰はかえって深まるかも知れないぜ。今は動揺してるだろうけどさ。それはあいつの計算かも知れない。凄いプログラムだよ。あいつの存在自体がとてつもないプログラムだ。外したと思うと、もう別のプログラムになって作動する」

解体屋は窓の方を向き、遠い彼方を見つめて続けた。

「お前に同行させてもらうよ。俺も見届けられるところまで、見届けさせてもらいましょうか。章平に対する責任があるからな、逃げるわけにもいかないよ。今度はお前が狂うかも知れないしね。そうならないように頑張るつもりだけど、下手をすると俺が狂わされる可能性も十分にある。あの男自身まで自分を理解しようとし始めたんだと思うと、俺は正直言って恐いんだよ。他人をはめる最強のプログラムが、自分にはまってるんだ。そんな恐しい状態の中に、俺たちは巻き込まれようとしている。お互い、最大限のケアをしようぜ」

解体屋の言葉に従って、恭一は何日か出発を見合わせた。ひょっとすると男は伊那に向っているかも知れない。とすれば、あまり早く猪木吉之の生家を訪ねても、男がたどり着く前では意味がない。解体屋はそう言ったのだ。

二日間様子を見ている間に、サキミビルに大きな変化が現れた。加賀が町の南から解体工事を始めると、保護されていた浮浪者をはじめ〝信者〟の何人かが消え、一旦町を出ようと主張する者が多くなった。だが、解体屋の指摘通り、残りの者の信仰は強さを増した。ビルを離れようとした若い男にリンチが加えられた、という噂さえあった。〝信者〟たちは粘り強く男を探しながら、工事の邪魔を続けた。

三日後の朝早く、恭一と解体屋は中央線に飛び乗った。前日の夕方、猪木吉之の生家への電話で、男らしき者から連絡があったと聞いたからだった。二人は数時間黙ったままだった。やがて列車は山並みの間に入り込む。強過ぎる暖房で足がむくんでいくような気がした。スニーカーを脱ぎ捨て、恭一はシートを倒した。男が消えた日から殆ど一睡もしていなかった。到底、眠る気がしなかったのだ。

横の席でぶ厚い資料をにらみつける解体屋を、恭一は見た。解体屋の声が脳裏をよぎる。〝あいつはその間ずっと起きていた〟。男は今の自分のように眠らないでいたのだろうか。夏からこの初冬までの数カ月間、男は目覚めたままだったのだろうか。しかし、答えがあるはずもなかった。それもまた、男のプログラムにはまり込んだ解体屋の物語だ。恭一はまぶしく照り始めた窓の外を見やり、熱をもった足をもみ続けた。

猪木吉之の生家は伊那市の外れにあった。タクシーに乗って一時間あまり、山の奥へと向う。途中から鬱蒼（うっそう）とした森に潜り込んだ。冬枯れした枝がからみ合う山道は、時折小さな川に沿っていた。源流へと遡（さかのぼ）っていくようにして、車は一定の速度で山を登った。

人里離れた小道の脇でタクシーは止まった。無口な運転手が指差す先に幾つか家が見えた。背負った小高い山の影が落ち、巨大な木の洞（ほら）に見える。

古びた農家のうちの一軒が猪木吉之の家だった。すすけた表札に猪木野吉という筆文字がかすんでいる。

「見てみろ」

と解体屋が顎で周囲を示した。頭をめぐらせたが、何を示しているのかわからない。解体屋はゆっくりと腕を伸ばし、指差し点検のように四方を示した。

「ここをサキミビルとする。右手上方に大きな池。その上に大木が一本。さらに右手の奥は山。下は東から西一直線に川。こっちから見て、その真下は田んぼと畑。その左隣、つまり砂漠（デゼール）で言えば南東に墓だ。男が作った世界そのままじゃないか」

恭一は黙ってうなずいた。そう言われれば、合致していると言えないこともないし、当てはめに過ぎないような気もする。解体屋はかまわず向きを変え、引き戸を開けて人を呼んだ。答えがない。湿った土の匂いが立ちこめる玄関に入り込み、二人はそのまま待った。

しばらくそうしていると、奥から白い割烹着（かっぽうぎ）を着た中年の女が現れた。電話をした者だと話すと、一瞬困ったような顔を見せ、ともかく中に入るように言う。導かれるまま、広い居間の大きな卓袱台（ちゃぶだい）の前に座った。太く荒々しい木材が、天井で黒光りしている。隣の台所に入った女は、遠くからようおいでたねえと繰り返した。茶と漬け物を出し、突然だでこんなものしかないけんどと言い訳をしてから、女は猪木吉之の妹だと名乗った。そして、父を呼んで来ると言い置いて外に出て行った。本家に寄っているのだという。静まり返った家屋を見回す。男が来ている様子はなかった。恭一は、背中に張りついていた緊張を、小さなため息とともに解いて、熱い茶をすすった。

猪木吉之の父、猪木野吉はじきに八十に届きそうなほどの老人だった。背は低く、短くて太い首が猪を連想させた。頬に張りつき裾野を広げた丘のような鼻が男に似ている。短い挨拶を終えると、猪木野吉と猪木吉之の妹はぷっつりと黙り込んだ。

口火を切ったのは解体屋だった。調書のコピーを木目調の黒ずんだ卓袱台に載せ、解体屋は静かにこう言った。

「息子さんについて、色々とおうかがいしたいと思って参りました」

するると、猪木野吉は苦々しい表情を浮べ、吐き捨てるように答えた。

「昨日遅く来て、今朝消えちまった」

正座していた尻が思わず跳ね上がった。恭一はすがるように尋ねる。

「どこにですか？　どこに？」

わからねえと野吉は言った。なおも問いを重ねようとする恭一を、解体屋が制した。

野吉は少しの間、恭一の興奮を咎めるように黙っていたが、やがてぽつりぽつりと話し始めた。

野吉はまず、訪ねて来た男が本当に息子かどうかわからないと言った。幽霊のように白いボロ布をまとった男は、確かに吉之そのものだったが、どこか違ってもいたと野吉は首をひねった。左耳がまず違ったという。

「欠けていなかったんですね？」

恭一は勢い込んで言った。野吉はうなずき、自分がそのことを指摘すると、男は突然声を荒げ、整形させられたと答えたと言った。怒ったような泣いたような顔が気味悪かった、と妹がつぶやく。整形でああ直るかねえ、と言った後で野吉は猪木吉之が耳を欠いた理由を語り出した。それは何とも陰惨な話だった。

十五年前、猪木吉之は妻と三歳になる子供の三人ですぐ近くに建てた二階建ての家に住んでいた。農業を営む野吉を手伝いながら化粧品の訪問販売にも手を伸ばし、何不自由なく暮していたという。ところが、その年の冬、家から火が出た。しばらく雨が降らず空気が乾いていた上、風も強かったため火の手はすぐに回り、家は炎に包まれた。家の中には妻だけがいた。野吉とともに畑にいた猪木吉之と三歳の子供は、あわてて家に向ったが、燃えさかる炎の前ではいかんともしがたかったという。だが、三歳の子供、貴一は母を救おうとちょっとした隙に炎の中へと飛び込んだのだった。それでも猪木吉之は茫然（ぼうぜん）と炎を見つめるばかりだった。妻と子は焼死した。野吉たちは、仕方なかったんだとなぐさめたが、猪木吉之は自分は何も出来なかったと泣き続け、通夜が済んだ晩、赤く燃える火箸（ひばし）を左耳に押しつけた。

それから数カ月、野吉の監視のもとで猪木吉之は暮した。いつ眠っているのかわからないほど、猪木吉之は朝から晩まで奇妙な行動を繰り返し、特に火を見るとそれに向って走っては直前で止まり、口を大きく開いて地鳴りのような声で呻（うめ）いた。そして、春。山の木々も芽を出し、畑の土手に様々な草が花をつける頃になって、猪木吉之は行方知れずになったのだという。

あの縮れた耳が直ることはあり得ない、と野吉は言った。訪ねた男にもその話を聞かせ、整形でどう直したのか、誰が何の目的で整形させたのかとしつこく質問したらしい。

男は答えずじっと座ったままだった。そう妹は言った。話に耳を傾ける姿は兄の吉之そのものだった。妹は野吉に向って訴えた。近くに寄って耳を見た。欠けていた辺りの色がおかしかった。確かに整形の跡だと思う。あれは間違いなく兄さんだった、と。

そうだけんど、と野吉はつぶやいた。そして、男は自分から猪木吉之ではないと言い出したのだ、と唇を歪めた。意味のよくわからない過去を話し出したという。

恭一は死んだ鶏のように固く目をつぶり、男が語ったという過去を聞いた。それはサキミビルのベランダで行った男の演説そのままだった。サキミの過去をもとにし、真理の話を混ぜ合わせた切れぎれの物語。男は挑むようにそれを語り、話し終えると唐突に泣いたと野吉は言った。そして、憎々しげにこう言い放った。

「父ちゃんの名前がキョウイチで、母ちゃんがサキミだっちゅうだで、吉之のはずがねえだよ」

恭一は呻きを上げそうになった。男はニセの血統に頼るしかなかったのだ。猪木吉之になれなかった男は、自分が捏造(ねつぞう)した血統を主張した。そして、そうしながらもおそらく、それもまたニセ物であることを強く自覚していたのではないか。しかし、だからこそより深く男は恭一を父と思い込もうとあがいたはずだ。そう思うと、恭一の目の前にあの広大で虚(うつ)ろな闇が広がった。闇は恭一に近づき、男の父になれと命じる。凄まじい吸引力を発して、こちらを包み込もうとする。恭一はもう少しでその広大で虚ろな闇に引きずり込まれそうになる。解体屋が恭一の腕を強くつかんだ。かろうじて闇からの力に抗(あらが)い、恭一は噴き上がる呻きを押え込む。

だがその直後、猪木吉之の妹の話が、恭一を闇の側へ突き放した。

父と母の名を語ってから、男は父母を呪ったというのだった。サキミという鬼婆(おにばば)にだまされ、罠をかけられ、一人にされた。父はお前は誰だと言った。一人にされた。一人にされた。雨の夜に一人にされた。絶対に許さない。サキミを許さない。キョウイチを許さない。男は低くそう繰り返したという。

女の話の途中で、恭一は耐えきれず大きく口を開いた。解体屋が何か怒鳴るのが聞こえたが、何の効果もなかった。男と同じあの呻きが体の奥から膿（うみ）のようにあふれ出し、古くがっちりとした農家の居間一杯に広がった。

解体屋に抱えられるようにして、恭一は砂漠（デゼール）に戻った。どこで転んだのか、右のくるぶしがむくみ、腫（は）れ上がっていた。それから一週間のうちに、サキミビルから〝信者〟が消えた。〝信者〟の一人が提供した都内の古い一軒屋が、新しい信仰の地となった。〝信者〟たちはその家を〝仮の宿〟と呼び、そこで救い主の誕生を待って必ず若桓町に戻ると宣言したという。

解体屋は郊外にある自室に恭一を移した。恭一は虚ろになりがちな意識のまま、そこへ越し、解体屋の〝建て直し〟に身をまかせた。

第十六章

不用意な侵入

私のためにあなたはここにいる

十二月も半ばにさしかかろうとしていた。本が堆く積まれた部屋の狭さになじんだ頃、心にぽっかりと開いた空洞が塞がり出した。

初めのうちは起きていても悪夢を見た。目の前に真空の闇が広がり、それが恭一の胸の奥にある空洞を吸い寄せた。胸の空洞は広大で虚ろな闇に向って果てしなく吸い込まれる。体が割れたゴムボールのように裏返る。今や表面になったゴムボールの内側は漆黒に塗られているから、すべては闇に包まれてしまう。すると、その黒々として距離感のない空間のどこかから、溶けた肉や骨、内臓をうまそうにすする音が聴こえた。その恐しく肉感的な音を立てるのが、男の口だと思われる時もあったし、男の胸に恭一のそれと同じくぽっかりと開いた穴だと感じることもあった。そうやって、男と恭一は虚しい闇の引力で結ばれている気がした。

右足首の腫れがひかないことも恭一を苦しめた。足首が腐り、濃い黄色の膿を噴き出す幻影が、時々恭一を襲った。その度にバリケードから崩れ落ちた男の両足首が目に浮んだ。帯状に血をにじませた足首。その片方が恭一自身のものに思えてくる。腫れた足を媒介にして、二人はつながっている。兄弟のように、親子のように、いや同一人物であるかのように結ばれている。そう感じると恭一は必ず呻き声を上げた。

呻き声に気づくと、すぐに解体屋が恭一の肩を揺さぶった。そして耳許でささやく。藤沢恭一二十六歳、藤沢幹也、藤沢祥子の長男として神奈川県に生まれる。慶応大学卒。大手証券会社を退社後、砂漠（デゼール）プロジェクトではコンセプチュアル・デザインを担当。その斬新なアイデアで注目される。プロジェクトは契約通り終了。プロジェクトは成功のうちに終了。現在は休養中。わかるか、恭一。こちらデプログラマー、立原勇三。通称解体屋。現在、藤沢恭一を再建築中。アクセスして下さい。こちらデプログラマー、立原勇三。神奈川県川崎市中原区出身、藤沢恭一は聴こえていますか？

少しおどけた調子で反復される言葉によって、恭一は精神状態のレベルをずらされる。意識が回復すると、解体屋は何気なく子供の頃の思い出話を始め、恭一の話も聞かせてくれないかと言った。恭一は生まれて初めて海に入った時の恐怖や、幼稚園で常に自分を守ってくれた大柄な同級生のことや、夕暮れの公園で若い女に誘拐されそうになったことなどを話した。解体屋は話の一つ一つに相槌（あいづち）を打ち、感嘆の声を漏らし、大声で笑った。他愛もなく思い出話に興じる二人は、まるで恋人同士のようだった。

呻き声の回数が次第に減り、恭一が表情に明るさを取り戻すと、解体屋は注意深く言葉を選びながら、章平やサキミのことを語った。章平の怪我は殆ど治り、今は神経科に通院している。ムチ打ちの後遺症はあるが、イチオは元気を取り戻しているし、リョーサクはとっくに退院した。行方の知れないミツの他は、元セキュリティ・ガード全員で西麻布あたりのナイトクラブに出没する毎日だという。そして、サキミは〝信者〟たちに囲まれ、膨らみ切った腹をさすって暮しているらしい。そう言って解体屋は犬のくしゃみを連発した。

その晩。恭一は闇に吸い込まれないように気をつけながら、解体屋に質問した。

「あの男はあれっきりなの？」

口ごもりながら答えようとする解体屋に気づいて、恭一は首を振った。

「大丈夫だよ。今思い切って言ってみたけど大丈夫みたい。解体屋のおかげでもうパニックにはならない。感謝してます。本当だよ。感謝してる」

「寝てもいいと思うくらいか」

解体屋は恭一の顎(あご)をつかんでグイと上げ、ウインクしながら聞いた。恭一は笑って答えた。

「うん。その気があるなら、建設代は体で払うよ」

すると解体屋も笑ってうなずき、あぐらを組み直して、レポートでも読み上げるようにすらすらと話し出した。

「あいつは行方知れずのままだ。それでも〝信者〟どもは待ち続けてる。毎日町に潜り込んじゃ、うろついてるよ。いつあいつが帰って来てもいいようにってな。だけど、工事は急ピッチさ。ＫＫを除けば、南の殆どが整地された。バラカもスークも取り壊されたよ。お前のマンションもな。心配するな。お前の部屋の荷物は、加賀に掛けあって、全部品川のトランク・ルームに移してある。今欲しい物があれば言ってくれ。取ってくるから。まあ、そんなわけで砂漠(デゼール)はじき、影も形もなくなる。砂漠(さばく)みたいに何もなくなるよ。そうなりゃ、奴らも諦めるだろう。あの男は帰って来ないからな。俺はそう考えてる。大体あれだけお前とサキミを憎んで呪って出て行ったんだ。帰って来るはずがない」

「どうしてあんなに憎んだんだろう」

恭一はうつむいて言った。解体屋が答える。

「あいつはお前たちを頼りにしてたんだろう。自分が猪木吉之かどうかをはっきりさせてくれると思ってたんだ。お前は猪木吉之だと言ってくれる父親で、サキミはそうじゃないと否定してくれる母親だったわけだ。だが、決定してくれないまま、二人は男を置き去りにした。それが何とも辛かったんだろうな」

「でも、サキミが否定したって男は安心しないはずじゃないかなあ。僕が猪木吉之だと決めてやるのはともかく、それを否定されたがってたわけはないよ」

「違うな。あいつにとってサキミは母親なんだぜ。私の子供だと言い張って調書を奪ってくれれば、あいつは幸せだったんだ」

「なんで？」

恭一にはそれがわからなかった。男はなぜサキミの子供でいようとしたのか。そして、自分を父親だと思い込もうとしたのだろうか。恭一を混乱させて復讐するためだけに、男が父さんと呼びかけたとは、もはや到底思えない。その恭一の疑問を鋭く感じ取って、解体屋はますます冷静な口調になった。

「あいつが欲しかったのは起源なんだ。ルーツだよ。素姓がわからない人間は、必ず親を求める。いいか、子供じゃないよ。親なんだ。親がわかれば、自分がどこから来たのかを考えなくてすむじゃないか。わかるだろ？　いくら自分の子供が出来たって、あいつ自身の拠り所にはならない。だけど、誰かの子供になれれば、何かしらの起源が得られる。そうじゃないか？」

「ああ」

と曖昧に答えて、恭一はしばらく沈黙した。確かサキミもそんなことを言っていた。誰から生まれたかのルーツを男は欲しがっている、と。だが、それならなぜ男は自分を子供のように扱おうともしたのか。大きくなったなあ、と本当にうれしそうな顔で男は呼びかけたのだ。

「しかも複雑なのは、だ。お前の父親にもなろうとしたことだ」

すかさず解体屋はそう言った。恭一の心を見透すというよりは、すべての矛盾をクリアするべく考察を続けていたのだろう。

「言ってみれば嫉妬だよ。そう考えたら一気に筋道が通った。あいつは、自分からお前を父さんと呼んでおいて、その途端に母親を取られたと思い込んだ。その上、サキミにも嫉妬をぶつけて、裏切られたと逆恨みする。鬼婆（おにばば）だって言った原因はそこにもあるだろう。ともかく母を取られたあいつは奪還に躍起になるよな。で、今度は父親の役が欲しくて、お前を実の子のように呼ぶ。だけどそうなると、あいつはルーツを失って不安になるだろう。だから、またお前を父親と呼び直すんだ。そしてまた憎む。エディプス・コンプレックス、知ってるよな？　母を我が物にしたくて父を殺そうと願う心理。あいつはその子供と父を一人でやり続けたんだ。無限の反転さ。凄まじい堂々巡りじゃないか。自分の尻尾をくわえる、ウロボロスのあの蛇どころじゃないぜ。頭まで食っちまって、どういう具合か消えずに体を裏返す。また食って裏返る。ま、幾何学上は全く成り立たないたとえだけど、あいつはメビウスのウロボロス。クラインの壺のウロボロスってわけだ。永遠に裏返りながら自分を苦しめる輪っかなんだよ。猛スピードの堂々巡りの中にいたんだ」

　猛スピードで回転する輪。男もまた自分たちが陥った、あの永遠の繰り返しの中にいたのだろうか。解体屋の見事な分析をたどり直しながら、恭一はそう思った。そして男は、最初から最後まで、想像もつかない速度で回転し続けたのだ。我々が眠り込んでいる間に。解体屋が男の不可解な行動から解析したそのプログラムは、確かに抗（あらが）いようもなく筋道が通っていた。

　しかし、と恭一は思う。何かが欠けているのだ。論理立った筋書きより重要な何かが欠けている。だが、それが何なのかはわからない。とりあえず、気にかかっていることを尋ねることから始めよう、と恭一は口を開いた。

「サキミたちは、まだ僕を救い主だって思ってるのかな？」

解体屋は大きく肩で息をして、体の力を抜いた。男の秘密を解き終え、それが恭一を納得させたと思ったのだろう。素っ気なく答える。

「お前こそ唯一絶対の救い主だと思ってはいない。生まれて来る子供に期待をかけてるよ。黄金色のオーラで輝いているだろうという奴もいれば、男よりも強い霊力（バラカ）で予言をするだろうという奴もいる。生まれた途端に〝信者〟に幸福が訪れると信じる者もいるし、その子が触れるだけで病気を治すとか何とか、その気になってる奴もいるらしいぜ。ただ、子供が生まれてからの何年間かは、お前がその救い主の代理をするだろうというムードはあるよ。だから、みんながお前を待ってる。悪いことは言わない。奴らと接触はするな。ここにも何度か電話があったけど、とぼけておいた。俺は章平に雇われただけだ、もう関係ございませんってな」

少し暑いのか、解体屋はヒーターを切り、語気を強めて繰り返した。

「絶対にあいつらに関わっちゃいけない。お前が救い主だなんて、あの男のデタラメなんだから」

そうだ、なぜ男は自分を救い主だと言ったのだろう。恭一は欠けている何かを探り当てようと、解体屋に向って言った。

「ねえ、僕を父親に仕立て上げるのはわかったとしてさ。なんで救い主だって言ったのかな」

そう口に出した途端、それも知りたい何かと違うと思った。

「それが父親の最高のイメージだったんじゃないのかね」

「でも、生まれて来る子供の方が救い主かも知れないって、あの男は言ったよ」

欠けていると感じる何かにたどり着けないまま、恭一は言い返す。解体屋はカーキ色のトレーナーの袖を上げながら、ふむと言った。

「とすれば、だ。あいつは自分に関係した者すべてを神聖化したかったんじゃないか。父でも子でもあり、はっきり言ってしまえばサキミと肉体関係を持っていたお前と、自分が妊(はら)ませた……お前が妊ませた可能性もあるけど、まあとにかく自分の子と、その両方を他人とくっきり分けておきたかったとも考えられる。何にせよ、お前と生まれて来る子供は、あいつのルーツに関与してるんだからさ」

恭一は煙草に火をつけて、ため息混じりの白い煙を吐き出した。解体屋の分析はさらにしっくり来なくなっていた。それらは論理上の可能性を述べているに過ぎない、という気持ちが強まる。欠けている。通りのよい解釈では届かない何かがある。

「あの男がいなくなった前の晩」

再び思うまましゃべってみようと思った。

「自分がくっきりここに存在していると感じた。前にも話したよね。男に次から次へと役割を与えられて翻弄されたけど、そのことで逆に男とつながってはっきりここにいる。そう思ったんだ。この部屋に来てからもそうだった。あの男が抱えてる何だか深い闇みたいなものと、自分がつながってしまってる感じがしてた。あいつにとっての色んな存在として、自分がここにいるような気もするんだ。凄く不気味だけど」

「恭一、お前は藤沢恭一だ。神奈川県川崎市中原区出身、二十六歳の藤沢恭一だ」

解体屋が突然声を荒げたのに驚いて、恭一は大きく目を見開いたまま黙り込んだ。解体屋はなおも怒鳴るように続けた。

「お前はあいつの父親でも子供でもない。そんなこと当たり前じゃないか。それともお前は自分が救い主だなんて思ってるのか？」

恭一はか細い声で答える。

「思ってるわけないよ」

「じゃあ、たとえ〝信者〟どもに救い主だと言われても、きっぱり否定出来るんだな」

「出来る」

「そんならもう一つ聞く。藤沢恭一はあいつの父親か？　二十六のお前はあの中年の父親か？」

「違う」

「じゃあ、あいつの子供か？」

「違う」

恭一は必死に首を振って声を張った。少し間をあけると、解体屋は質問のテンポを落とした。

「それじゃ、どうしてあんな男とつながって存在してると思ったんだ？」

「わからない」

「わからないじゃない」

解体屋は激昂（げっこう）してテーブルを叩いた。

「藤沢恭一はあいつとは何の関係もないんだ。もう一度最初から聞く。答えろ。藤沢恭一、お前は救い主か」

デプログラムだ、と恭一は身をすくめた。寛樹を解体した時と同じことを、今解体屋が始めている。恭一は声を振りしぼって言った。

「僕は洗脳されたわけじゃない」

「わかってる、わかってるよ。わかってるから質問に答えてくれ。お前は救い主なのか？」

違う、違う、違うと恭一は何度も首を振った。頭をスパナで殴られて、という寛樹の泣き声が耳の奥で鳴り始めた。違う、違う、違う……。恭一は繰り返す。その数珠のようにつながる言葉を断ち切るかのごとく、解体屋は絶叫した。

「じゃあ、お前は一体誰だ」

悲鳴のような音を立てて、恭一は息を飲んだ。解体屋はあの男と同じことを聞いている。男とは逆に役割を一つ一つ外しながら、しかし最終的には全く同じ問いを発しているのだ。お前は何者なのか、と。次の瞬間、猛烈に体を熱くする危険の感覚が、恭一に必死の反撃を命じた。恭一は怒鳴り返した。

「僕を解体するな」

解体屋は小さく、あっと叫んで口をつぐんだ。恭一はさらにまくしたてた。

「逆に質問する。あいつは何故砂漠（デゼール）に現れたのか。何故〝信者〟でもない僕を巻き込んだのか。何故みんなを狂わせたのか。何故欠けていた耳が直ったのか。見間違いなら何故そんな重要なことを見間違えたのか。そもそも、砂漠（デゼール）に侵入したのは何故あの男でなきゃならなかったのか。何故だ、何故なんだ」

「あそこに来たのは偶然だろう。今となっては狙いがあったとは思えない。お前を選んだのはサキミとの関係を知っていたからだろうし、みんなが狂ったのは」

早口で説明する解体屋を、恭一はさえぎった。

「知りたいのは、そんな説明じゃないよ。解釈じゃない。何故偶然に砂漠（デゼール）に来たのか。不用意な侵入をしたのか。その取り返しのつかない偶然が何故起きたかを知りたいんだ。何故、僕がサキミとああなった直後に現れたのかだよ。何でそんな偶然が起きたのか。その何故そのものが男なんだ。それがわからない」

「それは誰も解くことなんか出来ないし、その必要もないよ。だって神のみぞ知る、いや確率のみぞ知る、だろう。そんなこと言ったら、人生全部が何故だぜ。世界は何故の連続だよ。それじゃ、人生も世界も全部が男そのものじゃないか。ガキみたいなことを言うなよ」

「嫌だ。知りたいんだ」

それこそが欠けていた何かだった、と恭一は思った。その〝何故〟をわからないまま放っておけば、自分は一生涯男の闇に引き込まれ続けるだろう。問い続けない限り、自分は不確かなままだ。たった一人で男の前に立ち、世界は何故あるのかと問うてやまない子供のように問いを続けなければならない。そして、答えを得るのだ。そうしなければ自分は生きていないことになる。

頭の中央に冷たい痺れがあった。ヒーターをつけ直し、部屋中をサウナ同様に温めても、その痺れはおさまらなかった。霜に覆われるほど冷やされた鋭利なナイフの側面を、脳に押しつけられているような感覚が続いた。覚醒とはこのようなものだろうか。起ってしまった取り換えのきかない過去に、何故そうなったのかを問う。そんな愚かしい決断が覚醒を導くのが不思議だった。ひょっとすると、この覚醒した明晰さが男を切り裂くことを可能にするのかも知れないと考えてみた。しかし、それよりも何よりも男を見つけ出すことは可能か。恭一は薄青色の壁に背を押しつけ、膝を抱えて、すでに体全体を包むようになった覚醒の氷の中に閉じ籠り続けた。

翌日、弱々しい太陽が傾き出すと、恭一は身仕度を始めた。黒いバッグに着替えを詰め終わり、通帳類をその奥にねじ込むと、表へ出た。解体屋は止めなかった。黙ってついて来る。アパートの入口から路地を幾つか抜け、幹線道路に出ると、解体屋は自分からタクシーを拾い、恭一と共に乗り込んだ。恭一が行き先を告げても、解体屋は表情ひとつ変えず、じっと前を見ていた。
砂漠（デゼール）の西と隣の住宅地を隔てる広い道で、車を降りた。町はそっくりそのまま、ベージュ色の金属板で囲われていた。鳴らない笛を吹くような音を立てて、寒風が恭一のダッフル・コートをはためかせる。歩道橋の上を歩く老婆が強風でよろめくのが見えた。

恭一はひとつ大きなため息をついて歩き出した。人一人通るのがやっとという狭さの扉の前で止まり、銀色のノブに手をかける。冷たさが微弱な電気となって腕の芯に伝わった。そのままノブをひねると、扉は意外なほど素直に開いた。洞窟内部のような閉じた空間の匂いがしたが、恭一にはそれが真実なのかどうかわからない。

暗い町の方々に光の束が交叉している。工事は予想外の早さで進んでいた。見慣れた砂漠（デゼール）の姿を思い出すことが出来ないくらい、多くの建物が消え去っていた。

恭一は肩のバッグをかつぎ直し、町全体を閉じる金属板の囲いの内部に足を踏み入れた。二、三歩進んで、ふと振り返った。解体屋は扉の向う側に、煙草をくわえたままで立っていた。悲しそうな、それでいて今にも笑い出しそうな目でこちらを見つめている。髭にまといつく白い空気が、煙草の煙か、吐き出した息なのか判断がつかなかった。白い靄（もや）は素早く風に吸い込まれて消える。

「正真正銘はまり込んだな」

解体屋は低くそう言った。

「お前はもう入り込んだ。お前の言い方で言えば、不用意な侵入をした。もちろん、何があろうと覚悟は出来てるんだろうけどな。今お前は誘い込まれるみたいに入っていったぜ。解体されに行くのか、建設するために行くのかはもうお前次第だ。俺には手が出せない」

コン、コンと地を打つ大きな響きが足元を揺らした。恭一は首を軽く震わせるように何度かうなずいた。自分でも、肯定とも否定ともつかない仕草だった。

「寝たかったよ、恭一。本気でお前とやりたかったんだ」

そう言って、解体屋は笑いもせずに煙草をふかした。

「だけど、もう手が届かない。この距離はえらく遠いよ。一人で行って来い、恭一」

反応をしない恭一に、解体屋はなおも言う。

「そろそろサキミビルの解体が始まる時刻だ。今朝電話で聞いた。やっぱりお前は選ばれて招かれてるのかも知れない、と思ったよ。本当言うと、俺も見たかったんだ。モンケンを使うらしいからさ。知ってるか？　浅間山荘をぶち壊した、あのでかい鉄球だよ。都内の解体工事じゃ使えないはずなんだけどな。しかも、こんな時間にさ。どれだけ加賀がサキミたちを憎んでたのかわかるだろ。早いとこ壊しちまいたいってわけだ。まあ、加賀もプログラムを狂わされたんだろうな。……でかい鉄球でドッカーン。すかっとするいい見物（みもの）なんだがね。俺は遠慮するよ。俺はここから先へは入れない」

そこまで言うと、解体屋は煙草を投げ捨て、唇を固く結んだ。もう語ることはない。解体屋の目がそう言っていた。恭一は再び、しかし今度は深くうなずいた。そして軽く手を上げた。解体屋は両目をつぶって微笑み、ゆっくりとうなずいた。

「ありがとう」

恭一はようやくそれだけを言うと、すぐに解体屋に背を向け、町の中へと歩き出した。

男を見つけるための最初の手段は、ここに来ること以外になかった。恭一はまず何日か寝泊まりして、男を待つつもりだった。その後のことなどは考えていなかった。ただ長い旅になることだけは予想していた。工事人夫に見つかって追い出されないように、暗く狭い裏道を選びながら、まだ取り壊されていないシンナー・タワーに入り込むことにした。サキミビルからは駐車場跡と一軒の工場を挟むのみだから、解体の様子を見ることが出来るはずだった。

シンナー・タワーを含む工場群全体を囲む塀まで、あとわずかという時だった。目の前の細い脇道から小柄な男が飛び出して来た。あまりに突然で逃げることすら出来ないでいると、男は、

「救い主」

とささやいて近づいて来た。ニヤニヤ笑っている。見覚えのある顔だ。〝信者〟の一人だった。工事人夫に見つかるよりも悪いと思っていると、男は声を押し殺して続けた。

「やっぱりおいでになった。ついさっき、予言者様がここにお戻りになって言ったんですよ。救い主はどこだってね」

思わず恭一は男の肩をつかんだ。

「どこにいるんだ。あいつはどこだ」

恭一の剣幕にも動じず、若い男はニヤけた顔を崩さなかった。そのまま早口でしゃべる。

「ボロをまとってこの辺にいらっしゃったんです。でも、すぐにどこかへ消えちゃった。お前も救い主を探せって言うから、あたりを見て回ってるうちにいなくなっちゃったんです。そしたら、今度は恭一さん、あなただ。やっぱり、あなたこそ救い主です。あの方はね、こうも言ったんですよ。救い主の目の前で私は救われた。ね、どうかあの方を救って我々の仮の宿に連れて来て下さい。これが地図です。あの方には渡しそこねたから、二人で来て下さい」

小柄な若い男は、恭一に向って小さな紙切れを突き出した。拒絶の素振りを見せると、若い男

は無理矢理それを恭一のコートのポケットに突込んだ。

「僕もあの方を探し当てたらすぐ通りに出て、仮の宿に電話します。予言者様も救い主も祝福の土地にいるって。僕らはみんな、あの方を見つけ出す旅を始めてたんですからね。みんな大喜びですよ。いやあ、僕が見つけ出すとは思わなかったなあ。幸運だなあ。何か特別に選ばれていたのかも知れ……」

恭一はつかんでいた若い男の肩を突き飛ばして走り出した。この町の中にあの男がいる。どこかにいる。恭一は若い男が出て来た脇道に入り、家の間、狭い庭先に目をこらしながら走った。どこだ。どこにいるんだ。

ふと思いつき、塀をよじ登って工場群の中に入った。南側の入口まで回る余裕などなかった。恭一は幾つかの小さな工場を抜けて、シンナー・タワーに急いだ。男はシンナー・タワーを〝隠れる蔵〟と呼んでいたからだ。

壊れかけたトタン張りの扉は開いていた。駆け込む。蛍光灯がついているはずもなかった。内部は深い闇に覆われている。サキミビルの周辺を照らすライトが、向うにもう一つある工場にさえぎられ、正面上方にある窓付近をかろうじて明るませているのみだ。何度か強くまばたきして見回すと、天井が黒い岩のように覆いかぶさって来る気がした。途端に、壁も床も岩に思える。わずかに差す薄明りも、それら黒々とした岩に吸い取られ、まるで洞窟のようだった。空気さえ黒く湿っている。蔵というより、巨大な洞窟状の墓だと思った。

息を切らしたまま、目が慣れるまで動かずにいた。少しすると物影が幾分朧(おぼろ)げに浮き上がって来た。康介が作ったガラクタは以前のままだった。足元に気をつけながら、一歩踏み出した。その瞬間、人の気配を感じた。ぎくりと身を震わせ、気配の方向に目を凝らした。左手の壁際に、白くうっすらとした染みが見えた。よく見ると、染みは立体的に飛び出している。

男だ。男がこちらに向って、厳かに両手を伸ばしたままでいるのだ。全身に痛みが走るような鳥肌が立った。すぐに男が話しかけて来なければ、恭一は逃げ出していたに違いない。男は言った。

「待っていた。救い主の目の前で私は救われた。救った。救い主が救った」

男の声は洞窟の壁に響き、震動さえ起すかに思えた。男はなおも続ける。

「ヨロイを解いてくれ。救い主、ヨロイを解いてくれ。私を見つけ出す旅を始めなさい。いずれ大きな揺れが来た。とどまる者はむごいが幸福だった。お前が救い主だった」

まるで切れぎれに浮ぶ言葉を次々と羅列しているようだ。そこに意味の水脈を見つけ出すことは出来ない。しかし、男の闇の奥に浸み渡る悲しみらしきものが、黒い岩に囲まれた洞窟状の墓、男が〝隠れる蔵〟と呼ぶこの工場にあふれ出て来ている気がした。

「父さん。私は病人ではなかった。怖がらないでくれ。病はうつらない。もっとそばに来て救ってくれ。ヨロイを解いてくれ」

恭一は磁力で吸われるように、男が背をつける壁へと近づいた。目が暗闇に慣れ、男の肩にボロ布がかかっているのがわかった。白い長衣はそこら中が裂けており、様々な濃淡の染みに覆われている。数週間、男は浮浪者とさげすまれ、苦難の旅を続けていたに違いない。

「裸で出て来た赤ん坊になりたかった。ヨロイは重い。私は生まれるために来た」

恭一をじっと見つめたまま、男はそう言った。脈絡のない言葉から、唐突に露わな意味がせり出したと思った。それは恭一を揺るがす。男は生まれ直そうとしている。その不可能事を願っている。あるいは、すでに今生まれ直したと思い込んでいるなら、それも余りに悲惨だ、と恭一は顔をしかめた。男は泥と垢のこびりついた毛布にくるまれ、薄汚い産着に包まれて、凍りつく暗闇に立っている。捨て子そのものだ。

「サキミはどこだ」

と捨て子は聞く。恭一は乾いた唇を開いて答えた。

「知らない」

恭一のポケットには、サキミの本当の居場所を示す紙がある。だが、そこに男を向わせるわけにはいかなかった。

「部屋にいるんじゃないか」

そう嘘をついてから、恭一はまた男に巻き込まれている自分に気づいた。何度となくそうされて来たが、今度こそ拒絶しなくてはならない。そして〝何故〟を問うのだ。

「やはり待っていたか。このイノキヨシユキを待っていた」

再び意味の水脈を断ち切るかのような言葉を吐き始める男に、恭一は声を励まして言った。

「お前はイノキヨシユキじゃない。それはお前が一番よく知ってるはずだ。……聞かせてくれ。お前に聞きたいことが沢山あるんだ。何故お前はこの町に来たんだ。それが最初の質問だ。さあ答えろ。何故この町に来た」

「生まれるために来た」

「今日のことじゃない。一番初めのことだ」

男は顔をしかめて考え込む素振りを見せた。恭一の質問に脅える様子もなく、男は天を向いてさらに沈黙を続ける。恭一は乾燥して張りついた喉に、無理矢理唾を押し込み、じっと待った。

少しして、男が口を開く音がした。耳に神経が集中した。男はしっかりとした口調でこう言った。

「光るぞ」

するとと窓の向うが明るくなった。まるで男が自らスイッチを押したように、空が黄色に光ったのだ。その光を浴びて、男の半身は黄金色に輝いて見えた。驚愕して目を見開いたままの恭一をよそに、男はまださっきの質問について考える風だ。思わず恭一は舌をもつれさせながら言った。

「何故、今わかったんだ。光るってどうしてわかった」

男は仰向いた姿勢を崩さずに答えた。

「聴こえた。照らせという声が聴こえた。それを伝えただけだ」

「僕には聴こえなかった。どこからそんな声がしたんだ。……天から……か？」

すると男は怒りを含ませた声で、何かを否定するように言った。

「耳がいいだけだ」

そして、混乱して黙り込んだ恭一の方を見る。

「私はただ来た。それだけだった」

男は静かに言った。第一の質問への答えだった。恭一は乱れる意識を必死に抑え、しわがれた声で食い下がった。

「ただ偶然に来て、あんなことになるなんておかしいじゃないか。それだけだった、で済まされちゃ困るんだよ。いや、僕はお前が詐欺師だと思ってはいない。お前は猪木吉之じゃないんだから。みんなをだまして何を狙ってたのかを聞きたいんじゃないんだ。ただ……その何故かを、ここに何故来たのかを……」

しかし、男は恭一をさえぎって答えを反復するのみだった。

「私はただ来た。それだけだった」

恭一は激しい無力感に襲われた。自分は答えのない問いを投げかけているのかも知れない。しかし、それでも問い続ける他ない。すべてが徒労であっても、ここにとどまって男に問い続ける以外ないのだ。

「じゃあ……二つ目の質問だ。何故僕を巻き込んだんだ。何故僕でなくちゃならなかったんだ」

「救い主」

男はそう言い、無感情のままで体を前後に揺すった。そして言う。

「ヨロイを解いてくれ。救い主が救った」

「僕は救い主じゃない」

恭一は声を荒げた。

「何故そんな嘘で僕を巻き込むんだ。何故だ」

「サキミはどこだ。子供はどこだ」

「話をそらすのはやめろ。何でもいい、答えて欲しいんだよ。納得するまで聞きたいんだ。わからないならわからないって言ってくれよ。そう、そうだ。わからないことを認めて欲しいんだよ。お前にもわからないって言って欲しいんだ」

かきくどくように言ううち、実際それが答えのない問いに対する、唯一の答えである気がした。解体屋の無駄のない解釈よりも、恭一は男からその言葉をこそ聞きたかった。〝何故〟そのものである男、解体屋が人生や世界そのものと言った男、私を解釈せよと誘って人を滅ぼすプログラム自身から、〝自分にもわからない〟という一言を聞きたい、と恭一は願った。

「お前が僕を巻き込んで自分とつなげたように、僕にも巻き込まれてくれ。つながってくれ。わからないなら、それを認めてくれよ。いいか？　僕がお前に会った時、あの最初の時と同じ質問だ。答えてくれ。わからないと言ってくれ」

そこで深々と息を吸った。男は前後運動をやめてうつむき、顔全体を闇に浸している。恭一はその闇に向い、思い切って言った。

「お前は誰だ」

男の中の闇を引き出した初めの問いを、恭一は発した。すべての始まりに戻った、と思った。しかし、これはあの時と同じ始まりではない。始まりであり、終わりでもあるような始まりだ。康介は男を道鏡と言い、年老いたオイディプスと言い、キリストと言って滅びた。章平やイチオ、ミツたちは詐欺師、ペテン師だと言って滅びた。雄輔たちは新しい天皇と言って滅びた。そして、モーゼだ、東方の国に現れる予言者だと言った導師（グル）も、カスパール・ハウザーだと言った市川も、ディオニュソスと言い、マクベスの魔女と言い、メビウスのウロボロス、クラインの壺のウロボロスと言った解体屋もここにはいない。唯一自分だけが、と恭一は思った。わからない、という答えとさえ言えない答えで、広大で虚ろな闇、広大で虚ろな謎をそっくりそのまま認めようとしている。理解不能なまま受け入れ、肯定も否定もなくただうなずくことを選ぼうとしている。それは〝何故〟に答えなどないことの、その救いのなさを引き受け、かろうじて滅びのプログラムから脱出することだ。

だが、男の答えは違った。

「イノキヨシユキ……イノキヨシユキだ」

「嘘だ」

と恭一は怒鳴った。そんな答えは許されない、と思った。すると男が顔を上げて言った。

「お前こそ誰だ」

恭一は黄金色に染まった男の瞳をにらみつけ、敢然として答えた。

「藤沢恭一だ」

「嘘だ」

男は恭一と全く同じ声音で叫んだ。

「嘘だった。なりすましていた。お前は私の父さんだった。私の子供だった。兄弟だった。そして何より救い主だった。救い主が救った。イノキヨシユキを救った。救い主の目の前で私は救われた。私はイノキヨシユキだ。妻はイノキサキミ。子はイノキキイチ」

「なりすましてるのはお前じゃないか。いつも何かになりすまそうとするのがお前だ。僕にまでなりすまそうとしたじゃないか。もうよせ。わからないなら、わからないと言えよ。何が猪木吉之だ。お前が猪木吉之なら、妻も子供ももう死んでるんだ。話は聞いただろう。猪木吉之は二人を見殺しにした男だ。そのことに耐えられなくて、耳を焼いたんだ。二人を助けに行けなかった自分を責めて、耳を焼いたのが猪木吉之なんだぞ」

「だから、今こそ救う。サキミと子供を救う」

「死んだ人間をどう救うんだ？　猪木吉之になりすますのはやめろ。自分を責めるふりをして、猪木吉之になりすますなんてひど過ぎるよ。死んだ人間と、それを助けられなかった人間に対して、お前はどうしてそんな嘘がつけるんだよ。お前は絶対に猪木吉之なんかじゃない」

恭一は殴りかからんばかりに激昂して、そう叫んだ。途端に男は哀願するように膝を折り、恭一の腰にすがりついてこう叫んだ。

「父さん。私をイノキヨシユキと認めて下さい」

男の目から流れ落ちるものがあった。男はそれほどまでに猪木吉之になりたいのか。

「お前が猪木吉之なら、父親は猪木野吉じゃないか」

恭一は説きふせるように言った。男は泣きじゃくる。

「あんな意地の悪い男は父さんじゃない。救い主が父さんだった。父はイノキキョウイチ。妻はイノキサキミ。子はイノキキイチだった」

「勝手なことを言うなよ。デタラメもいいとこだ。僕は父親でも救い主でもない」

そう言った途端、男は表情を変えた。目をかっと見開き、口を大きく広げていく。男の口腔は、あたりを包む闇よりも黒かった。何よりも暗いこの闇が、初めは男の存在の違和を表わし、次には狂気を暗示し、さらには恭一を飲み込もうとする不可解な欲望に変わり、また復讐の記号となりながら、ついに広大で虚ろな謎として恭一を巻き込んだ。それは次から次へと崩れては新しい意味となって、恭一に襲いかかった。だが、もうそれは自分を混乱させないだろう。恭一は冷静に呻き声を待った。一緒に呻かないことで、勝利を確認したかったのだ。恭一はじっと待った。するとすると、男は動きを途中でやめ、呻きのかわりに太い声で言った。

「お前は巻き込まれた。つながった。自分だけ傷を負わない。それは出来なかった」

「予言か？　それは僕への予言か？」

こちらを憎々しげに見上げる目から視線を外すことなく、恭一は少しからかうようにそう聞いた。

「いや」

と男は言った。

「この土地にとりつく呪いだった」

湧き上がる怒りで背筋が震えた。まだデタラメを言う気なのか。恭一は男を振り払って飛びすさり、その無意味な呪いをはね返す勢いで怒鳴った。

「もう出て行け。僕が父親なら言うことを聞け。父無しで出て行けよ。父さんの命令を、救い主の命令を聞け」

男は床に落ちていたボロ布の上に尻もちをついたまま、顔中に不気味な微笑みを浮べていた。そして喜びにあふれ返る声でこう言った。

「やっぱり父さんだった。お前は父さんだった。恭一になりすましていたが、父さんだった。救い主だった。出て行く。命令通り私はここを出て行く」

男はむっくりと立ち上がり、まるで闇などないかのように長衣(ジュラバ)を翻(ひるがえ)して素早く扉に向う。そして扉の前まで行くと、男は突然振り返り、歓喜にむせぶ者の震える声で宣言した。

「救い主の目の前で私は救われた。私はイノキヨシユキだった。父の名はキョウイチ。妻はサキミ。子はキイチだった。今こそ救う。妻と子を救う。私はイノキヨシユキだった。父さんの目の前で妻と子を救う。だから私は救われた。やがて大きな揺れが来た。とどまる者はむごいが幸福だった。私は……私はイノキヨシユキだった」

男は去った。しばらくの間、恭一は工場の中に一人たたずんだ。広大で虚ろな闇、広大で虚ろな謎は固く縮まり、ニセの猪木吉之になって去った。恭一はその闇の固化を命じた父であり、救い主だった。方法はどうあれ、これで闇を切り離すことが出来たという思いが、恭一の体をけだるく包んだ。藤沢恭一としての自分が朧気(おぼろげ)に感じられた。だが、それはすぐに取り戻せるだろう。ニセの猪木吉之の父ならニセの父だし、ニセの猪木吉之の救い主ならニセの救い主だ。そんなニセの自分はじきに消える。

外が騒がしくなったのに気づいた。解体屋が言っていた、あのモンケンを使う時が来たのだろう。サキミビルが解体されるのだ。大きく揺れるに違いない。そう思った途端に、短い呻き声が出た。まさか――

恭一は暗い洞窟から走り出た。すねや足首に鉄屑が当たったが痛いとも思わなかった。もう一つの工場の脇を抜け、塀に飛びついてよじ登り、駐車場跡に転げ落ちた。四つん這いのまま見上げると、サキミビルは数十枚の青いビニール・シートで覆われていた。風がそれをめくり上げ、ビルを囲んで組み立てられたパイプを見せつける。骨のようだった。

カウンター・ガードの根城だった倉庫は跡かたもない。そこに解体機械が並んでいる。ひと際長く伸びたクレーンの首の下に、鉄球があるのがわかった。幾つものライトで照らし出された鉄の球は、それ自体の力で空中に浮んでいるように見えた。

右に走った。ビルの右側面はシートを取り払われて剝き出しになっている。重い金属の塊が突入してくる時を予感して、サキミビルは身を固くしてそびえているようだ。人夫たちの昂揚した声が、ようやく恭一の耳に届いた。行くぞ、行くぞと囃し立てている。クレーンが一度首を引いた。獲物の隙を狙う怪鳥のようだった。空に浮んだ鉄球が一瞬遅れで動いた。巨大な鉄球は空中でその破壊的な重量感を誇り、クレーンの喉元から放たれる時を待ちながら悦楽に震えた。

狙っているのは明らかに南東角部屋。サキミの部屋だ。恭一は走りながら起き上がり、張られたロープをまたいで、そのままビルに駆け寄ろうとした。それが合図だったかのように、鉄球とクレーンをつないでいた鎖が外れた。弧を描いて巨大な鉄の塊がビルに突入していく。人夫たちが口々に何か叫ぶ。笑い声がする。

その時、シートが一枚めくれた。南を向いたベランダに人影が見えた。男だった。男が迫り来る鉄球に身をさらして立っているのだ。何も知らぬ破壊の球は空を切り、ビルに向う。恭一の体から声があふれ出ようとするが、喉が詰まり言葉にならない。鉄球がビルにのめり込むのと、シートの陰から声が聞こえるのは殆ど同時だった。

サキミ――

鉄の球はビルに食い込んでしばらく動かなかった。恭一の体からあふれ出ようとする声は、まだ形を探しあぐねていた。だが、恭一は知っていた。探されていたのは男の本当の名前だった。声の塊は永遠に行き場を失った。それは恭一の喉の中でマグマのように熱くたぎり続けた。

恭一は路地裏に座り込んで泣いた。見間違いだろうか。いや、確かに男はいた。鉄球が狙うビルの角に男は立っていた。圧倒的な死に雄々しく直面して立ちつくし、そしてサキミの名を呼んだ。サキミは部屋にいるだろうと嘘をつき、男をそこに向わせたのは他の誰でもない。恭一だった。恭一が男を殺したのだ。何故そうしてしまったのか。恭一は高熱を発する脳の奥で悔んだ。取り返しのつかないことを自分はしてしまった。何故だ。何故、男がしようと決めていたことに気づかなかったのだ。その〝何故〟はわからないと言う答えで消すことが出来ない。

男は死と引き換えに猪木吉之になりおおせた。広大で虚ろな闇、広大で虚ろな謎だった男は、凝固してニセの猪木吉之に変わり、今壮絶に輝く死をもって本当の猪木吉之となった。欠けていなかった耳、猪木吉之でありたいと願う男の欲望をさえぎっていたあの耳は、もはや頭とともに潰れ、跡形もないだろう。ニセの猪木吉之は死ぬことで一瞬にして真の猪木吉之を得、同時にその瞬間を凍りつけてしまったのだ。

反対に恭一は一切を奪われたと思った。ニセの父、ニセの救い主のまま宙づりにされ、そのまま凍らされた。恭一は男の父となり、救い主となり、子となり、兄弟となったまま、実体のない闇につなぎとめられて動けない。つながる先にいたはずの身元不明の男は、もうどこにも存在しないのだ。いや、存在しなかったことになってしまった。自分こそニセだ、と思い、自分が広大で虚ろな闇、広大で虚ろな謎そのものだと感じる。

男が本当に求めていたのはこれだった、と思うしかなかった。何者かとして死に、しかも生き残った者の内に何者かでなかった自分を生かす。その殆ど不可能に思える奇蹟の瞬間を、男は狙っていた。じっと獲物を狙っていた。実体のない闇の形をした寄生虫。それが男だ。しかし、初めから男がいなかったことになった以上、そんな解釈も効力はない。

闇が背中を押した。歩き出していた。自分がどこに向っているのかはわかっていた。さっき路地の薄暗がりで見た地図をたどっているのだ。仮の宿を目指している。そこに行けば、自分が救い主だと名乗ってしまうと思った。完全に自分の名、藤沢恭一を失い、真のニセ救い主として生き始めてしまう。それを知っていながら、足は体を運んで行く。

違う。何もかもが嘘だ、と思う。だが、ニセの救い主は、救い主を待つ玉座の領域へと近づいていく。違う、違うと大声で叫びながら、歩みを止めることが出来ない。

西の扉から、砂漠(デゼール)を囲む四枚の壁の外へ出て、南を回り東へ向った。大きな道路を越えて隣町に入り込むと、商店街の狭い四つ辻が一日の終わりを示す賑(にぎ)わいをみせている。アセチレンランプがあちこちに吊される中で、魚屋や八百屋が太い声を鳴らす。買い物籠(かご)を提げた女たちが群れ騒いでいる。まごうかたなきアジアだ、と恭一は思った。こんなアジアの片隅で、自分は一体何を浮かれていたのか。忙しく歩き回る者たちの誰もが自分を無視している。存在のない幽霊のように扱っている。魚の内臓の臭いにむせながら、白濁した涙が詰まった頭でそう思い、唾を吐いた。今、自分は靄のようにしか見えないのかも知れない。いつか見た紫色の靄。あるいは漆黒に煙る闇。そんな正体のない色となって、自分はサキミのいる仮の宿に足を踏み入れようとしている。

違う、と叫ぶが闇の奥には届かない。闇はなおも、東へ東へと背中を押し続ける。

何時間歩いただろう。足は腫れ上がっている。地図を見る。最後の角を曲がる。闇はさらに強く背中を押す。ニセの救い主は不用意と知りながら、救い主を待つ者たちの仮の宿へと侵入して行く。

血が出るほど喉を嗄(か)らしながら、名前を失った男、ニセの救い主は夜の闇に叫び声を響かせた。

違う――――

第十七章

終わりの庭

私を語る者はすでにいない

仮の宿は曲がりくねった狭い路地の突き当たりにあった。灌木に囲まれた古い二階建ての一軒屋。玄関の引き戸に白い垂れ幕が下がっていた。赤いペンキで荒々しく、仮の宿・拠り所と書かれている。引き戸に手をかけた。一瞬のためらいの後、思い切って力を入れた。開かなかった。いら立ちながら、反対側の引き戸に手をかけた。だが、そちらも開く気配がなかった。

曇りガラスは内側からの灯りでオレンジ色に染まっている。人を呼ぶ気にはなれなかった。引き戸を叩くこともしたくなかった。黒ずんだコンクリートのたたきの上で、少しの間じっと動かずにいた。

微かな人の声がした。女の声だった。バッグを放るように置いて、右手の灌木の間を抜けた。常緑樹の小さく固い葉が月明りで銀色に光っていた。生い茂った小枝がバラバラと体を打った。それは喉に当たり、顔を打ちすえた。右目に刺すような痛みが走り、熱い涙がこぼれた。かまわず回り込む。潤んだ視界に小さな庭の端が見えた。部屋から漏れる光が、置石や背の低い木々を白く平面的に浮き立たせていた。痛む右目をつぶると涙がこぼれてしみた。温かい血が流れているると思った。湿った黒土の上に、ブリキ板や壊れた椅子が倒れている。左目で注意をこらしながら、それらをまたぎ、庭に出た。

サッシの上半分から、居間らしき部屋の天井が見えた。薄汚れた障子張りの古ぼけた照明が下がっている。下半分の曇ったガラスの中に赤い人影がうずくまり、身悶えるように動いているのがわかった。それが声の主だった。朽ちた縁側には上がらず、サッシに手のひらを押しつけた。氷のように冷たかった。そのまま、ゆっくりと窓を開く。

　真理だった。冷え切った部屋の、黄ばんだ畳の上で真理はむせび泣いていた。面を上げてこちらの姿を認めると、真理は息を飲んだ。少し笑うように口元を歪めると、真理は両目を固くつぶり、長い嗚咽の声を上げた。赤いワンピースの裾がまくれ、白いタイツから未成熟な腿が見えた。嗚咽はよじれながらこちらの体にからみつき、夜の空へと螺旋状に昇っていく。真理は畳に額をこすりつけ、もがくように足を動かして、独り言のように言った。

「みんないなくなった。サキミさんのせいでみんないなくなった。救い主が来たのにもう誰もいない」

　何を言っているのかわからなかった。真理は一度激しく首を振り、畳に頬を押しつけると、腰を高く上げ胸をかきむしって泣いた。

「崇める人は勝手に崇めればいいって、サキミさん、どこかへ出て行った。どうして急にあんな風に言ったのかわからないよ。私は由ちゃんと、ハシラと二人で聖なる戦いに向ったのに。ハシラも戦ったし、私もひどいことされたけど、体を穢されたけど、病院で由ちゃんと話したのに、聖なる戦いで穢された体はきれいだって、由ちゃんがいったから、私は決心してここに来たのに、今日来たのに。赤ちゃんは誰の子でもきれいだって、聖なる戦いに立ち向ったみんなの子供だからきれいだって、由ちゃんがいったから来たのに。みんなの赤ちゃんを、信者みんなの赤ちゃんを産むって思い切って話したんだよ。穢されたことも話したんだよ。それなのに……」

　真理は胸の奥底から咳を吐き出した。体毒を撒き散らすように真理は咳込み、赤く塗った爪で畳をかきむしった。細い笛に似た音が、吹き過ぎる寒風か、真理の喉から出るものかわからなかった。真理は呪文のように続けた。

「私が話し終わった途端、サキミさんが出て行った。崇める人は崇めなさいって、私はもう関係ないって、荷物をまとめて出て行った。私は私の子供を産むって、そう言っていなくなった。あの方を見捨てるんですかって怒鳴って止めたんだよ。なのに、あの人は帰って来ない、あの人がそう決めたんだって、サキミさんは言った。そんなの嘘だよ。それでもみんな夕方までは残ってたのに、夜になったらどんどん出て行った。急に酔いから醒めたようにして、何カ月も酔ってたみたいな風に、いっぺんに酔いから醒めたようなさっぱりした嘘つきの顔で出て行った。私だけ残して、みんなさっぱりした嘘つきの顔をして。私が穢れてるからなの？　私は戦ったんだよ。もう誰もいない。ひど過ぎるよ。何もしなかったことになると思って戦ったのに、私は穢れてるの？　誰もいないよ。何もしなかったことになっちゃったんだよ。私は穢されたままにされた。もう救い主が来ても、もう遅いよ。誰も帰って来ないよ」

真理の言葉は、次第に咳と笛と風と嗚咽に溶け込み、意味を失(な)くしていった。

何もかもが嘘のまま消えた。何もかもが嘘で、何もかもがありもしないことだった。そのありもしないことがあったばかりでなく、一切がそこから始まり、今終わった。じんじんと痛む右目の奥でそう思った。

しかし、どこからが始まりだったのかを思い出すことが出来ない。そして、何が終わったのかも右目の視界同様ぼんやりとにじんでわからないままだ。始まりも終わりも定かでないのなら、と思いかける。それは両方ともありはしないのだ。

体中の血液が激しい速度で空に吸い上げられ、透き通った皮膚の内部がからっぽになっていく気がした。地面は凄まじい力で動き、流れている。すべてがさらわれる。縦に横に、一切が消されていく。

男の父であり、子であり、兄弟であり、同じサキミと関係した者である自分も、サキミの腹にいる子の父であるかも知れない自分も、そして名前を奪われ、不用意に救い主となろうとして歩いて来た自分も、一切合財ここにはいない。それらすべてのニセ者である自分さえ奪われて、色も匂いもない真空の中にいるだけだ。

広大で虚ろな闇、広大で虚ろな謎さえも、もはや根こそぎ奪われて存在しない。

カラリと笑いたくなるほど虚ろだった。何者でもない自分はただ立っている。一切を奪われて、この終わりの庭に立っている。いや、終わりの庭でさえないと思った。濁りのない笑い声がした。自分が笑っているのかも知れなかった。誰が笑っていようとかまわなかった。もうすぐ自分は消え去る。すべてを奪われたまま、透明な光の中にかき消される。

キョウイチという音がした。はっきりとした左目は、子を宿した女がのけぞり苦しんでいるのを見ている。音はそこから聴こえている。キョウイチ、キョウイチ。

その音は常に自分を呼んでいた。そう思った途端、キョウイチと呼ばれてきた過去の記憶が、切れぎれだが次々と、傷ついた右目の底に浮び上がった。

真理はなおも繰り返す。恭一、恭一、恭一――

その一連なりの音だけが、今にも消え去りそうな自分を、かろうじてこの一瞬、この一点につなぎとめている。

献辞

以下の作品、人物にこの小説を捧げる。

パキスタンにおけるイスラム神秘主義歌謡の帝王、ヌスラット・ファテ・アリー・ハーンとそのグループに。

シーク・ファワズMIXの「*Mohammed's House*」"*Live at Harem*"並びに、"*Islamic Fundamental Mix*"両バージョンに。

ブラック・ムスリム思想をラップで伝道する黒人ラッパーたち、特に宣伝相プロフェッサー・グリフ健在なりし頃のパブリック・エネミーに。

3ムスタファズ3に。

シャバ・ファデラに。

国立がんセンター宗像信生氏制作のDNA音楽「*Duet of AIDS—Humanized*（20%）」に。

P・I・L「*Flowers of Romance*」に。

藤原ヒロシのプライベートMIXテープ「*Hiroshi's Kick Back 1~5*」に。

10ccに。

ルー・ロウルズ「*You'll never find another love like mine*」に。

「つながった世界（ファック・オフ!!　ノストラダムス）」の中で〝今が最高だところがって行こ

うぜ〟と歌って我々を励まし、そのまま一人で天国へ転がって行ってしまった故江戸アケミに。

三枝誠の黄金の指に。

私の想像力を破壊し再生させるため、この小説の中へと招喚され続けた古今東西のテキスト群に。

この小説に示唆を与えて下さった何人かの重要な方々に。

これよりのち、この小説に新しい局面をもたらし続けるであろう全ての読者へ。

その読みと指摘に刺激されれば何度でも書き直すという誓いとともに。

私よ、私を救いたまえと祈る私だけの宗教と、その教祖であり神であり信者であるたった一人の私に。

その私に救いなどあるものかと唾を吐く私に。


素晴しい装幀を制作して下さったデザイナー坂本志保氏、写真家小木曽威夫氏、モデル中村晋一郎氏、そしてもちろんブリューゲルに感謝を捧げる。

なお、出版に際しては新潮社寺島哲也氏、柴田光滋氏に御尽力いただいた。


〔ソポクレス「ギリシア悲劇Ⅱ」(ちくま文庫)から「コロノスのオイディプス」(高津春繁訳)を引用させていただきました〕

あとがき　思い出すこと

最初に書いた作品『ノーライフキング』から四年経って、本作が出版された。一九九一年一月、と奥付にはある。

多くのことを忘れてしまう私だが、この原稿用紙七〇〇枚（しかし、自分がいまだに使うこの単位のなんと古めかしいことだろう。今の学生などにはこの「〇〇枚」がまったく伝わらない。彼らは文字数でしか計算したことがなく、原稿用紙を見たことすらない可能性も十分にある）の書き下ろしにずいぶん長い時間を使った記憶がある。一年はかかったのではないか。つまり、一九九〇年初頭から私は執筆を始めたはずだ。

そしてなぜだろう、パソコンはとうに導入していたはずなのに、私は四百字詰めの原稿用紙を使った。そこにシャープペンシルの芯をボキボキ折りながら文字を書き、訂正を入れ、黒々とした原稿用紙でラストシーンまで来ると、頭から清書をした。シャープペンシルで出来たタコが痛む上、持つ力もすっかり弱くなって、私は終盤、タオルで右手にその筆記用具を縛りつけたと思う。

『ノーライフキング』は、勤めていた雑誌編集部から家に持ってきてあった二百字詰め原稿用紙で書いた。物語が〝降りてきた〟時、私の手近にあったのがたまたまその用紙で、他のどこに書くかの選択肢はなかった。ともかく、イタコのように私は二週間ほどでその処女作を書いてしまった。

「次は三年かけてゆっくり書くといいですよ」

と尊敬する批評家に言われた。『ノーライフキング』を読んでくれた上、〝書くことが予言になるタイプの書き手がごくたまに現れる〟と直接言葉をかけてもらい、そこで「三年」というアドバイスをいただいたのである。

ところが、いくら待っても書くべきことは〝降りて〟こなかった。私は愚かなことに、作家はみな〝降りて〟くるものを書き留めるものだと勘違いしていた。処女作がそうであったために、私は他のやり方を知らなかったのである。二百字詰め原稿用紙でしか書けなかったのと同じだ。

そうこうするうちに、三年が経ってしまったのではないかと思う。私は次第に「三年かけてゆっくり書く」を、「三年後に書き始める」と自分に都合よく解釈するようになっていた。しかし、その三年目が来ても何も〝降りて〟こなかった。

たぶん私は、そこで諦めたのだと思う。小説を、ではない。降霊のように書くことを。そこで形式として四百字詰め原稿用紙をあらかじめ用意し、当時エイズとして世界をおびやかし始めていたレトロウィルスの動きや力を、ひとつの町のうちで展開してみようとプロットを書いた。というか、まず章題をノートに書いたのだと記憶している。するとそこにカルト宗教の標語のようなもの（「今、あなたの前に現れよう」など）が付随してきた。同時に宗教の話になった、ということではないか。

私は書き出した。書く間にたくさんの基礎的な物語の進行を、自作の中にトレースした記憶があるし、出版直後にそう公言していたらしい。書き出してしまうと、ウィルスは他作品にも感染しようとしたというわけだろうが、今ではそのひとつひとつの例をすっかり忘れてしまった。ともかく、何を読んでも『ワールズ・エンド・ガーデン』の筋の中に入れられると錯覚してしまったし、実際に第一稿を書く途中だったか、完成稿を書く中盤だったかにサッダーム・フセインの支配するイラク軍がクウェートに侵攻したのだった。いずれイラクの外側から軍事行動が始まるだろうと思われた。

それが自分の書いている最中の作品にどこか似ていた。あたかもフセインを見て思いついたような「男」が「ムスリム・トーキョー」を乗っ取っていた。これは困ったことだった。さらに、その年の春、オウム真理教が奇怪な選挙運動を始めていた。その頃にはまだのちの暴走の予感はなかったが、教祖は私の小説の「男」の雰囲気を十二分に持っていた。

私は次第に関係妄想にとらわれ、タクシーの中でまるで別なニュースをラジオが告げるのを聞くと、『ワールズ・エンド・ガーデン』とそっくりだと思って驚愕したりもした。物語が外部に流出したと思ってしまったのだった。

私は作品が現実と重なってしまっていることに恐怖を感じたし、一刻も早く出版してしまわないと作品が「現実のノベライズ」に過ぎなくなってしまうとも焦った。同時に私は、奥付の発行年月日を「1991/1/19」にしたいと編集者に懇願していた。「1」と「9」という始まりと終わりの数字しかないことに、私は異常にこだわり出していた。実際はそうならなかった。ぎりぎりで日付がずれ、ひどく落胆したのを覚えている。

こうしてうっすらとした記憶を書き出してみて初めて、私は自分が常軌を逸していたのだとわかる。本当に今、この今の今、当時の私は〝降りてきた〟ものを書けないかわりに、時間をかけて別な妄想を〝降ろして〟しまったようなものだと知る。小説の中に妄想をあますところなく充塡（てん）するべきなのに、小説外の自分と世界の関係に向けて妄想が漏れ出してしまった。

自分がこの作品をあまり振り返らないようにしてきたことには、そういう危ないものに触れる感触があるからなのだろう。木製のテーブルの決まった場所でじっと書いていて、表面に直径十センチほどの黒い汚れがついていたのを思い出す。拭いても拭いてもそこで書くし、その度に自分の右手の腹についた鉛の粉をこすりつけるから、いわば成分がしみ込んでしまったのだった。

その作業を最終的に、タオルで手を巻き、シャープペンシルをつかませるような執着の中でやっていたのだとすれば、私は『ノーライフキング』の時のような幸福な忘我の中にはいなかった。だが、二作目のこの小説が忘れがたいのはなぜだろう。

そしてあれほど長い時間、書くことに集中していられたのはなぜだろうか。

いとうせいこう

二〇一三年六月二五日

解説　文学は動いていた

陣野俊史

いとうせいこうの『ワールズ・エンド・ガーデン』が世に出たのは、一九九一年一月のことだ。なんてこと！　と思わず、嘆声をあげてしまいたくなる。湾岸戦争が勃発したのとほぼ同じタイミングなのだ。ちなみに、単行本から二年後にこの小説は文庫化されているが、文庫版解説を担当した文芸評論家の渡部直己は、解説をこう締めくくっている。「たとえば恭一のバイセクシュアリティという設定も、中上（健次）の文学風土の両性具有的な特性をいたずらにその虚構面にのみ「召喚」してしまった嫌いもないわけではないのだが、この種の斟酌はただし、中上亡き後、若い世代のだれがどのような形で『枯木灘』の作家を引き継ぐかに多大な関心を寄せざるをえないわたし一個の興味にとどまるかもしれない。とすれば、ここはやはり、上記のごとき模倣劇がしめす抜群の予見性、すなわちこの「聖戦（ジハード）」の物語が、現実の湾岸戦争とほとんど同時に上梓（じょうし）されたという事実にたいし、読者とともに一驚を呈しながら筆をおくべきだろう」。

　引用した、中上健次と縁浅からぬ批評家の文章には、三つのことが書いてある。ひとつは、いとうせいこうのこの小説に中上の影響が幾分か読めるということ、ふたつめは、『ワールズ・エンド・ガーデン』が「予見性」を備えていたということ、みっつめはその予見性のせいで、湾岸戦争と「ほとんど同時に」世に出たこと、である。中上健次が亡くなったのは一九九二年のことである。いとうが中上を偏愛したのかどうかは定かではない。ただかなり読んでいたのではと思われるフシはある。いとうが中上を「継ぐ」意思を持っていたかどうか、という点になると、その後のいとうの作家としての歴史を知っている者の眼からは、はっきりと否定することができる。いとうは中上健次にはなっていないし、なることを意思してもいなかった、と。

つぎに『ワールズ・エンド・ガーデン』の予見性について。この小説の中で使われている、小説世界を構築するうえで外すことのできない用語、たとえば「聖戦」や「砂漠」が、それぞれ「ジハード」や「デゼール」とつねにルビつきで使われていることや、コーランの鳴り響くフェイクの都市、「ムスリム・トーキョー」には、ひたすら濃厚に中東の都市の気配が入り込んでいて、二十年以上を経過した現在から読み返しても、湾岸戦争勃発にいたるまでのプロセスは小説の生成過程と同軌している。ちなみに、小説世界に湾岸戦争由来の「砂」が舞い込む事態は、いとうの文学的畏友というべき奥泉光の『バナールな現象』を参照されたい。一九九四年に刊行されたこの小説では、ワープロの画面の中においてさえ、砂嵐が吹き荒れている……。

話を戻そう。

だが、この「予見性」という言葉に対して、私はいささか懐疑的だ。いとうの小説には、たしかに予見に満ちたものが溢れている。たとえばこんな場面――。「鉄格子のようなシャッターが降りている元家具屋の倉庫を右に折れた。そこにまた真直に伸びる爬虫類の背中があった。巨大な冷血動物は、左に荒れ果てた工場群を囲む壁、右に闇の浸み込んだ木造の無人家屋を乗せて、ひっそりと眠っていた」という、卓抜なメタファーに続けて、地震がやってくる。

ふいにゆらりと足元が揺れた。いぶかしんで走るのをやめ、激しく動く胸に手を当てて立ちすくんだ。うまく平衡（へいこう）が取れない。頭を振った。その時、再び大きく足元が揺れた。遠くで女の悲鳴がした。地から生えたモヤシのような街灯を見る。ゆさゆさと揺れている。地震だ。かなり大きい。右手の木造アパートがバッタの鳴き声のようなきしみを立て始めていた。震える窓ガラスが、淡く緑を含んだ街灯の寒々とした光を反射する。恭一は立て膝をして、揺れがおさまるのを待った。

長い地震だった。大きな揺れが過ぎ去っても、また小刻みに地面が震える。まるで、自分を背中に乗せている巨大なメストカゲがオルガスムスを迎えているように、長くゆるやかに地が揺れた。恭一にはそれが何か重大なことの前兆のように思えた。

この小説が上梓されてから四年後に阪神淡路大震災が、二十年後に東日本大震災が起こったことを想起するのは、さほど難しいことではない。そもそもこの国に暮らす以上、地震は過ぎ去った歴史に書き込まれているのではなく、つねに次に来る地震との間に、つまり震災間にこそ人々は暮らしていると考えるほうが妥当である以上、いとうの描写に特段のリアリティを求める必要もないだろう。

あるいはこんな言葉はどうか。「イチオの情報によると、ＯＰＩＵＭの手入れはクスリがらみではなかった。レストラン営業にもかかわらず、客を踊らせていたという、ディスコ摘発のお決まりのパターン。それに付随して、壁に埋め込んだＴＶゲームを早朝まで動かしていたこと等の風営法違反といった細かな罪状が幾つか重ねられたらしいが、康介が持っていかれたのはガセネタだったという」（傍点引用者）。二〇一三年というのが、現在、この解説文を書いている時間なのだが、昨今起こっているクラブ摘発や、有名レストランの営業停止が「客を踊らせていた」という「お決まりのパターン」によって執行されていることは、周知の事実である。つまり、二十年以上前に書かれた小説の中ですでにクリシェ（紋切り型）として書かれていることが、相変わらず、嫌になるくらいクリシェのまま反復されている（むろん、クリシェは反復されるからこそそう呼ばれるのであるけれども……）。詳細は、磯部涼編著『踊ってはいけない国、日本』や『踊ってはいけない国で、踊り続けるために』を参照して欲しい。

そして、この小説でもっとも重要な存在、ある日、ムスリム・トーキョーに不意に現れる「耳の欠けた」浮浪者の「男」がいる。予言者として遇され、近未来の出来事を正確に言い当てる（先に引用した地震も「男」は予言している…）。「男」をめぐって、街は二分され、彼を予言者として崇拝するグループと、ムスリム・トーキョーの秩序を守ろうとするグループに分かれる。抗争と意想外の結末……。あとは本篇を読んでもらうしかないが、小説の最後の最後まで一般名詞の「男」と呼ばれ、固有名詞を持たぬ存在は、むろん同時進行的にはサダム・フセインを、数年後の事件を考えれば、オウム真理教の教祖を思わせる。人心に入り込み、予言を的中させる。ここでも「男」の予言的能力に注目しなければならないのだろうか。

違うと思う。問題は、予言的要素ではない。

今度、再読して思ったのは、『ワールズ・エンド・ガーデン』が不思議なくらい整理された小説だ、ということだ。いとうせいこうは、この小説にすべてを持ち込もうとしている。考えうるすべてを導き入れて、可能な限り整理して、世界のすべてを配置すること。そのためには、架空の空間が必要であり、砂漠ことムスリム・トーキョーはそのために準備された舞台である。

では、なぜすべてを準備する必要があったのか。社会が、そして文学が動いていたからである。

動いている社会を文学の裡に捉えるためには、限定的な空間を確保し、そこに要素のすべてを流し込むことでしか、応答できなかった。結果的にそのすべての中の幾つか（かなりの部分、といってもいい）は、その後の歴史の中で実現された。だから事後になってみれば、何か、予言的な文脈がそこに流れていたような気がする。しかし、おそらく事態は逆なのであって、そのとき考えられる要素すべてを書き込んでみたら、現実のほうがあとからついてきた、ということではないか。あらためて読み返してみて、そう思う。

九〇年代の初頭、文学の窓を通して社会を眺めてみると、社会はひたすら混沌としていた。いまだ八〇年代の混乱を引きずっていたのかもしれない。一方で日経平均の株価は四万円に手が届きそうだった。永山則夫の日本文藝家協会入会問題が起こり、佐藤泰志が自殺した九〇年。「私は、日本国家が戦争に加担することに反対します」という、湾岸戦争反対のアピールが「文学者」によって発表され（いとうは最初の、日本外国特派員協会での記者会見の場にいた）、のちに署名者の数は大きく膨れ上がり、野間宏が亡くなり、ソ連が崩壊した九一年。桐山襲と李良枝と井上光晴と中上健次が亡くなり、映画『ミンボーの女』をめぐって監督の伊丹十三が切りつけられた九二年。安部公房と井伏鱒二と藤枝静男が亡くなり、筒井康隆が「断筆宣言」をし、自民党政権が総選挙に大敗し、いわゆる五十五年体制が終焉を迎えた九三年。

戦後文学、いや近代文学は大文字の屋台骨を失い、終焉の気配が濃く漂っていた時代だ。もちろん新しい文学の芽はあった。だがその芽が伸びて、大きな花を咲かせるのは、もう少しあとのことだ。文学が終わってしまうかもしれないという暗黙の意識の中に人々はいた。息苦しいけれど、続けざまに起こる文学をめぐる事件と終わりの徴候の中で、自分がどこにいるのか、いまいったい何が書かれなければならないのか、みんなが手探りをしていた時代だ。

いとうせいこうは、『ワールズ・エンド・ガーデン』で、そのすべてを書こうとした。時代を切り取った、などとは口が裂けても言うまい。切り取るべき時代の層など、どこにも見えなかった。だが、小説を書かないわけにはいかなかった。書くならば、モヤモヤとした全体をそのまま書くしかなかった。この小説の最後に付いている「献辞」の中の、ＪＡＧＡＴＡＲＡの江戸アケミの言葉どおり、「今が最高だところがって行こうぜ」——この気分を存分に生きるしかなく、江戸アケミは天国に転がっていったけれど、いとうせいこうは「ムスリム・トーキョー」を作って、転がっていった。転がって傑作を残した。

その意味で、この小説は、時代の刻印というよりも、一個の救済である。

（批評家）

いとうせいこう

1961年東京都生まれ。作家、クリエイター。

早稲田大学法学部卒業後、出版社の編集を経て、
音楽や舞台、テレビなどの分野でも活躍。

作家としては、1988年『ノーライフキング』でデビュー。

同作は第２回三島由紀夫賞候補作に。

また第二長編となった本作『ワールズ・エンド・ガーデン』が第4回の同賞候補作になる。

1999年『ボタニカル・ライフ』で第15回講談社エッセイ賞受賞。

2013年、1997年に刊行された『去勢訓練』以来、16年ぶりに執筆された小説『想像ラジオ』を刊行。

同作は第26回三島由紀夫賞、第149回芥川龍之介賞の候補作になった。

他の著書に『解体屋外伝』、『ゴドーは待たれながら』（戯曲）、

『文芸漫談』（奥泉光との共著、後に文庫化にあたり『小説の聖典（バイブル）』と改題）、

『Back 2 Back』（佐々木中との共著）などがある。

本書は1991年１月に新潮社より
書き下ろしの単行本として、
また1993年12月に新潮文庫として刊行された。

いとうせいこうレトロスペクティブ

ワールズ・エンド・ガーデン

2013年8月20日　初版印刷
2013年8月30日　初版発行

著者
いとうせいこう

発行者
小野寺優

発行所
株式会社河出書房新社
〒151-0051
東京都渋谷区千駄ヶ谷2-32-2
電話　03-3404-1201（営業）
03-3404-8611（編集）
http://www.kawade.co.jp/

印刷
株式会社暁印刷

製本
小泉製本株式会社

ISBN978-4-309-02206-2　Printed in Japan

想像ラジオ

いとうせいこう

耳を澄ませば、彼らの声が聞こえるはず――。悲しみと共に生きるために、今、文学ができること。著者16年の沈黙を破る、生者と死者の新たな関係を描き出した新たなる代表作。第26回三島由紀夫賞、第１４９回芥川龍之介賞候補作。

Back 2 Back

いとうせいこう／佐々木中

「立ち上がろう、立ち上がることができるなら。続けよう。続けることができるなら」――２０１１年３月のあの時から、打ち合わせなしの即興で綴られた奇跡の共作小説。印税は全額、東日本大震災へのチャリティとして寄付。

河出文庫

ノーライフキング

いとうせいこう

小学生の間でブームとなっているゲームソフト「ライフキング」。ある日、そのソフトを巡る不思議な噂が子供たちの情報網を流れ始めた。88年に発表され、ベストセラーとなった、いとうせいこうデビュー作。

河出文庫

小説の聖典（バイブル）　漫談で読む文学入門

いとうせいこう×奥泉光＋渡部直己

読んでもおもしろい、書いてもおもしろい。不思議な小説の魅力を稀代の作家２人が漫談スタイルでボケてツッコむ！　笑って泣いて、読んで書いて。そこに小説がある限り……。単行本『文芸漫談』を改題。

屍者の帝国

伊藤計劃×円城塔

フランケンシュタインの技術が全世界に拡散した19世紀末、英国政府機関の密命を受け、秘密諜報員ワトソンの冒険がいま始まる。早逝の天才・伊藤の未完の絶筆を盟友・円城が完成させた超大作。第33回SF大賞特別賞受賞、第10回本屋大賞ノミネート作。

時は老いをいそぐ

アントニオ・タブッキ 著／和田忠彦 訳

東欧の元諜報部員、ハンガリー動乱で相対した2人の将軍、被曝した国連軍兵士など、ベルリンの壁崩壊後、黄昏ゆくヨーロッパで自らの記憶と共に生きる人々を静謐な筆致で描いた最新短篇集。